JENSEITS DES GRABES

MINISTERIUM DER KURIOSITÄTEN, BAND #3

C.J. ARCHER

Übersetzt von
ANNETTE SPRATTE

WWW.CJARCHER.COM

KAPITEL 1

LONDON, HERBST 1889

incoln Fitzroy konnte hervorragend küssen. Nicht, dass ich je jemand anderen geküsst hätte, aber wenn man bedachte, dass ich den Kuss noch drei Tage später in meinem Kopf durchlebte, zeigte das sein Können sehr deutlich. Wenn ich die Augen schloss, konnte ich noch immer seine warmen Lippen auf meinen spüren, den Druck seiner Hand auf meinem Rücken und das Kribbeln, das mir die Wirbelsäule entlanglief. Ich hatte immer gedacht, Küsse wären ekelige Angelegenheiten, aber jetzt erkannte ich den Reiz und begriff, warum erste Küsse zu zweiten führten … und weiteren.

Leider hatte ich noch keinen zweiten erlebt. Alles, was ich hatte, war die Erinnerung an unseren ersten. Lincoln ging mir seit drei Tagen aus dem Weg. Nachdem wir eine volle Minute lang die Nähe des jeweils anderen genossen hatten, waren wir beim Klang herannahender Schritte auseinandergesprungen. Es war nur Gus mit der Frage des Kochs gewesen, ob Lincoln sein Abendessen serviert haben wollte, aber damit war der bis dahin aufregendste Moment meines Lebens vorüber. Lincoln hatte meine Krücken vom Boden aufgehoben und sie mir gereicht. Dann hatte er mir den Rücken zugekehrt und war zu seinem Schreibtisch gegangen. Sein knapper Befehl: „Serviere mir das Essen hier, allein", schien ebenso mir zu gelten wie Gus. Es war

1

das Signal, dass unser Kuss beendet war und es keinen weiteren geben würde.

Ich war mit meinen Krücken aus seinem Wohnzimmer gehumpelt und hatte mich in meinem Schlafzimmer eingeschlossen. Der Abend entpuppte sich als äußerst turbulent, denn ich schwankte zwischen Triumph, da ich Lincolns harte Schale geknackt hatte, mädchenhafter Albernheit wegen meines ersten Kusses und Selbstmitleid aufgrund seiner Zurückweisung. Dass ich wilde Albträume hatte, half auch nicht gerade. So stolz ich auch war, dass ich es geschafft hatte, Captain Jasper zu entkommen, hatte die Entführung doch ihre Spuren hinterlassen.

Tagsüber vertrieb die Herbstsonne die Albträume und Zweifel, jedoch nicht all mein Selbstmitleid oder das Gefühl des Triumphs. Der Kuss beschäftigte mich, während ich meine Näharbeiten in der Bibliothek erledigte, den kranken Fuß auf einen Schemel gelegt.

„Charlie. Charlie, aufwachen." Das Händeklatschen neben meinem Ohr ließ mich fast aus der Haut fahren.

„Verdammt nochmal, Seth, was sollte das denn?" Ich sammelte das Hemd auf, das mir vom Schoß gerutscht war und schaute nach, ob die Nadel noch darin steckte.

Seth grinste, wobei ich in den vollen Genuss seiner Grübchen kam. Man konnte ihm unmöglich böse sein, wenn er so lächelte, und ich hatte den Verdacht, dass er das wusste. Es war kein Wunder, dass er mit so vielen Frechheiten davonkam, besonders bei den Damen. „Du hast geschlafen."

„Habe ich nicht. Und selbst wenn, musstest du mich so rücksichtslos wecken?"

„Du musst die Bibliothek räumen. Es ist Zeit." Er nickte zur Uhr auf dem Kaminsims.

„Schon!"

„Nicht geschlafen, was? Die Zeit muss ja wie im Flug vergehen, wenn man allein in der Bibliothek näht." Er nahm das Hemd, das ich geflickt hatte, welches zufälligerweise seins war. Ein Dorn hatte am Abend zuvor ein kleines Loch in den Ärmel gerissen. Anscheinend hatte seine neueste Liebschaft Rosenbüsche unter ihr Fenster gepflanzt. Ich hatte von Gus gehört, dass

Seth sich das Loch bei seinem übereilten Aufbruch eingefangen hatte, da der Ehemann früh von seinem Besuch im Club zurückgekehrt war. „Oh, sieh nur, du hast tatsächlich sieben Stiche geschafft."

Ich schnappte ihm das Hemd weg und stopfte es in mein Nähkörbchen. „Hat Fitzroy dich hergeschickt, um mich zu quälen?"

„Nein." Er reichte mir die Krücken und half mir mit einer Hand am Ellenbogen auf die Füße.

„Ist er zurück von wo auch immer er heute Morgen hingegangen ist?"

„Ja."

Mein Herz hüpfte im Takt zu einem fröhlichen Liedchen, wenn ich wusste, dass Lincoln im Haus war. Mit ihm unter einem Dach zu sein bedeutete, dass wir uns möglicherweise in die Arme liefen. Leider hatte er mich in den letzten drei Tagen so nachhaltig gemieden, dass wir bei unserem einzigen Treffen den Koch, Gus und Seth zur Gesellschaft hatten. Es hatte keine Chance auf ein persönliches Gespräch gegeben. Ich hätte ihn aufsuchen können, aber die Wahrheit war, dass ich nicht wusste, was ich sagen sollte. Ihn zu fragen, warum er mir aus dem Weg ging, erschien mir irgendwie kindisch und albern.

„Ich nehme an, er ist für den Termin zurückgekommen." Ich warf noch einen Blick auf die Uhr. Die Komiteemitglieder würden bald eintreffen.

Seth nahm mein Nähkörbchen. „Da bin ich mir sicher."

„Weißt du, wo er war?"

„Nein."

„Geistreiche Gespräche hast du heute Nachmittag voll drauf", sagte ich, während ich aus der Bibliothek humpelte.

„Vergib mir, Charlie." Seine Ernsthaftigkeit machte mich stutzig. Er lächelte mir schwach zu, was mir viel zu mitleidig war.

„Hör auf damit", schnappte ich und tat mein Bestes, um vorauszueilen. „Das ist unnötig. Mir geht es wunderbar."

Er holte mich ein. Das war das Problem, wenn man mit Krücken und nur einem gesunden Fuß unterwegs war. Davon zu stürmen war deutlich weniger effektiv. „Wenn du mir die

Bemerkung erlaubst, du wirkst nicht, als würde es dir wunderbar gehen."

„Mich frustriert bloß meine langsame Genesung. Der Arzt hat gesagt, ich soll den Fuß noch eine weitere Woche nicht belasten. Eine Woche! Der sollte mal diese Geräte hier benutzen und schauen, wie ihm das gefällt, wenn sie die Haut unter den Armen aufschürfen. Ganz abgesehen davon, wie öde es ist, den ganzen Tag nichts zu tun als zu nähen. Es ist ja ganz nett, wenn man ohne schlechtes Gewissen lesen kann, aber ich vermisse meine Arbeit. Vom Training ganz zu schweigen." Ich seufzte. Meine regelmäßigen Kampftrainingseinheiten mit Lincoln vermisste ich definitiv. Selbst wenn er in der Zeit seine Gefühle ausschaltete, konnte ich ihn zumindest anfassen.

„Er ist ein Scheißkerl", sagte Seth, als er hinter mir die Küche betrat.

„Dr MacDonnell?"

Gus schaute vom Tisch auf, wo er Tassen und Untertassen auf ein Tablett stellte. „Für'n Quacksalber ist er gar nich so übel. Bisschen unfair, ihn zu beschimpfen, nur weil andere Doktoren in letzter Zeit Ärger gemacht haben."

„Dr MacDonnell meinte ich nicht", murmelte Seth.

„Wer ist denn dann ein Scheißkerl?" Das Gesicht des Kochs hatte rote Flecken und sein kahler Kopf glänzte von der Hitze des Herdes. Seine bandagierte Hand hielt einen Löffel nahe an seine Nase. Ein dicker, cremiger Tropfen rutschte vom Löffel und platschte zurück in den Topf auf dem Herd.

„Fitzroy", sagte Seth.

Drei Paar mitfühlender Augen richteten sich auf mich. Ich tat so, als würde ich es nicht bemerken, während ich Seth anwies, mein Nähkörbchen neben dem Sessel in der Ecke abzustellen. Meine Wangen brannten trotzdem. So viel zum Thema Diskretion. Ich hatte versucht, meine Gefühle für Lincoln vor ihnen geheim zu halten, doch offensichtlich hatte ich versagt. Vermutlich wussten sie sogar von dem Kuss.

Halb erwartete ich, dass Lincoln jetzt in die Küche kommen würde. Er hatte ein mehr als unheimliches Gespür dafür, wann man über ihn redete. Es war eine übernatürliche Gabe, die er vermutlich von seiner Mutter geerbt hatte. Doch er kam nicht. Diesmal nicht. Ich wurde gründlich und unmissverständlich gemieden.

„Kann ich irgendetwas tun?", fragte ich mit einem Blick auf die Tassen, Untertassen, Tellerchen und Kuchengabeln. „Reich mir das andere Tablett."

Gus lehnte ab. „Setz dich, Charlie. Wir brauchen keine Hilfe."

„Ein paar zusätzliche Hände schaden nicht." Ich lehnte die Krücken an den Tisch und griff nach dem Tablett, nur um meine Hand schnell zurückzuziehen, als Gus danach schlug.

„Setz. Dich."

Ehe ich meiner Empörung Luft machen konnte, packte Seth mich und warf mich über die Schulter. „Seth!", schrie ich. „Lass mich runter! Ich bin doch kein Kartoffelsack."

„He! Lass sie runter. Das is keins von deinen Liebchen." Gus klang ziemlich entsetzt, die gute Seele.

Seth kicherte nur. „Wenn sie sich wie ein starrsinniges Weibsstück benimmt, wird sie auch wie eins behandelt."

„Kein Wunder, dass du unverheiratet bist, bei dem Neandertaler-Gehabe", sagte ich und zappelte, um ihm das Leben schwer zu machen.

Er war allerdings zu stark für meine kläglichen Versuche und stöhnte noch nicht einmal, als ich ihn trat. „Das, liebe Charlie, ist nicht der Grund, warum ich unverheiratet bin."

„Sei dir da nicht zu sicher." Ich boxte ihm auf den Rücken in der Hoffnung, seine Nieren zu treffen.

Er drückte den Rücken durch und fluchte laut. „Das tat verdammt weh!"

„Gut."

„Setz sie ab." Lincoln! Aus meiner Position konnte ich ihn nicht sehen, sondern nur Seths Hinterteil, aber sein scharfer Befehl ging trotzdem durch und durch. Ich konnte spüren, wie Seths Schulter sich anspannte, als er sich zur Tür umwandte und dabei beinahe meinen Kopf gegen die Anrichte schlug.

„Sir! Ich wollte Charlie gerade, äh, auf den Sessel helfen." Er platzierte mich auf dem Sessel und steuerte verlegen auf den Tisch zu. Lincolns starrem Blick wich er aus.

Dem Blick, der sich jetzt auf mich richtete. Es war das erste Mal, dass Lincoln mich seit unserem Kuss direkt ansah, und ich fand nichts von dem in seinen Augen, worauf ich gehofft hatte. Keine Freude oder Humor, weder Sehnsucht noch Verlangen. Nur eine Schwärze, die so düster war, dass sie alles Licht verschluckte.

„Es war nur ein harmloser Spaß", sagte ich.

Von da, wo ich saß, hörte ich den armen Seth schlucken. Er schüttelte kaum merklich den Kopf als Warnung, Lincolns Temperament nicht noch anzuheizen.

„Treibt eure Späße an eurem freien Tag." Er deutete mit seinem Kinn auf meinen Fuß. „Ich wollte sehen, wie es dir geht."

Erst wollte ich ihm die höfliche Standardantwort geben, entschloss mich aber, die Wahrheit zu sagen. „Miserabel. Danke der Nachfrage."

Meine Ehrlichkeit schien ihn zu verwirren. Das Schweigen dehnte sich ins Unendliche aus, ehe er die Hände auf den Rücken legte. Dann nickte er schlicht und wandte sich ab. „Seth, die Tür. Sie sind hier."

Seufzend nahm ich mein Nähzeug zur Hand. Seth schob sich in dem Moment an Lincoln vorbei, als der Türklopfer an der Haustür den ersten Besucher ankündigte. Lincoln warf mir einen kurzen, unergründlichen Blick zu, ehe er Seth folgte.

Die nächste Stunde verbrachte ich damit, Seth und Gus dabei zu beobachten, wie sie kamen und gingen, um unseren Herrn und seine Gäste zu bewirten. Hauptsächlich Gus, denn Seth blieb den Großteil des Treffens in der Bibliothek. Anders als Gus wurde er als Gentleman betrachtet, wenn auch einer, den die Umstände deutlich herabgesetzt hatten. Seine Anwesenheit wurde von den geschätzten Mitgliedern des Ministeriums der Kuriositäten toleriert, Gus' hingegen nicht. Ebenso wenig wie meine. Ich war nicht nur ein Gossenkind, das zum Hausmädchen wurde, ich war auch noch Nekromantin. Letzteres bedeutete, dass man mir keine Geheimnisse anvertrauen konnte. Sie ahnten wohl nicht, dass Seth mir sowieso alles erzählen würde. Früher hatte ich gedacht, Lincoln würde mich auf dem Laufenden halten, aber dessen war ich mir nicht mehr sicher.

„Und?", fragte ich Gus, als er mit einem leeren Tablett zurückkehrte. „Worüber reden sie?"

„Nix Besonderes. Lady H erzählt, dass Buchanan sich kaum selbst den Arsch abwischen kann, geschweige denn sich zu helfen weiß, wenn er in irgendein übernatürliches Schlamassel gerät."

Der Koch schnaubte vor Lachen. „Die würde ich gerne ‚Arsch' sagen hören."

„Vielleicht sagt sie es ja in ihrem betörenden Tonfall, wenn du sie lieb bittest." Meine Neckerei verursachte einen solchen Lachanfall, dass der Bauch des Kochs bebte. „Und?", half ich Gus auf die Sprünge.

„Mehr hab ich nich gehört." Er zuckte mit den Achseln und setzte sich stöhnend auf einen Stuhl. Er tat mir leid. Er und Seth hatten extra hart gearbeitet, seit ich mir meine Verletzung zugezogen hatte. Obwohl sie vor meiner Ankunft in Lichfield Towers die Hausarbeit verrichtet hatten, waren meine Ansprüche höher als Lincolns und sie hatten versucht, meinen Standard aufrecht zu erhalten.

Das Treffen war von Lady Harcourt einberufen worden, als ihr Stiefsohn Andrew Buchanan verschwunden war. Obwohl es für den zügellosen Wüstling nicht ungewöhnlich war, die ganze Nacht mit Glücksspiel und anderen Dingen zu verbringen, die zügellose Wüstlinge so taten, war es durchaus ungewöhnlich, dass er nach drei Tagen immer noch nicht zurückgekehrt war *und* okkulte Bücher in seinem Zimmer hatte. Der Rest des Komitees hatte schließlich zugestimmt, der Sache nachzugehen, nachdem Lady Harcourt sie mit ihren fortwährenden Anträgen mürbe gemacht hatte. Der Fairness halber war anzuführen, dass sein Verschwinden sie wirklich zu beunruhigen schien, was mich überraschte. Ihre Beziehung schien meiner kurzen Beobachtung nach schwierig zu sein und ich dachte, sie wäre eher froh, ihn los zu sein.

Andererseits gehörte er zur Familie und wenn er sich tatsächlich so leicht in Schwierigkeiten brachte, wie sie andeutete, und so schlecht darin war, sich wieder herauszuhelfen, dann war er vielleicht wirklich in Gefahr.

Dreißig Minuten später verschwand Gus wieder, als die

Schelle aus der Bibliothek erklang. Ich konnte so gerade eben die Gäste gehen hören. Erst, als Seth und Gus kamen, um die Tabletts zu holen und zu verkünden, dass alle Gäste gegangen waren, konnte ich mich wieder entspannen. Mir war gar nicht klar gewesen, wie nervös mich der Gedanke gemacht hatte, sie wiederzusehen, insbesondere Lord Gillingham und Lady Harcourt. Gillingham, weil er ein hundsgemeiner Kerl war, und Lady H, weil sie mich bei unserem letzten Treffen erpresst hatte, den Geist von Lincolns Tutor Mr Gurry zu beschwören, um hinter Lincolns Geheimnisse zu kommen. Er war mitten hinein geplatzt und Lady Harcourt hatte mir die ganze Schuld in die Schuhe geschoben. Sie wusste noch immer nicht, dass Lincoln ihre Rolle in der Sache kannte.

„Ist Fitzroy noch da?", fragte ich sie, als sie ein weiteres Mal zurückkamen, die Tabletts mit dreckigem Geschirr beladen.

„Er ist mit Lady Harcourt weggefahren", sagte Seth.

„Oh." Ich zog zu fest an dem Faden und zerriss ihn. „Verdammt."

„Nur, um sich selbst Buchanans Zimmer anzusehen. Sie hat ihm versichert, dass sie nichts angerührt hat."

Die Fahrt in einer geschlossenen Kutsche bis zu ihrem Haus in Mayfair gab ihr genug Gelegenheit, Lincoln gegenüber schlecht von mir zu sprechen und ihn zu bezirzen. Das war einer ihrer klaren Vorteile mir gegenüber. Im Vergleich mit ihren Kurven waren meine Reize vernachlässigbar. Vielleicht schloss sie sogar die Vorhänge und nutzte das sanfte Wiegen der Kutsche, um diese üppigen Reize an ihn zu schmiegen.

Ich warf mein Nähzeug in den Korb und stemmte mich auf die Füße. So lange still zu sitzen, erlaubte meiner Fantasie freien Lauf. Ich schnappte mir meine Krücken und folgte den anderen in die Spülküche. „Hat sie irgendeine Ahnung, was Buchanan vorhaben könnte oder wo er hingegangen ist?"

„Nicht die leiseste", sagte Seth. „Charlie, solltest du wirklich—"

„Ja", schnappte ich. „Ich werde in der Ecke da wahnsinnig vor Langeweile, wenn ich nichts anderes tue als Nähen. Wenn ich nicht bald Abwechslung bekomme, leidet ihr alle darunter. Gus, hol mir Wasser."

Er eilte aus der Spülküche und ich entschuldigte mich, sobald er mit einem Eimer voll warmem Wasser zurückkam. „Ignorier mich einfach, wenn ich mich in einen Griesgram verwandle. Ich bin im Moment ziemlich frustriert."

„Je schneller du gesund wirst, desto besser für uns alle." Er goss das Wasser ins Spülbecken und setzte den Eimer ab. „Falls es deine Verletzung ist, die dich frustriert."

Seth räusperte sich betont, während er die dreckigen Tassen neben mir aufstapelte. Ich verdrehte die Augen. Als ob ich Gus' Anspielung nicht bemerkt hätte.

„Lady H wollte mit dir reden, aber Fitzroy sagte, du würdest dich noch erholen und wärst nicht dazu bereit", sagte Seth.

„Tatsächlich?" Es schien, als hätte er meine Gedanken gelesen. War das einfach nur, weil er mich inzwischen gut genug kannte oder hatte er seine hellseherischen Fähigkeiten dafür benutzt?

Lincoln war den Rest des Tages bis in den Abend hinein unterwegs. Nach Einbruch der Dunkelheit schickte er eine Nachricht, dass er auswärts essen würde.

„Aber er trägt doch gar keinen Dinner-Anzug", beschwerte ich mich, als ich die Nachricht las, die einer der Harcourt-Lakaien überbrachte.

„Vielleicht braucht er keinen Dinner-Anzug, wo auch immer er zu Abend isst", sagte Seth.

Das beschwor nur Bilder herauf, in denen Lincoln sein Abendessen von Lady Harcourts nacktem Bauch naschte.

Mir verging der Appetit und ich aß wenig. Die Männer luden mich nach dem Essen zu einem Kartenspiel ein und wir spielten ein paar Runden, ehe wir die Eingangstür hörten. Seth ging nachsehen und kehrte allein zurück.

„Er ist zu Hause", war alles, was er sagte, als er sich wieder zu uns gesellte.

„Hat Lady Hs Kutsche ihn zurückgebracht?"

Er schüttelte den Kopf. „Droschke."

„Dann ist er nicht direkt von ihr zu Hause gekommen?"

Er zuckte mit den Schultern. „Warum fragst du ihn nicht selbst?"

Ich beäugte die Tür. „Kommt er nicht runter?"

„Er hat mir eine gute Nacht gewünscht, also wohl eher nicht."

„Nicht mal, um zu berichten, was er in Buchanans Zimmer gefunden hat? Aber das ist unfair! Das müssen wir doch wissen."

„Wir müssen nur wissen, was er uns wissen lassen will."

Gus stieß meinen Ellenbogen an. „Du bist dran, Charlie. Halt dich ran."

Ein paar Runden spielte ich noch und zog mich dann zurück. Meine Räumlichkeiten lagen auf dem gleichen Flur wie Lincolns und ich dachte darüber nach, bei ihm zu klopfen.

Ich tat es aber nicht. Das würde mich nur liebeskrank wirken lassen—was ich zwar war, er aber nicht wissen sollte. Ein bisschen Würde wollte ich mir bewahren.

Den Großteil der Nacht lag ich wach, teils weil die Albträume mich so nicht packen konnten und teils, weil ich mir überlegte, wie ich Lincoln konfrontieren könnte. Als das Tageslicht durch die Vorhänge drang, hatte ich mich entschieden, ihn auf den Kuss und seine nachfolgende Distanziertheit anzusprechen. Und wenn es nur dazu diente, es von der Seele zu bekommen.

Ich musste dann doch noch eingeschlafen sein, denn ein sanftes Klopfen an meiner Tür schreckte mich auf. Die Uhr auf dem Kaminsims schlug zehn. Ich hatte um Stunden verschlafen.

„Wer ist da?", rief ich, während ich nach den Krücken neben meinem Bett angelte.

„Charlie?" Es war Gus. „Ist alles in Ordnung?"

„Ja. Ich habe verschlafen." Ich griff nach meinem Mantel, der auf dem Kleiderständer hing, um ihn mir gegen die Morgenkälte überzuwerfen, warf ihn in meiner Hast aber herunter.

„Alles klaro. Wir waren nur besorgt. Geh wieder ins Bett, wenn du müde bist."

„Ich bin nicht müde." Ich unterdrückte ein Gähnen und bückte mich, um den Mantel aufzuheben. „Ich habe letzte Nacht schlecht geschlafen und … ist ja egal. Ich komme gleich runter."

„Da ist ein Päckchen für dich angekommen. Ich lasse es hier."

„Päckchen? Für mich? Von wem?"

Aber Gus antwortete nicht. Ich hängte mir den Mantel um

und humpelte aus meinem Schlafzimmer durch das kleine Wohnzimmer zur Tür, öffnete sie und schaute hinaus. Eine rechteckige schwarze Kiste, kaum größer als meine Hand, stand auf dem Boden. Die goldgelbe Schleife, die darumgebunden war, bot einen verlockenden Kontrast zu dem Schwarz.

Es war zu umständlich, die Kiste mit Krücken zu tragen, also warf ich letztere beiseite und hüpfte mit der Kiste in den Händen zum nächsten Stuhl. Mein Herz schlug mir bis zum Hals, während ich vorsichtig die Schleife löste und den Deckel abhob. Eingebettet in schwarzen Samt lag eine silberne Gürtelkette. Die große Schnalle war aufwändig graviert und zeigte eine klassisch gewandete Frau, auf deren ausgestreckter Hand ein Vogel saß. Sie stand auf einem Balkon, der auf das Meer hinausblickte. Winzige eingeätzte Wellen umspielten einen zur Hälfte sichtbaren Delphin. Hinter ihrem Rücken rankte sich eine Pflanze um eine Säule, deren Blätter den Rest der Szene umrahmten. Von drei Ketten des Gürtels hingen Dinge herab—eine kleine Schere in einer Hülle, ein Fingerhuthalter, der wie eine Eichel geformt war, und eine Uhr—während zwei weitere noch mit Gegenständen nach Wähl des Trägers bestückt werden konnten. Die Gürtelkette war der meiner Adoptivmutter ähnlich und doch so anders. Ihre war aus einfachem Zinn gewesen. Diese hier bestand aus traumhaft verarbeitetem Silber, jedes Detail klar und exquisit. Laut der Innenseite des Deckels war sie von einem Goldschmied in der Bond Street angefertigt worden.

Erwartete Lincoln, dass ich so ein kostbares Stück im Haus trug? Das musste er wohl, sonst würde weder eine Schere noch ein Fingerhut daran hängen. Entweder hatte er keine Ahnung, woraus die Gürtelkette einer Hausdame zu bestehen hatte, oder er wollte allen seinen Reichtum vor Augen führen. Die Sache war nur, dass Lichfield selten Besucher empfing. Wer würde es also sehen?

Ich legte die Gürtelkette zurück in die Kiste und hüpfte zu meinen Krücken. Eiligst zog ich meine Hausmädchen-Uniform an und befestigte die Gürtelkette mit zittrigen Fingern an meinem Bund. Das Silber blitzte auf dem tiefen Schwarz und verbesserte das gesamte Erscheinungsbild.

Ein kurzer Blick in den Spiegel des Schminktischs bestätigte allerdings, dass es viel zu kostbar war. Warum hatte er mir ein Geschenk gemacht, das ich nicht tragen konnte? Ich nahm die Kette wieder ab und legte sie in die Kiste zurück.

Seufzend ging ich zu seinen Gemächern. Wenigstens hatte ich jetzt eine Ausrede, um unter vier Augen mit ihm zu sprechen.

KAPITEL 2

*L*incoln war nicht in seinen Gemächern. Stattdessen fand
ich ihn in der Bibliothek, wo er mit dem Rücken zu mir
auf einem der Stühle am mittleren Tisch saß, den Kopf
über ein Buch gebeugt. Mehrere Wälzer lagen vor ihm, einige
davon aufgeschlagen. Er schaute nicht hoch, also schlich ich
mich leise von hinten an, um zu sehen, woran er arbeitete. Es
schien ein Tagebuch zu sein, aber die lockere, fließende Handschrift war schwer zu lesen.

„Guten Morgen, Lincoln." Ich wusste nicht, ob mir die
Verwendung seines Vornamens ein Lächeln oder eine Rüge
einbringen würde, aber ich benutzte ihn trotzdem. Nach diesem
Kuss weigerte ich mich, ihn Mr Fitzroy zu nennen, wenn wir
unter uns waren.

„Guten Morgen, Charlie. Du bist spät auf." Endlich stand er
auf und wandte sich mir zu. Er war leger in Hemd und Hose
gekleidet und trug weder eine Weste noch eine Krawatte. Sein
Blick wanderte zu meiner Taille, wo er vielleicht die Gürtelkette
erwartet hatte. Ich konnte nicht sagen, ob er enttäuscht war, dass
ich sie nicht trug.

Ich versuchte, an ihm vorbei auf die Bücher zu schielen, aber
sein beeindruckender Körper versperrte mir die Sicht. „Was
machst du?"

„Ich lese ein Tagebuch." Er lehnte sich an den Tisch, was eine entspannte Haltung gewesen wäre, hätten seine Finger nicht die Kante so fest umklammert, dass seine Knöchel weiß wurden.

„Darf ich mich zu dir setzen? Diese Krücken schmerzen auf Dauer."

Er zögerte und ich stellte mir vor, wie er mit sich rang. Schließlich siegte der Gentleman und er nickte. „Du solltest gar nicht auf sein."

„Das wäre ich auch nicht. Mir scheint nur, wenn ich mit dir reden will, muss ich mir wohl oder übel die Mühe machen. Du hast mich gemieden."

Er zog für mich einen Stuhl neben seinen und führte mich mit der Hand am Ellenbogen hin. „Wenn ich dich meiden würde, würde ich jetzt nicht mit dir sprechen."

„Ich habe mich angeschlichen und dir damit den Fluchtweg abgeschnitten."

„Ich habe dich gehört. Krücken taugen nicht zum Anschleichen."

„Das werde ich im Hinterkopf behalten, falls sich eine Möglichkeit zum Lauschen bietet."

„Wenn ich hätte fliehen wollen, hätte ich das gekonnt."

„Und warum siehst du dann so aus, als wärst du lieber sonst wo als hier bei mir?"

Er fuhr herum und stapfte zur Tür. Ich war viel zu schockiert von seinem Verhalten, um auch nur einen protestierenden Pieps von mir zu geben. Ich konnte ihm nur mit offenem Mund hinterherstarren. Den klappte ich zu, als er sich zu mir umdrehte, nachdem er die Tür zugemacht hatte. Ich hatte den Zweck seines forschen Schritts völlig missinterpretiert. Er hatte nur sicherstellen wollen, dass unsere Unterhaltung vertraulich blieb. Das war ein gutes Zeichen. Immerhin hatte das Gespräch Potential, sich nicht nur um Andrew Buchanans Tagebuch zu drehen.

„Kann ich etwas für dich tun?", fragte er und setzte sich wieder. Er nahm das Tagebuch zur Hand und überflog die Seite.

„Ich wollte dir für das Geschenk danken."

„Gern geschehen."

„Warum hast du es mir gegeben?"

„Haushälterinnen haben Gürtelketten für ihre Schlüssel und andere Dinge."

„Aber keine silbernen vom besten Juwelier in London."

Er sagte nichts.

„Danke, das ist sehr großzügig. Aber ein Gentleman sollte seinem Hausmädchen keine Geschenke kaufen."

„In Anbetracht der Tatsache, dass du mehr als ein Hausmädchen bist, dachte ich, ich mache eine Ausnahme."

„Mehr als?", fragte ich atemlos.

„Eine Ministeriumsangestellte. Die Nekromantin ihrer Majestät. Eine überarbeitete Haushälterin, Hausmädchen, Spülfrau und noch viel mehr."

Aber nicht seine Geliebte. Ich schluckte. „Eine schlichtere hätte es auch getan. Ich werde Seth bitten, sie aus meinem Zimmer zu holen und dir zurückzugeben."

„Nein."

„Nein?"

„Ich will sie nicht zurück. Trag sie oder lass es, das ist mir egal. Verkauf sie, wenn du magst. Du kannst damit machen, was du willst."

Verkaufen? Das meinte er gewiss nicht ernst.

„Gibt es noch etwas?", fragte er. Er sah mich noch immer nicht an.

„Ja. Du kannst aufhören, mich wie jedes beliebige Mitglied deiner Dienerschaft zu behandeln."

„Du *bist* ein Mitglied meiner Dienerschaft. Ich behandle euch alle gleich."

„Ach? Dann küsst du Seth und Gus auch?"

Er schloss das Tagebuch und legte es zur Seite. Seine Hand legte sich flach auf den Ledereinband, während sein Finger den oberen Rand entlangfuhr, vor und zurück, vor und zurück. „Wir hätten über diesen … Vorfall früher sprechen sollen. Es tut mir leid, aber es darf nicht wieder vorkommen."

Das hatte ich erwartet, aber es so direkt ausgesprochen zu hören fühlte sich wie ein Schlag in die Magengrube an. Seine Fähigkeit, seine Gefühle auszuschalten und etwas völlig ausdruckslos zu sagen, war grenzenlos. Es dauerte lange, bis ich meiner Stimme zutraute, nicht zu beben.

„Ach so. Werde ich eine Erklärung bekommen, warum das so ist?"

„Du weißt warum." Sein leises Murmeln drang kaum zu mir, obwohl wir gar nicht so weit auseinander saßen.

„Vielleicht tue ich das, aber ich würde es gern von dir hören." Ihm Unbehagen zu bereiten war die einzige Waffe in meinem Arsenal. Es war jämmerlich, aber meine einzige Hoffnung auf irgendeinen Triumph. Ich hatte einen klitzekleinen Sieg bitter nötig.

Sein Finger blieb still. Er drehte sich zu mir. „Ich kann dich nicht heiraten, Charlie, und ich werde dich nicht mit ins Bett nehmen. Du bist zu … jung, um ruiniert zu werden."

Mein Herz zog sich zusammen. „Aha. So ist das. Die Tochter des Vikars ist in ihrer schwierigen Lage nicht gut genug für den Sohn eines Gentlemans."

Sein Blick durchbohrte mich. Seine Hand ballte sich auf dem Buch zur Faust. „Glaubst du, ich schere mich um gesellschaftliche Konventionen?"

Mein eigener Blick geriet ins Wanken. „Ich … hast du das nicht gemeint? Nicht, dass ich nach einem einzigen Kuss einen Antrag erwartet hätte, aber mir ist schon klar, dass ein Gentleman—auch wenn er dubiose Moralvorstellungen hat—glauben würde, dass ich das täte." *Hör auf zu brabbeln, Charlie.*

„Nein", knurrte er. „Das meinte ich nicht. Muss ich es dir buchstabieren?"

Ich hob das Kinn. „Es scheint, als wäre ich etwas begriffsstutzig. Das liegt bestimmt daran, dass ich zu *jung* bin, um es zu versehen."

Er schnaubte. „Wie ich sehe, ist dein Verstand so scharf wie immer."

„Deine Vermeidungstaktiken sind so offensichtlich wie immer."

Er sprang auf, womit er meine sowieso schon angespannten Nerven strapazierte. „Glaubst du, mir macht das Spaß?"

„Ich weiß es nicht. Manchmal ist es schwer zu sagen, was du denkst." Unsere Blicke trafen sich mit einer Brutalität, die sowohl aufregend als auch beängstigend war. Ich wusste nicht, ob ich ihm eine Ohrfeige verpassen wollte oder ihn küssen, bis er den Verstand verlor. Ich packte seine Hand und hielt sie fest. „Sag es mir, Lincoln. Sag mir, warum du mich so zärtlich und leidenschaftlich küsst und dich dann von mir abwendest." Ich hatte gehofft, kühn und kontrolliert zu wirken, aber mein Zittern verriet mich.

Er schaute auf unsere verschränkten Hände und stieß einen wohldosierten Seufzer aus, der anscheinend einiges von seinem Ärger mitnahm. „Weil es besser ist, dass ich mich jetzt von dir abwende als später."

Ich festigte meinen Griff. „Warum willst du dich überhaupt abwenden?"

Er entzog mir seine Hand und ging zum Kamin, wo er mit dem Rücken zu mir stehen blieb, einen Arm auf das riesige Marmorsims gestützt. „Es liegt nicht in meiner Natur, der Mann zu sein, den du dir wünschst. Der Mann, den du verdienst."

„Oh, Lincoln." Ich seufzte und stellte mich auf meinen gesunden Fuß. „Warum lässt du mich das nicht beurteilen?"

Er schlug mit der Hand so plötzlich gegen das Sims, dass ich wieder auf den Stuhl plumpste. Wie ein Raubtier kam er zu mir zurück; ein geschmeidiges und kraftvolles Tier, das sowohl schön als auch gefährlich war und absolut fesselnd. Es verblüffte mich stets auf neue, dass er sich von einer Sekunde auf die andere vom perfekten Gentleman in dieses Biest verwandeln konnte.

Er ragte über mir auf, eine mächtige, tobende Kraft, von dicken, undurchdringlichen Mauern gefangen. „Du siehst mich in einem viel zu romantischen Licht. Du verteidigst alle meine Handlungen und redest dir ein, dass ich gezwungen wurde, die Sünden zu begehen, die ich begangen habe. Deswegen. Aber die Wahrheit ist, dass ich zu Selbstlosigkeit oder Mitgefühl nicht fähig bin, und ganz gewiss nicht zu Liebe. Ich bin ein Werkzeug, auf eine einzige Sache ausgelegt—das Ministerium der Kuriositäten zu leiten—mit jeglichen Methoden, die mir zur Verfügung stehen, ganz egal wie unmoralisch oder gesetzeswidrig. Wenn du mehr als das von mir erwartest, wirst du enttäuscht."

Ich fühlte mich, als hätte man alle Luft aus mir herausgesaugt, und sank im Stuhl zurück, ein schlaffer, leerer Ballon. Nicht einmal Tränen stiegen mir in die Augen. Dieser Mann war so anders als der, der mich geküsst hatte, dass ich mich fragte, ob er recht hatte und ich ihn viel zu romantisch betrachtet hatte. Das war nicht der Mann, auf den ich gehofft hatte.

„Der Kuss war ein Moment der Schwäche meinerseits", sagte er, die Stimme kühler. „Du kannst nichts dafür." Er wandte sich ab und steuerte mit riesigen Schritten auf die Tür zu.

„Du hättest mit mir schlafen können, Lincoln." Ich war überrascht, wie ruhig meine Stimme klang, aber noch mehr überraschte mich die Überzeugung hinter meinen Worten. Doch plötzlich war mir sehr wichtig, was ich sagen wollte, und ich würde es ihm nachschreien, wenn er weiter vor mir weglief. Zum Glück blieb er stehen, bevor er die Tür der Bibliothek öffnete, drehte sich jedoch nicht um. „Du hattest an dem Abend reichlich Gelegenheit, ebenso wie danach, und ich hätte mich nicht über das Maß einer gut erzogenen jungen Frau hinaus gewehrt. Doch du hast dich dagegen entschieden. Du hast dich entschieden, meine Ehre zu schützen. Obendrein hast du deine Ablehnung nicht auf meine niedere Stellung geschoben, sondern alle Schuld auf dich genommen. Der unmoralische Mann, den du beschreibst, hätte nichts von alledem getan."

Einen herzzerreißenden Moment lang hatte ich gedacht, es hätte funktioniert. Ich dachte, er würde zurückkommen und mich für seine grausamen Worte um Vergebung anflehen. Doch das tat er nicht. Er griff nach der Türklinke.

„Du bist ein Feigling, Lincoln. Deine Gefühle treiben dich um und du weißt nicht, wie du—"

„GENUG!"

Meine Kopfhaut kribbelte, während Kälte in meine Knochen kroch und sich dort festsetzte.

Er sah mich durch seine langen, schwarzen Wimpern an, die Muskeln seines Gesichts starr vor Zorn. Ich schluckte. Diesmal war ich zu weit gegangen. Mein hitziges Temperament hat mir schon oft Probleme bereitet, aber diesmal hatte ich es zu lange von der Leine gelassen. Hoffentlich war der Schaden nicht irreparabel.

„Ich stehe zu meinem Wort, Charlie, und das ist möglicherweise die einzige bewundernswerte Eigenschaft, die du mir zuschreiben kannst. Ich werde tun, was ich kann, um dich zu beschützen, weil ich es versprochen habe. Ich werde deine

Anwesenheit hier ertragen, weil du sonst nirgends hingehen kannst. Aber mehr als das kann ich nicht bieten."

Ertragen? Das war ich für ihn? Etwas, was man ertragen musste, wie einen langweiligen Vortrag? Hatte ich ihn also doch so dermaßen falsch eingeschätzt und er hegte keine zärtlichen Gefühle für mich?

Wie sollte ich mir je sicher sein? Nach dem Kuss hatte ich es geglaubt, aber anscheinend lag ich falsch. Ich konnte meinen Instinkten nicht vertrauen, wenn es um Lincoln ging.

Er riss die Tür auf und ließ mich mit meinem Elend und meiner Verwirrung allein. Seine Schritte waren so leicht, dass ich nicht ausmachen konnte, in welche Richtung er ging, aber die Haustür öffnete und schloss sich wieder, also musste er rausgegangen sein.

Ich wischte mir über die feuchten Augen und sammelte meine zerfledderten Nerven wieder ein. Es war gut, ihn zur Rede gestellt zu haben. Ich musste wissen, wo ich stand, denn Wissen war allemal besser als Spekulationen und Hoffnung.

Und doch hatte ich auf etwas anderes gehofft. Etwas ganz anderes. Wie dumm war ich gewesen, von einem Mann wie Lincoln überhaupt etwas zu erwarten! Damit ging es mir aber auch nicht besser. Hoffnung konnte selbst ein vernünftiges Mädchen in ein albernes verwandeln.

„Charlie?" Seths Stimme erschreckte mich, obwohl ich die Tür angestarrt hatte. Er kam langsam in die Bibliothek, gefolgt von Gus und dem Koch. Ihre besorgten Gesichter ließen keinen Zweifel daran, dass sie den letzten Teil der Unterredung mit angehört hatten.

„Fitzroy hat rumgebrüllt", sagte Gus mit einem Blick über die Schulter.

„Wir haben ihn noch nie rumbrüllen hören", fügte der Koch hinzu. „Normalerweise muss er nicht brüllen, um seinen Standpunkt klarzumachen."

„Es scheint, als wäre meine Auffassungsgabe etwas eingeschränkt", sagte ich trocken. „Wir hatten einen Streit."

„Weswegen?"

„Private Angelegenheit."

„Charlie, sei vorsichtig." Seth reichte mir die Krücken. „Wenn du ihn in die Ecke drängst, wird er mit Gewalt ausbrechen und sich nicht darum scheren, wer ihm im Weg steht. Selbst du."

Gus klopfte mir auf die Schulter. „Am besten, du meidest ihn, wenn er wütend ist. Geh ihm das nächste Mal einfach aus dem Weg und in Deckung."

„Da bin ich anderer Meinung", erwiderte ich hitzig. Mein eigenes Temperament kochte noch immer, trotz der Schwere in meinem Herzen. Ich fühlte mich, als hätte ich Lincoln meinen Standpunkt nicht richtig klargemacht, und das frustrierte mich nur noch mehr. „Gerade wenn er schlecht gelaunt ist, sollte man ihn konfrontieren. Mir scheint, nur dann sagt er die Wahrheit. Das ist mir lieber als die kühle Maske, die er sonst präsentiert."

Seth schüttelte den Kopf. „Ich weiß nicht, ob dich das zu einem Trottel macht oder zu einer sehr mutigen Person."

„Ein mutiger Trottel?" Ich schaute auf die Bücher und Papiere aus Andrew Buchanans Zimmer.

„Sei nur vorsichtig. Ich würde ihm zutrauen, dass er dich aus Lichfield wegschickt."

Mein Kopf kullerte fast von meinem Hals, so schnell drehte ich ihn zu ihm. „Weil ich ihn herausfordere, wenn er wütend ist?"

„Nein, weil er denkt, dass es zu deinem Besten wäre, dich von hier fortzubringen."

„Oder des Ministeriums", fügte Gus mit einem Schulterzucken hinzu, als würde er sich dafür entschuldigen, dass er das Ministerium auf Lincolns Wichtigkeitsskala neben mich setzte.

Ich starrte sie an. „Das behalte ich im Hinterkopf."

Der Koch gab mir einen recht süßen Kuss auf die Wange. „Ich backe dir später zum Tee ein paar Törtchen."

Seth verdrehte die Augen. „Ich glaube, das hier liegt jenseits des Wirkungskreises deiner Törtchen."

Der Koch schaute ihn finster an und verließ die Bibliothek. Die anderen beiden bat ich, zu bleiben. „Habt ihr das hier schon gesehen?" Ich deutete auf das Chaos auf dem Tisch.

„Nein." Gus zog ein Buch näher heran, um den Titel zu lesen. „Der Tod hat mit uns noch nicht über Buchanan gesprochen. Vielleicht will er uns nich mit reinziehen, weils doch ne Familiensache von Lady H ist."

Seth nahm das Tagebuch, in dem Lincoln gelesen hatte, und blätterte durch die Seiten. „Er hat die einfach hier bei dir gelassen?"

„Vielleicht war das nicht seine Absicht", sagte ich. „Aber nachdem er rausgestürmt war, konnte er die Sachen wohl kaum holen, ohne ein Stück seines Stolzes runterzuschlucken."

„Dann sollten wir nichts anrühren."

„Oder vielleicht sollten wir alles durchsehen."

Seth grinste. Er und Gus setzten sich an den Tisch und ich kehrte in meinen Sessel zurück und zog einen Stapel dünner Bücher zu mir. Sie wirkten alt mit ihren abgegriffenen Ledereinbänden. Der Rücken des einen war genäht und die dicken Seiten wurden vorn und hinten von zwei leeren Pappen geschützt. Innen war es wunderschön illustriert. Das Gold der Initialen leuchtete auf dem vergilbten Pergament. Außerdem roch es erdig, als ob es jahrhundertelang unter der Erde versteckt gewesen wäre.

Die Schreibweise war altertümlich, aber ich konnte den Sinn grob erfassen. Das Buch handelte von Hexen und Zaubersprüchen, allerdings war ich mir nicht sicher, wie viel davon echt war und wie viel einfach nur Geschichten, die nicht übernatürliche Personen sich ausgedacht hatten, um seltsame Phänomene zu erklären. Lincoln würde das vermutlich wissen.

Lincoln. Ich hatte fast fünf Minuten weder an ihn noch an unseren Streit gedacht—oder an den Kuss. Mich zu beschäftigen war offensichtlich eine gute Methode, um ihn auszublenden. Ich musste mich weiter beschäftigt halten.

Gus unterbrach mich, um mir einige Dinge zu zeigen, die er in einer kleinen Holzkiste gefunden hatte. Außer dieser Kiste und ihrem Inhalt bestand die Sammlung ausschließlich aus Büchern und Papieren.

„Schmuck", sagte Gus und hielt einen sternförmigen Anhänger hoch, der an einem abgewetzten Lederband hing. „Nich ma wertvoll, jedenfalls nich für 'nen eingebildeten Snob wie Buchanan."

„Kein Schmuck; ein Talisman." Seth drehte das Tagebuch um, in dem er gelesen hatte, um uns etwas zu zeigen. Jeder Talisman war kunstvoll auf einer Seite skizziert worden. Die Beschreibungen unter den Skizzen schienen Erklärungen zu sein, welche Kräfte der jeweilige Talisman besaß. Der Stern sollte Krankheiten fernhalten.

Es erinnerte mich an den Anhänger mit dem Auge, den ich in Lincolns Zimmer gefunden hatte. Sein Talisman schützte den Träger davor, von jemandem mit dem bösen Blick verflucht zu werden. Er hatte den Talisman von seiner Mutter, die er nie kennengelernt hatte. Er wusste nur wenig über sie. Auch meine Entdeckung, dass die Herkunft bei den Zigeunern lag, war ihm nicht bewusst.

„Was steht noch in dem Tagebuch?" Ich winkte Seth heran, damit wir es beide studieren konnten.

Er kam an meine Seite und blätterte zum Anfang zurück. „Es gehörte Lord Harcourt—"

„Lord Harcourt? Ich dachte, es wäre Andrew Buchanans Tagebuch."

Er zeigte auf die Zeilen auf dem Titelblatt, die in einer eleganten, schwungvollen Schrift geschrieben waren. „Warren Buchanan, dritter Baron Harcourt, ist der verstorbene Lord Harcourt, nicht der jetzige."

„Lady Hs Ehemann", fügte Gus hinzu und verrenkte sich den Hals, um besser sehen zu können. „Was steht'n da? Irgendwas übers Werben um die Lady?"

„Falls du meinst, er wäre durch ihr Fenster gestiegen und hätte sie vernascht, dann nein. So eine Art Tagebuch ist das nicht." Seth blätterte weiter durch die Seiten. „Es ist mehr eine willkürliche Sammlung von Informationen, vielleicht als Gedankenstütze. Da stehen beispielsweise hastig hingekritzelte Verse und Zitate und mehrere Skizzen der übernatürlichen Dinge in der Kiste. Namen und Daten für Treffen, Adressen und hier das sind anscheinend die Quoten für die Rennpferde beim Royal Ascot. Unsere Komiteemitglieder kommen oft vor." Er tippte auf einen Eintrag in der Mitte des Buches.

„Allgemeines Standesamt", las ich. Unter der Überschrift befand sich eine Liste von Namen und Jahren, alle mit unterschiedlicher Tinte geschrieben. Die Schrift wurde zum Ende hin krakelig und dünn. „Marchbank '77. Harcourt '78. Gillingham '79. Ich glaube, das ist eine Liste, welche der Komiteemitglieder informiert werden sollen, falls bestimmte öffentliche Eintragungen beim Standesamt abgefragt werden."

Beide Männer starrten mich an.

Ich räusperte mich. „Ich habe Erfahrung mit den Triggern, die dort eingerichtet sind. General Eastbrooke ist nicht aufgelistet, wie ich sehe."

„In den Jahren war er in Übersee", sagte Seth. „Er ist noch nicht so lange im Ruhestand."

Er zeigte weitere Einträge auf, die man den Geschäften des Ministeriums zuordnen konnte. Beim ersten Blick auf Lincolns Namen stoppte ich ihn mit meiner Hand. Der Eintrag enthielt kein Datum, nannte aber Lichfield Towers. Darunter war eine Skizze des Hauses, ziemlich am Ende des gesamten Tagebuches.

„Da muss das Komitee dieses Haus gekauft haben", sagte Seth.

„Und Mr Fitzroy ist eingezogen und übernahm die Leitung", fügte ich hinzu. „Lord Harcourt ist kurz darauf verstorben, nicht wahr?"

„Ja", sagte Gus. „Bevor Seth und ich hier angefangen haben. Jahre der Planung, nur um die Radieschen von unten zu sehen, wenn der ganze Spaß losgeht."

„Du hast eine merkwürdige Auffassung von Spaß. Gibt es noch mehr Einträge über Fitzroy?"

Wir durchsuchten die verbleibenden Seiten, fanden aber sehr wenig. Größtenteils waren es Daten, neben denen „Lich" stand und die Abkürzungen für Fitzroy, Marchbank, Eastbrooke und Gillingham. Das mussten Treffen des gesamten Komitees gewesen sein, die in Lichfield abgehalten wurden, inklusive dem General, der inzwischen pensioniert gewesen sein musste.

„Also nix über Lady H?", fragte Gus.

„Aha!" Seth wirbelte das Buch herum, um es Gus zu zeigen. „Ein Eintrag, der beschreibt, wie er sie das erste Mal flachgelegt hat, herrlich detailliert."

Gus schnappte sich das Tagebuch und brütete über der Seite. Er reichte es mit einem vernichtenden Blick zurück. „Drecksack", murmelte er und widmete sich wieder seinem eigenen Buch.

Seth schmunzelte. „Sie wird ein paar Mal erwähnt. Hier zum

Beispiel. ‚Meine liebste Julia' nennt er sie meistens. ‚Für meine liebste Julia, ein Ballkleid aus pinkfarbener Seide, Madame La Mondelle, die Modistin, £12.'"

Ich zeigte auf eine Skizze einer Halskette mit passenden Ohrringen auf der nächsten Seite. „Die erkenne ich. Die hat sie zum Ball getragen. ‚Diamanten für meine liebste Julia, Ogden & Söhne, Juweliere, £1.050.'"

Gus stieß einen Pfiff aus. „Der muss aus Geld bestanden haben."

Ich blätterte im Tagebuch zurück, aber es gab keine früheren Einträge über sie. „Ich glaube, die wurden nach der Hochzeit geschrieben, oder vielleicht in der Verlobungszeit. Soweit ich sehen kann, gibt es nichts darüber, wann sie sich kennengelernt haben. Sie scheint einfach so auf der Bildfläche erschienen zu sein. Ich hätte eine Erwähnung als Miss Soundso erwartet, aber vor dem Kauf des Schmucks und der Kleider ist hier nichts."

Seth nahm mir das Tagebuch wieder ab und klappte es zu. „Nichts davon hat irgendetwas mit Andrew Buchanans Verschwinden zu tun. Das ist noch nicht einmal sein Tagebuch."

„Nein, aber es war in seinem Besitz. Fitzroy hat es auch durchgesehen, als ich hereinkam. Wenn es unwichtig wäre, hätte es ihn nicht interessiert."

„Dann schau du es durch. Ich brauche Tee, wenn ich hier stundenlang feststecken soll."

Er überließ es mir und Gus, die restlichen Bücher zu durchforsten. Allerdings kehrte ich immer wieder zu dem Tagebuch zurück. Als Seth mit dem Teetablett zurückkam, nahm ich das Tagebuch wieder zur Hand und studierte es genauer. Was würde Andrew den vielen Seiten voller Notizen seines Vaters entnehmen? Welcher Name, welches Ereignis oder Datum würde ihn besonders interessieren?

Es traf mich wie ein Schlag, als ich eine lange Liste von Formulierungen sah. Sie begann mit „Abteilung für Sonderbarkeiten" und endete mit „Ministerium für merkwürdige Dinge", was unterstrichen war. Es war der ursprüngliche Name des neugegründeten Ministeriums der Kuriositäten, geleitet von Lincoln. Lord Harcourt und die anderen Komiteemitglieder agierten als Hüter der Archive und Ministeriumsangelegenheiten, während Lincoln die ganze Arbeit machte. „Ich frage mich, ob Buchanan erkannt hat, dass sein Vater in etwas ziemlich Außergewöhnliches verwickelt war. Das würde sein neues Interesse am Okkulten erklären." Ich deutete auf die anderen Bücher, von denen viele Einsteigerbücher zu verschiedenen übernatürlichen Themen waren. „Vielleicht hat er die Existenz des Ministeriums durch dieses Tagebuch entdeckt."

Seth nickte nachdenklich. „Könnte sein."

„Ob es ihn wohl gewurmt hat, dass ihm nie etwas davon erzählt wurde?"

„Ob er wusste, dass er und sein Bruder als Erben des Geheimnisses zugunsten ihrer Stiefmutter übergangen wurden?"

„Die köstliche Lady H", sagte Gus mit gerunzelter Stirn. „Bist du sicher, dass sie da drin nich öfter erwähnt wird? Vielleicht mit einem Code oder so. Nur mal so, wenn ich mich heimlich mit 'nem Mädel treffen würde, die gesellschaftlich unter mir is, hätte ich deren Namen codiert."

„Niemand ist unter dir", spulte Seth eher automatisch ab, als ob er die Fopperei nicht wirklich ernst meinen würde, sich aber trotzdem dazu verpflichtet fühlte.

Wir sahen uns kurz an, stürzten uns beide auf das Tagebuch und blätterten die Seiten vor der ersten Erwähnung von Lady Harcourts Namen durch, um die Listen von Daten und anderen Kleinigkeiten zu durchsuchen. Schließlich gab ich seufzend auf.

„Nichts", sagte ich und lehnte mich im Stuhl zurück. Dabei entging mir nicht, dass ich viel mehr Zeit mit der Suche nach Informationen über Lord Harcourts Beziehung zu Lady Harcourt verbrachte als nach dem vermissten Andrew Buchanan, aber das tat ich als Folge von Lincolns Zurückweisung ab. Obwohl ich Lady Harcourt nicht mehr sonderlich respektierte, spürte ich eine gewisse Verbundenheit mit ihr, da wir jetzt beide von ihm abserviert worden waren.

„Er ist oft ins Theater gegangen", sagte Seth und zeigte auf eine Reihe von Einträgen auf mehreren Seiten, die ich verworfen hatte. „Aber dann plötzlich nicht mehr, direkt vor dem ersten Auftauchen von ‚Meine liebste Julia'."

Ich zog das Tagebuch näher heran. „Das Al?", fragte ich mit einem Schulterzucken.

„Das Alhambra Theater. Das ist ein Konzertsaal im Leicester Square."

Ich grinste. „Ah, ja." Das Alhambra und seine Anziehungskraft kannte ich. Das Theater führte Schauspiel und Ballett auf, war aber besser dafür bekannt, dass man dort spärlich bekleidete Tänzerinnen zu Gesicht bekam, die sich in den langen Pausen gern von den jungen Kerlen einen Drink spendieren ließen. Ich hatte sogar schon von Huren gehört, die sich in der Hoffnung auf einen Kunden dort eingeschleust hatten. Die Herren waren für uns Taschendiebe leichte Beute gewesen, wenn sie wie betrunkene Seeleute herausgetorkelt kamen. Sie konnten kaum geradeaus gehen, geschweige denn uns fangen.

„Alter Schwede", sagte Gus. „Glaubste, der olle Harcourt hat sich mit den Bräuten im Alhambra vergnügt?"

Seth nickte. „Ich glaube auch, dass er die zukünftige Lady Harcourt dort getroffen hat. Schau dir das an." Er tippte mit dem Finger auf die Initialen J.T.

Ich zuckte mit den Schultern. „Das könnte sonst was bedeuten."

„Templeton war ihr Mädchenname." Er blätterte zu den vorigen Seiten zurück und deutete auf jeden „Das Al" Eintrag mit den Initialen J.T. und einem Datum daneben. Es gab viele, aber weiter vorn veränderten sich die Einträge. J.T. war schlicht J und davor tauchten neben „Das Al" die Worte „Miss D.D." auf.

„Wer ist Miss D.D.?", fragte ich.

„Eine Schauspielerin oder Tänzerin?", meinte Seth. „Vielleicht hat er sie durch Julia Templeton ersetzt."

„Das Alhambra ist ein merkwürdiger Ort, um die Tochter eines Schulmeisters anzutreffen. Ich kann mir nicht vorstellen, dass ihr Vater über ihre Anwesenheit dort sehr erfreut gewesen wäre."

„Vielleicht mochte sie einfach Theater", sagte Gus.

„Dann würde sie wahrscheinlich eins mit einem besseren Ruf wählen."

Seth schmunzelte. „Man geht nicht ins Alhambra um auf die Bühne zu gucken. Außer beim Can-Can."

„Sprichst du da aus Erfahrung?"

Er grinste. „Absolut."

„Wir sollten mehr über Miss D.D. herausfinden und warum Lord Harcourt sie in seinem Tagebuch aufgeführt hat."

„Warum?", fragte Gus.

„Genau", pflichtete Seth ihm bei. „Was hat das mit den Ermittlungen zum Verschwinden von Buchanan zu tun?"

„Da bin ich mir nicht sicher", sagte ich. „Aber wir sollten dem nachgehen. Und wenn es nur ist, um etwas zu tun zu haben."

„*Du* solltest deinen Fuß schonen."

„Das werde ich, aber sobald der verheilt ist, sollten wir alle losen Enden aus diesem Tagebuch unter die Lupe nehmen. Buchanan hat höchst wahrscheinlich etwas gefunden, was ihn neugierig gemacht hat, etwas, was er untersuchen wollte."

„Das ist interessant." Seth drückte beide Seiten des Tagebuchs flach herunter. „Eine Seite fehlt. Sie ist ganz dicht am Rand ausgerissen worden."

Ich schaute genauer hin. „Das stimmt. Und sieh mal hier. Man kann auf dieser Seite einen Abdruck von dem sehen, was auf der ausgerissenen Seite stand. Es war unterstrichen." Ich blätterte zur nächsten Seite. „Der Abdruck ist sogar hier noch zu sehen. Mit so viel Druck schreibt man nur, wenn man wütend ist."

„Ich glaube, es ist ein Name. Estelle Mary … Pearson."

„Ich frage mich, wer das ist."

Er blätterte ein paar Seiten durch, doch der Name tauchte nirgends sonst auf. „Hier stehen einige Daten und Zeiten, vielleicht für Verabredungen, aber ohne Namen oder Orte. Falls sie mit dieser Estelle Mary Pearson im Zusammenhang stehen, finden wir es nie heraus."

„Das ist die kräftigste Handschrift im ganzen Tagebuch. Ich frage mich, ob Buchanan den Namen kannte."

„Frag ihre Ladyschaft, ob sie ihn kennt", sagte Gus.

„Gute Idee. Ich werde es Fitzroy vorschlagen."

Beide sahen mich mitleidig an. „Ist das schlau?", fragte Seth.

„Warte lieber, bis er sich beruhigt hat", fügte Gus hinzu.

Damit hatten sie recht. „Ich mach's später."

Seth nahm mir das Tagebuch ab. „Ich mache das."

Ich holte es mir zurück. „Nein, ich. Ich muss früher oder

später sowieso mit ihm sprechen. Ich verspreche, dass ich mich dieses Mal nicht mit ihm streiten, sondern nur über Ministeriumsangelegenheiten reden werde. So? Zufrieden?"

Gus reagierte mit einem Schnauben. Seth brummelte „kaum" und las weiter.

„Du kannst eine Sache für mich tun", sagte ich zu Seth. „Auf meinem Schminktisch liegt ein Geschenk. Bring das bitte zu Mr Fitzroy zurück. Mit den leidigen Krücken fällt es mir schwer, Dinge zu tragen."

„Was ist in dem Geschenk?", fragte er.

„Ey! Kümmer' dich um deinen eigenen Kram", schnappte Gus. „Antworte ihm nich, Charlie."

Seth zuckte lediglich mit den Schultern. Wir kehrten alle zu den Büchern zurück, bis wir schließlich Lincoln zurückkommen hörten, allerdings nicht durch die Haustür. Seine Haare waren etwas zerzauster als vorher und sein Gesicht gerötet. Sein Blick begegnete meinem nicht, sondern sprang direkt zum Tisch und den Dingen darauf.

„Was ist hier los?", knurrte er.

Anscheinend hatten Bewegung und frische Luft seine Laune nicht verbessert. Wenigstens brüllte er nicht mehr.

Seth und Gus sprangen auf und schoben sich zur Tür, als Lincoln hereinkam. „Wir wollten nur, äh …" Gus sah Seth an.

„Gehen", beendete Seth den Satz.

„Feiglinge", murmelte ich, was mir einen finsteren Blick von Gus einbrachte. „Ich war es leid, zu nähen, also habe ich beschlossen, etwas nachzuforschen", erklärte ich Lincoln, während sich die beiden anderen aus dem Staub machten. Durch ihre Abwesenheit fühlte ich mich recht ungeschützt und angreifbar. Die Verletzungen von meiner vorigen Schlacht mit Lincoln schmerzten noch und ich hatte nicht vor, mir weitere zuzuziehen. Ich war fest entschlossen, Herzensdinge aus diesem Gespräch herauszuhalten.

„Habt ihr etwas herausgefunden?" Seine Haltung wirkte weniger bedrohlich, sein Knurren nicht ganz so aggressiv. Vielleicht hatte er auch beschlossen, nicht wieder mit mir aneinander zu geraten.

„Lord Harcourts Tagebuch ist bei Weitem am interessantesten."

„Stimmt."

„Du hast es gelesen?"

„Nur ein paar Seiten." Er setzte sich. „Und du?"

„Wir haben ein paar Einträge entziffert. Falls Buchanan schlau genug ist, würde er erkannt haben, dass sein Vater Teil des Ministeriums war. Aber ob er seine Funktion kannte, ist unklar."

„Ob er wirklich clever genug ist, wird sich zeigen."

Möglicherweise war das ein Witz, aber mir war nicht nach lächeln zumute. „Das einzig Interessante ist die fehlende Seite."

Er beugte sich vor, aber da er mir gegenüber am Tisch saß, war er noch zu weit weg. Ich öffnete das Buch an der entsprechenden Stelle. Er fuhr mit dem Finger über die Abdrücke von Estelle Pearsons Namen. „Er war wütend, als er das geschrieben hat."

„Sonst wurde sie nirgends erwähnt. Linc— Mr Fitzroy, vielleicht könntest du—könnten Sie Lady Harcourt fragen, ob der Name ihr etwas sagt."

„Das werde ich. Noch etwas?"

Ich biss mir auf die Innenseite meiner Lippe. Es gab keinen Hinweis darauf, dass Miss D.D. und das Alhambra Theater irgendetwas mit Buchanans Verschwinden zu tun hatten, aber es ging mir nicht aus dem Kopf. „Es gibt ein paar merkwürdige Einträge in Verbindung mit Lady Harcourt und dem Alhambra."

Eine kleine Falte verband seine strengen schwarzen Brauen. Er folgte den Einträgen durch das Tagebuch bis zu der Stelle, wo die Initialen J.T. durch Miss D.D. ersetzt wurden. Sein Gesichtsausdruck veränderte sich nicht, er blinzelte nicht einmal, und doch spürte ich eine Veränderung in ihm. Die Einträge hatten in der Tat eine Bedeutung.

„Wissen Sie, warum Lord Harcourt seine zukünftige Frau im Alhambra treffen würde?"

Sein kurzes Zögern ließ mich aufhorchen. „Nein."

„Wissen Sie, wie sie sich kennengelernt haben?"

„Nein. Er war ein gesetzter, anständiger Gentleman. Ich hätte nicht erwartet, dass das Alhambra sein Ding war."

„Aber wie haben sie sich kennengelernt? Es ist ja nicht so, als würden die Töchter von Lehrern in den gleichen Kreisen verkehren wie Lords. Harcourt hat nur Söhne, also war sie keine Gouvernante bei ihm."

„Sie hat mir nie erzählt, wie sie einander begegnet sind."

„Haben Sie sie nie gefragt?"

„Nein."

Ich runzelte die Stirn. „Warum nicht?"

„Das kam nie zur Sprache."

„Aber ihr wart doch …" Ich schluckte den Rest des Satzes herunter. Es laut auszusprechen, würde möglicherweise meine Eifersucht preisgeben. Sie hatte immerhin das Bett mit ihm geteilt und es wurde immer deutlicher, dass ich das nie tun würde. „Ich hätte erwartet, dass Sie alles über Ihre … Geliebte hätten wissen wollen."

„Das glaubst du?"

„Nachforschungen über sie anzustellen, erscheint mir als etwas, das Sie tun würden, bevor Sie … sich mit einer Frau einlassen. Ihre Lebensumstände überprüfen, ihre Familie, Interessen und so weiter." Ich räusperte mich und rückte mich auf dem Stuhl zurecht. Es war ermüdend, so lange zu sitzen. Ich musste aufstehen und mich bewegen. Ich musste weg von Lincoln und meiner zunehmenden Erniedrigung.

„Meine Liaison mit Lady Harcourt war flüchtig und vorbei, ehe sie richtig begonnen hatte. Ich habe mir nie die Mühe gemacht, sie nach ihrem Privatleben zu fragen, und sie hat die Informationen nicht angeboten." Das war wesentlich mehr, als ich von ihm erwartet hatte. Tatsächlich hatte ich damit gerechnet, dass er mir ausweichen würde. Seine Worte schockierten mich so sehr, dass ich ihn doch wieder anschaute.

Er begegnete meinem Blick beständig. „Genügt diese Erklärung?"

Machte er sich über mich lustig? Ärgerte er mich wegen meiner Eifersucht? Das bezweifelte ich, da er meine Gefühle zu beschneiden versuchte, noch ehe sie aufblühten. Ich hob das Kinn. „Es muss genügen. Was kommt jetzt? Wie werden Sie Buchanan finden?"

„Ich werde dort nachfragen, wo er verkehrt. Ich habe schon

damit begonnen, aber es stehen noch einige Orte auf meiner Liste."

„Und Sie werden nach dieser Estelle Pearson suchen?"

„Ich werde schauen, was ich in den öffentlichen Archiven finden kann, aber das ist ein mühseliger Prozess, es sei denn, sie lebt noch im gleichen Haus, in dem sie geboren wurde."

„Vermutlich ist sie noch im gleichen Stadtteil."

„Stimmt. Oder Lady Harcourt weiß etwas."

„Und was ist mit dem Alhambra?"

„Ich habe nicht vor, dorthin zu gehen."

„Warum nicht?"

„Diese Einträge erscheinen mir eine private Angelegenheit zwischen Lord und Lady Harcourt zu sein und nichts mit dem Verschwinden von Buchanan zu tun zu haben."

„Aber das können Sie nicht sicher wissen", sagte ich.

„Mein Instinkt sagt mir etwas anderes."

„Instinkt?"

„Er liegt selten daneben."

Ich humpelte auf meinen Krücken davon. „Was für ein Glück für Sie."

„Charlie."

Sein ruhiger Befehl brachte meine Nerven wieder zum Beben. Ich blieb stehen. „Ja?"

Er kam näher, aber nicht zu nah, und stand mit den Händen hinter dem Rücken verschränkt. Der Abstand zeigte seine Gefühle deutlicher als sein verschlossenes Gesicht und die verschleierten Augen. „Ich muss mich für mein Verhalten vorhin entschuldigen. Ich hätte nie zulassen dürfen, dass mein Ärger die Oberhand gewinnt. Falls ich dir Angst eingejagt haben sollte, tut es mir leid. Falls ich dir zu nahe getreten bin oder dich verletzt habe, tut es mir doppelt leid. Es ist eigentlich nicht meine Art, so die Beherrschung zu verlieren, aber in letzter Zeit …" Er schüttelte den Kopf, als könnte er nicht ganz verstehen, wie es dazu gekommen war.

„Es scheint, als würde ich dich zur Weißglut treiben", murmelte ich.

„Der Fehler liegt vollständig bei mir, nicht bei dir. Vergib mir." Er verbeugte sich knapp und ging an mir vorbei hinaus.

Ich starrte ihm hinterher, dankbar, dass er das Eis gebrochen und sich entschuldigt hatte, dennoch unsicher, wie wir je wieder zu einem angenehmen Umgang miteinander finden sollten.

Mit einem Seufzen machte ich mich auf den Weg in die Küche. Bis ich dort ankam, hatte ich beschlossen, etwas zu finden, mit dem ich mich von Lincoln ablenken konnte. Hausarbeit reichte nicht aus, dabei hatte ich viel zu viel Zeit zum Nachdenken. Was ich brauchte, war ein Rätsel. Abgesehen von der Suche nach Andrew Buchanan, war das größte Rätsel herauszufinden, was Lord Harcourt im Alhambra getrieben hatte und wie Miss D.D. durch die zukünftige Lady Harcourt ersetzt worden war.

KAPITEL 3

Es dauerte noch drei Tage, bis der Arzt noch einmal kam und verkündete, dass ich ohne Krücken laufen durfte, solange ich meinen verletzten Fuß nicht zu sehr belastete. Er schlug den Gebrauch eines Gehstocks vor und Gus holte einen vom Dachboden, der vom vorigen Besitzer von Lichfield Towers zurückgelassen worden war, einem älteren Herrn. Der Knauf war in Form des Kopfes eines Mastiffs schnitzt, ziemlich hässlich und überhaupt nicht feminin. Es widersprach Seths Modegeschmack, mich mit diesem Stock aus dem Haus zu lassen, bis ich ihm erklärte, dass ich das Haus so oder so verlassen würde, mit oder ohne Stock.

„Warum sagst du uns nicht, wohin du gehst?", fragte er, als ich meinen wärmsten Mantel anzog, den, den Lincoln mir nur wenige Wochen zuvor geschenkt hatte. Seine Frage brachte mich darauf, dass seine Zögerlichkeit, mich gehen zu lassen, mehr mit seiner Angst um meine Sicherheit zu tun hatte als mit dem hässlichen Stock.

„Weil ihr nicht zustimmen werdet."

„Geh besser mit ihr", sagte Gus mit einem grimmigen Zug um den Mund.

„Kannst du nicht", sagte ich. „Keiner von euch. Ihr seid selbst auf dem Sprung." Sie sollten mit Lincoln in eine Spielhöhle im East End gehen, die Andrew Buchanan Gerüchten zufolge gern besuchte. Bisher hatte ihre Suche nicht mehr ergeben als Gerüchte und Andeutungen. Mehrere von Buchanans Bekannten hatten vermutet, dass er von jemandem gefangen gehalten wurde, dem er Geld schuldete, gekränkt oder ruiniert hatte. Anscheinend hatten sie sich bei dem Gedanken kaputt gelacht.

„Sag uns wenigstens, was du vorhast", sagte Seth, während er einen Dolch in seinen Ärmel steckte. „Es beruhigt mein Gewissen, wenn ich weiß, wo du bist."

Ich seufzte. „Das ist, als ob ich zwei herrische große Brüder hätte."

„Drei", stimmte der Koch mit ein und wedelte mit seinem Gemüsemesser.

Ich lächelte. In Wahrheit gefiel mir der Gedanke, Brüder zu haben. Noch erstickten sie mich nicht, aber ich fragte mich schon, ob sich das neue Gefühl abnutzen würde, wenn ich ihnen jeden Tag über meinen Aufenthaltsort Bericht erstatten musste. „Das Alhambra."

Alle drei hielten inne, um mich anzustarren.

„Es ist helllichter Tag, es werden keine anrüchigen Herren unterwegs sein und in meiner Hausmädchenuniform oder diesem Mantel hält mich garantiert keiner für ein leichtes Mädchen." Die Hände auf die Hüften gestemmt, forderte ich sie heraus, mir zu widersprechen.

„Weiß er, dass du ausgehst?", war alles, was Seth fragte.

Namen zu erwähnen war unnötig. Wir wussten alle, wen er meinte. „Ich wollte ihn gerade in Kenntnis setzen." Wie auf Kommando kam Lincoln herein, ein grandioser Anblick in seinem bodenlangen Kutscherumhang und den Lederhandschuhen, die Haare ordentlich zusammengebunden, die schwarzen Stiefel auf Hochglanz poliert. Er würde auf dem Kutschbock eine imposante Figur abgeben, insbesondere, wenn er mit diesem finsteren Gesichtsausdruck in seinem üblichen rasanten Tempo durch die Stadt fuhr.

„Mich über was in Kenntnis setzen?"

„Ich gehe zum Alhambra Theater. Lassen Sie mich ausreden", sagte ich, bevor er mir befehlen konnte, zu Hause zu bleiben. „Ich weiß, dass Sie die Treffen von Lord und Lady Harcourt für die Ermittlungen für unbedeutend halten, aber wie mir scheint, steht ihr bisher mit leeren Händen da. Es kann nicht schaden, es wenigstens als möglichen Grund für Buchanans Verschwinden von der Liste zu streichen."

Er betrachtete mich einen Moment lang schweigend und neigte dann den Kopf zu einem Nicken. „Ich werde dich hinfahren. Nimm den Gehstock mit und rufe dir für den Rückweg eine Kutsche." Er fischte einige Münzen aus seiner Tasche und reichte sie mir. „Und nimm einen Regenschirm mit. Es ziehen dunkle Wolken auf."

Ich nahm die Münzen schweigend entgegen. Seine schnelle Zustimmung verwirrte mich. Gus holte einen Schirm aus dem Ständer in der Eingangshalle und ich beschloss, ihn statt des Gehstocks zu nehmen. Beides zusammen wäre zu umständlich.

Wir nahmen den Einspänner. Gus leistete mir in der Kabine Gesellschaft, während Lincoln und Seth auf dem Kutschbock Platz nahmen. Er grummelte den Großteil des Weges zum Leicester Square vor sich hin und beschwerte sich, dass er „kein feiner Pinkel" wäre und nicht wie eine Lady im Innern sitzen sollte.

„Hier ist es wenigstens wärmer", versicherte ich ihm.

Er lümmelte sich in seinen Sitz. Manchen Leuten konnte man es wirklich nicht recht machen.

Ich winkte ihnen vom Bürgersteig vor dem Alhambra hinterher. Das Theater war passend zu seinem Namen im maurischen Stil erbaut mit reichlich Bögen und Säulen sowie Kuppeln, die das zinnenbewehrte Dach krönten. Die Haupttüren waren verschlossen und ich wollte gerade klopfen, als jemand auf eine kleinere Seitentür zusteuerte und sie öffnete.

„Entschuldigen Sie." Ich eilte zu ihm, so schnell mein humpelnder Gang es erlaubte. „Arbeiten Sie hier?"

„Das Theater ist geschlossen", gab er zurück. „Heute gibt es keine Matinee."

„Mein Name ist Miss Charlotte Holloway."

„Holloway?" Der Gentleman sah mich endlich an. Er registrierte meinen Schirm und den Mantel und lupfte mit einer Verbeugung seinen Hut. „Angenehm. Mr Jonathon Golightly, zu Ihren Diensten."

„Ich würde gern mit jemandem sprechen, der in diesem

Etablissement arbeitet. Vorzugsweise jemand, der hier schon mehrere Jahre angestellt ist."

„Ich arbeite hier." Das Lächeln, das er mir schenkte, während er sich aufrichtete, war ziemlich schneidig, besonders gepaart mit dem bleistiftstrich-dünnen Schnurrbart und dem kantigen Bart. Ich schätzte ihn auf ungefähr fünfzig, allerdings war er ganz anders als alle Männer dieses Alters, die ich bisher kennengelernt hatte. Zum einen hatte seine Weste die leuchtendste Fuchsia-Farbe, zum anderen trug er eine Krawatte, keine Fliege. „Ich bin der Inspizient am Alhambra und das schon etwa acht Jahre. Davor war ich Schauspieler, ebenfalls hier. Möchten Sie eintreten?"

„Vielen Dank. Sie sind sehr freundlich."

Er hielt mir die Tür auf und ich fand mich in einer Promenade wieder, einem Bereich, der das gesamte Theater umrundete. Es war unheimlich still. Obwohl ich noch nie zuvor im Alhambra gewesen war, hatte ich oft durch die Fenster gelinst, während ich auf der Lauer lag, bis ein Betrunkener herausgestolpert kam. Die schick gekleideten Herren, die sich zu den hübschen Bardamen und den langbeinigen Tänzerinnen gesellten, hatten mich ebenso geblendet wie die farbenreichen Teppiche und die vergüldeten Bögen. Doch Tageslicht und Leere zeigten die verborgenen Flecken, den Kitsch und die Spinnweben, die in den Ecken klebten.

„Kommen Sie doch in mein Büro, Miss Holloway." Er führte mich die Promenade entlang, an der Bar vorbei durch eine Tür. „Vorsicht, hier ist eine kleine Treppe." Seine Stimme war hell, seine Schritte kurz und eilig. Er musste häufig stehenbleiben und auf mich warten.

Mr Golightly führte mich in ein kleines Büro. Eine Reihe farbenfroher Poster lagen auf dem Schreibtisch ausgebreitet, die verschiedene Vorstellungen im Frühjahr anpriesen. Jemand hatte mit schwungvoller Handschrift Korrekturen quer darauf geschrieben.

„Nehmen Sie doch bitte Platz, Miss Holloway." Tief im Innern des Gebäudes fing ein Klavier an zu spielen und eine klare weibliche Stimme rief: „Höher, höher!"

„Proben für das Ballett heute Abend", erklärte Mr Golightly. „Miss Redding!"

Kurz darauf glitt eine große, schlanke Frau ins Büro. Ihre blonden Locken waren in der Mitte scharf gescheitelt und sie bewegte sich mit einer Eleganz, die mich an Lady Harcourt erinnerte. Noch nicht einmal ihr Rocksaum schien zu flattern. Anders als Lady H trug sie jedoch ein einfaches Wollkleid, das in zwei Brauntönen gestreift war. Die passende Jacke betonte ihre schmale Taille. Die Wangen und Lippen waren geschminkt, vielleicht in der Hoffnung, von ihren Pockennarben abzulenken, was unglücklicherweise nicht funktionierte.

„Ja, Mr Golightly?" Es war schwer zu sagen, wie alt sie war. Ihr güldenes Haar und die schlanke Figur wirkten wie zwanzig, die Falten um den Mund und die Augen eher Mitte dreißig.

„Tee bitte, Miss Redding. Ich habe Besuch." Er strahlte mich an und betrachtete erneut meinen teuren Samtmantel mit den edlen Stickereien. „Das ist Miss Holloway."

Miss Redding interessierte sich nicht so sehr für meine Kleidung. Ihr Blick blieb bei meinem Gesicht, während sie zaghaft lächelte. „Kommt sofort, Mr Golightly. Das Wasser hat gerade gekocht."

„Miss Redding ist meine Assistentin", erklärte er mir, während sie verschwand. „Ein wertvoller Gewinn für das Theater."

„Ist sie schon lange Ihre Assistentin?"

„Nur ein oder zwei Jahre, aber sie ist schon wesentlich länger im Alhambra. Früher hat sie hier getanzt."

Das behielt ich im Hinterkopf. „Ich habe eine merkwürdige Reihe von Fragen an Sie. Jedenfalls könnte es sein, dass sie Ihnen merkwürdig erscheinen."

Er lehnte sich in seinem Stuhl hinter dem Schreibtisch zurück und stützte die Ellenbogen auf die Armlehnen. „Wie fesselnd."

„Kennen Sie jemanden namens Estelle Mary Pearson?"

Er schüttelte den Kopf. „Der Name ist mir nicht vertraut."

Ich glaubte nicht, dass es eine Verbindung gab, da der Name nicht auf den gleichen Seiten wie das Theater erwähnt worden war, aber die Frage konnte nicht schaden. „Wie ist es mit jemandem mit den Initialen D.D.?"

„Das könnte jeder sein."

„Nur jemand mit den Initialen D.D."

„Das stimmt allerdings", sagte er lachend. Ein nervöses Lachen, wenn ich mich nicht irrte.

„Diese D.D. ist eine Frau und sie hat wohl vor einigen Jahren hier gearbeitet."

Er verschränkte die Finger und presste sie an seine Lippen, während er nachdachte. „Nein, ich fürchte, ich kenne keine Miss D.Ds."

Ich hatte nicht erwähnt, dass sie unverheiratet war. „Keine einzige?"

Noch ein Kopfschütteln. „Ich fürchte nicht. Ah, hier kommt Miss Redding mit dem Tee."

Miss Redding kam rückwärts durch die Tür, drehte sich dann elegant um und stellte das Tablett auf eins der Poster. Sie schenkte ein und reichte mir lächelnd eine Tasse.

„Ich hoffe, Sie werden noch einen Moment bleiben", sagte Mr Golightly. „Vielleicht kann ich Ihnen das Auditorium zeigen. Wir könnten ein wenig bei den Proben zuschauen." Der Klavierspieler hatte seine Melodie schwungvoll beendet, aber kein Applaus folgte, nur eine Anweisung, von vorn zu beginnen.

„Das ist sehr freundlich von Ihnen", sagte ich. „Aber ich habe tatsächlich noch mehr Fragen.

Sein Gesicht spannte sich kaum merklich an, aber das freundliche Lächeln blieb, als wäre es aufgemalt. „In der Tat. Darf ich zunächst etwas von Ihnen erfahren, Miss Holloway?"

„Natürlich."

„In welcher Beziehung stehen Sie zu Mr Holloway in Belgravia? Cousine? Schwester?"

„Ich fürchte, ich kenne keinen Mr Holloway aus Belgravia."

Sein Lächeln verrutschte. Er ließ seine Tasse mit einem lauten Klirren auf die Untertasse fallen, was Miss Redding auf dem Weg nach draußen stocken ließ. Ihr prüfender Blick richtete sich erst auf ihren Arbeitgeber, dann auf mich.

„Sie sind nicht im Auftrag von Mr Icarus Holloway hier, um über eine Investition in das Alhambra zu sprechen?

„Nein, ich bin hier, um Nachforschungen über Miss D.D. und

eine gewisse Frau anzustellen, bekannt als Julia Templeton, bevor sie Lord Harcourt heiratete."

Das Klavier übertönte fast, wie Miss Redding nach Luft schnappte, was sie mit einem Husten zu verbergen suchte. Und dann tat sie etwas Außergewöhnliches. Sie verzog das Gesicht, als hätte sie etwas Saures geschmeckt, schnaubte abfällig durch die Nase und verließ das Büro.

„Es tut mir leid, Miss Holloway", sagte Mr Golightly und erhob sich. „Ich kenne niemanden mit dem Namen Templeton, Harcourt oder D.D. Erlauben Sie mir, Ihnen die Treppe hinaufzuhelfen." Er streckte seine Hand Richtung Tür, das gezwungene Lächeln wieder an Ort und Stelle.

Anscheinend war mir nicht einmal ein Schluck meines Tees vergönnt. Ich folgte ihm aus dem Büro und die Treppe hinauf in den öffentlichen Teil des Theaters. Diesmal bekam ich weder eine Hand noch ein freundliches Lächeln und er ließ mich dort in der kitschig eingerichteten Promenade stehen. Den Weg nach draußen durfte ich allein finden. Es war die glücklichste Wendung, auf die ich hätte hoffen können.

Sobald er außer Sicht war, öffnete ich die Tür und ging den Weg zurück, den wir gekommen waren, die Ohren gespitzt, falls ich etwas anderes hörte als das Klavier. Mr Golightlys Bürotür war zum Glück geschlossen, sodass ich weiter in die Tiefen des Theaters vordrang. Der Gang war eng und stickig, der muffige Geruch alles andere als angenehm. Das Hausmädchen in mir sah Staub und Spinnweben an jeder Ecke, aber nicht einmal eine gründliche Reinigung konnte über die abblätternde Farbe, die zerkratzten Leisten und Schimmelflecken hinwegtäuschen.

Ich fand Miss Redding in einer kleinen Küche am Ende des Ganges. Sie stand nur da, die Fingerspitzen auf die verschrammte Oberfläche eines Tischchens gestützt, den Kopf gesenkt, als würde sie beten oder nachdenken. Ich räusperte mich und sie fuhr überrascht herum.

„Miss Holloway!" Sie lächelte und schaute an mir vorbei. „Ist Mr Golightly bei Ihnen?"

„Er wurde gerufen." Ich hoffte, dass er nicht plötzlich hinter mir auftauchen und mich hinauswerfen würde. „Bitte entschuldigen Sie, aber ich konnte nicht anders, als Ihre Reaktion zu

bemerken, als ich Lady Harcourt erwähnte. Kannten Sie sie?"
Für Feinheiten oder verschleierte Fragen war keine Zeit. Ich
würde plump sein müssen, wenn ich Antworten wollte, bevor
Mr Golightly herausfand, dass ich nicht sofort gegangen war.

„Ich ..." Sie warf einen Blick auf die Tür und biss sich auf die
Lippe.

„Vielleicht benötigen wir für eine so delikate Angelegenheit
etwas Privatsphäre." Ich schloss die Tür und schenkte ihr mein
süßestes Lächeln.

„Darf ich fragen, worum es hier geht?"

„Natürlich dürfen Sie das, aber ich muss Sie dringend um
Diskretion bitten. Sehen Sie, es gibt Gerüchte, die Lady Harcourt
mit dem Alhambra in Verbindung bringen, und die Familie ihres
Mannes hätte sie gern entweder bestätigt oder verneint."

„Seine Familie?"

„Ja. Er ist tot, wissen Sie?"

„Das weiß ich."

„Die Familie hofft, dass sich die Gerüchte als falsch heraus-
stellen, was sie sicherlich sind. Sie sind recht skandalös." *Und du,
Charlie, bist ganz schön verlogen.* Ich gab die Schuld daran meiner
missratenen Jugend und der unbändigen Neugier bezüglich
Lady Harcourt. Mir wurde immer klarer, dass sie mit dem
Alhambra zu tun haben musste. Ich hoffte auch, dass ich Miss
Reddings Reaktion richtig gedeutet hatte. Sie mochte Lady H
nicht.

„Natürlich." Miss Redding neigte ihr Kinn und in ihren
Augen leuchtete etwas Gemeines auf. Ich fragte mich, ob sie
schon länger darauf gewartet hatte, über Lady Harcourt herzu-
ziehen. „Ich erzähle normalerweise keine Gerüchte weiter", fing
sie an.

„Das verstehe ich vollkommen. Eine Frau in Ihrer Position
muss der Inbegriff von Diskretion sein."

„In der Tat. Ich hasse Lästermäuler, und Gott weiß, dass
dieser Ort voll ist mit losem Mundwerk. Aber in diesem Fall
muss ich eine Ausnahme machen, wenn, wie Sie sagen, die
Familie des Gentleman Gewissheit wünscht."

„Das tut sie. Ganz ernsthaft. Sie dürfen sicher sein, dass Ihr
Name im Zusammenhang mit Informationen, die ich weitergebe,

nicht erwähnt wird. Alles, was Sie mir mitteilen, wird innerhalb der Familie bleiben."

„Oh." Das schien ihr nicht recht zu sein. Hoffte sie etwa, dass der Tratsch in den Zeitungen gelangen würde? Falls ja, hätte sie diese Befragung auslassen und direkt zu den Herausgebern der Regenbogenpresse gehen können. Die hätten sich überschlagen, um etwas Skandalöses über die zweite Frau des verstorbenen Baron von Harcourt zu bringen. „Sie haben recht, Miss Holloway", sagte sie und riss sich zusammen. „Diese gute Familie verdient es, nicht länger betrogen zu werden, nicht wahr?"

„Betrogen, Miss Redding?"

Sie trat näher und beugte sich herab. Da sie viel größer war als ich, musste sie sich weit herabbeugen, um mir ins Ohr zu flüstern. „Lady Harcourt hat eine … eine *Vergangenheit*." Sie sagte es, als würde jedes Wort faulig schmecken.

Normalerweise würde Londons Elite eine Lady verachten, die einen Skandal in ihrem Lebenslauf aufzuweisen hatte. Sie würde verlacht und letztendlich aus den besten Kreisen ausgeschlossen werden. Auf eine gute Heirat konnte sie nicht hoffen und würde niemals auch nur zum Tee mit einer respektablen Lady eingeladen werden. Eine Lady mit einer Vergangenheit konnte den Schmutz nicht von ihrem Namen abschütteln— niemals. Eine Vergangenheit würde ihr immer anhaften, wie ein Flecken auf ihrer Seele.

Deswegen konnte ich nie mehr als ein Hausmädchen sein. Als Vikarstochter hätte ich *vielleicht* in höhere Kreise heiraten und in die gehobene Gesellschaft aufgenommen werden können. Aber als Streuner, der fünf Jahre lang auf der Straße gelebt hatte, konnte ich noch nicht einmal auf eine Ehe mit einem Schweinebauern hoffen. Daher war es ein glücklicher Umstand, dass ich nicht vorhatte, jemanden zu heiraten, da Lincoln sich für unerreichbar erklärt hatte.

„Hat sie hier gearbeitet?", fragte ich die Assistentin des Inspizienten. „Erinnern Sie sich an sie, als sie noch als Julia Templeton bekannt war?"

„Das tue ich. Wir haben zusammen auf genau dieser Bühne getanzt."

„Sie waren Tänzerin? Wie wunderbar. Ich habe es Ihrer

Haltung und Ihrer Eleganz angesehen, dass Sie etwas Besonderes sind." Meine schamlose Schmeichelei brachte mir ein Lächeln von Miss Redding ein, wenn auch ein wachsames. Ich sollte besser nicht zu dick auftragen, sonst würde sie mich durchschauen. „Danke, dass Sie meinen Verdacht bezüglich Lady Harcourt bestätigen. Wie kam es, dass sie hier getanzt hat? Ihr Vater war doch Schulmeister, nicht wahr? War die Familie nicht entsetzt über ihre Entscheidung, am Alhambra zu tanzen?"

„Woher soll ich das wissen? Na ja, in der Not frisst der Teufel Fliegen, wie ich immer sage. Sie ist nicht das erste Mädchen aus gutem Hause, das seine zarten kleinen Zehen auf die Bretter da draußen setzen musste, und sie wird auch nicht das letzte sein."

„Sie brauchte das Geld?"

„Das nahmen wir jedenfalls alle an. Ihr Vater war verstorben und die Mutter krank, jedenfalls behauptete sie das. Sie hat sich jeden Penny unter den Nagel gerissen und sich halb zu Tode gehungert, um ihren Lohn zu bunkern."

Mitleid mit Lady Harcourt regte sich in mir und ich fühlte mich furchtbar, dass ich schlecht über sie gedacht hatte. Natürlich musste sie arm gewesen sein, um sich als Tänzerin zu verdingen. Kein respektables Mädchen würde im Traum daran denken, wenn sie nicht verzweifelt war. „Warum hat sie nicht als Gouvernante gearbeitet?", sagte ich mehr zu mir selbst.

Miss Redding schnaubte. „Sie hat großen Wert darauf gelegt, uns zu erklären, dass ihre Tanzkarriere kurz sein und sie sofort gehen würde, sobald sie eine passende Stellung in einem respektablen Haushalt gefunden hatte. Tatsächlich erinnerte sie uns häufig daran."

„Wurde Lord Harcourt auf der Bühne auf sie aufmerksam?"

„Himmel, nein. Sie war keine sonderlich gute Tänzerin, aber sie hatte die Art Figur, die Männern auffällt."

Anders als Miss Redding und ich. Sie war groß und schlank, während ich klein und immer noch ziemlich mager war. Wir konnten beide keine Oberweite aufweisen, die es mit Lady Harcourts hätte aufnehmen können.

„Er hat sie während der Pause in der Promenade bemerkt", fuhr sie fort. „Als sie herausfand, wer er war, hat sie sich ziemlich schnell an ihn drangehängt." Je länger sie redete, desto mehr verwandelte sich ihr Akzent vom spitzen Tonfall einer effektiven Assistentin in die breite Aussprache eines Arbeiterkindes. „Er war nicht der erste Gentleman, der auf sie aufmerksam wurde, wohlgemerkt, aber er war der reichste und hatte einen Titel und all das. Außerdem brauchte er eine Frau. Als Miss D.D. das raus hatte, ließ sie kein anderes Mädel mehr in seine Nähe."

„War Miss D.D. ihr Künstlername?"

Miss Redding nickte. „Wir hatten alle Künstlernamen, die wir bei den Gentlemen in den Pausen nutzten. Mr Golightly wollte nicht, dass wir unsere echten Namen herausgaben. Er sagte, dann wären wir sicherer."

„Da hatte Mr Golightly vermutlich recht. Also hat Miss D.D. Lord Harcourts Aufmerksamkeit erlangt und der Rest ist, wie man so schön sagt, Geschichte."

„Das stimmt. Aber ..." Sie beugte sich wieder näher heran. „Er war nicht ihr erster Bewunderer. Ganz und gar nicht."

„Eine solche Frau hat sicherlich viele Bewunderer. Sie ist sehr hübsch."

Miss Redding hob die Hand und schien verlegen ihr vernarbtes Gesicht berühren zu wollen, tätschelte aber im letzten Moment ihre federnden Locken. „Das wusste sie auch. Erst war sie schüchtern da draußen in der Promenade, aber nachdem sich ein oder zwei Kerle für sie interessiert hatten, lernte sie verdammt schnell, wie sie sie anlocken konnte. Nach weniger als einer Woche hier klimperte sie schon mit den Wimpern und betörte die Gentlemen, indem sie ihr Kostüm tiefer ausschnitt und die Röcke weit über ihr Bein raffte. Sie war schamlos. Natürlich haben die Herren sich schier überschlagen, ihr Drinks und Geschenke zu kaufen."

„Geschenke?"

„Fächer, Kämme, Ohrringe. Manche behielt sie, andere verkaufte sie weiter."

„Das ist sehr interessant, Miss Redding, und ich danke Ihnen für die Informationen. Aber was ich nicht verstehe, ist, wie sie von einem solchen Leben in ihr jetziges wechseln konnte, ohne dass auch nur ein Hauch davon in der feinen Gesellschaft ankam?"

Sie zuckte mit den Schultern. „Die da oben sehen doch nur,

was sie sehen wollen. Miss D.D. trug eine blonde Perücke und malte sich die Lippen an. Außerdem trug sie einen Hut, wenn sie auf der Promenade unterwegs war, irgendwas mit Federn oder einem Schleier, um ihr Gesicht zu verbergen. Niemand kannte ihren wirklichen Namen, nicht einmal wir. Den erfuhr ich erst, nachdem ich ihr Bild in den Zeitungen gesehen hatte, als sie Lord Harcourt geheiratet hat."

Das erklärte in der Tat die Anonymität. Für die Damen der gehobenen Gesellschaft war es undenkbar, dass eine Tänzerin sich zur Ehefrau eines Barons erheben konnte, also hatten sie nie einen Verdacht. „Es war nett von Ihnen, dass Sie ihr Geheimnis gewahrt haben."

Sie schnaubte. „Mr Golightly tat so, als wäre die neue Lady Harcourt in der Zeitung nur eine Doppelgängerin unserer Miss D.D. Dann drohte er, jeden zu entlassen, der auch nur ein Wörtchen darüber verlor, was uns klar und deutlich sagte, dass es doch Miss D.D. war." Sie lachte gackernd und Lady Harcourt tat mir noch mehr leid. Ihr Geheimnis hing an einem seidenen Faden, der jederzeit reißen konnte. „Ich vermute, dass er gut dafür bezahlt wurde, und immer noch bezahlt wird, dass er den Mund hält. Und jetzt, Miss Holloway, hätte ich gern von Ihnen etwas beantwortet."

Ich wich etwas zur Tür zurück. „Wenn ich kann."

„Wer möchte wirklich etwas über Lady Harcourts Vergangenheit wissen. Die Zeitungen?"

„Ich habe Ihnen doch gesagt, dass es Lord Harcourts Familie ist."

„Das bezweifle ich." Ihre Augen blitzten auf, als sie nähertrat. „Sie sind zu jung und haben das falsche Geschlecht, um ein privater Ermittlungsagent zu sein, und ich weiß zufälligerweise, dass Lord Harcourts Familie bereits über die Vergangenheit seiner Witwe Bescheid weiß."

Ich stoppte meinen Rückzug. „Tun sie?"

Sie nickte. „Ein Mitglied der Familie jedenfalls."

„Ihr Stiefsohn", hauchte ich. „Andrew Buchanan."

Sie wirkte überrascht, dass ich das erraten hatte. „Sie wissen also, wie er davon erfahren hat?"

„Nicht genau."

„Was ich Ihnen jetzt sage, wird ein ziemlicher Schock. Sie müssen darauf gefasst sein, Miss Holloway, denn Ihr Verlobter hat eine Vergangenheit, die ebenso schillernd ist wie die seiner Stiefmutter."

Mir fielen fast die Augen aus dem Kopf. „Mein was?"

„Sie hoffen doch darauf, ihn zu heiraten, nicht wahr?"

„Äh, ja. Woher wissen Sie das?"

„Ich kann sehen, dass Sie aus einer guten Familie stammen." Sie befingerte meinen Samtmantel, der meine Hausmädchenuniform fast vollständig verdeckte, abgesehen vom untersten Rocksaum. „Sie sind jung und hübsch, genau was er mag." Ihre Finger strichen unter meinem Kinn entlang. „Und all diese Fragen können nur bedeuten, dass Sie versuchen, hinter ein Rätsel in der Familie Ihres Zukünftigen zu kommen. Vielleicht haben Ihre eigenen Eltern Bedenken über Lady Harcourts Herkunft geäußert, also haben Sie es auf sich genommen, mehr zu erfahren. Hat Mr Buchanan das Alhambra erwähnt, dass Sie hier mit der Suche begonnen haben?"

„Sie sind sehr scharfsinnig, Miss Redding. Ich bewundere Ihre Auffassungsgabe sehr."

Sie lächelte ein ehrliches Lächeln. „Wie ich höre, ist er sehr gefragt und ich weiß, dass er gut aussieht."

„Er kommt hierher?"

„Nicht mehr." Sie seufzte. „Schade eigentlich, aber nachdem sie ihm das Herz brach, hat er keinen Fuß mehr ins Al gesetzt."

„Sie?"

„Oh, es tut mir leid." Ihre Hand flatterte auf ihrer Brust, während sie mich mit einem mitleidigen Blick bedachte. „Ich sehe schon, dass ich Sie schockiert habe, und das Schlimmste wissen Sie noch nicht einmal. Ja, Ihr Verlobter hat viele Abende mit uns Tänzerinnen hier in der Promenade verbracht. Er war aufgrund seiner Freigebigkeit und charmanten Art sehr beliebt. Er hätte die freie Auswahl gehabt. Aber sicherlich wissen Sie, wie er ist. Man kann einem Kerl nicht vorwerfen, dass er hier als junger Bursche seine ersten Erfahrungen gesammelt hat."

„Wie lange ist das her?"

Sie zählte an den Fingern ab. „Vier oder fünf Jahre."

„Da war er noch recht jung." Ich hatte keine Ahnung, wie alt

Andrew Buchanan genau war, aber ich glaubte nicht, dass er älter war als zweiundzwanzig oder dreiundzwanzig.

„Er hatte gerade angefangen zu studieren, glaube ich. Er ist an Feiertagen hergekommen. Hat sich aus dem Haus geschlichen, wenn sein Vater glaubte, er würde schlafen." Sie zuckte lediglich mit einer Schulter, als wäre das nichts Ungewöhnliches. „Wie ich schon sagte, es tut mir leid, dass ich diejenige bin, die Ihnen von seiner Vergangenheit erzählt, aber Sie sollten nicht überrascht werden." Sie sah nicht aus, als täte es ihr leid. Dem grausamen Zug um ihren Mund und dem Blitzen in ihren Augen nach zu urteilen, genoss sie jede Sekunde. Vielleicht war es nicht nur Lady Harcourts Glück, welches sie ihr übelnahm, sondern auch Buchanans Abweisung, falls sie eine der Tänzerinnen war, die ihn umgarnt hatten.

„Das muss in der Zeit gewesen sein, in der Lady Harcourt hier aufgetreten ist", sagte ich. „Also muss er sie gesehen haben."

„Oh ja, er hat sie gesehen. Und er hat sich in sie verliebt."

KAPITEL 4

Ich musste bis zum nächsten Tag warten, um mein neues Wissen zu teilen. Lincoln und die anderen waren bis Mitternacht noch nicht zurück, als ich ins Bett sank, zu müde, um mich weiter auf mein Buch zu konzentrieren. Seth und Gus tauchten am späten Vormittag aus ihren Schlafzimmern im Dachgeschoss auf, gähnten und rieben sich die rotgeränderten Augen. Von Lincoln war keine Spur zu sehen.

„Hattet ihr Erfolg?", fragte ich sie, als sie sich in der Küche zu mir und dem Koch gesellten.

„Nichts", sagte Seth und untersuchte den Inhalt des Topfes auf dem Herd.

„Er ist wirklich und wahrhaftig verschwunden", sagte Gus. „An keinem der Gerüchte war was dran, denen wir die ganze Nacht hinterher gehechtet sind. Keiner weiß, wo er ist."

„Es interessiert auch niemanden sonderlich, außer denen, die behaupten, er würde ihnen Geld schulden. Die machen sich Sorgen, dass ihre Schuldscheine nicht beglichen werden, falls er tot ist." Seth tauchte die Suppenkelle in den Topf und führte sie an seine gespitzten Lippen.

Der Koch schnappte sie ihm weg, ehe sein Mund sie berühren konnte. „Wo sind deine Manieren? Hol dir 'ne Schüssel."

„War doch nur ein kleiner Schluck!"

Der Koch schnalzte mit der Zunge und schüttelte den Kopf. „Dabei bist du als Gentleman groß geworden."

Seth schmollte und holte eine Schüssel aus dem Schrank.

„Bring mir auch eine mit", sagte Gus. „Charlie?"

„Ich hatte schon."

„Hat deine Expedition zum Alhambra irgendwas ergeben?", fragte Seth und hielt dem Koch die beiden Schüsseln hin.

„Ja, allerdings, aber ich will mich nicht wiederholen. Ich werde auf Mr Fitzroy warten."

„Der war schon hier", sagte der Koch. „Er ist ausgegangen, als du das Empfangszimmer geputzt hast."

„Oh. Nun gut. Ich möchte trotzdem warten."

Die nächste Zeit beschäftigte ich mich mit Staubwischen. Es tat gut, endlich wieder meine Pflichten zu erfüllen, auch wenn ich noch den Stock benutzte, um mich fortzubewegen. Lincoln kehrte in dem Moment zurück, als ich mit der Bibliothek fertig war. Ich sah, wie er eilig die Einfahrt heraufgeritten kam. Einige Minuten später kam Gus, um mich zu holen.

„Der Tod möchte, dass du im Empfangszimmer auf ihn wartest", sagte er in affektiertem Oberschicht-Akzent.

„Du musst aufhören, ihn so zu nennen. Das ist weder richtig noch fair."

„Das glaube ich aber schon. Wo der aufkreuzt, taucht früher oder später garantiert eine Leiche auf."

Ich seufzte und folgte ihm durch die Eingangshalle in das Empfangszimmer. Lincoln und Seth kamen ein paar Minuten später dazu. Lincoln hatte das Lederband entfernt, mit dem er seine Haare zusammengebunden hatte, und die Strähnen fielen ihm in Wellen bis über den Kragen. Er fuhr sich in einer verlegenen Geste mit der Hand hindurch, was für ihn untypisch war.

„Seth sagt mir, du hättest Informationen über Lady Harcourts Vergangenheit", sagte er.

„Auch Ihnen einen guten Tag." Ich machte einen kleinen Knicks, der seine fehlende höfliche Begrüßung mokierte, was ihm sicherlich nicht entging. Er rührte keinen Muskel. „Ich habe in der Tat so einiges von den Mitarbeitern des Alhambra erfahren. Lady Harcourt hat Lord Harcourt dort in der Promenade kennengelernt, als sie in dem Etablissement als Tänzerin arbeitete."

Seth klappte der Unterkiefer herunter und Gus quollen schier die Augen aus dem Kopf. Dann legte er den Kopf in den Nacken und lachte. „Ihre Ladyschaft war Tänzerin im Al? Ich wette, die war beliebt in den Pausen mit ihren großen—"

Seth schlug ihm auf die Schulter und Gus verschluckte sich am Rest seines Satzes. „Jetzt ist sie eine Lady", sagte Seth. „Und man beschmutzt den Charakter einer Lady nicht, indem man über ihre Figur tratscht, oder ihre Vergangenheit."

„Aber wenn's doch stimmt?"

„Umso mehr Grund, es unter den Teppich zu kehren und den so festzunageln, dass er nie wieder angehoben werden kann. Diese Nachricht verlässt diesen Raum nicht." Seth sah mich mit hochgezogenen Brauen an. „Charlie?"

„Du überraschst mich, Seth." Ich war ehrlich gesagt ziemlich verärgert. Lady Harcourt war keinen Deut besser als ich, und doch wollte er ihre Ehre schützen. Hätte er das auch für mich getan, oder lag es nur daran, dass sie jetzt durch ihre Heirat eine echte Lady war? „Wir müssen sie mit ihrer Vergangenheit konfrontieren."

„Nein", sagte Lincoln. „Wir lassen die Sache ruhen."

Ich lehnte mich auf meinen Stock, wobei ich den Kopf des Mastiffs fest mit meiner Faust umschloss. „Sie wussten das, nicht wahr?"

„Geahnt. Sie erschien mir immer … weltlicher, als die Tochter eines Schulmeisters sein sollte."

Gus kicherte.

„Ich habe mich gefragt, wie sie jemanden von Harcourts Stand kennengelernt hatte und habe lange vermutet, dass es unter Umständen geschehen ist, die einige verachten würden", fuhr Lincoln fort. „Ich wusste nicht, dass es im Alhambra war, bis du diese Hinweise gefunden hast."

„Wenn Sie es schon wussten und die Sache nicht weiter verfolgen wollten, warum haben Sie mich dann nachforschen lassen?"

Sein Blick glitt zur Seite. „Du wärst sowieso hingegangen. Ich dachte, es ist besser, wenn du es so aus dem Kopf bekommst."

„Wenn ich was aus meinem Kopf bekomme?"

Mehrere Sekunden verstrichen, ehe er antwortete. „Du siehst jetzt, dass Lady Harcourt eine schwierige Vergangenheit hatte. Manchmal verhält sie sich auf eine bestimmte Art aus Angst, das zu verlieren, was sie erreicht hat."

Ich blinzelte ihn an. „Sie meinen, ich sollte mich mit ihr anfreunden? Nachdem sie mich den Wölfen zum Fraß vorgeworfen hat?"

„Ich bin kein Wolf."

„Dann hören Sie auf, wie einer zu knurren."

Gus und Seth warfen sich Blicke zu, offensichtlich verwirrt von unserem Gespräch. Sie wussten nicht, wie Lady Harcourt mich benutzt hatte, um Lincoln zu hintergehen, um mir danach alles in die Schuhe zu schieben. Lincoln allerdings schon, und er wollte, dass ich ihr Verständnis entgegenbrachte und ihr ihr Verhalten nachsah.

Das würde ich nicht. Es war undenkbar und verletzte mich, dass er es von mir erwartete. Noch mehr schmerzte es mich, dass er sie noch immer so sehr schätzte.

„Also wird die Sache vergessen", sagte ich. „Ich denke, das ist ein Fehler."

Er schüttelte den Kopf, aber es war Seth, der sprach. „Man fragt eine Lady nicht nach ihrer Vergangenheit, Charlie, ganz besonders nicht in Herzensangelegenheiten."

„Sie war damals keine Lady."

Gus lachte grunzend. „Und ich wette, das Herz hatte auch nix damit zu tun."

„Noch ein Grund, keine schlafenden Hunde zu wecken", sagte Seth. „Das besagt die Etikette, wenn ein Gentleman solche Sachen herausfindet."

„Ich bezweifle, dass andere Ladys so blind wären", sagte ich.

„Sie würden sie zerfleischen", stimmte er mir zu. „Ich kann das nicht mit meinem Gewissen vereinbaren. Ich schlage vor, dass das unseren Kreis hier nicht verlässt." Er sah Lincoln fragend an.

Lincoln nickte. „Es hat nichts mit unserer Suche nach Buchanan zu tun, also werde ich es in ihrer Gegenwart nicht erwähnen, und auch sonst nirgends. Das wird auch keiner von euch." Er funkelte Gus an, der schluckte und nickte. Dann schaute er zu mir.

„Sie könnten sich irren", sagte ich und bemühte mich, die Selbstgefälligkeit aus meiner Stimme zu halten. „Es *gibt* eine Verbindung zwischen dieser Information und Andrew Buchanan, wie der Zufall es will."

Ich hatte die volle Aufmerksamkeit aller drei Männer.

„Buchanan war früher ebenfalls regelmäßig im Alhambra. Er hat sich in die Tänzerin verliebt, die als Miss D.D. bekannt war—Julia Templeton—wurde aber schnell abserviert, als ein erstrebenswerterer Gentleman sich für sie interessierte—sein eigener Vater. Eine solche Abfuhr von einer einfachen Tänzerin würde ihn verärgert haben. Nehmen wir da noch Eifersucht dazu und die Tatsache, dass dieselbe Frau seine Stiefmutter wurde! Könnt ihr euch das vorstellen?"

Gus war der erste, der seine Stimme wiederfand. „Ach du Kacke", murmelte er. „Den Tritt in die Eier spürt der noch nach Jahren."

„Ganz genau. Vielleicht hatte Buchanan einfach genug davon, sie jeden Tag zu sehen, und hat sich entschieden, sein Leben, und sie, für immer hinter sich zu lassen."

Seth strich sich über das Kinn und verzog das Gesicht, während er nachdachte. „Das klingt nicht nach ihm. Warum jetzt? Warum nicht, als sie geheiratet hat?"

Ich zuckte mit den Schultern. „Er hatte kein Geld und brauchte die finanzielle Unterstützung seines Vaters, und jetzt vielleicht seiner Stiefmutter."

„Aber es hat sich nichts geändert. Er hat immer noch kein Geld. Die lange Liste seiner Gläubiger beweist das. Fitzroy?"

„Es ist ein interessanter Fakt, wenn auch irrelevant."

So sehr mir der Sinn nach einem Streit mit ihm stand, wegen dieser Sache konnte ich keinen vom Zaun brechen. Er hatte recht. Falls es eine Verbindung zwischen dieser Information und Buchanans Verschwinden gab, hatten wir keinen Beweis dafür. Noch nicht. Hoffentlich würde ich auf andere Art einen finden, da eine Befragung von Lady Harcourt ausgeschlossen war. Ich würde mich Lincolns Wünschen nicht widersetzen.

Seth schüttelte immer wieder den Kopf. „Stell dir vor, du

wirst von deinem eigenen Vater aus dem Bett deiner Geliebten verdrängt. Nicht, dass ich mich je ernsthaft verliebt hätte, aber es hätte mich gewaltig geärgert, den fetten Hintern meines Vaters im Bett einer meiner Eroberungen vorzufinden."

„Der war bis zum Schluss mit deiner Mutter verheiratet, oder?", fragte Gus.

„Sein Eheversprechen hat ihn nie davon abgehalten, sich außerhalb seines Ehebetts umzusehen."

„Ob Lord Harcourt von seinem Sohn und seiner Frau wusste?", fragte ich, um meine Verlegenheit angesichts Seths Offenbarungen über seinen Vater zu überspielen. Er sprach selten von seiner Familie, aber ich vermutete, dass sie ihn verworfen hatten, nachdem er durch was auch immer in Ungnade gefallen war. Eines Tages würde ich ihn mal danach fragen.

„Buchanan war damals sehr gefragt", sagte Seth. „Bevor er seinen Ruf mit Schulden und seiner Jagd nach Jungfernhäutchen ruiniert hat."

„Das hat Miss Redding im Alhambra mir auch erzählt. Ohne das mit den Schulden und Jungfernhäutchen. Anscheinend schwärmten die Tänzerinnen für ihn."

„Die Mädchen aus gutem Hause auch. Ein wohlhabender Adeliger als Vater und ein hübsches Gesicht sind eine Kombination, die alle Gesellschaftsschichten anspricht."

„Hat dir nich viel genützt", sagte Gus. „Buchanan auch nich. Der lässt sich von seiner Stiefmutter aushalten und du dich von Mr Fitzroy."

Seth klimperte mit den Wimpern. „Du findest mich hübsch?"

Gus verdrehte die Augen.

„Abgesehen davon ist meine Familie nicht mehr wohlhabend und der Titel ist wie eine Schlinge um meinen Hals. Es hilft nicht gerade, wenn die eigene Mutter mit dem zweiten Lakaien durchgebrannt ist."

Ich starrte ihn mit offenem Mund an.

Er berührte mein Kinn und schloss meinen Mund für mich. „Ja, Charlie, mit dem zweiten Lakaien. Noch nicht einmal mit dem ersten."

Lincoln räusperte sich. Seths Offenbarungen ließen ihn scheinbar ungerührt, also musste er davon gewusst haben. Gus ebenfalls. „Gab es irgendwelche besonderen Mädchen, die mit Buchanan in Verbindung standen?", fragte Lincoln.

Seth nickte nachdenklich. „Ein Gerücht hat Beine. Angeblich hat er einem Mädchen einen Braten in die Röhre geschoben."

Gus sah ihn verständnislos an. „Hä?"

„Hat sie geschwängert, du Pfeife."

„Eine der Tänzerinnen vom Alhambra?", fragte ich.

Seth zuckte mit den Schultern. „Das weiß ich nicht sicher, aber da es ein Gerücht war, dass in meinen Kreisen kursierte, würde ich sagen, sie war mehr als eine Tänzerin. Ich kann mich an die Details nicht erinnern, da ich zu der Zeit nicht sonderlich an Buchanan interessiert war. Keine Ahnung, ob das Kind überhaupt zur Welt kam."

„Danke, das könnte nützlich sein", sagte Lincoln. „Ein offenes Ohr für Klatsch und Tratsch ist eine Fähigkeit, die mir fehlt, aber dir nicht."

Bei dem seltenen Kompliment plusterte Seth sich auf wie ein Gockel.

Gus schnippte seine Finger an Seths Schläfe. „Zu blöd, daste das nich eher gesagt hast, was?"

Seth warf ihm einen mörderischen Blick zu und rieb sich die Stirn.

„Unser Besuch trifft bald ein", sagte Lincoln. „Wenn ihr dem Koch bei den Vorbereitungen helfen könntet, wäre er bestimmt dankbar."

„Besuch?", fragte ich, während Seth und Gus gingen. Offensichtlich wussten sie schon, wer in Lichfield erwartet wurde.

„Lady Harcourt kommt mit ihrem anderen Stiefsohn, dem derzeitigen Lord Harcourt, zum Tee. Seine Frau begleitet ihn. Ich möchte ihm Fragen über die Gewohnheiten seines Bruders stellen, Freunde, etwas in der Art."

„Das wird verwirrend mit zwei Lady Harcourts in einem Raum."

„Lord Harcourts Stiefmutter—Julia—wird als Witwe Lady Harcourt bezeichnet, aber du solltest sie weiterhin mit Madam oder Lady Harcourt ansprechen, wie du es immer getan hast. Ich bin mir sicher, dass die Damen herausknobeln werden, mit wem du sprichst. Falls du überhaupt mit ihnen sprechen musst."

„Ja, ja, Mägde soll man sehen, aber nicht hören, nicht wahr?"

Er zuckte zusammen, was mich überraschte. Ich hatte nicht erwartet, dass mein alberner Scherz ihn traf. „Es wird erwartet, dass du dich einer Magd entsprechend verhältst, ja." Er verschränkte die Hände hinter dem Rücken und fügte hinzu: „Mir gefällt das auch nicht, aber wir müssen unsere jeweiligen Rollen vor den Komiteemitgliedern wahren, sonst steigt der Druck auf mich, dich wegzuschicken."

„Sie haben recht. Natürlich. Danke, Lincoln."

Er verlagerte das Gewicht kaum merklich von einem Fuß auf den anderen. „Du brauchst mir nicht zu danken."

„Doch. In den letzten Tagen habe ich vergessen, welches Glück es für mich ist, hier zu sein. So … enttäuscht ich auch bin, dass Sie mich nach diesem Kuss verwerfen, werde ich Ihnen immer dankbar sein, dass Sie mir *überhaupt* erlauben, zu bleiben. Ich lehne es nicht ab, hier Hausmädchen zu sein. Ganz und gar nicht."

Er schwieg so lange, dass ich mich zwang ihn anzusehen. Ich erwischte ihn dabei, wie er mich anstarrte. Sein Blick sprang zu meinem linken Ohr. „Du hast dir deine Position hier verdient, Charlie. Es ist mir durchaus bewusst, dass sie unter deiner Würde ist, *sowohl* für die Tochter von Holloway *als auch* von Frankenstein. Deine Dankbarkeit ist fehl am Platz."

Ich drehte meine Hand auf dem Knauf des Gehstocks und wollte ihn schon dafür rügen, dass er meinen Dank nicht anständig annehmen konnte, als er hinzufügte: „Aber sie wird geschätzt."

Er machte auf dem Absatz kehrt und da ich ihm nicht nachlaufen konnte, rief ich: „Warum beschützen Sie Lady Harcourt so?"

Er blieb im Türrahmen stehen und löste seine Hände. Dann drehte er sich um. „Ich beschütze sie nicht."

„Doch, das tun Sie. Sie hätten jede andere Frau nach ihrer Vergangenheit befragt, ganz besonders nach ihrer Beziehung zu ihrem verschwundenen Stiefsohn. Sie hätten jeden Stein umgedreht, selbst wenn er klein und unbedeutend gewirkt hätte."

„Üblicherweise entpuppen sich die kleinen und unbedeutenden Steine als genau das und nicht mehr. Abgesehen davon hat sie in ihrem Leben genug Erniedrigung erduldet."

„Sie finden, sich mit Tanzen den Lebensunterhalt zu verdienen, ist erniedrigend?"

„Für sie war es das sicher. Sie ist eine sehr stolze Frau."

Er klang, als würde er sie sehr bewundern. Oder sie bemitleiden. Was auch immer, er war offensichtlich nicht mehr wütend auf sie, weil sie mich genötigt hatte, den Geist von Mr Gurry zu befragen, den Tutor, den er umgebracht hatte. „Ach so." Ich beschäftigte mich damit, die Kissen auf dem Sofa aufzuschütteln, um meine aufsteigenden Tränen zu verbergen.

Ich war eifersüchtig. Das war so klar wie Kloßbrühe, selbst wenn ich dieses Gefühl noch nie gehabt hatte. Was aber nicht bedeutete, dass ich es so einfach auslöschen konnte wie eine Kerzenflamme.

Das leiser Werden seiner Schritte hörte ich nicht, aber er trat sehr leicht auf, sodass ich von den Kissen abließ und mich umdrehte. Er stand noch immer im Türrahmen, den Blick auf mich gerichtet. Unverwandt.

„Charlie," murmelte er.

Ich humpelte auf ihn zu. „Ja?"

„Ich … gratuliere dir, dass du beim Alhambra so viel herausgefunden hast. Darf ich fragen, wie du deine Informantin dazu gebracht hast, mit dir zu reden?"

Das war alles? Das war es, was er mir sagen wollte? „Erst einmal habe ich Miss Redding nicht wie eine Informantin behandelt, sondern mehr wie eine Vertraute. Mit ein bisschen Zucker zum Süßen und einem großen Schluck Lügen habe ich sie einfach erzählen lassen, was sie loswerden wollte. Da half es natürlich, dass sie Lady Harcourt nicht leiden konnte, als sie dort Tänzerin war. Ihre Missgunst hat sich über die Jahre nur verstärkt."

Eine Missgunst, die aus Neid und vielleicht auch Eifersucht geboren war. Ich hoffte, dass ich nie wie Miss Redding werden würde, verbittert und unglücklich und darauf aus, eine andere Frau von ihrem Sockel zu stoßen, wenn sich die Gelegenheit bot. Herr im Himmel … *war* ich so schlimm wie sie?

Mein Gewissen lastete schwer auf mir und ich konnte

Lincoln nicht länger in die Augen sehen. Was musste er von mir denken? Wahrscheinlich, dass ich eine unreife, eifersüchtige kleine Schlange war.

„Entschuldigung", murmelte ich und schob mich an ihm vorbei. „Ich habe noch zu tun, bevor unsere Gäste ankommen."

„Gut gemacht, Charlie", sagte er leise. Er stand dichter hinter mir, als ich erwartet hatte. „Ich bezweifle, dass ich das, was du herausgefunden hast, von Miss Redding erfahren hätte."

Er ging mit langen Schritten in Richtung der Treppe davon, während ich in die Küche ging. Unsere Begegnung hatte mich mal wieder etwas mitgenommen, aber nicht so wie sonst. Diesmal hatte ich mir meine Verletzungen selbst zugefügt.

„Sie steckt mit ihrem Kopf in den Wolken und ein Hingucker ist sie auch nicht gerade", sagte Seth, als ich in die Küche hinkte. „Aber sie hat eine formbare Persönlichkeit. Ganz abgesehen davon, dass der alte Edgecombe seine einzige Tochter sehr mochte und ihr eine satte Mitgift mitgegeben hat."

„Wer?", fragte ich.

„Lady Harcourt—die jüngere, nicht die Witwe." Seth setzte sich auf die Tischkante und stellte einen Fuß auf dem Stuhl ab. Gus schubste ihn wieder herunter.

„Rede und arbeite", schnappte Gus. „Falls dein eigener Wolkenschädel zwei Dinge auf einmal hinkriegt."

Ich grinste und Gus grinste zurück. Ihr Geplänkel war genau das, was ich brauchte, um aus meiner miesen Stimmung zu kommen. „Reich mir die Tassen da und ich arrangiere sie."

„Nein, du setzt dich. Seth und ich machen das."

„Aber—"

„Kein Aber", sagte Seth. „Du hast schon stundenlang staubgewischt. Dein Fuß muss schmerzen."

Das tat er tatsächlich. Ich beschloss, ihren Vorschlag zu beherzigen und mich ein paar Minuten auszuruhen, bevor die Gäste eintrafen. „Die neue Lady Harcourt scheint nicht wie die Witwe zu sein. Die würde ich auf keinen Fall als *formbar* bezeichnen."

„Und reich war sie auch nicht", bemerkte der Koch vom anderen Ende des Tisches her, wo er Sahne in ein halbiertes Biskuittörtchen füllte.

„Wie ist denn der derzeitige Lord Harcourt so?", fragte ich.

„Ganz anders als sein Bruder Andrew", sagte Seth. „Er spielt nicht und hat sich weitestgehend aus sozialen Verpflichtungen zurückgezogen, nachdem er sich seine Braut geangelt hatte. Sie kommen selten nach London und leben auf dem Familienanwesen. Ich kannte ihn nicht gut, aber er scheint ein bodenständiger Kerl zu sein, ähnlich wie sein Vater."

Gus stellte das Spode Teeservice auf das Tablett. „Frag mich, ob der seine Stiefmutter auch mal flachgelegt hat."

„Gus!", riefen Seth und ich gleichzeitig. Der Koch schmunzelte in sich hinein.

„Geh und schau, ob sie kommen", sagte Seth und scheuchte Gus mit den Händen hinaus.

„Warum kannst du das nich machen?", grummelte Gus.

„Weil sich Lord Harcourt an mich erinnern wird."

„Oh, armer Seth, is ihm peinlich, dass er sich auf meine Stufe stellen muss, was?" Er wich Seths Faust aus und grinste seinen Freund von der Tür her an. Seth antwortete mit einer rüden Geste, die den Koch wieder zum Schmunzeln brachte.

„Das ist schwer für dich, nicht wahr?", fragte ich sanft. „Gezwungen zu sein, die Leute zu bedienen, mit denen du früher verkehrt hast."

„Ist nicht so schlimm. Ich war sowieso nie so stolz und bin dankbar, ein Dach über dem Kopf zu haben und meine Schulden bezahlt zu bekommen. Aber die Buchanan Brüder sind in meinem Alter und wir haben einige gemeinsame Bekannte. Oder vielmehr *hatten* wir sie gemeinsam. Andrew hat den meisten vor den Kopf gestoßen, und Donald—Lord Harcourt—hat den Kontakt einfach nicht aufrechterhalten. Ich auch nur mit ein paar wenigen."

„Ja, mit den Ehefrauen", fügte der Koch hinzu.

Ich tätschelte Seths Arm. „Beneide Andrew Buchanan oder seinen Bruder nicht zu sehr. Die scheinen ihre ganz eigenen Probleme zu haben."

„Wenigstens ist *deren* Mutter nicht mit dem *zweiten* Lakaien nach Amerika durchgebrannt."

Gus trat ein und verkündete, dass sich eine Kutsche näherte, dann verschwand er wieder, um die Tür zu öffnen. Bei seiner

Rückkehr berichtete er von der anscheinend ersten Begegnung zwischen Lincoln und Lord Harcourt.

„Fitzroy hat seiner Lordschaft gesagt, dass er alles in seiner Macht Stehende tut, um seinen Bruder zu finden, und wisst ihr, was Harcourt erwidert hat?" Gus schüttelte den Kopf. „Er sagte, vermutlich würde sein Bruder bloß wieder seinen egoistischen Trieben nachgehen und früher oder später von allein auftauchen."

„Er macht sich überhaupt keine Sorgen um ihn?", fragte ich.

„Anscheinend nich. Die Witwe sah allerdings aus, als wollte sie ihm mitten in der Eingangshalle einen drüberziehen. Die sagte, es sähe Buchanan nich ähnlich, so lange zu verschwinden, schon gar nich ohne Klamotten oder Geld, gar nix."

„Und was hat die andere Lady Harcourt gesagt?"

„Nichts, hat ihrer Schwiegermutter nur giftige Blicke zugeworfen."

„Und Fitzroy? Wie hat der reagiert?"

„Sagte, er würde trotzdem weiter nach ihm suchen, um seiner Freundin, der Witwe, einen Gefallen zu tun. Das Ministerium kann er seiner Lordschaft gegenüber ja nich erwähnen, ohne jede Menge Fragen aufzuwerfen."

„Oder die okkulten Bücher", sagte Seth. „Es war richtig, dass Fitzroy das Ministerium unerwähnt gelassen hat."

Da Seth entschlossen schien, in der Küche zu bleiben, bot ich Gus meine Hilfe an, als es an der Zeit war, Kuchen und Tee zu servieren.

„Du kannst mit dem Spazierstock kein Tablett tragen", sagte Gus. „Lass das Graf Koks machen."

Seth schmollte und stieß einen Seufzer aus. Ich stellte meinen Stock zur Seite und nahm das Tablett mit dem Kuchen und den Tellern. „Auf, mir nach."

Ich bemühte mich, möglichst nicht zu humpeln oder zu hinken und stellte fest, dass mein Fuß kaum schmerzte. Vielleicht konnte ich ganz auf den Stock verzichten. Lincolns Augen wurden schmal, als er mich das Empfangszimmer betreten sah, und ich nahm an, dass er Seth später dafür rügen würde, mir das Servieren überlassen zu haben.

Ich verhielt mich wie jedes gute Hausmädchen und schenkte

den Gästen keine Beachtung, nicht einmal Lady Harcourt—also der Witwe. Allerdings beobachtete ich alle unter gesenkten Lidern heraus, während ich den Kuchen schnitt.

Die jüngere Lady Harcourt war eine kleine Frau mit nussbraunen Haaren, die in Korkenzieherlocken unter ihrem braunen, breitkrempigen Hut hervorquollen. Die Locken verliehen ihrem weichen, runden Gesicht eine süße Jugendlichkeit. Die gleiche weiche Rundlichkeit machte es schwer, ihre Augen zu erkennen, die regelrecht in ihrem plumpen Gesicht versanken. Der hohe Spitzenkragen unter ihrem Doppelkinn sollte es vermutlich verbergen, aber das rostfarbene Kleid mit der passenden Jacke brachten ihre roten Wangen zur Geltung. Neben ihrer Schwiegermutter wirkte sie wie eine Lehrerin vom Lande, was sie meiner Meinung nach auch so empfand, falls ihre unruhigen Finger einen Hinweis gaben. Sie saß an einem Ende des Sofas, so weit von der Witwe entfernt wie möglich, als hätte sie Angst, die gleiche Luft zu atmen.

Die Witwe schien das nicht zu bemerken. Sie war so elegant wie immer mit ihrem frechen schwarzen Hut mit der Lavendelborte und dem engen, schwarzen Kleid im Prinzessinnenschnitt, die schicke Jacke bis zum Kragen zugeknöpft. Es war das schlichteste, demütigste Ensemble, das ich je an ihr gesehen hatte. Inzwischen trug sie nur zum Teil Trauerkleidung, sodass das Schwarz wie ein Rückschritt wirkte. Ich vermutete, dass sie die Rolle der trauernden Witwe aus Respekt ihrem Stiefsohn gegenüber spielte.

„Es tut mir leid, dass ich Ihnen keine weiteren Namen nennen kann", sagte Lord Harcourt zu Lincoln. „Das waren Andrews engste Freunde, als er heranwuchs, aber ich fürchte, ich weiß wenig über die derzeitigen Bekanntschaften meines Bruders."

„Das macht nichts", sagte Lincoln. „Ich habe bereits eine Reihe von Namen gesammelt."

Lady Harcourt stürzte sich auf das Kuchenstück, das ich ihr servierte, doch die Witwe lehnte ihrs mit einer Fingerbewegung ab. Sie begegnete meinem Blick nicht. Lord Harcourt nahm ein Stück und gab mir damit Gelegenheit, ihn zu betrachten. Er war einigermaßen gutaussehend, jedoch nicht so auffallend wie sein jüngerer Bruder. Er hatte helle Haare und ein kräftiges Kinn. Wo ich Buchanans Mund nur abfällig hatte grinsen sehen, blieb Harcourts zu einer flachen Linie zusammengepresst. Er war auch etwas üppiger um die Mitte. Seine Jacke spannte über seinem Bauch. Er brauchte eine neue, was mir verriet, dass er entweder kürzlich zugenommen hatte oder ihm sein Äußeres egal war.

„Das Tagebuch Ihres Vaters wurde im Zimmer Ihres Bruders gefunden", sagte Lincoln. „Möglicherweise steht sein Verschwinden in Verbindung mit etwas, das er darin gelesen hat."

„Oder auch nicht", sagte Harcourt.

„Wir müssen jeden Stein umdrehen, auch die, die klein und unbedeutend erscheinen."

Ich stolperte fast über meine eigenen Füße, als ich hörte, wie mein Satz zitiert wurde. Zum Glück hatte ich gerade nichts in der Hand und niemand schien mich zu beachten.

„Wenn Sie meinen." Lord Harcourt nahm den Tee von Gus entgegen. Die Falten auf seiner Stirn zogen sich zusammen, als er Gus ohne Uniform erblickte. Er schürzte kaum merklich die Lippen und warf seiner Frau einen Blick zu. Sie bemerkte es anscheinend nicht. Nachdem sie den Kuchen aufgegessen hatte, starrte sie mit leerem Gesichtsausdruck den Teppich an.

„Hast du das Tagebuch hier?", fragte die Witwe an Lincoln gerichtet.

„Es ist in meinem Arbeitszimmer, aber ich erinnere mich an die meisten Einträge." Angesichts Lord Harcourts fragendem Blick fügte er hinzu: „Ich habe ein sehr gutes Gedächtnis."

„Steht in dem Tagebuch irgendetwas von besonderem Interesse?", fragte sie beiläufig. Zu beiläufig. Wo sie zuvor noch sehr um ihren vermissten Stiefsohn besorgt schien, wirkte ihre Frage jetzt wie anstandshalber dahingeworfen. Sie sah auch niemanden an, hatte ihre Teetasse aber fest im Griff. Ich vermutete, dass sie die Frage nicht wegen Buchanans Verschwinden stellte, sondern wegen ihres eigenen Geheimnisses.

Falls es Lord oder Lady Harcourt auffiel, ließen sie sich nichts anmerken. Er wartete auf Lincolns Antwort, sie starrte weiter den Teppich an, der Gesichtsausdruck unverändert. Sie hob die

Tasse an ihre Lippen, nippte zaghaft, dann setzte sie sie wieder auf die Untertasse in ihrem Schoß, ohne zu blinzeln. Ich hatte noch nie einen Automaten gesehen, aber Seth hatte mir mal einen beschrieben und für mich ähnelte die Beschreibung Lady Harcourts ausdruckslosem Gesicht.

„Ein Name ist mir in dem Tagebuch aufgefallen", sagte Lincoln. „Er war in Großbuchstaben geschrieben und mehrfach unterstrichen. Zumindest für Ihren Vater war er wichtig und vielleicht hat Andrew ihn erkannt."

„Der Name?", forderte seine Lordschaft.

„Estelle Pearson."

Die jüngere Lady Harcourt ließ ihre Tasse fallen, verschüttete den Tee auf dem Teppich und sank in der Ecke des Sofas in Ohnmacht.

KAPITEL 5

Lincoln war als erster bei Lady Harcourt, danach ihr Ehemann. Die Witwe drehte sich auf dem Sofa, stand aber nicht auf. Sie nahm eine Wochenzeitung vom Tisch neben ihr und reichte sie ihrem Stiefsohn.

„Wedel damit vor ihrem Gesicht", wies sie ihn an. „Und lockere ihren Kragen. Er ist viel zu hoch und zu eng."

Lord Harcourt tat, wie geheißen, während Lincoln zurücktrat. „Hol das Riechsalz", sagte er zu Gus.

Gus hastete hinaus, aber Lady Harcourt kam bereits zu sich. Sie legte eine Hand auf ihre Brust und öffnete die Augen.

„Donald?", sagte sie schwach.

„Es ist alles in Ordnung, meine Liebe." Er tätschelte ihren Handrücken. „Du bist ohnmächtig geworden."

„In letzter Zeit fühle ich mich nicht gut."

„Charlie, mehr Tee", befahl die Witwe. „Marguerite, du siehst sehr blass aus. Tee wird wieder Farbe in deine Wangen bringen."

Ich goss den Tee in die Tasse, die für Lincoln gedacht gewesen war, die er aber abgelehnt hatte. Gerade, als ich sie Lady Harcourt in die zitternden Hände gab, kehrte Gus mit dem Riechsalz in einer grünen Glasflasche zurück. Er reichte die Flasche seiner Lordschaft, der sie unter der Nase seiner Frau hin und her bewegte.

Sie atmete tief ein und schnaubte. „Danke, es geht mir schon besser. Es tut mir so leid, dass ich Ihnen Umstände mache, Mr Fitzroy." Nachdem sie am Tee genippt hatte, stellte sie ihn zur Seite.

„Nicht der Rede wert", sagte Lincoln.

Ich beäugte den Teppich und überlegte, wie lange es dauern würde, bis ich den Tee aufwischen konnte. Es war wichtig, sich direkt um Verschüttetes zu kümmern, sonst gab es Flecken. Ich wusste das, weil ich einmal absichtlich Tee in Lincolns privatem Wohnzimmer verschüttet hatte. Der Fleck war noch da, eine dauerhafte Erinnerung an mein Temperament.

„Ich denke, meine Frau möchte sich in Harcourt House ausruhen", sagte Lord Harcourt, womit er das Haus der Witwe und Andrew Buchanan in Mayfair meinte. Sie hatte es von ihrem Mann geerbt, während sein jüngster Sohn leer ausgegangen war. Buchanan musste es gehasst haben, übergangen zu werden, aber soweit ich wusste, hatte Lincoln sie dazu nicht befragt. Er hatte sie zu so gut wie nichts befragt.

„Natürlich", sagte er und nahm Lady Harcourts Arm, derweil ihr Mann den anderen fasste. Gemeinsam halfen sie ihr auf die Füße. „Ehe Sie gehen … Der Name Estelle Pearson … hat er für Sie eine Bedeutung?"

„Nein", sagte Lord Harcourt. „Nie gehört."

„Ich auch nicht", sagte Lady Harcourt, die sich auf den Arm ihres Mannes stützte. „Nochmals vielen Dank für Ihre Gastfreundschaft, Mr Fitzroy. Sie waren äußerst freundlich." Kleine Fältchen bildeten sich in ihren Augenwinkeln, als sie lächelte.

Die Witwe erhob sich und legte eine Hand auf Lincolns. „Auf ein Wort", säuselte sie, während Lord und Lady Harcourt langsam aus dem Empfangszimmer gingen. Gus war vorausgegangen, um ihnen in die Mäntel zu helfen.

„Geht es um Estelle Pearson?"

„Nein. Ich weiß nicht, wer das ist. Es geht um Miss Overton."

Igitt. Die süße, reizende Miss Overton, der sowohl Rückgrat als auch Persönlichkeit fehlte; das Mädchen, das Lincoln umwerben sollte. Jedenfalls ermutigte die Witwe Lady Harcourt ihn dazu.

„Jetzt nicht, Julia. Ich muss mich um meine Gäste kümmern."

Für jemanden, der selten seine Gedanken oder Gefühle preisgab, klang er ziemlich gereizt.

Sie hing an seinem Arm und verankerte ihn damit auf eine Art, wie nur eine Lady einen Gentleman halten kann. Er war viel zu höflich, um sich von ihr loszumachen. Wenigstens hoffte ich, dass es lediglich Höflichkeit war, die ihn in ihrem Griff hielt. „Sie und ihre Mutter essen morgen mit mir zu Abend. Ich habe ihnen gesagt, dass du dabei sein wirst."

„Julia, das war unklug. Du wirst mich entschuldigen müssen."

„Kannst du für sie nicht ein bisschen deiner Zeit opfern? Sie ist sehr angetan von dir und du weißt, was für eine wunderbare Ehefrau sie abgeben würde."

„Julia. Hör auf damit." Er entzog sich ihr und ging mit langen, energischen Schritten zur Tür, als könnte er nicht schnell genug entkommen.

„Du weißt, dass sie perfekt für dich ist", rief sie ihm nach, doch er war bereits weg. „Er weiß es. Früher oder später wird er nachgeben." Da sie nicht die Angewohnheit hatte, Selbstgespräche zu führen, wusste ich, dass die Worte an mich gerichtet waren. War die ganze Szene für mich inszeniert worden? Sie ahnte, dass ich Gefühle für Lincoln hegte, also versuchte sie möglicherweise mir zu zeigen, dass ich ihn niemals würde haben können, wenn es so viel geeignetere Frauen in London gab. Sie wollte, dass er heiratete, aber nicht sie. Auch wenn sie behauptete, ihn zu lieben, hatte Lady Harcourt zugegeben, dass er ihr weder wohlhabend noch angesehen genug war. Also versuchte sie, ihm eine Frau unterzujubeln, die er niemals würde lieben können. Eine, die niemals den Platz würde einnehmen können, den sie in Lincolns Herzen zu haben glaubte.

Ich war mir ziemlich sicher gewesen, dass er für sie kein Stück seines Herzens mehr reserviert hatte, aber seit er sich geweigert hatte, sie über das Alhambra auszufragen, war meine Überzeugung ins Wanken geraten. Von Sympathie und Bewunderung war es nur ein kleiner Schritt zur Liebe.

Ich sah ihr nach, wie sie mit der Selbstsicherheit und Grazie einer Tänzerin aus dem Empfangszimmer glitt, dann sammelte ich das Geschirr ein und kehrte in die Küche zurück, während

Lincoln seine Gäste verabschiedete. Gus war bereits da und unterhielt Seth und den Koch mit Details von Lady Harcourts Ohnmacht.

„Das war ne Reaktion auf den Namen", sagte er mit allwissender Ernsthaftigkeit. „Die kennt diese Pearson."

„Oder hat den Namen schon einmal gehört", fügte ich hinzu. „Ich wünschte, Fitzroy hätte sie dazu befragt."

„Man befragt eine Dame nicht über Themen, wegen derer sie in Ohnmacht gefallen ist", sagte Seth. „Besonders nicht, wenn sie Unwohlsein vorgibt."

„Tut man nicht, nein?", fragte ich, wobei ich ihn, so gut ich konnte, imitierte.

„Nein. Man wartet, bis man sie allein in die Ecke drängen kann." Er zwinkerte mir zu. „Ich vermutete, dass Fitzroy das vorhat."

„Da wäre ich mir nicht so sicher. Wie will er denn allein an sie herankommen?"

„Heute Nacht in ihr Zimmer steigen", schlug Gus mit einem Schulterzucken vor, als ob Lincoln das häufig tun würde.

„Aber ihr Zimmer muss doch mindestens im dritten Stock liegen!"

„Das is kein Problem. Das Problem is eher, so leise zu sein, dass die nich vorher schon das ganze Haus zusammenkreischt."

Ich hob protestierend die Hände. Das war doch Unfug. Lincoln würde nicht nachts in Lady Harcourts Zimmer klettern. Als er sich zu uns gesellte, fragte ich ihn.

„Nein", sagte er. „Sie ist viel zu empfindlich. Wahrscheinlich wird sie wieder in Ohnmacht fallen. Von einer bewusstlosen Frau bekomme ich keine Antworten."

Ich wusste nicht, warum ich überrascht war. Wenn Lincoln Antworten wollte, würde er sie sich holen, auf welche Art auch immer. Zum Teufel mit Manieren. „Was schlagen Sie dann vor?", fragte ich. „Allen war klar, dass sie den Namen Estelle Pearson kannte. Wir müssen herausfinden, woher sie sie kennt."

Er warf einen Blick auf die Uhr im Regal. „Ich werde morgen beim Standesamt nachfragen. Eine Eintragung im Geburtenregister, Eheverzeichnis oder eine Todesanzeige wird zumindest den oder die Bezirke eingrenzen, in denen diese Pearson gewohnt hat."

„Ich habe nicht den Eindruck, dass Lady Harcourt ihre Schwiegermutter mag", sagte ich, während ich drei Lappen aus der obersten Schublade holte.

Lincoln legte den Kopf etwas schräg. „Warum sagst du das?"

„Zum einen konnte sie gar nicht weit genug von ihr weg sitzen. Und ich habe sie kein einziges Wort wechseln hören, geschweige denn einen freundlichen Blick. Ich fand das merkwürdig, da sie in einem ähnlichen Alter sind und die Familienangelegenheiten als Gemeinsamkeit haben."

„Ach so." Er nickte langsam. „Danke für deine Einschätzung."

Ich hinkte in die Spülküche und tauchte einen der Lappen in den Eimer mit kaltem Wasser, den wir immer neben der Hintertür stehen hatten. Dann holte ich den Kanister mit Backpulver und eine von den Rührschüsseln des Kochs aus der Vorratskammer. Da meine Adoptivmutter eine Haushälterin gehabt hatte, hatte ich in meiner Kindheit nie gelernt, wie man Reinigungspasten herstellt oder Flecken entfernt, so wie andere Mädchen, die schon in jungen Jahren in den Dienst genommen wurden. Als er mein Dilemma erkannt hatte, ganz am Anfang meiner Tätigkeit als Hausmädchen in Lichfield, hatte Gus seine Großtante gebeten, mir ihre Geheimnisse zu verraten, die sie sich in vierzig Jahren als Putzfrau angeeignet hatte. Er hatte sich alles diktieren lassen und überreichte mir acht eng bekritzelte Seiten, aufgerollt und mit einem Stück Schnur umwickelt. Es war noch immer mein wertvollster Besitz, sogar noch wertvoller als mein Mantel, den ich von Lincoln bekommen hatte.

Ich kehrte in die Küche zurück, nur um festzustellen, dass Lincoln gegangen war. Er wartete im Empfangszimmer auf mich. Oder besser gesagt, wartete er nicht so sehr auf *mich*, sondern auf die Materialien zum Reinigen des Teppichs. Er schaute von dem Teefleck hoch und hielt die Hand auf.

„Reich mir das Pulver."

„Erst müssen Sie es trocken tupfen", erklärte ich ihm.

„Dann reich mir einen Lappen."

„Ich kann das machen."

„Bitte, Charlie. Du solltest deinen Fuß schonen.“

„Ich kann meine Aufgaben wunderbar wahrnehmen, danke sehr.“

Ich stellte die Schüssel, den Kanister und die Lappen auf einem Tisch ab und wir griffen beide nach einem trockenen Lappen. Es schien, als würde er sich nicht davon abbringen lassen, mir zu helfen. Dann war es eben so. Ich bezweifelte, dass ich seine Meinung würde ändern können, egal, was ich sagte.

Wir arbeiteten schweigend Seite an Seite, um so viel von dem verschütteten Tee aufzunehmen wie möglich. Ich wollte ihn nach seinen Gedanken zu Lady Harcourts Einladung zum Essen mit Miss Overton fragen, entschied mich aber dagegen. Das war nicht die Art von Gespräch, die eine Angestellte mit ihrem Vorgesetzten führte, und er hatte deutlich gemacht, dass wir genau das füreinander waren. Nicht mehr.

Überraschenderweise schnitt *er* das Thema an. „Ich habe nicht vor, Miss Overton zu heiraten“, sagte er.

Ich hörte auf zu wischen und setzte mich in die Hocke. „Lady Harcourt glaubt, sie würde eine gute Ehefrau abgeben, da sie so … formbar ist“, sagte ich und borgte mir dabei Seths Ausdruck.

„Ich will keine formbare Frau.“ Sein Wischen wurde aggressiver. Er stampfte den Lappen im Takt meines Herzens auf den feuchten Teppich. „Oder sonst irgendeine Frau. Ich werde überhaupt nicht heiraten. Weder Miss Overton, noch Lady Harcourt, noch … sonst jemanden. Die Ehe ist nichts für mich.“

Der kalte Tee aus meinem Lappen weichte die Haut meiner Handfläche auf. Ich starrte darauf. Meine Augen waren zum Glück trocken. Ich wollte seinetwegen nicht noch mehr Tränen vergießen. Nicht wegen so etwas. Unerwiderte Liebe war armselig und ich hasste es, mich so danach zu sehnen. Jahrelang war ich ohne jegliche Liebe ausgekommen und würde es auch wieder tun. Es war an der Zeit, sich abzuwenden und für das, was ich hatte, dankbar zu sein. Es war so viel mehr als die meisten hatten. „Warum sagen Sie mir das? Sie schulden mir keine Erklärung.“

„Doch. Ich möchte nicht, dass du glaubst, ich würde täglich eine Frau küssen, um sie am nächsten Tag fallen zu lassen und eine andere zu heiraten. Ich werde dich nicht heiraten, Charlie, aber ich werde auch keine andere heiraten. Es ist notwendig, dass du das verstehst."

„Ist es das?" Ich konnte die Verachtung nicht aus meiner Stimme heraushalten. Wenigstens war Verachtung besser, als verwirrt und wehmütig zu klingen. So fühlte ich mich nämlich.

Er hörte auf zu wischen. „Du machst dich über mich lustig."

„Nein, ich ... ich weiß nicht, was ich sagen oder tun oder denken soll." Es half, seine Haltung zum Thema Ehe im Allgemeinen zu hören. Ihn nicht für mich haben zu können, war eine Sache. Aber viel schlimmer war es, ihn eine andere heiraten zu sehen, selbst wenn es eine Vernunftehe mit einem rückgratlosen Einfaltspinsel wie Miss Overton wäre.

„Reicht das jetzt für das Pulver?", fragte er.

Ich brauchte einen Moment, um zu begreifen, worüber er redete. „Ja."

Er nahm den Deckel vom Kanister ab und streute Backpulver auf die Stelle, bis ich ihm sagte, dass es reicht. Er sah zu, wie ich das Pulver mit dem sauberen, feuchten Lappen einarbeitete. Als ich fertig war, stand er auf und hielt mir seine Hand hin. Ich nahm sie und erhob mich. Die Berührung verursachte einen kleinen Schock zwischen uns und sein Griff wurde fester.

Dann machte er sich schnell los und eilte aus dem Empfangszimmer, ohne ein weiteres Wort oder einen Blick zurück. Mit einem Seufzen hob ich das Reinigungsmaterial auf und humpelte in die Küche.

* * *

„Sie ist tot", teilte Lincoln uns mit, als er am folgenden Nachmittag vom Standesamt zurückkehrte. „Estelle Pearson ist vor fünf Monaten in der Queen Charlottes Geburtsklinik verstorben."

„Bei der Geburt?", fragte ich und nahm eine weitere Erbsenschote.

„Bei einem Unfall. Die Unterlagen besagen nicht, wie es passiert ist. Sie hat dort als Hebamme gearbeitet."

„Verdammt", murmelte Gus. Er hatte in einem Sessel in der Ecke gedöst, war aber aufgesprungen und hatte versucht, beschäftigt zu wirken, als Lincoln in die Küche kam. Lincoln würdigte ihn kaum eines Blickes, aber ich bezweifelte, dass er sich täuschen ließ. „Sackgasse, was?"

Ich warf die leere Erbsenschote in den Eimer. „Ich könnte ihren Geist beschwören."

Lincoln überlegte einen Moment, schüttelte dann aber den Kopf. „Das ist zu gefährlich."

„Wieso ist das gefährlich? Ich kann ihren Geist kontrollieren und werde das von Anfang an tun. Solange uns niemand beobachtet, bleibt mein Geheimnis gewahrt."

„Wir wissen nichts über sie." Lincoln nahm eine Tasse Tee von Seth entgegen. „Sie könnte gefährlich sein."

„Aber wenn ich sie kontrolliere—"

„Nein."

„Aber, Sir—"

„Nein, Charlie, und jetzt will ich nichts mehr davon hören." Er entfernte sich mitsamt seinem Tee aus der Küche.

„Sie sind unvernünftig!", rief ich ihm nach.

Er antwortete nicht, was ich auch nicht erwartet hatte.

„Vorsicht, Charlie", warnte Seth. „Wenn du ihn zu weit treibst, schnappt er zurück wie ein Gummiband."

Gus schnaubte und kehrte zum Sessel zurück. „Eher wie der Rückstoß einer Kanone."

Ich schlitzte die nächste Erbsenschote auf und kippte ihre Innereien auf den Erbsenhaufen in der Schüssel. „Er *ist* aber unvernünftig. Ich könnte die Ermittlungen voranbringen und er lehnt es ab. Ich verstehe nicht, warum. Habe ich mich in der Vergangenheit nicht als nützlich erwiesen?"

„Wurdest du nich entführt und fast umgebracht?"

Ich bewarf Gus mit einer leeren Erbsenschote. Sie traf ihn am Kopf und landete auf seinem Schoß. Er schleuderte sie zurück und johlte, als sie im Eimer landete.

Seth setzte sich zu mir an den Tisch und zog die Erbsenschüssel zwischen uns. „Er hat dir erlaubt, zum Alhambra zu gehen."

„Nur weil er dachte, es wäre harmlos, wenn nicht sogar irrelevant für die Ermittlungen. Er hat zugegeben, dass er nur versucht hat, mich zu beschwichtigen."

„Ich stimme Charlie zu", sagte der Koch mit einem Schulterzucken. „Gibt keinen Grund, warum sie die Gabe nicht nutzen sollte, die Gott ihr gegeben hat."

Ich war mir nicht ganz sicher, ob man meine Nekromantie wirklich als Gabe bezeichnen konnte, geschweige denn eine von Gott gegebene. Sie wirkte eher teuflisch als göttlich und war mehr Fluch als Können. Wie auch immer, sie war ein Teil von mir, so wie meine blauen Augen und meine geringe Größe.

Weder Seth noch Gus sprachen weiter, was bedeutete, dass sie dem Koch zustimmten, es aber nicht laut sagen wollten. Sie hatten mehr Angst vor Lincoln, vielleicht weil sie gesehen hatten, wie er jemanden getötet hatte. Der Koch hatte nur aus zweiter Hand davon gehört. Ihre stille Zustimmung war alles, was ich brauchte, um einen Entschluss zu fassen. Ich würde heute Abend den Geist von Estelle Pearson beschwören.

* * *

ICH HATTE BEREITS einige Male Geister beschworen, die ins Jenseits übergetreten waren, aber es jagte mir noch immer einen Schauer über den Rücken. Nicht alle Geister waren glücklich damit, aus ihrem jenseitigen Leben gerissen zu werden, und nicht alle waren freundlich. Auch wenn ich einem Geist notfalls befehlen konnte, entlastete es mein Gewissen enorm, wenn das nicht nötig war.

Ich zündete so viele Kerzen an, wie ich in mein kleines Wohnzimmer schmuggeln konnte, und deponierte sie auf Tischen, dem Kaminsims und sogar auf dem Boden. Das flackernde Kerzenlicht ließ die Wände und Möbel lebendig erscheinen. Sie tanzten zu einem unhörbaren Takt. Ich setzte mich in den bequemen Sessel und atmete einige Male tief durch, um meine Nerven zu beruhigen.

„Estelle Mary Pearson, bitte kommen Sie her zu mir in diese Welt. Geist von Estelle Mary Pearson, hören Sie mich?"

Eine Brise blies die Kerzen auf dem Kaminsims aus und strich mir durch die Haare. Die dünnen Rauchwolken mischten sich mit einem fahlen Hauch, der von der Decke herabfiel. Er steuerte auf mich zu. Ich duckte mich, war jedoch nicht schnell genug. Der Geist von Estelle Pearson durchfuhr mich und kam schwebend neben der Tür zum Stehen.

„Meine Güte", sagte sie und presste eine Geisterhand auf ihre Brust. Ihre weit aufgerissenen Augen nahmen ihre Umgebung wahr und richteten sich dann auf mich. „Ist das … Bin ich …?"

„Sie sind in Lichfield Towers, Hampstead Heath, ungefähr fünf Monate nach Ihrem Ableben. Sie sind in Geisterform hier, Mrs Pearson."

„*Miss* Pearson, bitte." Sie sagte das ganz sachlich, als wäre es normal, Leute zu korrigieren. Angesichts der Tatsache, dass sie zwischen vierzig und fünfzig zu sein schien, war einem der Fehler schnell unterlaufen. Genauer konnte ich ihr Alter nicht einschätzen. Auch wenn die nebelhafte Erscheinung eines Geistes das Aussehen einer Person zum Todeszeitpunkt annahm, wirkte es mehr wie eine Skizze. Es gab keine Farben, wodurch insbesondere die Augen flach erschienen. Das Prinzip, dass die Augen die Fenster der Seele waren, fand hier keine Anwendung.

„Und Sie sind?" Ihr Tonfall war energisch, aber nicht unfreundlich.

„Charlotte Holloway. Ich bin Nekromantin. Das ist jemand, der die Toten beschwören kann."

„Offensichtlich." Sie deutete auf sich, gekleidet in ihre Krankenschwesterntracht, die aus einer weißen Schürze über einem schwarzen Kleid bestand. Sie trug eine Haube, die halb von ihrem Kopf herunterhing und sich mittels einer einzigen geisterhaften Haarnadel an ihre Strähnen klammerte. Eine lange, schwer wirkende Gürtelkette lag um ihre Hüften. „Warum haben Sie mich gerufen, Miss Holloway?"

Dankenswerterweise schien sie unbeeindruckt von der Situation. Ein panischer Geist konnte meine Aufgabe schwierig machen. Ich vermutete, dass man eine unerschütterliche Konstitution benötigte, um als Hebamme in einem Geburtshaus zu arbeiten.

„Ihr Name stand in einem Tagebuch, das Lord Harcourt gehörte", erklärte ich ihr.

Ihre Augen weiteten sich minimal. „Und?"

„Und das Tagebuch wurde unter den Habseligkeiten seines

Sohnes gefunden, der nunmehr verschwunden ist. Wir versuchen, ihn zu finden."

„Wir?"

„Meine Freunde und ich."

Sie sah sich im Zimmer um und zog die Augenbrauen hoch.

„Sie sind im Moment nicht hier", sagte ich.

„Sind sie ebenfalls Nekromanten?"

„Nein."

„Dann nehme ich an, ihre Gegenwart war nicht nötig. Sie scheinen recht unaufgeregt, Miss Holloway. Ihre Ruhe ist unerwartet bei einer so jungen Person, die etwas Derartiges tut."

In ihrer Stimme schwang ein Hauch Bewunderung mit und ich lächelte. „Danke, aber ich habe bereits Geister beschworen."

„Trotzdem. Sie würden eine gute Krankenschwester abgeben, obwohl ich sehe, dass Sie in dieser Welt nicht für sich selbst sorgen müssen." Sie sah sich wieder im Raum um. Vielleicht war es nur ein kleines Wohnzimmer im Vergleich zu Lincolns, aber es war für die Herrin von Lichfield Towers gedacht, nicht für eine Magd. Miss Pearson musste annehmen, dass ich jemand Wichtiges war.

Ich fühlte mich verpflichtet, ihr die Wahrheit zu sagen. „Falls ich jemals meine Position als Magd hier verliere, müsste ich das wohl."

Sie kam näher und sah mich genauer an. „Ja, jetzt sehe ich die Uniform. Sie scheinen die Art Mädchen zu sein, die eine Weile auf sich allein gestellt war—solide im Geist und von Natur aus selbstbewusst. Habe ich recht?"

„Danke. Und ja, das haben Sie."

„Nun gut, bezüglich des Tagebuchs von Lord Harcourt und seines vermissten Sohnes. Ich sehe den Zusammenhang nicht."

„Vielleicht gibt es keinen Zusammenhang, aber wir müssen alle Möglichkeiten in Betracht ziehen. Was uns in besonderer Weise auffiel, war Ihr Name, der in deutlicher Schrift und mehrfach unterstrichen in Lord Harcourts Tagebuch auftauchte. Es war, als wäre Ihr Name ihm sehr wichtig. Wissen Sie, warum?"

Sie blinzelte langsam. „Ich finde es sehr schwierig, so mit Ihnen zu reden, Miss Holloway."

Ich runzelte die Stirn. „Was meinen Sie?"

„Diese Geisterform fühlt sich merkwürdig an." Sie sah an sich herunter. „Irgendwie ... unbedeutend."

„Ist das ein Problem?"

„Ich bin eine unverheiratete Frau, die sich im Leben auf eigene Füße stellen musste. Als Krankenschwester haben mich mehr Doktoren als unbedeutend behandelt, als ich mir in Erinnerung rufen möchte. Gleiches gilt für den Rest der Gesellschaft. Ohne Ehemann oder Vermögen war ich ein Niemand, des Lobes oder auch nur der Anerkennung unwürdig. Meine Meinungen wurden ignoriert, manchmal belächelt, und mir wurde oft gesagt, ich sollte aufhören, meinen Kopf zu gebrauchen. Intelligenz steht einer Frau nicht gut und ist unnötig für eine Hebamme, die sich unter das überlegene Wissen des Doktors zu beugen hat." Ihre Stimme wurde zum Ende hin geringschätzig. „Ich hätte mehr Kinder und Mütter retten können, wenn es mir gestattet gewesen wäre, dessen bin ich mir sicher, aber einige inkompetente Ärzte zogen es vor, Methoden anzuwenden, die ihnen vor Jahrzehnten beigebracht wurden, anstatt mir zuzuhören. Also sehen Sie, Miss Holloway, dass ich eine solide Form dieser durchscheinenden vorziehen würde, auch wenn es nur für einige Augenblicke ist, um Ihre Fragen zu beantworten."

Ich erhob mich von meinem Sessel, damit ich mit ihr auf Augenhöhe kam. Sie war etwa so groß wie ich, hatte ein eher maskulines Gesicht mit starken Knochen und einer kräftigen Stirn. Ihr Blick wich meinem nicht aus und sie trat auch nicht zurück.

„Sie meinen, Sie würden gern in einen Körper eintreten? Ihnen ist klar, dass Sie in keinen lebenden Körper eintreten können?" Nur ein Medium konnte einen Geist in einen lebenden Körper rufen, sodass der Geist das Bewusstsein dieser Person überschattete. Das war als Besessenheit bekannt. Als Nekromantin konnte ich einen Geist nur in einen *toten* Körper schicken.

„Ich möchte nicht in irgendeinen Körper eintreten, Miss Holloway, sondern in meinen."

Ich stieß die Luft aus. „Oh."

„Der Gedanke, mich in einem Fremden zu befinden ..." Sie erschauerte. „Wir sind in Hampstead, sagen Sie? Dann ist mein

Körper nicht weit weg. Ich habe vor meinem Tod Vorkehrungen getroffen, um im Highgate Friedhof begraben zu werden. Bitte starren Sie mich nicht so an, Miss Holloway. Beeilen wir uns, nach Highgate zu kommen."

„Ich, äh, werden Sie mir meine Fragen beantworten, wenn Sie sich in Ihrem Körper befinden?"

„Ja."

„Alle?"

„Ja." Sie hob das Kinn. „Ich geben Ihnen mein Wort, dass ich nach bestem Wissen und Gewissen antworten werde. Ich kenne Lord Harcourt sehr wohl und da gibt es einiges zu erzählen. Ob Ihnen das hilft, Ihren Vermissten zu finden, kann ich nicht sagen. Aber ich behalte meine Geschichte für mich, bis ich wieder in meinen eigenen Körper eingetreten bin."

Dennoch zögerte ich. „Sie verstehen, dass es nur für kurze Zeit sein wird."

„Eine kurze Zeit ist besser als gar keine. Ich möchte so gern wieder die kühle Nachtluft auf meiner Haut spüren, die Brise in meinem Haar."

„Sie sind seit fünf Monaten tot. Ihr Körper wird in dieser Zeit ziemlich verwest sein."

„Sind Sie empfindlich, Miss Holloway?"

„Nein."

„Ich auch nicht. Eine Krankenschwester kann sich das nicht leisten. Ich habe zu meinen Lebzeiten deutlich schlimmere Dinge gesehen als eine verwesende Leiche, das kann ich Ihnen versichern. Kommen Sie. Lassen Sie uns keine Zeit verlieren."

Ich sollte mich unbemerkt aus dem Haus schleichen können. Lincoln hatte Seth mitgenommen, um die verbleibenden Spielhöhlen auf seiner Liste abzusuchen, sodass ich mir um ihn keine Sorgen zu machen brauchte. Gus und der Koch schliefen ganz oben unter dem Dach in den Dienstzimmern, zu weit weg, um die Hintertür zu hören. Nun gut. Ich würde es tun, wenn ich dadurch Estelle Pearson zum Reden bringen konnte.

Sie drehte sich um und ich musste mir den Mund zu halten, um meinen Entsetzensschrei zu ersticken. Beim Anblick von Miss Pearsons Hinterkopf stieg mir die Galle in den Hals. Ihr war der Schädel eingeschlagen worden. Verklebte Haare und

Blut bildeten eine dunkle, klebrige Masse über ihrem Hals. Die obere Hälfte ihrer Schürze war ebenfalls mit Blut bedeckt. Ich fragte mich, was für ein Unfall die tödliche Verletzung hervorgerufen hatte.

„Kommen Sie, Miss Holloway." Sie tastete nach ihrer Haube und rückte sie zurecht, sodass sie einen Teil der Wunde verdeckte, jedoch nicht alles.

„Ich hole meinen Mantel."

* * *

Es war keine kalte Nacht dank der Wolken, die die Stadt überdeckten und die Wärme des sonnigen Herbsttages einfingen. Die gleichen Wolken verdunkelten jegliches Licht von Mond und Sternen, sodass ich mich ganz auf das Licht meiner Lampe verlassen musste. Ich folgte der geisterhaften Erscheinung durch den Friedhof, wobei mein Gehstock bei jedem Schritt ein solides ‚Bumm' auf der dichten, feuchten Blätterschicht ertönen ließ, während ich mich beeilte, mit Miss Pearson Schritt zu halten. Hin und wieder blieb sie stehen und sagte: „Kommen Sie, Miss Holloway." Ich konnte mir gut vorstellen, dass sie in genau diesem geradlinig-ermutigenden Ton mit ihren Patientinnen bei der Geburt geredet hatte.

Wir umrundeten Gräber und Baumwurzeln, wobei wir keinem sichtbaren Pfad folgten. Über unseren Köpfen knarzten kahle Äste im Wind und stöhnten ihre Missbilligung darüber hinaus, dass ich Lincolns Anweisungen missachtete. Bisher hatte ich keine Zweifel gehabt, aber jetzt, mitten in dem weitläufigen Friedhof bei finsterster Nacht, strömten sie auf mich ein.

„Sind Sie sich sicher, dass das der richtige Weg ist?", rief ich Miss Pearsons Geist hinterher. „Vielleicht sollten wir umkehren."

„Aber nicht doch. Sehen Sie, wir sind da." Ein Nebel strich um den Grabstein, der Estelle Mary Pearsons Grab markierte, und formte sich zu ihrer Gestalt. „Hier bin ich." Ihre Stimme war weich und voller Erstaunen, während sie den Grabstein musterte. Er stand versteckt in einem Bereich des Friedhofs, in dem ich noch nie gewesen war. Hier waren die Grabsteine schlichter und standen eng beieinander.

„Benötigen Sie einen Moment, um sich zu sammeln, Miss Pearson?"

„Gewiss nicht. Sie haben es sich doch nicht anders überlegt, oder?"

„Ich ... Ich glaube, mir wäre es lieber, wir würden Ihren Körper doch nicht wiederbeleben. Je eher ich Sie zurück ins Jenseits schicken kann, desto besser."

„Unsinn. Wir haben die ganze Nacht Zeit."

„Trotzdem—"

„Mitgehangen, mitgefangen."

Ehe ich weiter protestieren konnte, sank der Geist in die Erde über ihrem Grab und verschwand ganz aus meinem Sichtfeld. Ich runzelte die Stirn. Sie schien zu wissen, was sie zu tun hatte. Anders als die anderen Geister, die ich beschworen hatte.

Ich hob die Lampe höher. Über das Flüstern des Laubes erklang ein schwaches Trommeln. Miss Pearsons Leiche, die versuchte, aus ihrem Sarg zu kommen. Vielleicht war sie nicht stark genug. Die einzige Leiche, die ich je aus ihrem eigenen Grab hatte steigen sehen, war die von Gordon Thackery, aber der war ein Mann. Auch wenn Estelle Pearson als wiederbelebte Leiche übernatürliche Kraft besitzen würde, würde die ausreichen, um sie zu befreien?

Sie musste jedoch durchgebrochen sein, denn die Erde in der Mitte des Grabes wölbte sich nach oben. Ich schluckte und trat zurück, wobei ich mich innerlich auf den Anblick einer verwesten Leiche einstellte.

Dreckige, skelettartige Finger bohrten sich wie Stacheln aus dem Boden. Dann kam eine ganze Hand, gefolgt von einem mit dem schwarzen Ärmel der Schwesternuniform bekleideten Arm, in der sie begraben worden war. Der andere Arm brach hervor und verursachte einen kleinen Erdrutsch. Estelle Pearson stemmte sich aus dem Boden und balancierte sich dann etwas breitbeinig aus.

„Geht ... geht es Ihnen gut?", fragte ich sie.

Sie nickte, eine unbeholfene, ruckartige Bewegung. Sie runzelte die Stirn und versuchte es erneut. Bei einem Schritt auf mich zu geriet sie ins Stolpern. Aus einem Impuls heraus ließ ich meinen Stock fallen und packte ihren Arm. Die Knochen bewegten sich auf eine Art, wie der Arm einer lebenden Person sich nicht bewegen sollte.

„Es wird ein paar Augenblicke dauern, bis Sie sich daran gewöhnt haben, den toten Körper zu steuern", versicherte ich ihr.

„Das weiß ich." Ihre Stimme klang so rau wie Sand.

„Wie können Sie das wissen? Haben Sie das schon einmal gemacht?"

„Nein." Sie berührte ihren Hals, als wäre der Klang ihrer Stimme ihr unangenehm. Sie ging davon, aber ich hielt noch immer ihre Hand, also blieb sie wieder stehen und starrte darauf.

Ich festigte meinen Griff. „Wie dann?"

Sie riss sich los. „Weil ich alles über den Tod weiß, was es zu wissen gibt, Miss Holloway. Und über das Leben übrigens auch."

Ich stolperte zurück. „Wie?", flüsterte ich.

Sie murmelte etwas vor sich hin. Ich konnte die Worte nicht verstehen, aber sie klangen kehlig, nicht Englisch. Grauen so schwer wie ein Ziegelstein füllte meinen Bauch.

„Miss Pearson, was sagen Sie da? Was sind das für Worte?"

Sie beendete ihr Gemurmel und ihr ganzer Körper zuckte als wäre etwas in sie hineingerast. Ihr Brustkorb dehnte sich, zog sich zusammen und dehnte sich erneut. Sie atmete.

Mein Gott. *Sie lebte.* Ich hielt meine Laterne höher, um besser sehen zu können. Sie schenkte mir ein mitfühlendes Lächeln, das ihre Augen erreichte—Augen, die eigentlich leer und seelenlos hätten sein sollen.

„Haben Sie keine Angst, Miss Holloway. Ich werde Ihnen nichts tun. Aber ich werde Sie jetzt verlassen."

„D—das können Sie nicht!"

Sie lief los. Ihr steifer Gang gewann mit jedem Schritt mehr Sicherheit. „Ich kann."

Ich hastete ihr nach und packte erneut ihren Arm. „Aber ich kontrolliere Sie!"

„Ich muss mich um eine wichtige Angelegenheit kümmern, jetzt, da ich hier bin." Ihre knochigen Finger lösten meine, bis sie wieder frei war. „Versuchen Sie nicht noch einmal, mich zurückzuhalten, Miss Holloway. Ich möchte Ihnen nicht wehtun." Sie hätte mir die Finger brechen können, was sie aber nicht tat. Sie bewegte sich jetzt mit absoluter Sicherheit und Zielstrebigkeit von mir weg.

„Ich gebe Sie frei!", rief ich. „Gehen Sie! Kehren Sie ins Jenseits zurück!"

Sie ging weiter in die Nacht hinein und fing dann an, schwerfällig zu rennen. Ich humpelte ihr nach, stolperte aber über eine Wurzel. Meine Lampe ging aus und ich wurde von Dunkelheit eingehüllt.

„Ich setzte den Geist von Estelle Mary Pearson frei! Kehren Sie zurück!"

„Das wird nicht funktionieren", rief sie mir von irgendwo weiter vorn zu, wo ihre dunkle Gestalt zwischen Bäumen und Grabsteinen verschwand.

Ich versuchte es noch einmal, aber diesmal kam keine Antwort. Vielleicht hatte ich den Geist doch erfolgreich zurückgeschickt. Ich stolperte durch den Friedhof in die Richtung, in die sie gegangen war, fand aber keinen Körper. Ich kroch auf allen Vieren und betete, dass ich Fleisch und Kleider berühren würde statt Steine und Laub. Stundenlang suchte ich in Regen und zunehmender Kälte, bis ich mich hoffnungslos verirrt hatte. Trotzdem kroch ich weiter über den Boden und die Gräber wie ein jämmerliches Tier, selbst nachdem alle Hoffnung verloren war.

Als ein Leuchten am Horizont den Beginn eines feuchten, elenden neuen Tages einläutete, waren meine Kleider durchnässt und meine Unterröcke klebten an meiner Haut. Mein Rock, die Strümpfe und Handschuhe waren verdreckt und zerrissen, mein Gehstock fehlte. Ich setzte mich mit dem Rücken an einen Grabstein mit einem weinenden Engel und brach in Tränen aus.

Ich wusste ohne Zweifel, dass Estelle Pearsons Geist noch auf der Erde weilte, in ihrem verwesenden Körper, der dennoch irgendwie zum Leben erwacht war.

Und es war alles meine Schuld.

KAPITEL 6

Das Licht der Dämmerung reichte aus, um den Weg aus dem Friedhof heraus zu finden. Ich hinkte durch das Tor und begegnete einem Gärtner, der seinen breitkrempigen Hut tief ins Gesicht gezogen hatte. Wäre ich in besserer Verfassung gewesen, hätte ich nachgesehen, ob es der mit dem Leberfleck im Gesicht war. Das Wiesel hatte Captain Jasper gesagt, wo er mich finden konnte, was zu meiner Entführung neulich geführt hatte. Er sollte wissen, was seine Handlungen für Folgen gehabt hatten, damit er das nächste Mal vorsichtiger war. Allerdings war ich nicht in der Stimmung für Konfrontationen, egal welcher Art.

Ich humpelte im Nieselregen nach Hause, ohne meinen verletzten Fuß zu sehr zu belasten, auch wenn er nicht mehr schmerzte. Ein kleiner Lichtblick. Wenigstens gab mir mein langsames Vorankommen mehr Zeit, darüber nachzudenken, wie ich Lincoln über meine Taten informieren wollte. Ich zog in Erwägung, es ihm gar nicht zu sagen, aber meine Abwesenheit von Lichfield durch meine Suche nach Estelle Pearson wäre verdächtig. Abgesehen davon brauchte er mir nur einmal ins Gesicht zu schauen, um zu wissen, dass etwas nicht stimmte.

Bei meiner Ankunft an Lichfields Hintertür war ich den richtigen Worten allerdings noch kein Stück näher. Ich schloss die Tür auf und hinter mir wieder ab und hängte den Schlüssel an den Haken in der Küche. Obwohl ich meine Stiefel auszog, hinterließ ich feuchte Fußabdrücke auf dem Boden und den Stufen der Dienstbotentreppe.

Vor meinem Zimmer blieb ich stehen. Die Tür stand offen. Hatte ich sie nicht zugemacht? Licht flackerte, obwohl ich alle Kerzen ausgeblasen hatte, bevor ich gegangen war. Hoffnung flammte in meiner Brust auf.

Ich schob die Tür ganz auf. „Miss Pearson, ich bin so erleich—"

Lincoln hockte neben dem Kamin, in dem ein Feuer prasselte. Er stand auf und klopfte sich die Hände ab, während er meine zerlumpte Erscheinung in Augenschein nahm. Die tanzenden Flammen warfen tiefe Schatten auf seine Augen und Wangen und betonten seine heruntergezogenen Mundwinkel. Er sah erschöpft aus.

Es dauerte lange, bis ich meine Stimme wiederfand. Ich wusste nicht, wie ich anfangen sollte, und er machte es mir nicht gerade leicht mit seinem Schweigen. Mit seinen hinter dem Rücken verschränkten Händen sah er aus wie ein König, der bereit war, seinen Untertanen zu verurteilen.

„Du zitterst", sagte er schließlich. „Du musst raus aus deinen nassen Sachen und dich am Feuer aufwärmen."

„Du ... Sie haben es für mich angezündet."

„Als mir klar wurde, dass du nicht zu Hause bist, dachte ich mir, dass du in den Regen geraten würdest."

„Sie wussten, dass ich weg war? Wie"?

Sein Blick wanderte zu den Flammen. „Ich ... habe deine Abwesenheit gespürt."

„Ich wusste nicht, dass Sie dazu in der Lage sind."

„Ich auch nicht, bis ich heute Morgen nach Hause kam."

Das war eine interessante Entwicklung seiner übernatürlichen Fähigkeiten, die weitere Überlegungen und Gespräche erforderte, aber nicht jetzt. „Sie sind jetzt erst zurückgekehrt?"

Er nickte in Richtung meines angeschlossenen Schlafzimmers. „Geh und zieh dich um, Charlie."

„Werden Sie bleiben? Ich muss mit Ihnen reden."

Er nickte und ich hatte das Gefühl, dass er bereits wusste, worüber ich reden wollte, jedenfalls zum Teil.

Ich zog mir schnell mein Nachthemd an und warf ein Tuch um meine Schultern. Zurück im Wohnzimmer legte ich meinen Mantel und das Kleid über die Rückenlehnen zweier Stühle und stellte sie vors Feuer. Meine Unterwäsche ließ ich im Schlafzimmer. Sie vor Lincoln auszubreiten, bedeutete eine zusätzliche Peinlichkeit, die ich nicht ertragen wollte.

Ohne ihn anzusehen, kniete ich mich vor den Kamin und zog die Nadeln aus meinen Haaren. Ich fuhr mit den Fingern durch die schulterlangen Locken und beugte meinen Kopf in Richtung Wärme. Es war unangenehm, wie er hinter mir stand und ich zu seinen Füßen kniete, während sich das Schweigen immer weiter ausdehnte. Warum fragte er mich nicht, was ich nachts draußen getrieben hatte? Wartete er darauf, dass ich gestand?

„Danke für das Anzünden des Feuers", sagte ich. „Haben Sie gespürt, dass ich zurückkomme? Haben Sie es deswegen angezündet?"

„Nein." Sein Ton hatte eine Kälte angenommen, die nichts Gutes verhieß. „Ich wusste nicht, wohin du gegangen bist oder wann du zurück sein würdest. Da du deinen Mantel dabei hattest, hoffte ich, dass du nicht gewaltsam aus dem Haus geholt wurdest. Auch waren weder Gus noch der Koch auf, was auch darauf hindeutete, dass du leise gegangen bist. Freiwillig."

Ich schluckte um den Kloß in meinem Hals herum. Er war in meinem Schlafzimmer gewesen und hatte das Fehlen meines Mantels bemerkt. „Es tut mir leid, dass Sie sich Sorgen gemacht haben. Ich dachte, ich wäre zurück, bevor Sie meine Abwesenheit bemerken."

„Da ich jetzt anscheinend spüre, ob du hier bist oder nicht, wäre es nett, du würdest mir eine Nachricht hinterlassen, wenn du dich entschließt, mitten in der Nacht zu verschwinden. Ist das klar?" Der kalte Ton wurde regelrecht frostig.

„Ja." Ich starrte in den Kamin. Noch immer konnte ich ihn nicht ansehen. „Es tut mir leid."

„Du hast den Geist von Estelle Pearson beschworen, entgegen meinen Anweisungen."

Ich biss mir innen auf die Wange und nickte.

„Und jetzt gerade dachtest du, sie wäre hier", fuhr er fort. „Warum?"

Ich sog die Luft ein, legte meine Hände in den Schoß und begegnete endlich zitternd seinem Blick. Nicht einmal die Flammen wurden in den schwarzen Tiefen seiner Augen reflektiert. „Ich habe hier ihren Geist am frühen Abend beschworen, aber sie bestand darauf, in ihren eigenen Körper einzutreten, ehe sie meine Fragen beantwortet." Ich verknotete meine Finger. Sie schmerzten vor Kälte, aber das war mir egal. Der Schmerz war willkommen. Ich hatte ihn verdient. „Sie war in Highgate begraben, also sind wir zum Friedhof gegangen. Aber sobald sie in ihrem Körper war, sagte sie etwas in einer anderen Sprache. Dann ging sie einfach weg. Ich habe sie zurückgerufen, aber sie kam nicht zurück. Ich habe ihrem Geist befohlen zu gehen, aber es nützte nichts. Ich konnte sie nicht kontrollieren und sie ist davongerannt. Ich verstehe das nicht, Lincoln. Was ist schiefgegangen? Kannte sie einen Zauberspruch, der meine Nekromantie außer Kraft gesetzt hat?"

Er hatte mich die ganze Zeit über beobachtet. Sein unergründlicher Blick schien in mich hinein sehen zu wollen. Doch jetzt geriet er ins Wanken und er wandte sich dem Feuer zu. „Es scheint so. Hast du keins der Worte erkannt?"

„Sie hat so leise gesprochen und ich kann keine andere Sprache außer Englisch. Der Akzent war rau und kehlig."

„Hat sie gesagt, wohin wie wollte?"

„Nein, aber sie hat erwähnt, dass sie sich um etwas kümmern müsste."

Er hatte keine Fragen mehr an mich und wirkte gedankenverloren.

„Glauben Sie, sie ist eine Hexe?", fragte ich.

„Vielleicht."

„Sie wusste, was ein Nekromant ist und sie brauchte auch keine Anweisungen, wie sie wieder in ihren Körper eintreten musste. Der Tod und die Wiederbelebung haben sie weder angewidert noch erschreckt. Sie wirkte von allem recht unbeeindruckt."

Er erwiderte nichts, was meinen Wunsch, zu reden, nur verstärkte. Ich musste reden, um einige Dinge loszuwerden.

„Das hätte mir verdächtig vorkommen sollen. Ich habe ihren Mut der Tatsache zugeschrieben, dass sie Krankenschwester war, aber wenn ich jetzt darüber nachdenke, ist es klar, dass sie etwas vom Übernatürlichen verstand. Aber ich *mochte* sie. Das war das Problem. Ich mochte sie und vertraute ihr." Tränen stiegen mir in die Augen und ich schniefte. Ich fühlte mich von Estelle Pearson betrogen, obwohl das albern war. Sie war tot und wir hatten uns auch gerade erst kennengelernt.

„Du solltest es inzwischen besser wissen und nicht so vertrauensselig sein." Er ging zur Tür und erreichte sie in wenigen großen Schritten.

Ich sprang auf, rannte zu ihm und packte seinen Arm, ehe er gehen konnte. „Was machen wir denn jetzt?" fragte ich mit erstickter Stimme.

Er nahm meine Hand von seinem Arm und ließ sie los, als würde sie brennen. „Du gehst ins Bett und überlässt das mir."

„Nein! Ich muss etwas tun."

„Musst du das?", knurrte er, wobei seine Lippen sich kaum bewegten.

Ich fuhr zusammen. Tränen benetzten meine Augenlider und ich fing an zu zittern. Mir war so kalt, als wäre das Eis in seinem Blick direkt in meine Adern injiziert worden. „Ich muss das wieder gutmachen, Lincoln. Ich muss—"

„Bleib. Hier." Er ging aus dem Zimmer. Ich presste meine Stirn gegen den Türrahmen und schloss die Augen. Es hielt die Tränen nicht auf.

* * *

EINIGE MINUTEN später hörte ich Lincoln wieder an meinem Zimmer vorbeigehen. Ich versuchte zu schlafen, konnte es aber nicht. Mein Kopf wollte einfach nicht abschalten und mich durchfuhr bei jedem Knarzen des Hauses ein Schreck. Ich zog meine Hausmädchenuniform an und ging nach unten. Die anderen würden es seltsam finden, wenn ich mit der Hausarbeit begann, ohne ihnen vorher Hallo zu sagen, also ging ich in die Küche. Der Koch und Gus standen neben dem Herd und wärmten sich die Hände.

„Morgen, Charlie", sagte der Koch. „Die Eier sind gleich fertig."

„Wo ist dein Gehstock?", fragte Gus.

Irgendwo unter dem Laub und Matsch vom Highgate-Friedhof. „Ich brauche ihn nicht mehr. Für mich keine Eier, danke, Koch. Ich habe keinen Hunger." Ich schenkte beiden ein gequältes Lächeln und ging wieder, aber nicht, bevor ich die Blicke gesehen hatte, die sie sich zuwarfen. Anscheinend hatte Lincoln sie nicht darüber informiert, was ich getan hatte.

Ich fegte die vordere Veranda, da es aufgehört hatte zu regnen. Die kühle Luft fühlte sich feucht an und die Wolken hingen tief am Horizont. Es würde später noch einmal regnen.

Das Rumpeln von Rädern auf dem Kies ließ mich zur Auffahrt schauen, um zu sehen, wer zu so früher Stunde zu Besuch kam. Es war noch nicht einmal später Vormittag. Lincoln konnte es nicht sein, denn ich hatte keine Kutsche aus dem Stall fahren hören. Entweder war er geritten oder zu Fuß gegangen. Es musste ein Komiteemitglied sein und von denen wollte ich gerade keinen begrüßen.

Ich ging rein und eilte in die Küche, wo Seth jetzt gähnend in einem Sessel in der Ecke saß. „Da kommt Besuch", teilte ich ihnen im Vorbeigehen mit. „Ihr müsst ihn in Empfang nehmen."

„Wo gehst du hin?"

„Spazieren." Ohne Hut, Handschuhe oder Mantel verließ ich das Haus durch die Hintertür und fröstelte in der kalten Luft. Ich ging an den Nebengebäuden vorbei und wäre in den ummauerten Garten oder den Obstgarten gegangen, wenn nicht eine weitere Kutsche meine Aufmerksamkeit erregt hätte. Ich versteckte mich hinter einem Baumstamm und spähte vorsichtig daran vorbei. Die Kutsche trug ein Wappen mit einer Schlange, die sich um ein Schwert wand—das Familienwappen von Lord Gillingham.

Verdammt. Was wollte der denn? Und wessen Kutsche war zuerst angekommen? Von meiner Position aus konnte ich den Eingang des Hauses nicht deutlich erkennen.

Hinter Gillingham tauchte eine weitere Kutsche auf, dann noch eine und schließlich ein Reiter, der so schnell war, dass er die letzte Kutsche einholte. Lincoln.

Als alle aus meinem Sichtfeld verschwunden waren, rannte ich zu einem Busch näher am Eingang, und von dort duckte ich mich so tief hinter einen zweiten, dass niemand mich sehen konnte. Ich erkannte alle vier Kutschen. Sie gehörten den jeweiligen Komiteemitgliedern, die vor der Eingangstreppe Schulter an Schulter eine Wand bildeten. Lincoln stand vor ihnen. Gus hielt Lincolns Pferd am Zügel, während Seth in der offenen Tür wartete. Weder die Besucher noch Lincoln schienen eintreten zu wollen.

„… verdammt dämlich", hörte ich Gillingham sagen. Er schlug die Spitze seines Gehstocks gegen seinen Stiefel, um seine Aussage zu untermauern.

Ich lauschte angestrengt, um Fetzen des Gesprächs aufzuschnappen. Ich hatte das furchtbare Gefühl, zu wissen, worum es ging.

„Wo ist die Hexe jetzt?", fragte Lord Marchbank und bestätigte damit meinen Verdacht.

„Ich weiß es nicht", sagte Lincoln. „Aber ich werde sie finden und Charlie wird sie zurückschicken."

„Wie?", höhnte Gillingham. „Sie konnte sie nicht kontrollieren, warum sollte sie es jetzt können?"

Lincolns Antwort konnte ich nicht verstehen, denn General Eastbrooke übertönte ihn. „Ich wusste, dass etwas in der Art geschehen würde. Wir hätten sie schon vor Monaten wegschicken sollen."

„Wie sollten wir das ahnen?", sagte Lady Harcourt. „Die Chance, einer Hexe zu begegnen, ist gering, und die Chance, dass ausgerechnet der Geist, den wir brauchen, eine Hexe ist, ist noch viel geringer."

„Brauchen?", wiederholte Gillingham. „Julia, niemand *brauchte* den Geist dieser Hexe. Das dumme Mädchen hat einfach etwas sehr Gefährliches getan—"

„Sie hat das nicht einfach so getan", warf Lincoln ein. „Ich habe ihr befohlen, den Geist von Estelle Pearson zu beschwören."

Ich schnappte nach Luft. Lincoln nahm die Schuld auf sich? Es war eine Sache, mein Handeln zu verteidigen, aber sie glauben zu lassen, es wäre alles seine Idee gewesen, war etwas ganz anderes.

„Warum sind Sie alle hier?", fuhr er in die schockierte Stille hinein fort. „Ich habe zu arbeiten. Gehen Sie rein und trinken Sie Tee, wenn Sie möchten. Ich werde nicht dabei sein." Er nahm die Zügel seines Pferdes und führte es zum Stall.

Ich sah ihm nach, zu verblüfft, um mich zu rühren oder auch nur klar zu denken.

Gillinghams Ruf rüttelte mich wach. „Das beweist doch nur, dass sie eine Waffe ist, die man benutzen kann. Die Intention, mit ihr Gutes zu tun, ist wohl nach hinten losgegangen."

Lincoln blieb nicht stehen. Die anderen drei Komiteemitglieder stiegen in ihre Kutschen und ließen Gillingham allein stehen, der noch immer die Leere anbrüllte, wo Lincoln gewesen war.

„Sie ist gefährlich! Sie sollte nicht frei herumlaufen dürfen, nicht einmal unter Ihrer Führung!"

„Das reicht, Gilly", sagte Lord Marchbank durch sein offenes Fenster. „Jetzt ist nicht der richtige Zeitpunkt dafür."

„Dem stimme ich zu", sagte der General, der ebenfalls seinen Kopf aus dem Fenster steckte. „Wir haben bestätigt bekommen, was wir wissen mussten. Jetzt ist es seine Priorität, den Geist zurückzusenden. Wir werden uns ein anderes Mal um die Sache mit dem Mädchen kümmern, wenn er nicht so viel um die Ohren hat. Es tut mir nur leid, dass wir alle die Fahrt umsonst gemacht haben." Er befahl seinem Kutscher loszufahren, und die Kutsche rollte hinter Lady Harcourts her davon.

Marchbank folgte und schließlich kletterte auch Gillingham in seine Kutsche und klopfte mit seinem Spazierstock gegen die Decke der Kabine.

Schweren Herzens sah ich ihnen nach. Ich hätte für mein Handeln geradestehen sollen. Ich hätte ihnen sagen sollen, dass ich ohne Lincolns Zustimmung gehandelt hatte; ja, dass ich sogar gegen seine direkte Anweisung verstoßen hatte. Es war nicht fair, dass er die Schuld auf sich nahm, obwohl er es nicht verdiente.

Warum war ich so feige gewesen und hatte mich versteckt gehalten?

Ich würde das geradebiegen, ebenso, wie ich das Problem mit Estelle Pearson geradebiegen würde. Irgendwie.

Aber wie? Ich musste nachdenken, aber ich wollte nicht ins

Haus zurückkehren. Ich ging vom Haus weg in den Obstgarten und kletterte auf einen Apfelbaum. Die Früchte waren alle gepflückt und an den Zweigen hingen nur noch einige heldenhafte, rostrote Blätter. Ich kletterte so hoch ich konnte, steckte meinen Fuß in die Gabel zweier Äste und setzte meinen verletzten Fuß leicht auf. Die Rinde war feucht und ich wollte meine einzige trockene Uniform nicht schmutzig machen, also setzte oder lehnte ich mich nicht an, wie ich es gern getan hätte, sondern stand nur da wie ein Seemann, der sich an den Mast klammerte und den Horizont absuchte.

Ich sah Lincoln lange bevor er mich erreichte, aber ich kletterte erst von meinem Ausguck herunter, als er neben meinem Baum stehenblieb.

„Du kannst jetzt runterkommen", sagte er. „Sie sind weg."

„Ich bin nicht hier oben, um dem Komitee aus dem Weg zu gehen."

„Warum dann?"

„Ich …" Ich war mir ehrlich gesagt nicht sicher. Ich hatte nur gewusst, dass ich wegmusste, um allein zu sein. Manchmal erschien mir das riesige Haus mit den vier anderen Personen darin viel voller als ein enger Keller mit dutzenden Jungs darin. „Ich brauchte etwas frische Luft."

„In einem Baum?"

Ich sprang vom untersten Ast auf den Boden und landete so leicht auf meinen Füßen, dass meine Verletzung überhaupt nicht schmerzte. Als ich mich noch als Junge ausgegeben hatte, war ich viel geklettert, allerdings selten auf Bäume. Meistens über Zäune oder niedrige Mauern oder durch Fenster.

„Danke", sagte ich. „Ich habe gehört, dass Sie die Schuld auf sich genommen haben."

„Das dachte ich mir. Ich wusste, dass du dich dort versteckt hattest."

Hatte er mich gespürt oder gesehen? „Haben Sie das deswegen getan?"

„Nein."

„Warum dann?"

„Es war einfacher."

„Für mich, ja. Aber nicht für Sie."

Er verschränkte die Arme vor der Brust.

„Lincoln, ich weiß es zu schätzen, was Sie getan haben. Sehr sogar. Aber ich werde bei nächster Gelegenheit alles zurechtrücken und ihnen sagen, dass ich ohne Ihre Zustimmung gehandelt habe."

„Und ihnen damit noch mehr Gründe liefern, dich wegzuschicken? Nein, Charlie, das verbiete ich, und diesmal meine ich es todernst. Es ist besser für dich, wenn sie glauben, ich hätte es dir befohlen."

„Aber—"

„Nein!" Er packte mich an den Schultern und schüttelte mich, wenn auch nicht fest. „Wirst du nie auf mich hören?"

Ich riss mich los. Er gab mich frei und rieb sich mit der Hand über das Kinn, über den Mund. Ich blinzelte ihn an, die Kehle zugeschnürt, während mein Herz versuchte, durch meine Rippen zu brechen. „Wenn Sie es für das Beste halten, dann werde ich mich nach Ihren Wünschen richten."

Er nickte, ruhiger. „Gut. Jetzt komm rein, ehe es wieder anfängt zu regnen."

Er streckte die Hand aus, damit ich vorging. Ich warf ihm einen Seitenblick zu, bei dem meine Augäpfel schmerzten, und sah, dass er mich auch ansah.

„Sie wirken nicht mehr so wütend wie heute Morgen", bemerkte ich vorsichtig.

„Du glaubst, ich war wütend auf dich, weil du Estelle Pearsons Geist beschworen hast." Es war keine Frage, aber ich fasste es so auf.

„Sind Sie das nicht? Sie hatten es mir verboten und ich habe es trotzdem getan."

Er sah in den grauen Himmel hinauf und stieß die Luft aus, fast wie ein Seufzen. „Ich sollte dir das vermutlich nicht sagen, aber ich kann deswegen nicht auf dich wütend sein, weil ich an deiner Stelle genau das Gleiche getan hätte."

Ich stolperte. Er blieb stehen und griff meinen Ellenbogen, fing mich auf und ließ dann wieder los. Keiner von uns ging weiter. „Hättest ... hätten Sie?" Ich runzelte die Stirn und stemmte die Fäuste auf die Hüften. „Warum dann der Befehl, es zu lassen?"

„Weil immer die Möglichkeit besteht, dass etwas schiefgeht. Abgesehen von der offensichtlichen Gefahr, dass eine Leiche durch die Stadt spaziert, kannst du es dir nicht leisten, dass dein Name in Verruf gerät. Das Komitee, insbesondere Gillingham, wird jede Gelegenheit beim Schopfe packen, um dich wegzuschicken. Deswegen wollte ich nicht, dass du bei der Suche nach Buchanan hilfst. Es ist das Beste für dich, wenn du in Lichfield bleibst und dich aus allem raushältst."

„Warum haben Sie mich dann in die Geschichte mit Captain Jasper hineingezogen? Sie haben mich darum *gebeten*, Gordon Thackery zu beschwören, um von Jaspers Männern Antworten zu bekommen."

„Und mir ist klargeworden, dass das ein Fehler war, ein fast tödlicher." Sein Unterkiefer spannte sich an und in seiner Wange zuckte ein Muskel. „Nach deiner Entführung zog ich die Schlussfolgerung, dass ich dich nicht hätte einbeziehen sollen. Nicht nur zu deiner eigenen Sicherheit, sondern auch, weil das Komitee Jaspers Interesse an dir als Argument nehmen wird, dich wegzuschicken. Lady Harcourt hat das mir gegenüber mehr oder weniger eingestanden."

Ich starrte ihn an. Es war erleichternd zu hören, dass er nicht allzu wütend auf mich war, aber das hier ... Es war eine Sache, sämtliche Gefühle von sich zu weisen, die er für mich hegte, aber mich aus Ministeriumsangelegenheiten auszuschließen, war etwas ganz anderes. Ich konnte nicht einfach nur Hausmädchen in Lichfield sein. Niemals.

Die Erkenntnis traf mich so heftig wie ein Schlag in den Magen und raubte mir kurzzeitig den Atem. Ich presste eine Hand auf meine Brust. „Aber ich muss Ihnen bei dieser Sache helfen, Lincoln. Ich muss Estelle Pearson finden und sie zurückschicken."

„Nur du kannst sie zurückschicken, das stimmt. Aber ich werde sie finden und sie zu dir bringen."

„Nein, ich muss helfen. Ich *muss* einfach."

„Musst du nicht!"

„Ich riskiere lieber, dass man mich wegschickt, als dass Sie sich dieser Gefahr bloß wegen mir allein stellen. Lincoln, bitte, wenn ich nichts tue ..." Ich schüttelte den Kopf, unsicher, ob ich meine Gefühle in Worte packen konnte. „Ich werde nicht mehr atmen können. Ich bin Nekromantin und es muss mir gestattet sein, Ihnen damit zu helfen. Wozu sonst habe ich diese Fähigkeit?"

„Das steht nicht zur Debatte", knurrte er und ging davon.

Ich rannte ihm nach und schnappte seinen Ellenbogen. Er stoppte und schüttelte mich nicht ab, sah mich aber auch nicht an. „Hören Sie auf, mich beschützen zu wollen. Sie ersticken mich. Sie sind nicht mein Vater. Das brauche ich sowieso nicht."

Sein ganzer Körper zuckte. „Ich versuche nicht, dein Vater zu sein, ich versuche, dein Arbeitgeber zu sein, dein Beschützer. Du stehst unter meinem—"

„Schutz. Ja, das weiß ich. Sie erinnern mich ja ständig daran. Aber ich will nicht *unter* Ihrem Schutz stehen, Lincoln. Ich will an Ihrer Seite sein."

„Das ist nicht möglich. Es gibt nur einen Leiter des Ministeriums."

„Dann eben mehr eine Assistentin."

„Ich habe Gus und Seth, die mich unterstützen."

Ich seufzte. Das Gespräch ging in eine Richtung, für die er nicht bereit war. Und ich war nicht bereit, darum zu kämpfen. Noch nicht. „Lassen Sie mich helfen, Estelle Pearson zu finden und zurückzubringen. Wir werden zusammen sein, sodass Sie ein Auge auf mich haben können, und ich werde mich an Ihre Anweisungen halten."

„Das Komitee würde nicht wollen, dass du involviert bist", sagte er und ging wieder weiter.

„Seit wann erzählen Sie denen alles?"

Er brummte. „Das hatte ich nicht vor. Ich wollte nur klarstellen, dass wenn du mir hilfst, sie davon nichts erfahren dürfen."

„Dann werden wir die anderen dazu verpflichten, Stillschweigen zu bewahren." Ich lächelte und fühlte mich fast mutig genug, meine Hand in seine Armbeuge zu legen. Fast.

Erst als wir den Innenhof erreichten, fiel mir eine weitere Frage ein. „Wie haben die Komiteemitglieder herausgefunden, dass ich Estelle Pearsons Geist beschworen habe?"

„Das weiß ich nicht, aber seit ihrer Ankunft versuche ich, darauf zu kommen."

„Sie haben es ihnen nicht gesagt?"

„Natürlich nicht."

„Aber sonst wusste es keiner. Ich habe einen Arbeiter gesehen, als ich vom Friedhof kam, und ein oder zwei Kutschen, während ich nach Hause ging. Das ist alles."

„Hast du eine der Kutschen erkannt?"

„Nein, aber ich habe auch nicht darauf geachtet. Ich war zu sehr abgelenkt."

„War es der Gärtner mit dem Leberfleck?"

„Kann ich nicht sagen."

„Es würde mich nicht wundern, wenn sie überall in der Stadt Spione verteilt hätten, den Friedhof eingeschlossen, insbesondere, seit du hier lebst."

„Wofür brauchen sie Spione?"

„Um Informationen für das Ministerium zu sammeln und um auf eventuelle übernatürliche Begebenheiten aufmerksam gemacht zu werden, denen ich nachgehen soll."

„Wenn es um Ministeriumsangelegenheiten geht, warum sagen sie Ihnen dann nicht, wer ihre Spione sind? Warum halten sie ihr Netzwerk geheim, anstatt es mit Ihrem zusammenzuschließen und das Ministerium noch mächtiger zu machen?"

„Das, Charlie, ist eine sehr gute Frage." Er öffnete die Hintertür und befahl Seth und Gus, sich mit uns zum Tee im Empfangszimmer zu treffen.

Zehn Minuten später erzählte Lincoln den beiden Männern alles, was sich ereignet hatte. Ich hielt meinen geröteten Kopf gesenkt, sodass ich ihre Reaktionen nicht sehen konnte, aber ihr gewichtiges Schweigen fühlte sich an wie eine Schlinge um meinen Hals, die mich verurteilte. Es diente als gute Erinnerung daran, dass egal wie nachsichtig Lincoln gewesen war, ich dennoch Befehle missachtet und Leben in Gefahr gebracht hatte.

„Unsere Priorität ist es jetzt, Estelle Pearson zu finden", sagte Lincoln. „Sobald Charlie sie zurückgeschickt hat, werden wir unsere Suche nach Buchanan wieder aufnehmen."

Gus hielt die zarte Porzellantasse zwischen beiden Händen und versuchte gar nicht erst, seine dicken Finger durch den Henkel zu schieben. „Kann nich allzu schwer sein, ne lebende Leiche zu finden."

„Versuch's mal im Parlament." Seth hob seine Teetasse zum Gruß, als Gus lachte.

Ich kicherte, erleichtert, dass sie darüber Witze reißen konnten. „Ich denke, sobald wir Estelle gefunden haben, wissen wir auch, wo wir nach Buchanan suchen müssen", sagte ich.

„Du bist überzeugt, dass ihr Name ihm etwas bedeutet hat?", fragte Seth.

„Das bin ich. Sie hat mir versprochen, mir Antworten über Lord Harcourt zu liefern. Sie sagte, sie hätte etwas zu erzählen, und es ist wahrscheinlich, dass die Geschichte mit Buchanans Verschwinden zusammenhängt."

„Warum sollten wir ihr glauben? Sie könnte das nur gesagt haben, damit du sie zu ihrem Körper bringst."

„Ich bin mir sicher, dass sie die Wahrheit gesagt hat. Der Name sagte ihr auf jeden Fall etwas. Ihre Reaktion, als ich Lord Harcourt erwähnte, sprach Bände."

Gus drehte die Tasse in seinen Händen und studierte den Inhalt. „Ich will deinen Instinkt nich infrage stellen, Charlie, aber ich finde, wir sollten keiner toten Frau trauen. Die hat nix mehr zu verlieren."

„Im Moment ist sie unsere einzige Hoffnung", sagte ich, ein bisschen beleidigt, dass er nicht auf meiner Seite war.

„Ich glaube dir." Lincoln überraschte mich mit seiner Überzeugung, die Seth und Gus zu fehlen schien. „Aber wenn sie gefährlich wird, müssen wir sie zurückschicken, bevor sie jemandem schaden kann. Die Sicherheit der Öffentlichkeit ebenso wie unsere eigene ist oberstes Gebot."

„Ja, aber es wird nicht schaden, sie erst nach ihrer Geschichte zu fragen."

Er zog die Augenbrauen hoch. „Hattest du nicht gerade behauptet, du wirst dich an meine Anweisungen halten?"

Ich biss mir auf die Zunge. So kurz nach unserer Versöhnung war ein Streit nicht angebracht, aber ich fand, meine Instinkte sollten zählen. Ich hatte Estelle Pearson kennengelernt—die anderen nicht—und ich hielt sie nicht für einen schlechten Menschen. Sie hätte mir wehtun können, hatte sie aber nicht.

„Problem is", sagte Gus, „wie schicken wir sie zurück? Wenn Charlie sie nich zwingen kann, und sie nich gehen will ..."

„Wir fesseln sie und entfernen sie aus der Öffentlichkeit", sagte Lincoln. „Was den Rest angeht, müssen wir einfach ihre Schwachstelle herausfinden."

„Aber sie is verdammt stark!"

„Eine andere Art der Schwäche. Fast jeder hat einen geliebten Menschen."

Oh mein Gott! Er wollte einem ihrer geliebten Menschen Gewalt androhen, wenn sie nicht mitspielte. Der Gedanke drehte mir den Magen um. Ich setzte meine Teetasse ab. „Sie meinen, wir finden sie bei einer ihr nahestehenden Person?"

„Möglich." Lincoln nahm den Reitmantel, den er über die Armlehne gelegt hatte. „Aber es ist ebenso wahrscheinlich, dass sie an den Ort gegangen ist, an dem sie gearbeitet hat und gestorben ist. Wir fangen im Krankenhaus an."

* * *

QUEEN CHARLOTTES GEBURTSKLINIK lag in der Marylebone Road hinter einer niedrigen Ziegelmauer mit einem Eisenzaun. Das fünfstöckige, zweckmäßige Gebäude aus roten Ziegeln war zwar kein hübscher Anblick für werdende Mütter, aber wenigstens bot es armen Frauen einen Ort, wo sie während der Geburt gut versorgt wurden.

Gus diente als Kutscher und blieb bei den Pferden, während Seth und ich durch die Vordertür gingen, wo wir von einer Krankenschwester begrüßt wurden, die in dem spartanischen Empfangszimmer hinter einem Schreibtisch saß. Lincoln war bereits hinter der Klinik verschwunden, wo er sich hineinschleichen würde. Er wollte uns nicht sagen, was er vorhatte, sobald er drinnen war. Ich hatte den Verdacht, dass er das selbst nicht so genau wusste, sagte Seth aber nichts davon, während ich mich wie eine glücklich verheiratete Frau bei ihm einhakte.

„Guten Morgen", sagte ich und lächelte die Krankenschwester an. „Ich hoffe, Sie können uns helfen. Wir sind Mr und Mrs Guilford."

Unter meiner Hand spürte ich, wie Seth sich anspannte. War es ein Fehler, seinen echten Namen zu verwenden?

„Wie kann ich Ihnen helfen, Sir, Madam?" Ihr strenger Ton

93

erinnerte mich an Estelle, aber diese Frau war jünger und ihre Gesichtszüge nicht so verkniffen wie die des Geistes.

„Die Nichte unserer Haushälterin war vor etwa sechs Monaten hier Patientin", sagte Seth fröhlich. „Sie hat hier hervorragende Fürsorge erfahren und ihr Sohn blüht jetzt richtig auf nach einer, ähm, schwierigen Zeit."

Meine Güte, konnte er nicht „Entbindung" oder „Geburt" sagen? Höflich erzogen worden zu sein und unanständige Wörter zu vermeiden mochte die Oberschicht von der Unterschicht abheben, aber manchmal war eine solche Höflichkeit und Vermeidung ein wenig albern. Insbesondere bei einem Mann, der sich mit Faustkämpfen hatte durchschlagen müssen.

„Unsere Haushälterin erwähnte, dass insbesondere eine Hebamme während der Entbindung ganz wunderbar war." Ich drückte Seths Arm, als er sich wieder verkrampfte. „Da uns unsere Haushälterin sehr am Herzen liegt und ihr wiederum ihre Nichte sehr am Herzen liegt, wollten wir der Hebamme mit einer kleinen Geste gern unsere Wertschätzung und Dankbarkeit ausdrücken."

Das Gesicht der Krankenschwester hellte sich auf und ich wusste, was als Nächstes kam. „Wie überaus großzügig von Ihnen. Wissen Sie, die Patientin klingt vertraut. Ich erinnere mich an eine junge Frau, die vor rund sechs Monaten einen Jungen zur Welt gebracht hat. Sie hatte erwähnt, dass ihre Tante sich um den Haushalt einer wundervollen Familie kümmert. Wie, sagten Sie, war der Name der Patientin?"

„Vielleicht hat sie von Ihnen gesprochen", sagte ich ebenso erfreut wie sie. „Sie erscheinen mir nur zu jung. Der Name der Hebamme war Miss Pearson."

Ihre Gesichtszüge entgleisten. „Oh. Nein, das bin ich nicht." Offensichtlich glaubte sie nicht, dass sie uns belügen konnte. „Miss Pearson, sagen Sie. Das ist sehr tragisch."

„Warum?"

„Sie ist verstorben."

Ich wandte mich Seth zu und legte die Hand auf meine Brust. „Du meine Güte! Oh, das ist ja schrecklich."

Seth tätschelte meine Hand und runzelte die Stirn. Dann richtete er seine ganze Aufmerksamkeit auf die Krankenschwester, lächelte mitfühlend und griff nach *ihrer* Hand. „Wie tragisch für Sie und Ihre anderen Kolleginnen hier in der Klinik. Wie ist das passiert?"

Wenn ich die Schwester gewesen wäre, hätte mich seine abrupte Frage sofort stutzig gemacht, aber sie schien nichts zu bemerken. Sie war viel zu sehr damit beschäftigt, in Seths schöne Augen zu purzeln. Er war definitiv ein Charmeur.

„Sie hat sich den Kopf gestoßen, unten im Lagerraum im Keller."

„Sich den Kopf gestoßen?", wiederholte er. Ich überließ ihm gern die Befragung, da ich vermutete, dass mein Eingreifen nicht willkommen war und dazu führen konnte, dass die Krankenschwester dicht machte. Er kam ohne meine Hilfe wunderbar zurecht. „Wie? War sie allein?"

„Einer der Ärzte war bei ihr. Er hat alles gesehen. Er sagte, sie sei einfach zusammengebrochen. Er hat versucht, sie wiederzubeleben, aber sie hatte durch die Kopfverletzung zu viel Blut verloren. Der Bestatter hat später herausgefunden, dass sie ein schwaches Herz hatte. Es hat versagt und dadurch wurde sie ohnmächtig."

„Ich verstehe. Was für eine Tragödie."

„In der Tat. Miss Pearson war hier sehr beliebt. Sie war sehr engagiert und klug." Sie beugte sich vor und senkte die Stimme. „Viel klüger als einige der Ärzte, inklusive Dr Merton, der bei ihr war." Sie klang recht erfreut über diese Tatsache, doch dann wurde ihr Blick wieder traurig. „Sie ist ein Verlust für die Klinik, ein echter Verlust. Wenn wir nur gewusst hätten, dass sie einen Herzfehler hat, dann hätten wir sie gedrängt, leichtere Aufgaben zu übernehmen. Aber sie hat nie einen Ton gesagt."

Ein Gedanke kam und wollte nicht wieder gehen. Ein recht unheimlicher Gedanke.

„Gehen die Ärzte gewöhnlich in den Lagerraum?", fragte ich. „Ich hätte gedacht, dass es Aufgabe der Schwestern ist, Material zu holen."

„Das stimmt." Sie sortierte einige Papiere auf ihrem Schreibtisch.

„Und doch war Dr Merton dort."

„Ja." Der strenge Ton war zurück, gepaart mit zusammengepressten Lippen.

Ich stieß Seth an. Wenn jemand sie dazu bewegen konnte, noch mehr zu sagen, dann er, wenn er seinen Charm geschickt einsetzte.

Bevor er jedoch erneut nach ihrer Hand greifen konnte, kam eine weitere Schwester dazu. „War Dr Merton heute Morgen schon hier?", fragte sie die Hebamme am Schreibtisch. „Er hätte längst seine Runde machen sollen, aber niemand hat ihn gesehen."

„Hast du in seinem Büro nachgeschaut?"

„Ich habe geklopft, aber niemand hat geantwortet." Sie zog die Nase kraus. „Ich schätze, ich sollte es noch einmal versuchen."

Die Schwestern warfen sich einen bitteren Blick zu, dann eilte die neu Dazugekommene davon.

„Entschuldigen Sie", sagte ich. „Ich glaube, ich würde gern mit diesem Dr Merton sprechen." Ich hastete der sich entfernenden Hebamme nach und zerrte Seth hinter mir her.

„Sie dürfen da nicht durch!", rief die Schwester vom Schreibtisch her. „Das ist nur für Angestellte und Patienten."

„Wir bleiben nur einen Moment. Ich bin sicher, Ihre Kollegin wird uns zu seinem Büro bringen. Es wird eine großzügige Spende an die Klinik geben, wenn wir herausfinden, welcher Arzt das Kind meiner Haushälterin auf die Welt geholt hat!"

„Das Kind der *Nichte* der Haushälterin", murmelte Seth, während wir durch die Tür eilten und die andere Hebamme einholten. „Beeil dich."

Die Schwester sah uns neugierig an, schickte uns aber nicht zur Rezeption zurück. Es schien, als hätten die Worte „großzügige Spende" ihre Magie entfaltet.

„Ich bin froh, dass Sie dabei sind", sagte sie mit einem Lächeln, das ihre Augen nicht erreichte. „Sehr froh."

Wir folgten ihr durch einen Schlafsaal, an dem an beiden Wänden Betten standen, von denen jedes von einer hochschwangeren Frau belegt war. Manche stöhnten, andere lagen auf der Seite, und eine stand offensichtlich kurz vor der Geburt, wenn man nach ihren Schreien ging. Ein Arzt und zwei Schwestern waren offenbar gerade dabei, sie *da unten* zu untersuchen. Neben mir wurde Seth blass und verlangsamte seine Schritte, während er auf die Szene starrte. Ich packte seine Hand und zog ihn weiter, als die arme Frau erneut aufstöhnte.

„Geht es dir gut?", fragte ich ihn. „Dir wird doch nicht schlecht, oder?"

Er schluckte und wischte sich die Stirn mit einem Taschentuch ab. „Ich denke, ich komme zurecht."

Ich tätschelte seinen Arm. „Du warst sehr tapfer, mein Lieber. Gut gemacht."

Mein Sarkasmus ließ ihn weiter erbleichen. „Danke, *meine Liebe*. Ich hoffe, du hast dir Notizen gemacht, für den Fall, dass wir ebenso gesegnet werden wie diese Patientinnen. Ich bin sicher, dass es nicht lange dauern wird, bis du dich in so einem Bett wiederfindest, aufgebläht wie ein Walfisch und doch irgendwie strahlend."

„Oh, ich werde nicht hier niederkommen. Unser Ehebett tut's bestimmt auch."

Er verzog das Gesicht, aber wenigstens bekam er wieder Farbe.

Wir folgten der Schwester einen Gang entlang. Ihr gestärkter Rock raschelte bei jedem Schritt an ihren Knöcheln, während wir drei Treppen hinaufstiegen. Wir kamen in einen weiteren Flur mit mehreren Türen. Sie fragte die Krankenschwestern, Pfleger und einen Arzt, dem wir begegneten, ob sie Dr Merton gesehen hätten, aber alle verneinten.

„Entschuldigung", rief sie einem Pfleger nach, der mit einer schlecht sitzenden braunen Jacke und Hose bekleidet war. Er stand mit dem Rücken zu uns und verharrte mit seiner Hand auf einer Türklinke. Seine schulterlangen schwarzen Haare waren mit einem Lederband zusammengebunden.

Lincoln.

Er drehte sich zu ihr um, ohne Seth oder mich anzuschauen. Er schien überhaupt nicht überrascht, uns dort zu sehen. Falls er es war, verbarg er es hervorragend. Ich war nicht ganz so geschickt. Meine Augen quollen mir schier aus dem Kopf, aber ich schaffte es, einen Aufschrei zu unterdrücken. Die Schwester bemerkte nichts.

„Ja, Miss?", fragte Lincoln.

„Sind Sie gerade aus Dr Mertons Büro gekommen?"

„Ist das sein Büro?" Er deutete auf die geschlossene Tür. „Ich bin noch neu hier und wurde geschickt, um ihn zu holen." Seinem Akzent nach kam er aus Londons East end und nicht aus Highgate.

„Das stimmt", sagte die Schwester. „Ich habe Sie noch nie gesehen."

„Habe heute erst angefangen, Miss."

„Und man hat sie allein losgeschickt, um den Doktor zu holen?" Sie schnalzte mit der Zunge und beäugte dann die Tür mit einer Vorsicht, die gar nicht zu ihr passte. Bis zu diesem Moment war sie energisch und resolut gewesen, doch jetzt zögerte sie.

Ich kam dicht an sie heran. „Sollen wir hineingehen?" Die Frage war mehr an Lincoln gerichtet als an sie, aber sie antwortete.

„Natürlich. Es gibt keinen Grund, es aufzuschieben."

„Lassen Sie mich zuerst reingehen", sagte Lincoln.

Falls die Schwester sein Angebot merkwürdig fand, sagte sie es nicht. Sie schien ganz froh zu sein, dass er die Tür öffnete. Was erwartete sie? Ihre Bereitschaft, Seth und mich dabei zu haben, ihr seltsames Verhalten jetzt vor Dr Mertons Büro ... etwas stimmte nicht.

Lincoln öffnete die Tür und blockierte den Eingang mit seinem Körper. Keiner von uns konnte an ihm vorbeisehen, nicht einmal Seth.

„Ist er da?", fragte die Schwester.

Lincoln trat zurück und schloss die Tür. „Nein."

Sie stieß einen Seufzer aus. „Also geht die Suche weiter. Wo könnte er denn sein?"

Lincolns Blick begegnete meinem. Er musste mir nicht sagen, dass in Dr Mertons Büro nicht alles in bester Ordnung war. Die schlichte Tatsache, dass er ebenfalls ein Interesse an Dr Merton hatte, bestätigte mich. Es war verdächtig, dass der Arzt bei ihrem Tod mit Estelle Pearson im Keller gewesen war.

Die Krankenschwester ging wieder weg, blieb aber nach ein paar Schritten stehen. „Kommen Sie, Sir, Madam?"

„Wenn es Ihnen nichts ausmacht, werden meine Frau und ich in seinem Büro auf Dr Merton warten", sagte Seth. „Bitte sagen Sie ihm, dass wir hier sind, falls Sie ihn finden."

„Natürlich." Sie warf Lincoln noch einen Blick zu, lächelte ihn an und hastete davon.

„Was ist los?", fragte ich, als sie außer Hörweite war.

„Wir haben Estelle Pearson gefunden", sagte er.

„Gott sei Dank. Ist sie da drin?" Ich spürte, wie eine Last von mir abfiel. Ich konnte wieder atmen.

Er nickte. „Ist sie. Sie hockt neben Dr Mertons Leiche."

KAPITEL 7

Das Büro roch, als hätte man darin einen zehn Tage alten Schinken vergessen. Estelle Pearson musste schon eine Weile dort sein. Sie hockte auf dem Boden neben der Leiche des Mannes, von dem ich annahm, dass es Dr Merton war. Ihre aufgeplatzten, blutleeren Lippen bewegten sich, als würde sie sprechen, aber es war nichts zu hören. Vielleicht betete sie für seine Seele. Oder ihre.

Ich trat einen Schritt auf sie zu, aber Lincolns Hand schoss vor und packte meinen Arm. Er hatte die Tür geschlossen, vor der Seth Wache hielt.

„Miss Pearson?", sagte ich. „Ist alles in Ordnung?" Es war vermutlich etwas seltsam, das zu einer Leiche zu sagen, aber sie wirkte überhaupt nicht wie die Frau, die ich in der Nacht kennengelernt hatte. Sie wirkte benommen und die Hand an ihrem Hals zitterte.

„Denken Sie, ich werde dafür büßen?", fragte sie. Ihr Stimme klang weit entfernt.

Ich folgte ihrem Blick von Dr Mertons Füßen über seinen breiten Brustkorb zu seinem Hals. Große blaue Flecken bildeten sich oberhalb seines Kragens, geformt wie Finger. Ich spürte, wie mir das Blut aus dem Kopf wich, als hätte jemand den Stöpsel gezogen. Ich schwankte und Lincoln legte einen Arm um meine Taille.

„Warte draußen", sagte er.

Ich schüttelte den Kopf und riss mich zusammen. Nach einem tiefen Atemzug spürte ich, wie das Blut zurückkehrte. Meine Nerven beruhigten sich, der Kopf wurde wieder klar. „Ich habe das angerichtet. Ich muss bleiben und alles tun, um das wieder in Ordnung zu bringen."

„Du hast das *nicht* angerichtet."

Estelle Pearsons Kopf zuckte, als hätte er sie geschlagen. „Er hat recht, Miss Holloway. Das ist nicht Ihre Schuld. Es ist meine, ganz allein meine. Ich habe ihn getötet. Ich werde mich den Konsequenzen stellen."

„Konsequenzen?"

Sie hob ihren Blick zur Decke. Dann erst sah ich ihn.

Dr Mertons Geist.

Ein weißer Nebel hing in der Ecke, als versuchte er, so weit wie möglich von Estelle wegzukommen. Seine großen Augen sprangen zwischen seinem und ihrem Körper hin und her und versuchten zu begreifen, was geschehen war. Er sah nicht, wie ich ihn anstarrte.

„Wir sollten gehen", sagte ich. Es gab nichts, was ein Geist uns jetzt antun konnte, aber mir würde es besser gehen, wenn ich seinen Schock und die schleichende Erkenntnis seines Ablebens nicht mit ansehen musste.

Lincoln zog ein Seil unter seiner Jacke hervor. Ein Ende war zu einer Schlinge mit einem beeindruckenden Knoten geknüpft. Wollte er sie fangen und fesseln?

„Das wird nicht nötig sein", sagte sie und streckte die Hand nach Lincoln aus, als wäre er ein wild gewordenes Tier, das sie beruhigen wollte. „Ich werde mit Ihnen kommen und in mein Grab zurückkehren. Ich habe hier alles erledigt." Sie warf einen weiteren Blick auf Dr Mertons Leiche. „Er wird niemandem mehr schaden."

Der Geist drehte und wand sich wie ein Blätterhaufen, der von einer Windböe erfasst wird. Dann schoss er plötzlich von der Decke herab direkt auf Estelle zu. „Du Biest!", schrie er. „Du irres, wahnsinniges Biest! Du hast mich getötet!" Er krachte in sie hinein.

Und kam auf der anderen Seite wieder heraus. Sie hatte

nichts davon gespürt und blinzelte nicht einmal. In ihrer wiederbelebten Form waren andere Geister offenbar für sie unsichtbar. Sie blickte sich im Zimmer um, als ob sie seinen Geist irgendwo vermutete. Lauschend hob sich einer ihrer Mundwinkel zu einem bitteren, gruseligen Grinsen.

„Hörst du mich, du Monster? Du kannst jetzt niemandem mehr schaden."

Er raste durch das Zimmer, hinauf zur Decke, runter zum Boden, nach links und rechts, derweil er wüste Beschimpfungen ausstieß, die ich seit meiner Zeit in den Slums vor zwei Monaten nicht mehr gehört hatte. Ihm schien nicht klar zu sein, dass ich ihn hören konnte, und ich hatte nicht vor, ihn darüber aufzuklären.

„Genießen Sie Ihr Leben nach dem Tod in der Hölle, Doktor." Estelle hob einen Hut vom Boden auf. Er musste bei ihrem Kampf mit dem Doktor heruntergefallen sein. Es war nicht der gleiche, mit dem sie begraben worden war, sondern einer mit einer breiteren Krempe, die ihr Gesicht verdeckte. Sie trug außerdem einen langen Mantel über ihrem Kleid. „Vielleicht treffen wir uns dort, wenn mein Handeln heute all das Gute, das ich im Leben getan habe, überwiegt." Sie stand auf. Ihre Knie ächzten und knirschten, als würden ihre Knochen aufeinander reiben. „Wir sollten gehen, ehe jemand kommt. Ich möchte nicht, dass jemand hierfür beschuldigt wird."

Bei den blauen Flecken um seinen Hals würde es schwierig sein, seinen Tod natürlichen Umständen zuzuschreiben.

Die Tür ging plötzlich auf und Seth stolperte herein. Er schloss die Tür hinter sich ab. „Die Krankenschwester kommt zurück und hat noch einen Arzt dabei. Wir müssen weg hier. Jetzt."

„Aber wir müssen an ihnen vorbei", sagte ich.

Lincoln nickte in Richtung Fenster. „Da lang."

„Es ist zu weit oben", sagte Seth. „Für Charlie, meine ich."

Der Geist gluckste von seinem Platz auf dem Aktenschrank herab. Mit verschränkten Armen beobachtete er die Vorgänge voller Interesse.

Ich ging voller Genugtuung zum Fenster, da Lincoln genug Vertrauen in meine Kletterkünste hatte, um den Vorschlag zu machen. „Das bekomme ich hin. Da ist ein Abflussrohr in Reichweite."

„Sanitärinstallation", sagte Estelle. „Ich klettere voraus. Falls Sie fallen, werde ich Sie abfangen."

Stimmen drangen vom Flur zu uns herein. „Los", zischte Lincoln.

Estelle war bereits durch das Fenster und kletterte das Rohr herunter als würde sie das jeden Tag tun. Es war unfassbar, was fehlende Angst bewirken konnte. Einige Meter über dem Boden rutschte sie ab und fiel das restliche Stück. Sie landete auf dem Rücken und schlug mit dem sowieso schon eingeschlagenen Schädel auf, stand aber auf und bedeutete mir, mich zu beeilen.

Ich zog meinen Rock und Unterrock über die Knie hoch und legte sie mir über den Arm, während ich mir wünschte, ich könnte sie irgendwie festbinden. Lincoln und Seth halfen mir durch das Fenster und ich ließ die Röcke los. Rohre herabzuklettern war gar nicht so einfach, wenn man als Mädchen gekleidet war, aber wenigstens konnte ich frei atmen, da ich mich weigerte, ein Korsett zu tragen.

Ich linste nach unten, wo Estelle mit ausgebreiteten Armen stand, um mich aufzufangen. Sie wäre kein sonderlich bequemes Kissen, aber sie würde meinen Sturz abfedern. Über mir kam Seth durch das Fenster.

Dahinter hörte ich die Bürotür rappeln. Zum Glück hatten wir sie abgeschlossen. Hoffentlich würden sie von irgendwo her einen Schlüssel holen müssen, sodass wir Zeit hatten zu fliehen.

Ich schaute wieder nach oben, aber Lincoln war Seth noch nicht durch das Fenster gefolgt. Was machte er? Ich kletterte weiter nach unten und kam heil am Boden an, ein ganzes Stück vor Seth, der sich vorsichtig mit den Füßen vorantastete.

„Wo ist Fitzroy?" Ich legte eine Hand auf meinen Hut und verrenkte mir den Hals. „Er braucht zu lange."

„Was tun Sie da?", rief die Stimme von Dr Mertons Geist.

Ein Schuss ertönte. Die Vögel im Regent's Park schnatterten und kreischten. Seths Hand rutschte ab und er ließ das Rohr los. Zum Glück war er weit genug unten, um unverletzt auf dem Boden zu landen.

Ich öffnete den Mund, um Lincolns Namen zu schreien, als er

plötzlich aus dem Fenster gesprungen kam und seine Füße auf das Rohr setzte. Flink wie ein Affe kletterte er herab. Er sprang neben mich noch bevor Seth aufgestanden war. In dem Moment, als aufgeregte Stimmen aus dem Fenster im dritten Stock drangen, nahm er meine Hand.

Wir rannten zum vorderen Bereich der Klinik und gingen dann ruhig und zivilisiert zu Gus und der wartenden Kutsche. „War das'n Schuss?", fragte er.

„Ja", sagte Seth und half mir in die Kabine. Im letzten Moment schubste er mich praktisch hinein. „Fitzroy hat einen Toten erschossen."

Seth half Estelle hinter mir hinein, wobei seine Fingerspitzen ihre knochige Hand kaum berührten. Dann folgten er und Lincoln.

„Highgate-Friedhof", bellte Lincoln. Gus hatte die Pferde angetrieben, noch bevor wir die Vorhänge zugezogen hatten.

„Sie haben ihn erschossen?", fragte ich, als wir scharf um eine Kurve fuhren.

Lincoln nickte. „In den Hals, mit einer Pistole und einer Kugel, die ich in einer Schublade gefunden habe. Ich habe die Waffe neben seine rechte Hand gelegt, wo sie gelandet wäre, wäre er gefallen. Ein kompetenter Gerichtsmediziner wird erkennen, dass der Schuss nach seinem Tod erfolgte, aber ein stümperhafter wird es vielleicht übersehen und es als Selbstmord deklarieren. Ein korrupter wird das sicherlich tun."

Estelle schnaubte. „Derjenige in diesem Zuständigkeitsbereich ist auf jeden Fall korrupt. Auf meinem Totenschein steht, ich hätte einen Herzinfarkt erlitten. Ich bin als Geist lange genug in der Nähe geblieben, um zu hören, wie Merton und sein Gehilfe es geplant haben. Gegen Bezahlung, versteht sich."

„Oh, Estelle, das tut mir leid." Ich legte die Hand auf ihren Arm, sacht, um das, was von ihrer verwesenden Haut und den wenigen Muskeln unter ihrer Kleidung noch übrig war, nicht zu zerstören. „Demnach hat Dr Merton Sie getötet?"

Sie senkte den Kopf, aber nicht bevor ich den Schatten des Schmerzes in ihren Augen sah—Augen, die nicht tot waren, aber auch nicht wirklich lebendig.

„Erzählen Sie uns, wie es passiert ist."

Sie legte ihre Hände im Schoß zusammen, hob ihr Kinn und war wieder die nüchterne Frau, die mir als Geist in meinem Wohnzimmer begegnet war. „Dr Merton ist einer der Schlimmsten. Er stellt—stellte—Frauen nach, insbesondere jungen, verletzlichen. Ich war keins von beidem, also entging ich seiner Aufmerksamkeit, bis ich ihn mit seinen Untaten konfrontierte."

„Er hat den anderen Schwestern wehgetan?"

„Ja, Miss Holloway, er hat ihnen wehgetan. Zwei Hebammen unter meiner Aufsicht kamen zu mir, nachdem er sie in genau dem Kellerraum vergewaltigt hatte, in dem ich mein Ende fand."

„Verdammt noch mal", murmelte Seth. „Dann hat der Mann den Tod verdient."

„Deswegen wollte die Krankenschwester nicht allein in sein Büro gehen", fügte ich hinzu. „Sie war so froh, dass wir mit ihr kamen und sie ihm nicht allein begegnen musste."

„Es gab noch weitere Geschichten von versuchter Vergewaltigung und unsittlichen Handlungen", fuhr Estelle fort. „Ich habe den Vorstand der Klinik darauf aufmerksam gemacht, ebenso wie die örtliche Polizei. Leider hatten die armen Mädchen zu viel Angst vor ihm und vor den Folgen für ihren Ruf, die ein Gerichtsverfahren bedeuten würde. Sie verweigerten die Aussage, sodass nichts daraus wurde." Sie schüttelte den Kopf. „Es macht mich krank, dass sie darunter hätten leiden müssen, wenn er für unschuldig befunden worden wäre."

„Wie hätte er denn für unschuldig befunden werden können, wenn sie ausgesagt hätten?", fragte ich. „Sicherlich würde ein Richter ihnen glauben."

„Ihr Vertrauen in unser Rechtssystem ist fehlgeleitet, Miss Holloway. Dr Merton hätte sie bezichtigt, frivol zu sein und sich im Lagerraum an ihn herangemacht zu haben, nicht andersherum. Ich wusste, dass er vor nichts zurückschrecken würde, um seinen Ruf vor einem solchen Skandal zu schützen. Dass er sogar zu einem Mord fähig wäre, hatte ich allerdings nicht geahnt. Wissen Sie, ich war dabei, Beweise gegen ihn zu sammeln. Ich habe mit den Mädchen gesprochen und sie beinahe überzeugt, in den Zeugenstand zu treten. Doch das wollten sie nur, wenn der Fall absolut wasserdicht war. Dazu musste ich mit allen Krankenschwestern der Queen Charlottes

Klinik sprechen, außerdem noch mit denen, die nicht zur Klinik gehören. Es war möglich, dass es noch andere Opfer gab, sehen Sie? Opfer, von denen wir nichts wussten. Ich habe die Inventarlisten des Lagerraums eingesehen und sie mit den Daten und Uhrzeiten seiner Unterschrift im Arzneiausgabeprotokoll und den Vorfällen abgeglichen. Der Fall war solide."

„Also hat er Sie umgebracht", sagte ich, „und dann den Gerichtsmediziner dafür bezahlt, dass er es mit einem Herzinfarkt vertuscht."

„Meinem Herzen fehlte gar nichts. Gesundheitlich war ich außerordentlich robust, als ich noch lebte."

„Sie scheinen wieder zu leben", sagte Lincoln mit seiner üblichen, düsteren Intensität. „Wie ist das möglich?"

Estelle schaute ihn empört von oben herab an. „Mir scheint, wir wurden einander noch nicht vorgestellt."

„Bitte entschuldigen Sie", murmelte ich. „Meine Manieren sind etwas eingerostet. Das sind Mr Lincoln Fitzroy und Mr Seth Guilford. Ich arbeite mit ihnen zusammen."

Falls Lincoln bemerkte, dass ich „mit" und nicht „für" sagte, ließ er es sich nicht anmerken. „Miss Holloway sagte, Sie hätten auf dem Friedhof einige Worte gesprochen, ehe Sie wieder lebten. War das ein Zauberspruch?"

„Sie sind ein ernsthafter Mann, Mr Fitzroy, und recht unbeeindruckt von dem Gedanken an Zaubersprüche, Nekromantie und dergleichen."

„Beantworten Sie die Frage."

Herr im Himmel, manchmal hatte er so viel Feingefühl wie ein Tanzsaal voller Elefanten. „Wir gehören einer Organisation an, die verhindern möchte, dass die Öffentlichkeit durch übernatürlich begabte Personen zu Schaden kommt", versicherte ich ihr. „Wie Sie sich vorstellen können, ist eine wiederbelebte Leiche mit unvorstellbaren Kräften ein besorgniserregender Zwischenfall."

„Natürlich ist es das und ich möchte Ihnen versichern, dass ich freiwillig ins Jenseits zurückkehren werde." Als Lincoln den Mund öffnete, um weiterzusprechen, fügte sie hinzu: „Abgesehen davon bin ich nicht lebendig. Nicht wirklich. Ich erwecke nur den Anschein, am Leben zu sein. Was Ihre Frage angeht, Mr

Fitzroy, Sie haben recht. Ich sprach einen Zauberspruch, den meine weiblichen Vorfahren über Jahrhunderte benutzt haben, um den Toten Bewusstsein einzuhauchen, wenn auch nur für kurze Zeit. Dadurch wirken sie lebendig, sind es aber nicht. In ihren Lungen ist keine Luft, durch ihre Adern fließt kein Blut und die Vitalorgane arbeiten nicht. Wäre das der Fall, wäre ich erneut gestorben, als ich vom Abflussrohr gefallen bin. In gewisser Weise ist es ähnlich wie Nekromantie. Ich vermute, dass das der Grund ist, warum der Zauberspruch stärker war als Ihre Befehle, Miss Holloway. Vielleicht sind wir beide zwei Zweige ein und desselben Stammbaumes."

Seth und ich warfen uns verwirrte Blicke zu, aber Lincoln wandte seine Augen nicht von Estelle ab. „Sie sind eine Hexe."

„Meine Vorfahren wurden gelegentlich der Hexerei angeklagt, also ja, vermutlich bin ich das. Deswegen bin ich so gut in dem, was ich tue." Da wir sie verständnislos anschauten, führte sie es weiter aus. „Leider kommen Totgeburten in meinem Arbeitszweig häufig vor, ebenso wie der Tod der Mutter unter der Geburt. Der Zauberspruch verschaffte mir etwas Zeit in diesem Todeskampf. Manchmal nur ein paar Stunden, manchmal halten sie ein oder zwei Tage durch."

„Aber ... warum?", fragte Seth. „Welchen Sinn hat es, einem Baby oder der Mutter ein paar Stunden zu schenken, die noch nicht einmal Leben sind? Warum den Tod und den Schmerz hinauszögern?"

Estelle schnalzte mit der Zunge und schüttelte den Kopf. „Damit die Mutter ihr Kind im Arm halten kann, Mr Guilford. Nur für eine kleine Weile kann sie ihrem Kind in die Augen schauen und die Liebe einer Mutter spüren. Es ist besser, in den Armen einer Mutter zu sterben, als in ihrem Leib. Auf einer praktischeren Ebene hat man Zeit, das Kind zu taufen, und andere Familienmitglieder können es sehen. Auf alle Fälle ist es klar, dass das Baby kränklich ist und sterben wird, also wecke ich keine falschen Hoffnungen. Das Gleiche gilt für verstorbene Mütter. Sie wissen, dass sie nur eine kurze Zeit zur Verfügung haben, aber ich glaube, sie würden alle sagen, dass es besser ist als nichts. Manche haben ältere Kinder, die sie ein letztes Mal umarmen möchten, und dann sind da natürlich die

Begräbnisse und andere Dinge mit den Ehemännern zu besprechen."

„Aber Sie spielen Gott", sagte Seth. Ich war überrascht, so etwas von ihm zu hören, denn er hatte noch nie großes Interesse an Religion gezeigt. Er ging sonntags nie zur Kirche, was Gus und ich hin und wieder taten.

„Wenn Sie das denken, werde ich Sie kaum umstimmen können", sagte Estelle steif. „Ich habe meinen Zauber nie auf jemanden außerhalb der Geburtsvorgänge angewendet, bis auf mich selbst heute Morgen. Als Sie meinen Geist beschworen haben, Miss Holloway, haben Sie mir unwissentlich eine Möglichkeit für Rache geboten, die ich unmöglich auslassen konnte. Meine Entscheidung, Merton zu töten, war spontan, aber ich bereue es nicht. Selbst wenn ich mich damit verdammt haben sollte, werde ich mich den Konsequenzen stellen und mich nicht davor drücken. Ich schrecke vor meinem Schicksal nicht zurück."

„Dafür bewundere ich Sie", sagte ich.

Sie blinzelte überrascht, dann lächelte sie. „Danke, Miss Holloway. Sie sind selbst eine recht bewundernswerte junge Frau. Zum Beispiel hatten Sie keine Angst, durch das Fenster zu fliehen."

„Jahrelange Übung", sagte ich lachend.

„Wusste im Krankenhaus jemand von Ihrer Hexerei?", fragte Lincoln.

„Nein, auch außerhalb nicht. Es war ein Familiengeheimnis."

„Niemand? Lord Harcourt hat es nicht herausgefunden?"

Sie schüttelte den Kopf. „Ich denke nicht."

„Das muss er", sagte ich. „Wissen Sie, der verstorbene Lord Harcourt gehörte unserer Organisation an. Wenn er von übernatürlichen Vorgängen erfahren hat, berichtete er Mr Fitzroy davon. Oh." Plötzlich sah ich das Loch in meiner Logik. „Er hat Sie nie auf diesen Fall aufmerksam gemacht, nicht wahr?"

Lincoln schüttelte den Kopf. „Warum stand Ihr Name in seinem Tagebuch, Miss Pearson?"

„Weil er herausgefunden hat, dass ich die Hebamme war, die seinen Enkel entbunden hat. Er hatte einige Fragen an mich."

„Moment", sagte Seth mit erhobenen Händen. „Der jetzige Lord Harcourt und seine Frau sind kinderlos."

„Sie hatte vor fünf Jahren eine Totgeburt, einen Jungen. Die Geburt war schwierig und wir hätten sie beinahe ebenfalls verloren. Ich verschaffte dem Jungen durch meinen Zauber einen zusätzlichen Tag, mehr nicht. Wie bei jeder Belebung war der Familie nicht bewusst, dass es mein Zauberspruch war, der ihn etwas länger in dieser Welt gehalten hat."

„Warum musste der alte Lord Harcourt Sie dann sprechen?", fragte ich. „Und warum war er wütend auf Sie? Sind Sie sich sicher, dass es nichts mit Ihrer Hexerei zu tun hatte?"

„Er hat das bei unserem Treffen einige Jahre später nie erwähnt. Er war nicht auf mich wütend, verstehen Sie? Er war auf seinen Sohn und seine Schwiegertochter wütend. Das Paar war erst vier Monate verheiratet gewesen, als ich bei der Geburt half, und trotzdem entband ich Mrs Buchanan, wie sie damals genannt wurde, von einem voll ausgereiften Baby. Als sie ihre Schwangerschaft bekannt gab, waren alle davon ausgegangen, dass sie während der Hochzeitsreise empfangen hatte, einschließlich ihrem Ehemann. Allerdings war sie zum Zeitpunkt ihrer Heirat bereits schwanger, im fünften Monat, um genau zu sein. Sie muss das gut versteckt haben."

„Sie hat Ihnen das gesagt?", fragte ich.

„Ich habe es nach der Entbindung erfahren. Man kann den Unterschied zwischen einem voll ausgereiften Kind und einem vier Monate alten Fötus nicht verstecken."

„Warum wurden Sie gerufen, um das Kind zu entbinden?"

„Sie hatte von meinen Fähigkeiten gehört." Estelle richtete sich auf, schob aber weder die Brust vor, noch wirkte sie sonst irgendwie angeberisch. „Ich habe einen Ruf, wissen Sie, und wurde oft in gute Haushalte gerufen, um bei Hausgeburten zu helfen. Mrs Buchanan wusste, dass sie ein voll ausgereiftes Kind zur Welt bringen würde, und indem sie mich um Hilfe bat, hoffte sie, dass das Kind überleben würde, dessen bin ich mir sicher. Trotz ihrer Lüge wollte sie dieses Kind unbedingt."

„Wie traurig", murmelte ich. „Das arme Ding ist gestorben."

„Sehr traurig. Sie war bestürzt, aber die zusätzlichen Stunden, die ich dem Baby gegeben habe, haben geholfen, glaube ich.

Sie hatte ihn die ganze Zeit im Arm, bis er zum zweiten Mal entschlief.“

Ich tupfte mir den Augenwinkel.

„War das der Moment, als Donald Buchanan die Lüge seiner Frau entdeckte?“, fragte Lincoln.

Sie nickte. „Es war unmöglich zu verbergen.“

„Wie hat er reagiert?“

„Verwirrt, schockiert.“

„War das Kind von ihm?“, fragte ich.

„Das weiß ich nicht. Er hat in meiner Anwesenheit nie etwas anderes behauptet, hat seine Frau weder angeschrien noch ausgefragt. Natürlich ist es möglich, dass er das wegen ihrer Bestürzung und Schwäche nicht getan hat. Sie hatte nur Augen für ihren Sohn. Er hat nie etwas darüber verlauten lassen, dass das Kind voll ausgereift war, so viel weiß ich. So weit die Außenwelt es weiß, hat sie ihr Kind im vierten Monat verloren. Das Kind hatte keinen Atem, um zu schreien, also gab es keinen Ton von sich, und abgesehen von Mr Donald Buchanan, mir und dem örtlichen Pfarrer, der das Kind getauft hat, hat niemand dieses Schlafzimmer betreten. Den Angestellten und Dorfbewohnern wurde allesamt gesagt, dass Mrs Buchanan allein sein musste, um zu trauern und sich zu erholen. Ihr Mann und ich haben uns um alles gekümmert.“

„Dorfbewohner? Dann ist das auf dem Harcourt Anwesen passiert?“

„Dort haben sie nach der Hochzeit gelebt“, sagte Seth. „Der alte Lord Harcourt bevorzugte London. Er mochte das Theater viel zu sehr, um weit davon weg zu leben.“

Das Theater und seine Freuden in Form von Julia Templeton.

„Der alte Lord Harcourt muss die Wahrheit herausgefunden haben“, sagte Lincoln. „Deswegen ist er zu Ihnen gekommen, um es zu bestätigen.“

Sie nickte. „Das war einige Jahre später. Er war wütend, wie ich schon sagte, sowohl auf seinen Sohn als auch auf seine Schwiegertochter. Irgendwo hatte er ein Gerücht gehört, dass das Kind voll ausgereift war und er dachte, er hätte das Recht, es zu wissen. Ich weiß nicht, wie er es herausgefunden hat, aber ich konnte es ihm bestätigen. Ich bin keine Lügnerin und das war das erste und einzige Mal, dass mich jemand direkt nach diesem Kind gefragt hat."

„Wie ich hörte, war er ein sehr kontrollierender Vater", sagte Seth. „Ich kann mir vorstellen, dass ihn dieses Geheimnis verärgert hat. Immerhin war das sein erster Enkel, nicht nur ein Fötus. Er hätte ihn vermutlich auch gern gesehen und auf den Arm genommen, bevor er starb."

Lincoln hob den Vorhang an. „Wir sind gleich beim Friedhof. Miss Pearson, hat Andrew Buchanan Ihnen jemals diese Fragen gestellt?"

„Nein, nur Lord Harcourt." Sie schaute aus dem Fenster, als die Kutsche zum Stehen kam. „Ich habe Ihnen alles gesagt, was ich über diese Situation weiß. Darf ich jetzt gehen?"

„Natürlich."

Seth öffnete die Tür, stieg aus und half uns Damen heraus. Er blieb mit Gus zurück, während Lincoln und ich Estelle zu ihrem Grab begleiteten. Wir gingen allerdings daran vorbei, als wir einen Angestellten in der Nähe herumlungern sahen. Jemand hatte die aufgewühlte Erde glatt gerecht, damit es so aussah, als wäre die Leiche noch im Grab und um kein Aufsehen zu erregen, aber der Angestellte beobachtete uns genau. Ich erkannte ihn nicht.

Estelle hatte ihren Hut tief ins Gesicht gezogen und ihre dünnen, knorrigen Hände in den Manteltaschen vergraben, bis wir außer Sichtweite waren.

„Wir werden es hier tun müssen", sagte Lincoln und blieb neben einem großen Mausoleum mit einem Kreuz darauf stehen. Hier waren wir vor dem Angestellten verborgen, aber ich sah mich trotzdem nervös um. Zum Glück hielt der Nieselregen Besucher fern.

„Wenn man Ihre Leiche hier findet, wird man wissen, dass es Ihre ist und Sie zurücklegen", versicherte ich Estelle.

Sie nickte. „Man wird zweifelsfrei annehmen, dass ein paar Jungs sich einen Spaß erlaubt haben."

Das hoffte ich. „Wie funktioniert das? Ich kann Sie nicht zurückschicken, wenn Sie noch so lebendig sind."

„Meine Kraft schwindet rapide, aber ein Gegenzauber wird den Prozess beschleunigen. Sie werden es merken, wenn ich sozusagen erneut verstorben bin. Dann können Sie meinen Geist zurücksenden. Aber erst möchte ich Ihnen danken, Miss Holloway. Dr Merton hat seine Strafe verdient und dank Ihnen konnte ich sie ausführen."

Mir drehte sich der Magen um. Ich war mir nicht sicher, dass ich das Richtige getan hatte. Was er zu Lebzeiten getan hatte, war abscheulich, und doch wollte ich nicht den Richter spielen—oder Gott.

Sie legte eine Hand auf meine Schulter und schaute mir in die Augen. „Sie haben heute dabei geholfen, das Leben und den Ruf mehrerer junger Frauen zu retten. Letztendlich lastet sein Tod jedoch auf meinem Gewissen, nicht auf Ihrem." Ohne auf eine Antwort von mir zu warten, sprach sie einige ausländische Worte in dem gleichen, harten Akzent wie zuvor. Zum Schluss wankte sie etwas und ihr Augenlicht erstarb. Sie blieb allerdings aufrecht stehen und ihre spröden, farblosen Lippen verzogen sich zu so etwas wie einem Lächeln. „So", sagte sie knapp. „Ich bin fertig. Jetzt sind Sie dran." Sie verschränkte die Hände vor ihrem Körper und neigte den Kopf. „Auf Wiedersehen, Mr Fitzroy."

Lincoln deutete eine Verbeugung an. „Alles Gute."

„Auf Wiedersehen, Miss Holloway."

„Auf Wiedersehen, Miss Pearson. Danke für Ihre Unterstützung. Ich werde Ihren Geist nicht wieder belästigen. Bitte kehren Sie jetzt ins Jenseits zurück, Estelle Pearson. Verlassen Sie diese Welt und kehren Sie zurück."

Der Nebel erhob sich wie eine Rauchfahne aus ihrem Brustkorb. Als der letzte Rest ausgetreten war, sackte der Körper zusammen und landete unbeholfen auf dem Grab. Lincoln richtete ihn in eine sitzende Position auf. Der Nebel bildete die Gestalt von Estelle, lächelte mich an und verschwand dann hinauf in die Wolken.

„Sie ist weg", sagte ich seufzend.

„Wir müssen gehen, ehe wir entdeckt werden." Er nahm meine Hand, nur um sie fast sofort wieder loszulassen. Er trat zurück und bedeutete mir, vorzugehen. „Entschuldige, ich habe keinen Schirm mitgebracht."

„Der Regen macht mir nichts aus."

„Trotzdem."

Wir wanderten über den Friedhof, die Köpfe wegen des leichten Regens gesenkt. Ich war mitten dabei, über alles nachzudenken, was Estelle uns gesagt hatte, als Lincoln weitersprach, gerade, als wir durch das Tor gingen.

„Wie geht es deinem Fuß?"

„Er tut nicht mehr weh, obwohl ich ihm heute allen Grund dazu gegeben habe."

„Du hattest keine Probleme, das Abflussrohr herunter zu klettern?"

„Keine. Danke, dass Sie nicht daran gezweifelt haben, dass ich das kann. Ich weiß Ihr Vertrauen in mich zu schätzen."

„Wir hatten keine Wahl."

Ich warf ihm einen vernichtenden Blick zu. „Danke, dass Sie mich darauf aufmerksam machen."

Er zog eine Augenbraue hoch, aber ich ging weiter. Er holte mich ein und griff an mir vorbei nach der Kutschentür. „Deine Leichtfüßigkeit und Schnelligkeit wurden nie angezweifelt, flinker Charlie", murmelte er in mein Ohr.

Ich drehte den Kopf, um zu sehen, ob er lächelte, denn ich hätte schwören können, dass ich ein Lächeln in seiner Stimme gehört hatte. Aber sein Mund war fest wie immer, sein Gesicht eine Maske, die Augen verschleiert.

Er öffnete die Tür und half mir hinein. Wir fuhren zurück nach Lichfield Towers, wo der Koch uns mit Suppe versorgte und endlose Fragen stellte. Wir erzählten ihm, was wir erfahren hatten, und diskutierten dann unsere nächsten Schritte.

„Das ist ja alles sehr interessant", sagte ich, „aber mir ist nicht klar, was irgendwas davon Andrew Buchanan angehen würde."

Gus schlürfte seine Suppe und zog damit die Aufmerksamkeit aller auf sich. Dann leckte er sich die Lippen. „Der wäre wütend, wie sein Vater. Keiner hat ihm gesagt, dass er'n Neffen hatte, den er nie kennengelernt hat."

Seth schüttelte den Kopf. „Das wäre ihm egal."

„Vermutlich nicht, wäre das Kind noch am Leben", sagte Lincoln. „Wenn sein Bruder kinderlos bleibt, ist er weiterhin Erbe. Ein Sohn würde das ändern."

„Glauben Sie, das Kind ist doch noch am Leben?" Ich sah ihn

entsetzt an. „Aber laut Estelle ist das unmöglich. Sie kann kein Leben schenken, nur den Anschein erwecken."

„Miss Pearson weiß vielleicht auch nicht alles über ihre Gabe. Aber du hast recht, es ist unwahrscheinlich, dass das Kind wiederbelebt wurde. Ich vermute, dass sie es begraben haben. Allerdings wissen wir jetzt, dass Lady Harcourt Kinder kriegen kann. Wenn sie es einmal getan hat, kann sie es wieder tun. Das könnte Buchanan Sorge bereiten."

„Aber es ist Jahre her und sie ist nicht wieder schwanger geworden."

„Das is keine genaue Wissenschaft", sagte Gus mit der gleichen Autorität wie Estelle. „Manche Frauen werden schon schwanger, wenn du die bloß anguckst—"

„Ich bin mir ziemlich sicher, dass es so *nicht* funktioniert", sagte Seth und verdrehte die Augen.

„Und andere Frauen kriegen jahrelang keine Babys und dann plötzlich Dutzende."

„Dutzende?"

„Halt die Klappe, Seth. Was weißt du schon? Du hast keine Geschwister."

„Ich wusste gar nicht, dass du ein Einzelkind bist", sagte ich.

Seth zuckte mit den Schultern. „Hat Miss Pearson gesagt, ob sie mit Andrew Buchanan gesprochen hat?"

„Sie ist ihm nie begegnet, aber das heißt nicht, dass er nicht herausgefunden hat, dass sie eine Hebamme ist, nachdem er ihren Namen im Tagebuch gelesen hat. Dann hat er zwei und zwei zusammengezählt."

„Ich weiß nicht, ob er dafür schlau genug ist."

„Wie auch immer, es ist offensichtlich, was als Nächstes zu tun ist." Lincoln erhob sich und wir warteten alle darauf, dass er das näher ausführte. Was er nicht tat.

„Mr Fitzroy?", bohrte ich nach, als er zur Küchentür ging. „Was machen wir jetzt?"

„Ihr macht gar nichts. Ich werde Lord und Lady Harcourt konfrontieren."

Die anderen Männer und ich sahen uns an. „Das wird er bestimmt nicht ohne uns tun", murmelte ich, sodass Lincoln es nicht hören konnte.

„Geh ihm nach", sagte Gus und scheuchte mich mit den Händen hoch. „Sag ihm, der Koch will was Besonderes für hohen Besuch backen. Bring ihn dazu, sie für heute Abend zum Essen einzuladen, damit wir lauschen können."

„Gute Idee. Noch besser, Seth, warum bringst du nicht gleich eine Einladung nach Harcourt House, dann kann Fitzroy nicht ablehnen."

Die Blicke von Seth, Gus und dem Koch wanderten zur Tür hinter mir. Alle drei wurden blass und fanden dann ihre Suppenschüsseln überaus interessant. Ich wand mich. Lincoln und sein verdammter Instinkt.

Ich drehte mich um und sah ihn am Türrahmen lehnen, die Füße gekreuzt, die Arme verschränkt, als hätte er die ganze Zeit dort gestanden und darauf gewartet, dass ich in seine Falle tappe.

KAPITEL 8

„Ich werde ihnen direkt eine Einladung schreiben", sagte Lincoln und drückte sich vom Türrahmen ab. „Mir scheint, Seth wird sie wie geplant überbringen." Damit ging er wieder.

Ich starrte auf den leeren Fleck, wo er zuvor gestanden hatte.

„Habe ich gerade gehört, was ich glaube, gehört zu haben?", fragte Seth.

Ich sauste Lincoln hinterher und holte ihn am Fuß der Haupttreppe ein.

„Ja?" Er blieb auf der untersten Stufe stehen. „Gibt es etwas, was du mir gestehen musst?"

„Warum sagen Sie das?"

„In letzter Zeit scheint das an der Tagesordnung zu sein."

Ich verschränkte die Arme. „Das stimmt nicht." Ich senkte meine Stimme und stellte mich auf seine Stufe. Dann ging ich noch eine Stufe höher. Ich war immer noch kleiner. „Abgesehen davon, warum sollte ich etwas gestehen, wenn Sie alles voraussagen können, was ich sagen oder tun will?"

„Das kann ich nicht. Ich habe nur einen Instinkt, und der ist nicht sonderlich stark ausgeprägt."

„Ich glaube, Ihr Instinkt wird stärker. Erst wissen Sie, wenn ich nicht im Haus bin, und jetzt scheinen Sie zu wissen, was wir planen, als ob Sie jedes Wort mit angehört hätten."

„Ich habe euch gehört. Ich hatte mich entschieden, zurückzukommen und genau das vorzuschlagen, nur um zu hören, wie du Befehle erteilst, als wärst du die Leiterin des Ministeriums."

Ich biss mir innen auf die Wange und versuchte mich an einem unschuldigen Lächeln. Er runzelte noch mehr die Stirn.

„Ich dachte, du würdest irgendwie versuchen, hinter die Einzelheiten meines Gesprächs mit den Harcourts zu kommen", fuhr er fort. „Da das bedeuten würde, dass du einen der Hausangestellten der Harcourts auf deine Seite bringen müsstest, fand ich es einfacher, mit deinem Strom zu schwimmen, Charlie, anstatt dagegen, und die Harcourts hier zu befragen."

„Ich … ich weiß nicht, wie ich das auffassen soll."

„Du bist eine Naturgewalt, und zwar eine, die ich nicht kontrollieren kann."

„Oh. Also keine beschönigenden Worte."

„Das tue ich nie." Er seufzte und sah zur Decke hinauf. „Ich kann nicht glauben, dass ich dir vorschlage, unser Essen heute Abend zu belauschen. Aber lass dich auf keinen Fall erwischen."

„Warum beziehen Sie mich überhaupt mit ein? Abgesehen von der Sache mit der Naturgewalt, meine ich. Sie könnten mich in mein Zimmer verbannen und mich einschließen."

„Du wirst nicht mehr in dein Zimmer eingeschlossen", schnappte er. „Ich dachte, das hätte ich deutlich gemacht."

„Das war nur ein Witz."

Er wandte sich ab und ging die Treppe hinauf. „Ich habe mich entschieden. Das ist alles, was du wissen musst. Wenn du mir weitere Fragen stellst, könnte ich meine Meinung ändern."

Ich kniff die Lippen zusammen und schaffte es, nichts weiter zu sagen. Er hatte mir erlaubt, zu lauschen, und mehr musste ich nicht wissen. Erstmal.

„Danke", rief ich ihm nach.

Er reagierte nicht.

Ich kehrte strahlend in die Küche zurück. „Du siehst aus wie eine Katze vor einer Schüssel voll Sahne", sagte der Koch.

„Ich bin das Mädel, das bekommen hat, was es wollte. Fitzroy hat mich von sich aus ermutigt, die Gespräche beim Essen heute Abend zu belauschen."

Seth klopfte mir auf den Rücken, als wäre ich sein kleiner

Bruder. „Gut gemacht. Und jetzt ist da ein Stapel Geschirr in der Spülküche, das gesäubert werden muss. Deinem Fuß geht es besser, als kommst du nicht drumrum."

„Ich will gar nicht drumrum kommen. Aber." Ich setzte das gleiche süße Lächeln auf, dass ich bei Lincoln angewendet hatte. „Würdest du mir helfen? Ich will dich etwas fragen. Unter vier Augen", fügte ich flüsternd hinzu.

Sein Gesicht hellte sich auf. „Fesselnd. Dann los. Ich habe ein paar Minuten, bis Fitzroy die Einladung fertig hat."

Er half mir, die Schüssel mit warmem Wasser zu füllen und nahm dann das Trockentuch, während ich abwusch.

„Im Krankenhaus habe ich uns vorhin als die Guilfords vorgestellt. Das schien dir nicht zu gefallen. Habe ich etwas falsch gemacht? Hätte ich einen falschen Namen verwenden sollen?"

Seine Hand wurde langsamer, während sie über den Teller kreiste. „Nein. Theoretisch hättest du meinen Titel verwenden müssen. Ihr nennt mich alle Seth, aber draußen in der großen weiten Welt, bin ich Vickers. Guilford ist mein Familienname und den habe ich nicht mehr verwendet, seit mein Vater gestorben ist. Es klang seltsam in meinen Ohren, das ist alles."

Ich ließ meine Hände ins Wasser baumeln und starrte ihn mit offenem Mund an. „Du hast einen *Titel*."

Einer seiner Mundwinkel hob sich. „Ich dachte, das wüsstest du."

„Das hätte ich vielleicht wissen sollen, aber ich habe gerade erst die Puzzleteile zusammengesetzt. Es ist mir nie in den Sinn gekommen, dass *du* ein Lord bist. Niemand behandelt dich wie einen."

„Ich ziehe es vor, meinen Titel unter Freunden nicht zu benutzen. Abgesehen davon führt er mir nur vor Augen, wie tief ich gesunken bin." Er hielt mit einem Schulterzucken den Teller und das Tuch hoch.

„Oh, Seth, das tut mir leid."

„Muss es nicht. Es ist wie es ist."

„Was ist dein Stand?"

„Nur ein Baron, wie Harcourt."

„Also bist du Lord Vickers und stehst höher als wir alle hier in Lichfield."

Er schnaubte. „Nicht in diesem Haushalt. Der ist vermutlich der am meisten gleichberechtigte in ganz England. Wo sonst spricht eine Haushälterin ihren Arbeitgeber mit Vornamen an?"

Ich wurde rot. Das hatte er gehört? „Und wo sonst macht ein Baron den Abwasch?" Oder wo sonst hätte der uneheliche Sohn einer Zigeunerin mehr Macht als drei Lords und eine Lady im Komitee einer Geheimorganisation?

* * *

LINCOLN LUD die Witwe Lady Harcourt nicht zum Essen ein. Erst dachte ich, er hätte schlechte Manieren, bis mir einfiel, dass sie Mrs und Miss Overton zu sich eingeladen hatte in der Hoffnung, Lincoln würde dazustoßen. Er hatte abgelehnt, aber sie kam nur aus der Sache heraus, wenn sie vorgab, krank zu sein.

Was sie tat, wie sich herausstellte. „Meine Stiefmutter hat ihr Dinner verschoben. Sie behauptete, sie hätte Kopfschmerzen", sagte Lord Harcourt, als Gus ihm den Mantel abnahm und ich den seiner Frau. „Ansonsten hätten Marguerite und ich heute Abend nicht kommen können. Es wurde erwartet, dass wir mit ihren Gästen speisen."

„Bitte richten Sie ihr meine besten Wünsche für eine schnelle Genesung aus", sagte Lincoln. „Und Sie fühlen sich besser, Madam?"

„Nennen Sie mich Marguerite." Lady Harcourt spreizte ihren Fächer an ihre rosa Wange und sah ihn über den Rand an. Bei den meisten Frauen hätte das kokett gewirkt, aber Marguerite schien ihn ernsthaft abzuschätzen. Ich fragte mich, was sie heute über ihn dachte, gekleidet in seinen schicken Anzug.

„Nur, wenn Sie mich Lincoln nennen." Er verbeugte sich elegant und ich bewunderte ihn mal wieder dafür, wie er zu gegebenem Anlass, obwohl er scheinbar Formalitäten und Pomp verabscheute, seine Rolle so perfekt spielen konnte wie jeder andere Gentleman.

„Sie kicherte. Wahrscheinlich flirtete sie doch. Ich

zerknautschte ihren rot-schwarzen Samtmantel zwischen meinen Fingern und stand untergeben an der Wand, wo ich völlig unauffällig war; nicht weil es dunkel war—unmöglich bei den vielen Kerzen im Kronleuchter—sondern weil mich Lord und Lady Harcourt nicht beachteten. Für sie war ich unsichtbar. So sollte es auch sein, aber es nagte trotzdem an mir, insbesondere, da Lincoln und die anderen in Lichfield mich nie so behandelten.

Von hier aus konnte ich sie beobachten. Beide Gentlemen sahen in ihren Anzügen gut aus, wobei Lincoln der deutlich attraktivere Mann war. Seine mysteriöse und ernste Art verstärkte sein Aussehen auf eine Weise, die die meisten Frauen anziehend fanden, ohne erklären zu können, warum das so war. Lady Harcourt—Marguerite—sah in ihrem weinroten Seidenkleid mit den schwarzen Verzierungen an den Aufschlägen an Ärmeln, Kragen und Rock sehr hübsch aus. Der Bausch war riesig im Vergleich zu dem, den ihre Schwiegermutter trug, aber er passte zu ihrer Figur. Das Kleid war sehr hoch geschlossen, weswegen sie keine Halskette trug, aber ihre Rubinohrringe sorgten für genug Aufmerksamkeit, sodass kein weiterer Schmuck notwendig war. Sie hatte auch schwarze Perlen im Haar, die in den braunen Locken allerdings etwas untergingen. Die Korkenzieherlocken rahmten wieder ihr Gesicht ein.

Sie nahm Lincolns Arm, den er ihr anbot, und gemeinsam gingen sie vor ihrem Mann her in das Empfangszimmer. Ich folgte diskret und blieb vor der Tür stehen. Bei solchen Gelegenheiten wünschte ich, der Salon im ersten Stock wäre in Gebrauch. Es schien mir unpassend, das Empfangszimmer für so illustre Gäste zu benutzen. Mir war es egal, was sie von mir hielten, aber Lichfield Towers war ein wichtiges Herrenhaus am Rande Londons und Lincoln sollte mehr mit hochrangigen Personen verkehren. Vielleicht war es an der Zeit, über eine geeignete Einrichtung zu sprechen.

Ich wartete nur kurz, ehe ich ging, hörte jedoch Lady Harcourt darüber jammern, wie schwer es war, dieser Tage geeignete Lakaien zu finden. Ihr Mann erwiderte: „Es überrascht mich, dass Sie in London die gleichen Probleme haben, Fitzroy. Ich hätte gedacht, dass die Arbeitslosigkeit dafür sorgen würde, dass man ständig Nachschub an gutem Personal findet."

„Oh, Donald", ermahnte ihn seine Frau. „Lass uns doch nicht über so vulgäre Dinge reden."

Ich fragte mich, was sie sonst noch als zu vulgär betrachtete und wie Lincoln durch dieses Minenfeld an ungeeigneten Themen navigieren würde. Smalltalk lag ihm nicht gerade.

Ich zog mich in die Küche zurück und half dem Koch und den anderen mit dem Essen. Er hatte selten Gelegenheit, seine kulinarischen Fähigkeiten unter Beweis zu stellen, weswegen er jede Dinnerparty in ein fantastisches Erlebnis für die Gäste verwandelte. Heute Abend hatte er nicht weniger als fünf Gänge vorbereitet.

Lincoln überließ es dem Koch, das Menü auszuwählen, was üblicherweise die Aufgabe der Gastgeberin war. Er behauptete, es sei ihm egal, was auf den Tisch kam. Der Koch hatte angewidert den Kopf geschüttelt und die Vorbereitungen in die Hand genommen.

„Das ist Lichfields erstes Dinner, das nichts mit dem Komitee zu tun hat", sagte er. „Das machen wir ordentlich."

Dieser Ansage folgte ein Wirbel von Aktionismus, da es schon spät wurde. Seth und Gus wurden zum Schlachter, Lebensmittelhändler und anderen Läden geschickt, während der Koch mich über die Gerichte aufklärte, die er servieren wollte. Anfangs war es seltsam gewesen, vom Koch in die Planungen der wenigen Dinnerpartys des Komitees in Lichfield einbezogen zu werden, aber jetzt hatte ich mich daran gewöhnt. Allerdings wagte ich es nicht, Vorschläge zu machen. Meine Kenntnisse über Kochkünste waren extrem mager, und der Koch war nach eigener Aussage ein Meister, so gut wieder jeder französische Chefkoch.

„Da wird aber furchtbar viel übrigbleiben, selbst wenn wir uns unseren Teil nehmen", sagte ich, während ich sorgsam die Suppe aus dem Topf in eine Silberterrine umfüllte.

Seth legte den Deckel auf und nahm die Terrine. „Vielleicht können deine Waisenkinder-Freunde etwas abbekommen."

Ich hätte Stringer und die anderen Bandenmitglieder, bei denen ich vor meiner Entführung durch Lincoln gelebt hatte, nicht als Freunde bezeichnet, aber sie wären mit Sicherheit dankbar für das Essen. „Du kannst es ihnen morgen bringen."

Da würde ich nicht mitkommen. Ich hatte dieses Leben hinter mir gelassen und verspürte kein Verlangen, zurückzukehren. Abgesehen davon hatten sie mich als Jungen gekannt, nicht als Frau, und falls sie mich erkennen sollten, wäre es für uns alle peinlich.

Gus hatte bereits verkündet, dass das Essen fertig war, sodass die Drei schon saßen, als Seth und ich eintraten. Seth deponierte die Terrine auf der Anrichte und ich schöpfte Suppe in die Teller, die wir vor den Gästen und Lincoln absetzten.

Lord Harcourt beäugte Seth, als grübelte er darüber, wo er ihn schon einmal gesehen hatte. Ich konnte nicht sicher sagen, ob er darauf gekommen war, bis Seth wieder ging, aber die Falten verschwanden nie ganz von seiner Stirn.

Ich blieb im Esszimmer, um wie geplant zu lauschen, unsicher, wie Lincoln eine so delikate Angelegenheit ansprechen würde—eine Angelegenheit, die für den Essenstisch absolut unpassend war—allerdings wurde meine Neugier schnell befriedigt, als er schlicht sagte: „Es gab ein Vorankommen bei der Suche nach Ihrem Bruder, Harcourt."

Lady Harcourt schluckte ihre Suppe zu schnell herunter und hüstelte in ihre Hand. „Haben Sie ihn gefunden?"

„Noch nicht."

Sie wirkte enttäuscht. „Oh."

„Mach dir keine Sorgen, meine Liebe." Ihr Mann hob die Hand, als könnte er über den Tisch nach ihrer greifen, aber sie saßen zu weit auseinander. Er senkte sie wieder auf die weiße Damasttischdecke. „Um was für ein Vorankommen handelt es sich, Fitzroy?"

„Es ist eine recht delikate Angelegenheit." Er gewährte seinen Gästen nur eine kurze Pause, um diese Nachricht zu verdauen, ließ jedoch nicht zu, dass sie dem Thema auswichen. „Erinnern Sie sich daran, dass ich Sie nach einer Frau namens Estelle Pearson gefragt habe?"

Lady Harcourt wurde blass. Sie legte ihren Löffel ab, die Suppe nur halb gegessen. Ich trat etwas näher für den Fall, dass sie wieder ohnmächtig wurde. Es würde eine Sauerei geben, wenn sie mit dem Gesicht in der Suppe landete.

„Was ist mit ihr?", schnappte Lord Harcourt.

„Wir haben herausgefunden, dass sie als Hebamme in der Queen Charlottes Geburtsklinik gearbeitet hat." Dass er „wir" sagte, wärmte mir das Herz. Er hielt sich nicht länger für die einzige Person im Ministerium, was er noch getan hatte, als Seth und Gus seine einzigen Angestellten gewesen waren. Jetzt sprach er, als wären wir ein Team. „Wir konnten zweifelsfrei feststellen, dass sie Sie von einem kleinen Jungen entbunden hat, Marguerite, vor fünf Jahren."

Ein katzenhaftes Quäken entschlüpfte Lady Harcourts Hals. Sie presste ihre Finger an die Lippen und schaute ihren Mann flehentlich an.

„Mach dir keine Sorgen, meine Liebe", sagte er wieder, sanfter diesmal. „Ich kümmere mich darum." Er wandte sich mit finsterem Gesicht an Lincoln und sah aus, als wollte er von seinem Stuhl aufspringen und seinen Gastgeber verprügeln. „Was hat das zu bedeuten?"

Lincoln blieb ruhig, scheinbar unbeeindruckt, dass er seinen Gästen zu nahe getreten war. „Nur dass wir Buchanan finden wollen, und Miss Pearsons Name möglicherweise sein Interesse geweckt hat. Wir wollen wissen, warum."

„Miss Pearson und ihr Besuch in Emberly Park hat nichts mit meinem Bruder zu tun! Verstehen Sie? Das ist ungeheuerlich."

„Donald, bitte." Lady Harcourt wimmerte in ihre Serviette, was ihren Mann augenblicklich zum Schweigen brachte. Er lehnte sich in seinem Stuhl zurück und betrachtete seine Frau mit traurigem, besorgtem Blick. „Wenn es ihm hilft, Andrew zu finden, dann müssen wir Lincolns Fragen beantworten."

„Aber meine Liebe", sagte er, was ihn scheinbar große Überwindung kostete. „Es ist offensichtlich verstörend für dich."

„Ich bin stärker, als ich aussehe."

Ich bewunderte ihre Standhaftigkeit, füllte ihr Weinglas auf und schenkte ihr ein mitfühlendes Lächeln. Sie sah mich allerdings nicht an und bemerkte es demnach nicht.

Zu Lincoln sagte sie: „Was genau hat Miss Pearson Ihnen gesagt?"

„Estelle Pearson ist tot." Sie schnappte nach Luft, aber er sprach weiter. „Es war eine nahe Verwandte, die uns über die Verbindung zu Ihnen informierte."

„Aber sie hat versprochen, es keiner Menschenseele zu sagen!", jammerte Lady Harcourt. „Wie *konnte* sie nur?"

Lord Harcourt stand auf und ging zu seiner Frau. Ich packte die Gelegenheit beim Schopfe und stieß Lincoln an der Schulter an, um ihn mit einem Nicken zu ermutigen. Es war wichtig, zuzuschlagen, ehe sie beschlossen, zu gehen. Lady Harcourt war vielleicht erpicht darauf zu helfen, aber wenn ihr Mann seinen Willen durchsetzte, würden sie noch vor dem Hauptgang verschwinden.

„Ihr Geheimnis wird gewahrt", versicherte er ihr. „Wir wissen, dass das Kind voll ausgereift war, Marguerite, und dass es nur einen Tag alt wurde."

Lord Harcourt nahm die kraftlose Hand seiner Frau und tätschelte sie. „Das reicht, Fitzroy", knurrte er. „Keine weiteren Fragen. Sehen Sie nicht, wie erschüttert meine Frau ist?"

Lady Harcourt sah jedoch nicht länger erschüttert aus. Sie fixierte Lincoln mit einem tränenvollen, aber trotzigen Blick und sagte: „Hector. Das ist der Name, den wir ihm gegeben haben."

Ich machte den Mund auf, um ihr zu sagen, was für ein schöner Name das war, schloss ihn aber wieder. Sie wollte kein Mitgefühl von mir. Jegliche Art der zur Kenntnisnahme durch eine Angestellte wäre nur peinlich, also verhielt ich mich still und gab vor, nicht zuzuhören. Ich hoffte, Lincoln würde etwas Nettes sagen, aber das tat er nicht.

„Ich glaube, Lord Harcourt, Ihr Vater, hat irgendwie erfahren, dass das Kind kein Frühchen war. Er hat Estelle Pearson aufgesucht, um die Wahrheit herauszufinden und sie hat es bestätigt."

„Wie *konnte* sie nur", sagte Marguerite erneut, die Lippen vor Bitterkeit verzerrt. „Ich habe ihr vertraut. Sie wurde mir wärmstens empfohlen."

„Hat er Sie damit konfrontiert?", fragte Lincoln beide.

„Das geht Sie überhaupt nichts an", presste Lord Harcourt hervor.

„Wenn Sie Ihren Bruder finden wollen, dann schon."

„Ja, er hat uns konfrontiert", platzte Marguerite heraus. Sie zuckte zusammen, als die Hand ihres Mannes ihre Schulter drückte. „Wir haben ihm gesagt, dass Hector voll ausgereift, aber kränklich war und nicht lange gelebt hat. Das war alles. Er hat es nie wieder erwähnt." Sie nahm das Taschentuch ihres Mannes entgegen und tupfte sich damit die Augen ab. „Glauben Sie, es wird nützlich sein, um Andrew zu finden?"

„Alles ist nützlich."

Lord Harcourt brummte. „Es ist wesentlich wahrscheinlicher, dass sein Verschwinden etwas mit diesem verdammten übernatürlichen Orden zu tun hat, dem Vater angehörte."

Ich erstarrte.

„Was für ein Orden?", fragte Lincoln, nicht sehr geschmeidig. Lord Harcourts selbstgefälligem Gesicht nach zu urteilen, war es zu spät, Unwissenheit vorzutäuschen.

„Verkaufen Sie mich nicht für dumm, Fitzroy. Vater hat ihn vor Jahren erwähnt, als ich noch zur Universität ging. Viel hat er mir nicht erzählt. Ich sollte bei seinem Ableben angeblich eine wichtige Position erben. Das ist offensichtlich nicht geschehen und ich habe es vergessen, bis meine Stiefmutter mir sagte, dass in Andrews Zimmer Bücher über Okkultes gefunden wurden."

„Das hat sie erwähnt", sagte Lincoln gepresst.

„Hat sie. Etwas klingelte in meiner Erinnerung und ich fragte sie danach. Sie hat mir gesagt, was der Orden—das Ministerium — tut und dass *sie* Vaters Position geerbt hat." Der Baron schüttelte den Kopf und murmelte: „Alter Dummkopf."

„Ich verstehe nicht." Marguerite war wieder blass geworden, ihre Lippen so blutleer wie die einer Leiche. „Was ist das für ein Ministerium? Ist es gefährlich?"

Lord Harcourt nahm ihre Hand in seine Hände und beugte sich zu ihr herab. „Mach dir keine Sorgen, meine Liebe", sagte er sanft. „Darüber musst du dir keine Gedanken machen. Andrew wird schon wieder auftauchen. Das tut er immer. Du weißt doch, wie er ist."

Sie biss sich auf die Lippe und nickte ihrer kalten Suppe zu. „Ja, natürlich. Du hast recht, Donald. Das hast du immer."

Das Vertrauen seiner Frau schien ihn aufzurichten. Er schob sein Kinn in Richtung Lincoln. „Wenn ich nach einem Grund für Andrews Verschwinden suchen würde, dann würde ich die Richtung ändern und meine Frau außen vor lassen. Ihr Ministerium ist mir völlkommen egal, ebenso wie die Tatsache, dass ich bei diesem Posten zugunsten meiner Stiefmutter übergangen wurde. Das ist allerdings eine Sache, die Andrew ärgern würde. Gott weiß, er hat genug Gründe, einen Groll gegen unseren Vater zu hegen. Das hier ist nur ein weiterer."

Ich fragte mich, ob er darauf anspielte, dass sein Vater Andrew seine Geliebte ausgespannt hatte oder doch nur, dass sein Erbe—Harcourt House in Mayfair—statt an ihn an Julia gegangen war.

„Wenn Sie uns jetzt entschuldigen würden, meine Frau hat Kopfschmerzen. Sie ist nicht in der Lage, das Dinner fortzusetzen." Er zog Marguerites Stuhl zurück, während sie aufstand, und begleitete sie zur Tür, wo er innehielt und mich mit hochgezogenen Augenbrauen ansah.

Es dauerte einen Moment, ehe ich mich an meine Pflicht erinnerte, ihre Mäntel zu holen. Vor der Tür begegnete mir Seth, der ein Tablett mit Austern und Shrimps trug. „Bring das zurück in die Küche", flüsterte ich. „Sag dem Kutscher der Harcourts, dass er vorfahren soll."

Er warf einen Blick über meinen Kopf und ging ohne ein Wort.

„Ihr Lakai kommt mir bekannt vor", sagte Lord Harcourt, als ich ihm seinen Mantel reichte.

„Er ist nicht mein Lakai", sagte Lincoln. „Er ist mein Assistent. Lichfield Towers ist unterbesetzt, weswegen er gelegentlich andere Aufgaben übernimmt."

Ich half Lady Harcourt in ihren Mantel und machte einen Knicks. Sie drehte sich um und dankte Lincoln, wobei sie sich für ihre Anfälligkeit entschuldigte. Ihr Mann bedankte sich ebenfalls. Es war ein merkwürdiger Tanz der Etikette. Nach den Spannungen im Esszimmer hatte ich erwartet, dass sie wortlos hinausstürmen würden, aber sie taten so, als wäre nichts geschehen. Der Adel war äußerst seltsam.

Die Wagenräder knirschten auf dem Kies und ich öffnete die Tür und verabschiedete sie mit einem weiteren Knicks. Lincoln brachte sie hinaus und Seth, der mit der Kutsche nach vorn gekommen war, hielt ihnen die Tür auf und half Lady Harcourt die Stufen hinauf.

„Also das war ja wohl die Höhe der Unhöflichkeit", sagte

Seth und schloss die Tür, nachdem sie weg waren. „Lag es an der Suppe?"

„An Fitzroys Fragen."

Seths Mund formte ein O.

„Ich kann es ihnen nicht übelnehmen, dass sie gegangen sind", sagte ich. „Wenn man mich so unverfroren konfrontiert hätte, wäre ich auch gegangen. Vielleicht hätte er bis zum Nachtisch warten sollen."

In Lincolns Augenwinkeln bildeten sich Fältchen, fast als würde er lächeln. „Ein Gang in ihrer Gesellschaft war genug."

„Das war noch nicht einmal ein vollständiger Gang! Keiner hat seine Suppe aufgegessen."

Er ging in Richtung Esszimmer. „Wie gesagt, das war genug."

„Sie sollten wirklich die Kunst des Smalltalks erlernen."

„Und wie man antwortet, ohne wirklich zuzuhören", fügte Seth hinzu, der uns folgte. „Es erspart einem die Langeweile. Man muss nur im richtigen Moment nicken oder Allgemeinheiten äußern, die auf jedes Thema passen. Den Trick habe ich gelernt, als ich noch gezwungen war, öde Partys voller Leute mit öden Debütantinnen auf der Suche nach einem Ehemann zu ertragen."

„Jetzt ist noch viel mehr Essen übrig", sagte ich, während ich die Suppenschüsseln einsammelte. „So eine Schande, wo der Koch sich solche Mühe gegeben hat. Und das Esszimmer sah nie prächtiger aus." Ich hatte über eine Stunde damit zugebracht, alles zu dekorieren und das beste Silberbesteck und Porzellan einzudecken. Seth hatte mich angewiesen, welche Gabeln, Löffel und Messer wo hingehörten. Allein schon die Servietten zu falten hatte Ewigkeiten gedauert, obwohl ich es aufgegeben hatte, einen Schwan zu basteln und sie stattdessen einfach aufgestellt hatte. Der Herbstgarten hatte nicht viel Farbiges zu bieten, weswegen die Mitte des Tisches nicht so hübsch war, wie ich es gern gehabt hätte, aber die Ananas, die Gus vom Händler mitgebracht hatte, sorgte für etwas Exotik.

„Du hast recht, es sollte nichts vergeudet werden", sagte Lincoln. „Wir werden hier alle gemeinsam essen."

Wir alle, inklusive dem Koch, saßen an dem langen Mahagonitisch und schlemmten Austern und Shrimps, gefolgt von einem Sorbet, um den Gaumen zu reinigen. Bevor ich nach Lichfield gekommen war, hatte ich noch nie von Sorbet gehört, aber mit seinem Zitronengeschmack war es schnell zu meinem Lieblingsgericht geworden. Sobald unsere Gaumen ausreichend erfrischt waren, bedienten wir uns an Roastbeef und Hühnchen, dazu Hummersalat und Gemüse. Ich wünschte, ich hätte mir für den Nachtisch Platz gelassen, als der Koch und Gus Apfelstrudel und Kuchen, Eis und Käse hereintrugen.

„Wehe ihr lasst mir nichts bis morgen übrig", sagte ich, während ich zusah, wie Gus sich ein ganzes Törtchen in den Mund stopfte.

„In der Küche ist genug Essen, um halb London satt zu kriegen", sagte Seth. „Dir entgeht schon nichts."

„Also, was machen wir jetzt?", fragte Gus. „Wegen Buchanan, meine ich. Glaub ja nich, dass wir näher an ihm dran sind als vorher."

Lincoln hatte Gus und den Koch über unsere Konfrontation mit den Harcourts in Kenntnis gesetzt, aber während des Essens war er still gewesen. Vielleicht machte er sich genau die gleichen Gedanken wie Gus.

„Ich glaube, Harcourt liegt richtig", sagte Seth und tupfte sich den Mund mit einer Serviette ab. „Das Verschwinden seines Bruders hat mehr mit seinem plötzlichen Interesse am Übernatürlichen zu tun als mit diesem Baby. Wir wissen noch nicht einmal, ob er überhaupt etwas über Estelle Pearson und ihren Besuch in Emberly Park herausgefunden hat. Es ist ja nicht so, als könnte er ihren Geist beschwören und sie fragen."

Gus streckte seine Beine unter den Tisch und lehnte sich zurück, die Hände auf dem Bauch verschränkt. „Sehe ich auch so. Hat vermutlich im Tagebuch von seinem Vater vom Ministerium gelesen und dann den ganzen anderen Kram gefunden, Bücher und Anhänger und so. Er wollte mehr wissen und hat mit Mächten rumgespielt, die er nich kapiert und is verschwunden." Er rülpste. „Gott, mein Magen tut weh."

Seth verzog das Gesicht. „Du bist ein Ferkel."

„Du hast genauso viel gefuttert wie ich."

„Aber mich siehst du am Esstisch keine widerlichen Laute ausstoßen."

„Wie ist er verschwunden?", fragte ich, bevor sie sich in die Haare kriegten. „Und wohin?"

„Wenn wir das wüssten, würden wir nich hier sitzen und uns vollstopfen."

„Mr Fitzroy? Was denken Sie?"

„Dass wenn ich Buchanan wäre und ein Eintrag im Tagebuch meines Vaters mich neugierig gemacht hätte, dann würde ich versuchen, mehr darüber herauszufinden. Und zwar von jemandem, der ihn besser kannte als ich."

„Seine Frau", schlug ich vor.

„Oder der Bruder", sagte Seth.

„Beide haben nicht erwähnt, dass sie mit ihm über das Ministerium gesprochen haben."

Lincoln schüttelte den Kopf. „Ich meinte, er würde sich in ihre Zimmer schleichen und sie in ihrer Abwesenheit durchsuchen, oder die Post abfangen, Diener befragen, solche Dinge."

„Oder er hätte sie direkt fragen können", sagte ich.

Seine linke Augenbraue schoss hoch. „Wir wissen nicht, ob Buchanan sich mehr wie du oder ich verhalten würde, oder eine Kombination aus beidem."

„Wie finden wir das heraus?"

„Wir werden sie morgen befragen."

„Wenn sie jetzt noch mit Ihnen reden wollen. Sie sind wohl kaum noch auf der Liste ihrer Lieblingspersonen."

* * *

Die Witwe Lady Harcourt ersparte Lincoln die Mühe, sie zu besuchen, indem sie am folgenden Morgen in Lichfield vorstellig wurde. Wieder ganz in Schwarz gekleidet, die Haare streng unter ihren kleinen Hut gesteckt und das Gesicht verkniffen, erinnerte sie mich an einen Raben, der sich gleich auf eine nichtsahnende Maus stürzen wollte.

Doch Lincoln war keine Maus. Er empfing sie an der Tür und lud sie ins Empfangszimmer ein, wo ich gerade den Kamin ausgeräumt hatte. Sie begrüßte mich mit einem knappen Nicken, ohne Lächeln, und wartete darauf, dass ich ging. Das tat ich, blieb allerdings auf der anderen Seite der Tür außer Sichtweite stehen. Lincoln würde sicher nichts dagegen haben, dass ich lauschte. Nicht, nachdem er es mir den Abend zuvor erlaubt hatte. Wie auch immer, wenn er Privatsphäre wollte, sollte er mit ihr in den Garten gehen.

„Was ist gestern Abend in dich gefahren?", fragte sie, ihr Ton irgendwo zwischen ungläubig und neugierig. „Donald und Marguerite haben mir erzählt, du hättest einige sehr unverschämte Fragen gestellt und jetzt halten sie dich für vulgär. Du musst dich umgehend bei ihnen entschuldigen."

„Ich habe lediglich versucht, den Aufenthaltsort von Buchanan zu ermitteln."

„Andrews Verschwinden hat nichts mit Donald oder Marguerite zu tun!"

„Woher weißt du das?"

„Weil … weil …" Sie schnalzte mit der Zunge. „Du provozierst mich absichtlich. Natürlich wissen sie nicht, wo er sich aufhält."

„Ich habe ihnen nicht unterstellt, dass sie es wissen, lediglich, dass er ihr Geheimnis entdeckt haben könnte und im Zuge des Versuchs, mehr darüber zu erfahren, verschwunden ist."

„Welches Geheimnis?"

„Julia, du weißt genau, dass ich dir das nicht sagen kann."

„Kannst du, du willst nur nicht." Nach einem Moment des Schweigens seufzte sie. „Jeder hat Geheimnisse, nehme ich an. Ich bin nur überrascht, dass Marguerite und Donald eins haben. Sie sind so … gewöhnlich. Langweilig. Ich frage mich …"

„Fragst dich was?"

Ich beugte mich näher zur Tür.

„Ich frage mich, ob du eventuell auf dem richtigen Weg bist."

„Bezüglich Buchanan und seinem Interesse an ihrem Geheimnis?"

„Ich bin mir nicht sicher, ob es wichtig ist oder nicht, aber angesichts dessen, was du gerade gesagt hast, ist es das vielleicht. Mein Kutscher hat mich gestern darüber informiert, dass Andrew am Morgen seines Verschwindens zur Paddington Station gefahren werden wollte."

Es gab eine Pause, dann sagte Lincoln: „Die Züge des Greater Western Railway fahren von Paddington ab und durchqueren Oxfordshire."

„Genau. Es gibt nicht weit von Emberly Park einen Bahnhof."

Ich kniff die Lippen zusammen, um keinen Laut von mir zu geben. Endlich machten wir Fortschritte.

„Hat dein Kutscher die Wichtigkeit dieser Information vorher nicht erkannt?", fragte Lincoln.

„Nein, denn er hat Andrew nie irgendwo hingefahren. An dem Tag hat er mich gefahren, weißt du? Deswegen hatte er nicht mehr daran gedacht. Er sagte, er hätte das Gespräch bis gestern Abend völlig vergessen."

„Es ist möglich, dass Buchanan stattdessen eine Kutsche gemietet hat."

„Ja, das ist möglich, sogar wahrscheinlich. Aber er kann nicht in Emberly Park angekommen sein, denn sonst hätten Donald oder Marguerite doch etwas gesagt."

„Es sei denn, sie möchten nicht, dass wir es wissen."

Bei Lady Harcourts kehligem Lachen stellte ich mir vor, wie sie Lincolns Hand nahm und ihn mit ihren Wimpern an klimperte. „Du bist allen gegenüber so misstrauisch. Oder *fast* allen." Das Lachen erstarb, ihr Ton wurde scharf. „Deine eigenen Angestellten scheinen deinem Misstrauen zu entgehen."

„Tun sie das?", fragte er gedehnt. „Du kannst meine Gedanken lesen?"

Sein Vorwurf brachte sie zum Schweigen.

„Bitte übermittle deinem Stiefsohn und seiner Frau meine Entschuldigung", fuhr er fort. „Aber ich versichere dir, meine Fragen waren notwendig."

Sie seufzte. „Warum entschuldigst du dich nicht persönlich? Speise mit uns heute Abend in Harcourt House."

„Ich bezweifle, dass meine Anwesenheit willkommen wäre."

„Unsinn. *Mir* ist sie willkommen. Ist es nicht das, was zählt?"

Schweigen.

„Komm zum Abendessen, Lincoln. Bitte. Du kannst Donald direkt fragen, im Billardzimmer, ob Andrew jemals in Emberly angekommen ist."

„Wenn er bis jetzt darüber geschwiegen hat, bezweifle ich, dass weitere Fragen Ergebnisse bringen."

„Komm zum Essen und versuche es trotzdem. Ich bin mir sicher, du wirst erkennen, ob er lügt oder nicht. Du hast da ein Gespür für."

Was hatte sie vor? Gerade eben war sie noch über Lincolns mangelnde Manieren empört gewesen und jetzt ermutigte sie ihn, Lord Harcourt weiter zu befragen, und das bei einem weiteren Essen. Schlimmer noch, sie riet ihm, Lord Harcourt ins Gesicht zu sagen, dass er den Besuch seines Bruders in Emberly vertuscht hatte. Warum?

„Um wie viel Uhr?", fragte Lincoln.

Er stimmte zu?

„Halb neun. Wir werden um neun speisen." Ihre Röcke raschelten und ich sauste quer durch die Eingangshalle und schlüpfte in den Flur, der zum Dienstbotenbereich führte.

Ich wartete, bis ihre Kutsche davongerollt war. Dann fing ich Lincoln ab, als er wieder hereinkam. Er wirkte nicht überrascht, mich zu sehen. „Sie hat etwas vor", sagte ich. „Das konnte ich an ihrem Tonfall hören."

„Ich weiß." Er wollte weggehen, aber ich hielt ihn am Arm auf.

„Wenn Sie glauben, dass sie versteckte Gründe für die Einladung hat, warum gehen Sie dann hin?"

Er sah mich an, als wäre ich ein Trottel. „Um herauszufinden, was das für Gründe sind."

„Oh. Ja. Vermutlich." Ich ließ ihn los. „Warum bin ich nicht darauf gekommen?"

„Ich weiß nicht." Er stieg die Treppe hinauf, aber nicht ehe ich seine Mundwinkel hatte zucken sehen. „Normalerweise ist das arglistige Sammeln von Informationen deine Spezialität."

KAPITEL 9

Ich wachte bei Sonnenaufgang am folgenden Morgen auf, aber Lincoln war bereits in der Küche, als ich nach unten kam, und bereitete Schinken und Eier zu. Der Mann brauchte sehr wenig Schlaf. Ich hatte ihn nach dem Dinner nicht zurückkommen hören, da ich nach meiner durchwachten Nacht so müde gewesen war, dass ich tief und fest geschlafen hatte.

„Essen Sie das alles allein?", fragte ich, während ich an ihm vorbei auf die fünf Scheiben Speck schaute, die in der Pfanne brutzelten. Daneben kochten drei Eier.

„Jetzt nicht mehr."

Ich holte einen zweiten Teller und Eierbecher und gestattete ihm, mich zu bedienen. Ich nahm den Platz, der dem warmen Herd am nächsten war, und er setzte sich auf den anderen. Die Kälte schien er nicht zu spüren. Als ich ihn kennengelernt hatte, war er mir mehr wie eine Maschine als wie ein Mensch vorgekommen, gefühllos und fast ohne Bedürfnisse, und manchmal hatte ich noch immer das Gefühl, dass ich den Mann hinter der Maske nicht kannte. Wenigstens wusste ich inzwischen, dass er fast immer eine Maske trug.

„Wie war das Essen?", fragte ich.

„Brauchbar. Unser Koch ist besser."

„Das sollten Sie ihm sagen. Es würde ihm sehr viel bedeuten."

Er bedachte das einen Moment und nickte dann.

„Ich bezog mich allerdings auf den Gesprächsteil des Essens. Hatten Sie Gelegenheit, Lord Harcourt zu fragen, ob Buchanan in Emberly Park angekommen ist?"

„Nein. Ich saß beim Essen nicht in seiner Nähe und danach hat er mich gemieden."

„Aber Sie waren doch nur zu zweit. Waren Sie nicht allein mit ihm im Billardzimmer?"

Er schüttelte den Kopf, während er seinen Speckstreifen durch schnitt. „Zwei weitere Gentlemen waren eingeladen, um die Zahl auszugleichen."

„Aber es waren doch schon zwei Herren und zwei Damen. Das ist eine ausgeglichene Zahl, auch wenn sie sehr klein ist."

„Vier Damen, vier Herren. Julia hatte die Overtons eingeladen—Mister, Misses und Miss—und einen älteren Herrn namens Matthews."

Ich hatte gerade mein Ei köpfen wollen, aber seine Nachricht ließ meine Hand abrutschen. Das Ei kippte mitsamt dem Eierbecher um und verteilte flüssiges Eigelb auf dem Tisch. Hastig richtete ich den Becher auf, stellte das Ei wieder hinein und griff nach einem Lappen, um das Eigelb aufzuwischen.

Lincoln beobachtete mich unter seinen langen, dichten Wimpern. „Ich war so überrascht wie du. Julia hat mich nicht vorgewarnt."

Wahrscheinlich, weil sie wusste, dass er ablehnen würde. „Sie scheint sehr darauf erpicht zu sein, dass Sie und Miss Overton sich ... besser kennenlernen."

„Das ist mir aufgefallen."

„Und haben Sie sich gestern Abend besser kennengelernt?"

„Nein."

„Lady Harcourt hat Sie doch bestimmt nebeneinandergesetzt."

„Das hat sie, mit der Mutter auf der anderen Seite. Sie stellten schnell fest, dass ich ein furchtbarer Dinnergast bin, und gaben ihre Gesprächsversuche mit mir auf."

„Haben Sie überhaupt versucht, ein anständiges Gespräch zu führen? Oder haben Sie es absichtlich sabotiert?"

„Ich gebe meine Geheimnisse nicht preis." Seine Augen glänzten wie polierte Kohle.

Ich konnte mir ein Lächeln nicht verkneifen, obwohl es so schnell verschwand, wie es aufgetaucht war. „Die arme Miss Overton. Glauben Sie, sie wird es jetzt aufgeben und ihr Herz jemand anderem zuwenden?" Oder war sie so von ihm eingenommen, dass sie ihm sich weiter an den Hals warf? Das war leider absolut möglich. Ich für meinen Teil konnte mir nicht vorstellen, meine Zuneigung beiseite zu schieben und über einen anderen Mann nachzudenken.

„Ich vermute, dass das nicht in Miss Overtons Hand liegt, sondern in der ihrer Mutter. Und vielleicht in Julias, in gewissem Maße. Sie hat noch nicht akzeptiert, dass ich ein hoffnungsloser Fall bin, völlig ungeeignet für die Ehe."

„Das sind Sie nicht, Lincoln. Nicht im Geringsten." Ich hob meine Gabel, als er protestieren wollte. „Können wir über etwas anderes reden? Bitte? Ich möchte den alten Kram nicht wieder aufwärmen. Dann streiten wir uns nur wieder und das mag ich nicht."

„Ich auch nicht." Er erhob sich. „Tee?"

„Ja, bitte. Also sind wir bei der Suche nach Buchanan wieder in einer Sackgasse gelandet."

„Nicht ganz", sagte er mit dem Kessel in der Hand. „Ich nehme direkt nach dem Frühstück den Zug nach Emberly Park." Er warf einen Blick auf die Uhr auf der Anrichte. „Seth oder Gus wird mich zum Bahnhof bringen, selbst wenn ich einen von ihnen dazu aus dem Bett zerren muss."

Seth trat in diesem Moment ein, die Hand auf dem Mund, um ein Gähnen zu verdecken.

„Wenn man vom Teufel spricht", sagte ich.

Seth blinzelte verschlafen. „Hä?"

„Du fährst Mr Fitzroy und mich heute Morgen zur Paddington Station. Los, iss auf, sonst kommen wir zu spät. Um wie viel Uhr fährt der Zug?", fragte ich Lincoln.

„Es ist unschicklich, wenn du mich begleitest", erwiderte er finster.

Das war kein eindeutiges Nein, was ich als positives Zeichen auffasste. „Es ist unschicklich, dass ich hier mit vier Männern lebe, und doch tue ich es, Lincoln", sagte ich. Seinen Vornamen benutzte ich mit Absicht, obwohl Seth zuhörte. „Lassen Sie mich dabei sein. Ich glaube, ich könnte mich nützlich machen bei der Befragung der Dienerschaft, wovon ich annehme, dass es auf Ihrer Agenda steht." Bei meinem fragenden Blick nickte er. „Wir wissen alle, dass ich besser mit Menschen umgehen kann als Sie."

Nach einem gespannten Schweigen, währenddessen sein Blick nicht von meinem wich, gab er schließlich nach. „Lass es mich nicht bereuen."

„Danke", sagte ich so würdevoll wie ich konnte, obwohl ich viel lieber einen Siegesschrei ausgestoßen hätte.

„Packe alles für eine Übernachtung im Dorf. Du wirst dich als meine Schwester ausgeben."

„Wir sehen uns überhaupt nicht ähnlich. Das glaubt uns niemand."

„Dann eben mein Mündel. Das ist nahe genug an der Wahrheit."

So hatte ich unser Verhältnis noch nie betrachtet. In meinen Augen war ich erwachsen, auch wenn das Gesetz das anders sah. Ich würde meine Volljährigkeit erst mit einundzwanzig erreichen. Das warf allerdings eine interessante Frage auf—wer war mein gesetzlicher Vormund? Mein leiblicher Vater war tot und falls ich andere lebende männliche Verwandte hatte, wusste ich nichts von ihnen. Anselm Holloway war sicherlich mein Vormund gewesen, als er mich aufgenommen hatte, aber da er mich verstoßen hatte, war das noch relevant? Und machte es überhaupt einen Unterschied, ob ich einen Vormund hatte oder nicht? Alle meine Bedürfnisse wurden von Lincoln gedeckt. Ich besaß nichts, nicht einmal die Kleider auf meinem Leib.

„Können wir nicht einfach sagen, dass ich Ihre Assistentin bin?", fragte ich.

Lincoln blinzelte, was ich als Zustimmung auffasste.

Seth seufzte. „Es scheint, du erledigst mehr Ministeriumsarbeiten, Charlie, was bedeutet, dass du weniger Zeit für die Hausarbeit hast."

„Keine Sorge", sagte ich zu ihm. „Ich lasse dir nur die schmutzigsten Aufgaben übrig. Ich weiß, dass du sie liebst."

Er stöhnte.

* * *

DIE ZUGFAHRT zum Dorf Harcourt in Oxfordshire dauerte etwas weniger als zwei Stunden und wir beide lasen fast die gesamte Fahrt, auch wenn ich regelmäßig prüfte, ob Lincoln mich ansah. Er tat es nicht.

Wir hatten uns Zimmer im Gasthaus Fox and Hound genommen, das nicht weit vom Bahnhof entfernt lag. Die Schlafzimmer waren durch ein separates Wohnzimmer getrennt, das man von beiden Schlafzimmern aus betreten konnte. Lincoln hatte um vollständig getrennte Räume gebeten, die nicht in irgendeiner Weise verbunden waren, aber der Gastwirt sagte, es gäbe keine. Wenn wir ein Wohnzimmer wollten, dann gab es nur diese Möglichkeit. Ich stimmte dem schnell zu, ehe Lincoln verkünden konnte, dass wir es in einem anderen Gasthaus versuchen würden.

„Mein Fuß schmerzt ein wenig", log ich. „Ich möchte nicht das ganze Dorf abklappern, um eine andere Unterkunft zu finden. Abgesehen davon, ist das Fox and Hound sehr charmant." Ich lächelte den Wirt an, als ich das sagte, und er lächelte zurück und überreichte mir einen Schlüssel.

„Das ist es, Miss. Das Fox ist das älteste und beste Gasthaus im Umkreis. Sie werden nirgends sonst ein so gemütliches Kaminfeuer finden wie bei uns im Speisesaal, und unsere Betten sind sauber, was ich von anderen Gasthäusern nicht unbedingt behaupten kann. Essen Sie heute Abend auf jeden Fall bei uns und genießen Sie die Spezialitäten unseres Kochs. Sie werden nicht enttäuscht sein."

„Ich freue mich schon darauf."

Er führte uns eine schmale Treppe hinauf, die in der Mitte über die Jahrhunderte von unzähligen Stiefeln abgenutzt war. Lincoln musste den Kopf einziehen, als wir aus dem Erdgeschoss ins Obergeschoss kamen, denn er streifte beinahe die dicken, schwarzen Balken an der Flurdecke. Der Wirt brachte uns in unsere Zimmer und zog sich zurück. Nach fünfzehn

Minuten klopfte Lincoln an die Tür, die in das Wohnzimmer führte.

„Bist du so weit?", rief er.

„Ich holte nur meinen Mantel und die Handschuhe."

Einige Minuten später waren wir draußen und hielten eine Droschke an, die uns nach Emberly Park brachte, einige Meilen westlich des Dorfes. Die Bezeichnung „Droschke", wie sie haufenweise in Londons Straßen zu finden waren, traf nur vage auf das Gefährt zu. Es war eher ein grober Karren, der zufällig zum Anwesen fuhr, um Säcke mit Mehl, Tee, Zucker und anderen Vorräten zu liefern.

Ich saß auf der einen Seite des schielenden, buckligen Fahrers und Lincoln auf der anderen. Zum Glück war es ein schöner, sonniger Herbsttag, wenn auch ein kühler, und wir benötigten keinen Schutz vor dem Wetter.

„Gehört das Dorf Lord Harcourt?", fragte ich, während wir die Hauptstraße entlangfuhren, die sowohl mit alten als auch neuen Läden gespickt war. Drei davon waren im schmalen schwarz-weißen Tudorstil erbaut und neigten sich etwas betrunken nach rechts. „Es ist sehr hübsch."

„Ihm gehören hier und da ein paar Gebäude", sagte der Fahrer.

„Ist er ein guter Grundherr?"

Er zuckte mit den Schultern. „Keine Ahnung, mir egal. Is ja nich *mein* Grundherr."

„Lebt die Familie Buchanan schon lange hier?"

„So lange jeder, der hier lebt, sich erinnern kann, und noch viel länger."

„Die Baronatswürde wurde nach dem Dorf benannt, als sie vor etwas mehr als einem Jahrhundert an die Familie Buchanan verliehen wurde", erklärte Lincoln. "Sie lebten jedoch schon zwei Jahrhunderte vorher in Emberly Park."

„Sie kennen ihre Geschichte aber gut."

„Ich kenne die Geschichte jeder Adelsfamilie im Britischen Königreich. Mein Tutor in dem Fach stellte sicher, dass ich die Stammbäume auswendig lerne."

„Das klingt furchtbar."

„War es nicht."

Vermutlich, weil er ein hervorragendes Gedächtnis hatte. „Kommt der Bruder des Barons oft hierher?", fragte ich den Fahrer.

„Wüsste ich nichts von."

„Wissen Sie, ob er kürzlich hier war, etwa vor einer Woche?"

„Nein."

Wir hatten den Bahnhofsvorsteher bereits gefragt, aber der behauptete, nicht zu wissen, wie Buchanan aussah, da er ihn in dem Jahr, seit er ins Dorf gezogen war, nicht kennengelernt hatte. Wir konnten noch nicht ausschließen, dass Buchanan mit dem Zug angekommen war. Noch nicht.

Ich schwieg, während wir an strohgedeckten Häuschen vorbei über eine Steinbrücke aus dem Dorf hinausfuhren, die einen sanft dahinplätschernden Bach überquerte. Die wunderschöne Landschaft beeindruckte mich viel zu sehr, um zu versuchen, mit den beiden schweigsamsten Menschen in ganz England Konversation zu betreiben. Die Sonne strahlte durch das Herbstlaub, das sich noch an die Ulmen klammerte, und verwandelte es in leuchtendes Gold. Hinter den Bäumen erstreckten sich grüne Hügel wie ein weicher Teppich in die Ferne, hier und da unterbrochen von ein paar Schafen oder einer Hecke.

Ich atmete tief ein und saugte die sauberste Luft in meine Lungen, die ich je erlebt hatte. Die Farben waren ebenfalls viel lebendiger als in der Stadt, als ob jemand die Bäume, das Gras und den Himmel in die gleichen Farben getaucht hätte, mit denen man Seidenkleider und Westen färbte. Ich hatte gedacht, dass die Ländereien von Lichfield Towers makellos waren—und im Vergleich zu London waren sie das auch—aber *das hier* war magisch. Falls es Feen gab, würden sie ganz bestimmt hier wohnen.

„Du warst noch nie auf dem Land", sagte Lincoln leise.

Der Fahrer warf ihm einen kurzen Blick zu und konzentrierte sich dann wieder auf das Pferd und die Straße.

„Noch nie so weit aus London heraus", sagte ich. „Ist ganz England so?"

Der Fahrer schnaubte und ich bereute es sofort, gefragt zu haben. Ich klang so einfältig. Lincoln war schon auf dem Kontinent gewesen und möglicherweise noch weiter. Er musste mich für kindisch halten. Der Fahrer tat es auf jeden Fall.

„Die Landschaft ändert sich, was von verschiedenen Faktoren abhängt wie dem Wetter, dem Boden, der Nähe zum Meer sowie von Bergen und anderen natürlichen Gegebenheiten."

Ich atmete wieder tief ein und beobachtete einen kleinen Vogel, der in einer seichten Pfütze am Wegesrand ein Bad nahm. „Eines Tages fahre ich ans Meer."

Ich dachte, er hätte mich nicht gehört, doch dann sagte er plötzlich hastig: „Ich bringe dich hin."

Über den Kopf des Fahrers hinweg warf ich ihm einen Blick zu, aber er schaute schnell weg.

„Da ist Emberly."

Ich folgte seinem Nicken zu einem großen Gebäude auf einem Hügel. Die sanften, grauen Steinflügel streckten sich wie die schlanken Arme einer Tänzerin. Hinter dem Eisentor umrundete die Einfahrt eine Rasenfläche. Kein Rauch stieg aus den dutzenden von Schornsteinen auf, und die Vorhänge der Bogenfenster waren zugezogen. Wir wurden auch von keinem Lakaien begrüßt. Das Haus wirkte verlassen.

Lincoln sprang vom Wagen, noch ehe er angehalten hatte und kam, um mir zu helfen, als wäre ich eine Lady. Ich durfte meine Rolle nicht vergessen und nicht in Verhaltensmuster verfallen, die ich mir während meiner Zeit in den Jungenbanden angeeignet hatte. Während mein Akzent in den letzten zwei Monaten wieder die Mittelschicht-Färbung meiner Kindheit angenommen hatte, waren andere Gewohnheiten nicht so leicht zu übernehmen, wie mit kleinen, ordentlichen Schritten zu gehen und meine Haare in Ordnung zu halten.

Der Fahrer fuhr mit den Karren davon, als die Haustür geöffnet wurde. Ein silberhaariger Mann im Frack trat heraus. Die Haltung seines Kinns und der klare, direkte Blick verliehen ihm Autorität, die allerdings dadurch untergraben wurde, dass seine Wangen gerötet waren und er keuchte. Er musste zur Tür gerannt sein.

„Guten Tag, Sir", sagte er im blumigsten Adelsakzent. „Kann ich Ihnen behilflich sein?"

„Ich bin Lincoln Fitzroy, ein Freund der Witwe Lady Harcourt, und das hier ist meine Assistentin, Miss Holloway. Sie sind?"

„Der Butler, Yardley. Ich fürchte, Lord und Lady Harcourt sind in London."

„Das wissen wir. Ich habe gestern Abend mit ihnen gespeist. Wir sind nicht hier, um sie zu sehen, sondern um mit Ihnen zu sprechen."

„Mit mir?"

„Und den anderen Angestellten. Wir suchen nach Andrew Buchanan."

„Er ist nicht hier, Sir." Der arme Mann wirkte furchtbar verwirrt und Lincoln erklärte sein Anliegen nicht gerade gut.

„Haben Sie ihn in letzter Zeit gesehen?", fragte er.

„Seit mehr als einem Jahr nicht mehr. Er kommt selten nach Emberly."

„Sind Sie sicher? Es wäre vor einer Woche gewesen."

„Ganz sicher, Sir", sagte Yardly.

„Darf ich die anderen Angestellten befragen?"

Die Wangen des Butlers bebten vor Empörung. „Ich fürchte nicht, Sir. Nicht ohne die Erlaubnis seiner Lordschaft."

„Er ist nicht hier." Die stählerne Härte in Lincolns Stimme war ein sicheres Zeichen, dass seine Frustration stieg. „Haben Sie nicht in seiner Abwesenheit das Sagen?"

„Sch-schon, aber—"

„Ich versuche, den Bruder seiner Lordschaft ausfindig zu machen. Wollen Sie mich davon abhalten?"

„Nein!"

Ich hakte mich bei Lincoln ein. „Es wird nicht lange dauern, Mr Yardly", sagte ich schnell. „Und dann gehen wir unserer Wege. Es tut uns sehr leid, dass wir Sie um diese Zeit belästigen müssen, aber es ist wichtig und seiner Lordschaft ist sehr daran gelegen, dass sein Bruder in den Schoß der Familie zurückkehrt. Wir möchten den Angestellten nur einige Fragen stellen. Einer von ihnen könnte ihn gesehen haben."

„Das bezweifle ich", sagte er, aber er bat uns trotzdem, ihm zu folgen.

Er brachte uns in einen spektakulären Salon, der mit kleinen

Stühlchen und blassblauen Sofas ausgestattet war, dazu Landschaftsgemälde an den Wänden. Die Kamineinfassung aus weißem Marmor war die größte, die ich je gesehen hatte, aber die brauchte man auch, um einen so riesigen Raum zu heizen. Überall stand Zierrat herum, hauptsächlich Vasen verschiedenster Größe und Machart. Lady Harcourt musste sie sammeln. Einige von ihnen mit Blumen zu bestücken, hätte den Raum allerdings interessanter gemacht. So, wie er war, fühlte er sich eher wie ein Museum an als wie ein Zuhause.

Der Butler öffnete die Vorhänge und strahlendes Sonnenlicht fiel in den Raum und ließ die vergoldeten Bilderrahmen aufleuchten. Es belebte das Zimmer etwas, aber ich fühlte mich noch immer unwohl, als würde ich nicht hierher gehören.

„Wir verschließen alles, wenn seine Lordschaft und ihre Ladyschaft weg sind", sagte Yardly. „Es macht Mr Edgecombe nichts aus."

„Mr Edgecombe?", fragte ich.

„Der Bruder ihrer Ladyschaft. Er lebt hier."

„Oh. Das wusste ich nicht."

Lincolns Blick nach zu urteilen, wusste er ebenfalls nichts davon. Wir beäugten beide die Tür, als ob er jeden Moment hereinkommen würde, aber niemand kam. Das Haus fühlte sich leer an.

„Ist Mr Edgecombe zu Hause?"

„Er ist im Garten. Ich fürchte, es geht ihm nicht gut genug, um Besuch zu empfangen."

„Aber wenn er im Garten ist, geht es ihm doch sicher nicht *schlecht*."

„Ich fürchte, doch, Miss Holloway." Er zog an einer Klingelschnur und stand dann wie ein Soldat mit dem Rücken zur Wand, die Hände hinter sich. Ich fragte mich, ob er uns nicht allein lassen wollte, falls wir in Wirklichkeit opportunistische Diebe waren. Ich bewunderte seine Loyalität.

Lincoln setzte sich in einen Sessel. In dem femininen Zimmer wirkte er völlig fehl am Platze. Daran erkannte ich, wie maskulin das Empfangszimmer in Lichfield war. Unsere Möbel waren eher solide und robust als schlank und kurvig, die Farben kräftiger. Die Vasen, Figürchen und anderen Kleinigkeiten hier waren hübsch, aber die Bilder von den Kühen gefielen mir nicht. Davon gab es ziemlich viele.

Ein Lakai trat ein, nahm vom Butler Befehle entgegen und ging wieder. Mr Yardly stellte uns nicht vor.

„Andrew Buchanan ist vor etwa einer Woche verschwunden", informierte Lincoln den Butler. „Sind Sie sicher, dass Sie ihn hier nicht gesehen haben?"

„Ich bin mir sicher. Mr Buchanan war schon lange nicht mehr in Emberly."

„Sind in letzter Zeit Fremde zum Anwesen gekommen?"

„Nein, Sir."

„Gab es irgendwelche Unruhen?"

„Nein, Sir."

Einige Augenblicke verstrichen, in denen ich die Uhr auf dem Kaminsims ticken hören konnte. „Was ist mit Gerüchten?", fragte Lincoln schließlich.

„Was soll damit sein, Sir?"

„Haben Sie irgendwelche über Mr Buchanan gehört?"

„Nicht, dass ich wüsste, Sir."

„Was ist mit dem Baby, das Lady Harcourt vor ein paar Jahren bekommen hat?"

Der Mund des Butlers klappte auf und Röte kroch ihm den Hals hinauf in die Wangen.

Ich schüttelte den Kopf in Lincolns Richtung und er zog im Gegenzug die Augenbrauen hoch. Von diesem Mann würden wir nichts Brauchbares erfahren. Er war viel zu loyal. Oder vielleicht wusste er auch einfach nichts.

Der Lakai kehrte nach einer Ewigkeit zurück und Lincoln stellte ihm die gleichen Fragen, mit Ausnahme der letzten über das Baby. Der Lakai warf dem Butler jedes Mal einen Blick zu, bevor er antwortete. Wenn er nichts zu verbergen hatte, warum musste er sich dann bei seinem Vorgesetzten rückversichern?

Einen Moment lang dachte ich, Lincoln würde ihn nicht gehen lassen, nachdem er uns zu Diensten gestanden hatte, aber er entließ ihn mit einem Nicken, als wäre er der Herr von Emberly Park. „ich möchte mit den anderen Angestellten sprechen", sagte er zu Yardly.

„Ihre Antworten werden die gleichen sein, Sir. Mr Buchanan war letzte Woche nicht hier."

Ich räusperte mich, ehe Lincoln die Beherrschung verlor. „Yardly, können Sie mir bitte den Weg zur Toilette weisen?"

„Natürlich, Miss."

Er gab mir sehr genaue Anweisungen, aber trotzdem war ich mir sicher, dass ich mich in so einem großen Haus verlaufen würde. Was für ein Glück, dass ich nicht nach der Toilette, sondern dem Dienstbotenbereich suchte. Vielleicht hatte ich bessere Chancen auf Antworten, wenn Yardly nicht in der Nähe war, um die Angestellten mit seinem Blick einzuschüchtern.

Nach einigen Minuten verzweifelte ich allerdings an der Suche nach dem Dienstbotenbereich. Die Türen mussten versteckt sein. Ich wollte gerade anfangen, die Wände abzuklopfen, als ich durch ein Musikzimmer kam, das eine gepflasterte Terrasse und den Garten überblickte. Ein Mann saß mit dem Rücken zum Haus dort, und schaute hinaus auf die niedrigen Büsche, Topfpflanzen und den Rasen. Das musste Mr Edgecombe sein, Marguerites Bruder.

Ich öffnete leise die Tür, die auf die Terrasse führte, und schloss sie hinter mir wieder, sodass meine Stimme von den Bediensteten, die drinnen vorübergingen, nicht gehört werden konnte. Ich näherte mich der Gestalt, die etwas zusammengesackt in dem Stuhl saß. Jetzt sah ich, dass es ein Rollstuhl war.

Ich räusperte mich. „Mr Edgecombe?"

Der Mann zuckte zusammen und verdrehte sich. Er schob seine Kappe zurück und blickte mich unter herunterhängenden Lidern an, die mit roten Äderchen überzogen waren. Es war schwer, sein Alter zu schätzen. Die braunen Haare, die unter der Kappe hervorlugten, enthielten kein Grau, und er hatte glatte, wenn auch etwas aufgeschwemmte Haut, außer unter seinen Augen. Dort war sie dunkel und verquollen. Falls er unter dreißig war, alterte er nicht gut.

Ich lächelte, aber er lächelte nicht zurück. „Es tut mir leid, dass ich Sie geweckt habe—"

„Haben Sie nicht." Seine Oberlippe verzog sich grimmig. „Ich saß nur hier, habe einen Drink genossen und nichts getan, wie üblich." Er hob ein leeres Glas hoch. Nach seiner undeutlichen Aussprache zu urteilen, war es nicht sein erstes. „Wer sind Sie?"

„Charlie Holloway." Ich stellte mich so, dass er sich nicht verdrehen musste, um mich anzusehen. „Ich bin eine Bekannte der Witwe Lady Harcourt."

„Charlie ist ein Jungenname."

„Es ist eine Abkürzung für Charlotte."

„Hübscher." Er betrachtete mich, aber ich ertrug es und zog nicht den Kopf ein, wie ich es eigentlich gern getan hätte. Er prostete mir mit dem Glas zu, wollte einen Schluck trinken, erinnerte sich aber im letzten Moment daran, dass es leer war. Leise murmelte er etwas, das sehr nach einem Schimpfwort klang, das ich seit Monaten nicht mehr verwendet hatte. „Die Witwe ist nicht hier", sagte er. „Sie kommt nie her. Wenn Sie eine Bekannte von ihr wären, wüssten Sie das."

„Ich habe nicht gesagt, dass ich sie aufsuchen will."

Er richtete sich auf, stöhnte dann und begutachtete mich noch einmal kürzer. Diesmal hatte ich nicht das Gefühl, baden zu müssen.

Er zog die Decke auf seinem Schoß über seinen Bauch. Weder sie noch das blau-gold gestreifte Jackett verbargen seinen Schmerbauch. „Warum sind Sie hier?"

„Die Witwe bat meinen Arbeitgeber, ihren Stiefsohn Andrew Buchanan zu suchen. Er ist verschwunden."

„Das habe ich gehört. Marguerite und Donald sind nach London gefahren, um bei der Suche zu helfen. Nicht, dass sie eine große Hilfe wären", fügte er gemurmelt hinzu.

„Ich habe sie getroffen. Und Sie haben recht, sie waren keine große Hilfe."

Er schenkte mir ein reumütiges Lächeln und ein zustimmendes Nicken. „Ich weiß gar nicht, was der ganze Trubel soll. Buchanan ist ein erwachsener Mann, und ein Draufgänger dazu. Der hat seine Schuhe vermutlich unter dem Bett einer Hure geparkt, oder in einer Opiumhöhle. Vielleicht bei einer Hure in einer Opiumhöhle. Schockiert Sie das, Miss Charlotte Holloway?"

„Nein. Ich war schon in Opiumhöhlen. Tatsächlich habe ich sogar schon einmal Opium geraucht." Es wäre vielleicht präziser zu sagen, dass ich schon einmal aus Versehen den Rauch aus den Opiumpfeifen anderer inhaliert hatte, aber das musste er nicht wissen.

Er zog die Augenbrauen hoch. „Ist das so? Dann sind Sie anscheinend mehr herumgekommen als ich, und ich hatte schon das ein oder andere Erlebnis vor meinem Unfall." Ein grimmiges Lächeln ließ ihn weicher erscheinen und berührte mich. Also war er nicht mit kaputten Beinen geboren worden.

„Was für ein Unfall?", fragte ich.

„Sie sind ganz schön mutig für so ein kleines Ding."

„Das habe ich schon öfter gehört. Sie müssen meine Frage nicht beantworten, wenn es Ihnen etwas ausmacht. Ich bin nur neugierig."

„Neugierde kann ein Mädchen in Schwierigkeiten bringen."

„Das habe ich auch schon gemerkt", sagte ich mit einem ironischen Zug um den Mund, den er erwiderte.

„Reitunfall. Bin zu Hause vom Pferd gefallen. Mein Zuhause, nicht hier."

„Aber jetzt wohnen Sie hier?"

Er nickte. „Seit ein oder zwei Jahren. Welchen Monat haben wir?"

„Später Oktober."

„Dann ist es seit einem Jahr und neun Monaten. Die Tage verschwimmen alle, wenn man nichts zu tun hat, als in diesem Gerät zu sitzen und der Welt durch das Fenster zuzusehen, wie sie sich dreht." Er schlug auf die Armlehne des Rollstuhls und fuhr sich dann mit der gleichen Hand durch die Haare, wobei er seine Kappe vom Kopf stieß.

Ich hob sie auf und reichte sie ihm. Er schnappte sie aus meinem Griff und knallte sie sich wieder auf den Kopf.

„Haben Sie nichts Besseres zu tun, als dazustehen und mit mir zu reden?"

„Nein. Wenn ich darf, würde ich Ihnen gern ein paar Fragen stellen. Da Sie den ganzen Tag nur dasitzen und aus Fenstern schauen, glaube ich, Sie könnten mir behilflich sein."

Er bellte ein harsches Lachen heraus. „Schön zu wissen, dass Sie Verwendung für mich gefunden haben." Er hob das leere Glas an. „Besorgen Sie mir einen Drink und ich beantworte eine

Frage. Holen Sie mir eine ganze Flasche, dann beantworte ich ein Dutzend."

„Wo?"

„Billardzimmer, durch das Musikzimmer und dann rechts."

Ich nahm das Glas und ging wieder rein. Bisher kam niemand nach mir suchen, aber es würde nicht mehr lange dauern, bis der Butler misstrauisch wurde oder Lincoln sich Sorgen machte. Ich fragte mich, ob er seinen Tee genoss, während der mürrische Yardly ihm zusah.

Ich schnappte mir die erste Karaffe, die ich auf der Anrichte des Billardzimmers finden konnte und kehrte auf die Terrasse zurück. „Genügt das?"

„Sehr schön."

Ich gab ihm das Glas zurück und schenkte die Menge ein, die ich Lincoln hatte trinken sehen. Edgecombe wackelte mit dem Glas, bis ich mehr eingoss. Er kippte es in einem Schluck herunter und hielt mir das Glas wieder hin. Ich zögerte.

„Tun Sie nicht so, als würden Sie sich Gedanken machen, Miss Charlotte Holloway. Machen Sie einfach das verdammte Glas voll. Und zwar schnell. Mein Assistent ist gleich zurück, es sei denn, er hat mich vergessen. Der ist blöd genug dafür."

„Warum stellen Sie einen dummen Mann ein, um Ihnen zu helfen?"

„Ich habe ihn wegen seiner Kraft eingestellt, nicht wegen seiner Intelligenz."

Ich schenkte ihm das Glas voll und stellte die Karaffe ab. „Ich habe meinen Teil der Vereinbarung eingehalten, jetzt sind Sie dran."

Er wischte sich den Mund mit dem Handrücken ab. „Natürlich. Ein Gentleman hält seine Versprechen."

Ich schob meinen Rock zu Seite und setzte mich auf die Terrassenstufe, die zum Rasen führte. Dann drehte ich mich um, sodass ich ihn ansehen konnte. „Andrew Buchanan ist vor einer Woche verschwunden. Wir haben Grund zu der Annahme, dass er am Morgen seines Verschwindens hierherkommen wollte, allerdings keine handfesten Beweise, dass er den Zug genommen hat. Der Bahnhofsvorsteher erinnert sich nicht, der Butler behauptet, dass er nie im Haus vorgesprochen hat. Ich habe allerdings eher den Eindruck, dass er lügt. Erinnern Sie sich, ob er hergekommen ist?"

„Nein, aber ich komme auch nicht oft nach unten. Es ist nicht so einfach, wenn man auf einen Helfer angewiesen ist, der lieber bei den Mägden in der Küche hockt. Mein vorheriger Kerl war nicht so schlimm wie Dawkins, aber der ist unpraktischerweise verstorben und ich musste den dämlichen Dawkins etwas übereilt einstellen. Wie Sie vielleicht erraten haben, bewerkstellige ich die Treppen nicht ohne ihn."

„Ihre Schwester hat nicht erwähnt, dass Buchanan da war?"

„Nein."

„Ihr Schwager?"

„Wir reden selten."

„Darf ich fragen, warum?"

Er zögerte. „Ich mag Donald nicht, und er mag mich nicht."

„Trotzdem gestattet er Ihnen, unter seinem Dach zu leben."

„Ja." Sein sprödes Lachen jagte mir einen Schauer über den Rücken. „Ja, das tut er."

Ich strich mit den Händen über meinen Rock und legte sie dann um meine Knie. Während ich mit Edgecombes Lage Mitleid hatte, war ich sehr froh, dass er mich von seinem Rollstuhl aus nicht erreichen konnte, es sei denn, er rollte vorwärts. Ich vermutete, dass ich schneller aus dem Weg springen konnte, als er sich bewegte. „Haben Sie vor einer Woche etwas Ungewöhnliches gesehen oder gehört? Haben die Angestellten sich merkwürdig verhalten oder war im Haus mehr Aktivität als üblich? Irgendetwas?" Meine Verzweiflung übermannte mich und ich sprach schärfer, als ich vorgehabt hatte. Ich hatte den Verdacht, dass Buchanan ins Haus gekommen war, aber mir lief die Zeit davon, Beweise zu finden.

„Vor einer Woche, sagen Sie? Ja, ich denke, da war etwas los." Er zeigte auf einen Hügel in der Ferne, ein ganzes Stück hinter dem Garten und Parkgelände. Dort schien ein kleiner Zierbau errichtet worden zu sein, aber auf die Entfernung war es schwer zu sagen. „Sehen Sie das Mausoleum dort?"

„Mausoleum?" Ich schielte auf das, was ich für einen Zierbau gehalten hatte. „Wer ist dort begraben?"

„Jeder, der zählt, laut Donald. Alle Buchanans der letzten

Jahrhunderte. Der Bau selbst ist neu. Er wurde erst vor einigen Jahren errichtet."

„Vor fünf Jahren?"

Seine Augen verschleierten sich. „Dann wissen Sie davon?", fragte er leise.

„Von Marguerites Baby? Ja." Aber wie viel wusste *er*? Laut Estelle Pearson wusste niemand außer ihr, Marguerite und Donald, dass das Kind voll ausgereift gewesen war. Ich wagte noch ein Risiko und sagte: „Marguerite hat mir erzählt, dass sie das Kind Hector getauft hat, bevor es starb."

„Nach unserem Vater." Er senkte das Glas und starrte zum Mausoleum. „Marguerite hat mir gesagt, dass es keine Frühgeburt war. Nicht zu der Zeit, aber später, als sie … aufgewühlt war. Sie hat den Tod des Kindes nie ganz verkraftet, wissen Sie? Es hat ihr stark zugesetzt." Er tippte sich an die Schläfe. „Hier oben. Es hilft auch nicht, dass sie anscheinend keine weiteren Kinder bekommen kann. Ihre Unfruchtbarkeit macht ihr sehr zu schaffen. Und *er* hilft auch nicht gerade."

„Lord Harcourt?"

Er nickte, leerte sein Glas und hielt es mir hin. Ich füllte es auf. Was auch immer in der Karaffe war, es löste seine Zunge hervorragend.

„Was war mit dem Mausoleum, Mr Edgecombe?" Angesichts seines Stirnrunzelns fügte ich hinzu: „Sie meinten, dort oben wäre etwas passiert."

„Ich kann es von meinem Zimmer aus besser sehen." Er zeigte nach oben. „Dritter Stock. Tolle Aussicht." Er schnaubte. „Da ich sonst nichts zu tun habe, sitze ich den ganzen Tag in diesem verdammten Stuhl und starrte auf die gleiche verdammte Landschaft. Eines Abends, etwa vor einer Woche, sah ich zwei Gestalten da oben. Es war Vollmond. Ich erinnere mich daran, da ich sie ziemlich gut erkennen konnte. Sie schienen zu kämpfen."

„Irgendeine Ahnung, wer das gewesen sein könnte?"

„Nicht die geringste."

„Haben Sie Ihren Schwager oder einen der Angestellten danach gefragt?"

„Nein. Warum sollte ich?"

Weil etwas anders war, interessant. Aber ich zeigte ihm meine Frustration über seinen Mangel an Neugierde nicht. „Danke, Mr Edgecombe. Ich weiß es zu schätzen, dass Sie mir das erzählen. Aber darf ich fragen, *warum* Sie es mir erzählen? Niemand sonst scheint zugeben zu wollen, dass Buchanan hier gewesen sein könnte."

„Er war es vielleicht nicht."

„Stimmt, aber er hätte es sein können."

„Vielleicht hat sonst niemand den Aufruhr gesehen. Vielleicht sitzen sie nicht Tag und Nacht am Fenster. Oder vielleicht schützen sie auch den großen Herrn und Meister." Er leerte erneut das Glas, das er mit weißen Fingern umklammerte.

„Hassen Sie ihn?"

Er sog Luft durch seine Zähne. „Wussten Sie, dass meine Schwester Zeit in Bedlam verbracht hat?"

Ich schnappte nach Luft. „In dem Irrenhaus? Weil der Verlust des Kindes ihr so zugesetzt hat?"

Er nickte. „Er hat sie eingewiesen. Dem Gesetz nach kann er das. Dem Gesetz nach ist er der Einzige, der sie wieder herausholen kann, abgesehen von den Ärzten. Warum sollten die sie allerdings wegschicken, wenn sie ihnen als Patientin ein hübsches Sümmchen einbringt?" Sein Blick wanderte in die Ferne und verfinsterte sich.

„Wann war das?"

„Etwa ein Jahr oder so nachdem das Kind geboren wurde. Sie war schwermütig, aber nicht verrückt. Sie hätte dort nicht hingeschickt werden sollen."

„Lord Harcourt hat sich allerdings besonnen und sie herausgeholt."

Seine Lippen verzogen sich und er knirschte mit den Zähnen. „Nur, weil ich es von ihm verlangt habe. Dieser Ort ... was sie ihr angetan haben ... es war unmenschlich. Eines Tages habe ich ihn dorthin geschleift und ihm gezeigt, wie es war. Davor hatte er nur gesehen, was die Ärzte wollten, dass er sieht—die Entspannungsgärten, die sanften Massagen—aber ich habe mich durchgekämpft und ihm das Zimmer für die Eisbäder gezeigt, die Fesseln an den Betten, die erniedrigenden Dinge, die die sogenannten Patienten erdulden mussten. Er hat umgehend für ihre Entlassung gesorgt, Gott sei Dank, aber ich habe ihm das nie verziehen. Sie schon, aber ich nicht und ich das werde auch niemals tun."

„Erlaubt er Ihnen deswegen, hier zu wohnen?", fragte ich leise. Mir war bewusst, dass ich mich auf schwierigem Terrain befand. „Weil er sich schuldig fühlt?"

„Schuldig?" Er schnaubte. „Nein. Er gestattet mir, hier zu wohnen, weil er Angst hat, dass ich Leuten erzähle, was er getan hat. Gesellschaftliche Normen sind ihm ziemlich egal, aber selbst er weiß, wie beschämend es für sie beide wäre, wenn herauskäme, dass sie einige Wochen in einem Irrenhaus verbracht hat. Er hatte alle glauben lassen, dass sie ans Meer gefahren ist, um sich zu erholen, wissen Sie. Aber ich habe die Wahrheit herausgefunden. Ich bin der Einzige, der die Wahrheit kennt."

Herr im Himmel, die arme Marguerite. Ich wusste wenig über Irrenhäuser, außer dass die Jungs in meiner Bande dachten, dass es dort spukte. Edgecombe zeichnete kein besonders schönes Bild. Fesseln und kalte Bäder klangen nicht, als könnten sie irgendetwas heilen, schon gar nicht tiefe Trauer.

„Danke", sagte ich und stand auf. „Ich weiß Ihre Ehrlichkeit zu schätzen."

Seine Hand schoss vor, als ich an ihm vorbeiging, und packte meinen Arm. „Mein Schwager würde nicht wissen wollen, dass ich Ihnen das erzählt habe."

„Ich werde es ihm nicht sagen."

Sein Griff wurde fester. „Ich wünschte, meine Schwester hätte nie in diese verflucht verrückte Familie geheiratet." Ein Tropfen Speichel landete auf seiner Unterlippe und er wischte ihn mit der Hand weg, die das leere Glas hielt. „Sie war schon immer etwas einfach gestrickt, aber jetzt ..." Er schüttelte den Kopf. „Sie haben Geheimnisse, nicht nur das über das Baby. Zum einen war der verstorbene Lord Harcourt ein blinder Trottel, der nicht erkannt hat, was Ihre Freundin, die Witwe, für eine Goldgräberin ist."

„Sie ist nicht meine Freundin."

„Nein, ich vermute, das würde sie nicht sein wollen." Wieder glitt sein Blick über mich hinweg und diesmal war er offenkundig lüstern. „Sie würde sich nie mit einer jüngeren, hübscheren Frau anfreunden."

Die Tür des Musikzimmers ging auf und Lincoln stürmte heraus, den Butler auf den Fersen. Während Lincolns stechender Blick scharf genug war, um Edgecombe in Stücke zu fetzen, riss Yardly die Augen weit auf, als ihm klarwurde, dass ich ihn befragt hatte.

Edgecombe ließ mich los und hielt kapitulierend die Hände hoch. Sein Blick sprang von Lincoln zu mir und dann kicherte er in sein Glas hinein. Als er feststellte, dass es leer war, wollte er die Karaffe neben dem Rad seines Rollstuhls greifen, aber Yardly war schneller als er aussah. Er erreichte sie zuerst.

„Ich werde Dawkins holen, um Sie wieder hineinzubringen, Sir." Yardly streckte die Hand aus, um uns zu bedeuten, dass wir vor ihm zurück ins Haus gehen sollten.

Ich ging voran, gefolgt von Lincoln und dem Butler, der die Tür vor der traurigen Gestalt von Mr Edgecombe verschloss, der das Glas an seine Brust drückte.

„Danke, Mr Yardly", sagte ich in süßestem Ton. „Wir werden Sie nicht weiter belästigen." Ich eilte ihnen voraus zur Eingangstür, denn ich wollte so weit wie möglich von Emberly Park und seinen Bewohnern weg.

KAPITEL 10

ardly bot uns keine der Harcourt-Kutschen an, um uns zurück ins Dorf zu bringen, worüber Lincoln alles andere als erfreut war.

„Meine Assistentin hat sich erst kürzlich von einer Fußverletzung erholt", sagte er. „Wir benötigen ein Transportmittel zurück ins Dorf."

„Es ist schon in Ordnung, Sir", sagte ich, noch ehe Yardly etwas erwidern konnte. Der arme Mann sah aus, als wüsste er sowieso nicht, was er sagen sollte. Der gute Ton gebot es, dass er uns die Kutsche samt Fahrer seines Herrn zur Verfügung stellte, aber er schien uns nicht zu trauen, insbesondere nachdem er mich dabei erwischt hatte, wie ich Edgecombe mit Alkohol versorgt hatte. „Ich kann laufen und der Tag ist wunderschön. Vielen Dank nochmals für Ihre Gastfreundschaft, Mr Yardly. Lord Harcourt wird davon hören."

Während Lincoln und ich die Einfahrt entlanggingen, erzählte ich ihm alles, was Edgecombe mir gesagt hatte. Bis wir außer Sichtweite des Hauses waren, war ich damit fertig.

„Wenn wir da lang gehen, kommen wir zum Friedhof der Familie", sagte ich und nickte nach rechts.

„Du glaubst, wir erfahren dort mehr?"

„Ich weiß nicht, aber wir sollten nachsehen." Ich machte

153

mich auf den Weg über den Rasen und er war bald an meiner Seite.

„Dein Fuß?"

„Dem geht es wunderbar, danke. Was haben Sie mit Yardly besprochen, während ich weg war?"

„Nichts."

„Sie haben die ganze Zeit schweigend dagesessen?"

„Das war die längste Viertelstunde meines Lebens. Das nächste Mal gehe ich nicht durch die Vordertür und führe belanglose Gespräche mit dem Personal."

„Warum diesmal?"

„Ich wollte dich nicht alleinlassen."

Ich verdrehte die Augen. „Das hätte mir überhaupt nichts ausgemacht. Tatsächlich funktioniert es gut, wenn wir uns aufteilen, wie wir in der Klinik bewiesen haben. Ich befrage die Leute, während Sie herumschleichen."

„Da hattest du Seth dabei. Hier wärst du allein gewesen."

„Yardly sieht nicht gefährlich aus. Ich denke, mit dem wäre ich schon allein fertig geworden."

Wir verfielen in Schweigen und ich hoffte, dass er meinen Vorschlag überdachte. Je länger ich darüber nachdachte, desto besser gefiel mir die Idee. Wenn wir uns aufteilten, konnten wir von zwei Fronten angreifen, indem jeder das tat, was er am besten konnte.

„Hat Edgecombe gesagt, ob er oder sonst jemand dem verstorbenen Lord Harcourt von dem Kind erzählt hat?" So viel dazu, dass er über meinen Vorschlag nachdachte.

„Ich hatte keine Gelegenheit, danach zu fragen. Es ist vermutlich möglich. Oder vielleicht hat er auch das Mausoleum gesehen und erkannt, dass ein Fötus kein ordentliches Begräbnis in solchem Ausmaß erhält."

„Es ist schwer zu übersehen."

Das quadratische Gebäude mit den klassischen Säulen am Eingang erinnerte mich an eine Miniaturausgabe des britischen Museums. Es stand in einer Ecke des kleinen Friedhofs und bot einen spektakulären Blick auf das Anwesen. Ich fragte mich, ob Mr Edgecombe uns von seinem Fenster oder der Gartenterrasse aus beobachtete. Ich unterdrückte den Drang, ihm zu winken.

„Hier sind Spuren eines Kampfes." Lincoln zeigte auf einige aufgerissene Grassoden an der untersten Stufe des Mausoleums.

„Jeder hätte die zu jeder Zeit hinterlassen können."

Er hockte sich hin und untersuchte einen dunklen Fleck auf dem Stein. „Blut."

Ich hockte mich neben ihn. „Sind Sie sicher?"

„Ziemlich."

„Wäre es nicht inzwischen abgewaschen worden, wenn es von letzter Woche war?"

„Nicht ganz, wenn es nur leicht geregnet hat und es viel Blut war." Er bewegte sich in geduckter Haltung weg und strich mit den Fingern durch das knöchelhohe Gras.

Ich tat es ihm gleich, bewegte mich aber in die anderen Richtung. Keine drei Fuß entfernt fand ich einen Silberknopf, den ich ihm zeigte. „Von der Jacke oder Weste eines Gentlemans?", fragte ich.

„Möglich."

„Der ist sehr auffällig. Sehen Sie mal, das ist etwas eingraviert."

Wir beugten uns darüber, die Arme aneinander gedrückt und unsere Gesichter nur Zentimeter voneinander entfernt. Ihm so nah zu sein, verwirrte mich. Ich kämpfte darum, mich auf den Knopf zu konzentrieren.

Nach einer Weile konnte ich die Gravur erkennen. „Der Buchstabe B", sagte ich. „Für Buchanan?"

Lincoln räusperte sich und verlagerte sein Gewicht, was ihn etwas weiter von mir wegbrachte. „Ich … ja, so ist es."

Ich öffnete meine Handtasche und steckte den Knopf hinein. „Das beweist, dass Buchanan hier war und über das Kind Bescheid wusste."

„Dem stimme ich zu."

„Ich denke, es beweist auch, dass sein Verschwinden mit dieser Entdeckung zusammenhängt, und nicht mit etwas Okkultem."

Er schüttelte den Kopf. „Es beweist gar nichts, außer dass er weiß, dass seine Schwägerin ein ausgereiftes Kind zur Welt gebracht hat und dass er hier oben in einen Kampf verwickelt war. Wir wissen nicht mit wem oder warum."

„Bestimmt mit seinem Bruder."

„Vielleicht. Aber wir wissen auch nicht, was nach dem Kampf mit ihm passiert ist."

„Ich würde darauf wetten, dass er tot ist."

Sein Gesicht verfinsterte sich. „Du wirst seinen Geist *nicht* beschwören."

„Das wollte ich gar nicht. Allerdings—"

„Nein."

Er verließ den Friedhof und lief den Hang hinunter. Ich raffte meine Röcke und rannte ihm nach. „Kommen Sie schon, Lincoln. Es wird eindeutig beweisen, ob er noch am Leben ist."

„Das schlägst du vor, nach dem, was mit dem Geist der Pearson-Frau passiert ist?"

„Andrew Buchanan hat keine magischen Kräfte."

„Er hätte etwas durch die Bücher lernen können."

„Lincoln", sagte ich und beeilte mich, mit seinen raumgreifenden Schritten mitzuhalten. „Sie haben die gleichen Bücher gelesen. Haben *Sie* dadurch neue Zaubertricks gelernt?"

Meine Logik brachte ihn für fast eine Meile zum Schweigen, bis ich mich entschloss, es zu brechen. „Haben Sie eine bessere Idee?", fragte ich trotzig.

„Ja. Wir befragen den örtlichen Arzt. Es ist wahrscheinlich, dass er sich medizinische Hilfe gesucht hat, um die Wunde zu versorgen."

„Falls er am Leben war."

Wir liefen noch eine Meile und ich sah endlich ein, dass an seiner Idee etwas dran war. „Aber wenn wir nichts erfahren, dann darf ich seinen Geist beschwören?"

„Nein. Und nur dieses eine Mal würde ich es sehr schätzen, wenn du tust, worum ich dich bitte."

„Würde ich ja", murmelte ich, „wenn Sie wirklich darum bitten würden."

Ein Muskel spannte sich in seinem Kiefer an. Er blieb angespannt, bis wir das Dorf erreichten. Der Tag war noch immer sonnig und ich hatte unseren Spaziergang genossen. Während er ärgerlich weitergegangen war, hatte ich die frische Luft, den Sonnenschein und die Gegend aufgesaugt. Ich war noch nicht bereit, hineinzugehen, obwohl ich etwas hungrig war.

„Wenn Sie möchten, können Sie schon vorgehen und den Arzt suchen", sagte ich. „Ich möchte am Fluss entlanggehen." Ich hob ein braunes Blatt auf und ließ es über das Brückengeländer fallen. Dann zählte ich die Sekunden, bis es zu einem großen Baum mit riesigen Wurzeln geschwommen war, die sich wie Klauen in das Ufer gruben. Ich hob ein kleineres Blatt auf und zählte ebenfalls die Zeit.

„Ich werde mit dir gehen", sagte er.

Als ich mich zu ihm umdrehte, sah ich, dass er mich beobachtete, die Augen klar und nicht so finster, wie sie sonst oft wirkten. Das musste am hellen Sonnenlicht liegen. Ich lächelte ihn an. Ich konnte nicht anders. Er sah so schneidig und gut aus, wie er da stand mit den Händen auf dem Steingeländer der Brücke. Es war so verlockend, ihn zu küssen und zu schauen, ob er mich zurückküsste.

Aber ich wollte den Moment nicht ruinieren.

Ich legte eine Hand auf meinen Hut und trabte über die Brücke. „Dann los."

Wir stiegen einige grobe Steinstufen hinab auf den Pfad, der am Ufer entlangführte. Kleine Fische blitzten silbern im Wasser, schossen über Kies und durchs Schilf. Ich zog meine Handschuhe aus und tauchte meine Finger in der Nähe des Schwarms ins Wasser. Sie stoben auseinander, kehrten jedoch kurz darauf zurück, um die seltsamen Objekte in ihrer Mitte zu untersuchen. Sie küssten meine Finger, ehe sie wieder davonschwammen, um etwas Essbares zu finden. Ich stand auf und schüttelte die eisigen Tropfen ab.

„Ich kann nicht glauben, wie klar dieses Wasser ist", sagte ich. „Die Themse ist dagegen eine Jauchegrube."

Als Lincoln nichts erwiderte, warf ich ihm einen Blick zu. Er lehnte mit der Schulter an einem Baumstamm, die Arme verschränkt, und beobachtete mich unter gesenkten Lidern. Ich hatte ihn noch nie so entspannt gesehen. Die Natur tat ihm gut.

Wir gingen etwas weiter, aber mein knurrender Magen erinnerte mich daran, dass es schon spät wurde und wir noch nicht zu Mittag gegessen hatten. „Hungrig?", fragte ich.

„Sehr." Sein ruhiges Schnurren brachte meinen Magen zum Flattern.

Wir aßen ein deftiges Mahl im Fox and Hound und machten uns dann wieder auf den Weg. Der Wirt hatte uns erklärt, wie wir zu Dr Turcotts Praxis kamen. Wir warteten, bis der Arzt einen Patienten behandelt hatte, und nutzten die Gelegenheit, seine Frau auszufragen, die an der Rezeption saß und seine Termine verwaltete. Sie behauptete, dass ihr Mann in der vorigen Woche keinen Patienten behandelt hatte, auf den Buchanans Beschreibung passte. Der Arzt bestätigte das, als er uns endlich ein paar Minuten erübrigte.

Bis wir seine Praxis verließen, waren die Schatten lang geworden und die Luft kühler. Ich zog die Aufschläge meines Mantels enger.

„Was jetzt?", fragte ich.

„Jetzt solltest du deinen Fuß schonen. Du bist heute weit gelaufen."

„Dem geht's gut, Lincoln. Abgesehen davon werde ich nicht herumsitzen, während Sie weiter Dorfbewohner befragen."

„Das wirst du, wenn dein Fuß wehtut."

„Tut er nicht."

„Wenn die Wunde wieder aufgeht, könnte sie sich infizieren und noch viel länger brauchen, um wieder zu verheilen."

„Vielen Dank für die Sorge. Ich werde ihn ganz gewiss nicht belasten, wenn sie wieder aufgeht, aber im Moment ist alles in bester Ordnung. Also mit wem reden wir als Nächstes?"

„Buchanan muss irgendwo übernachtet haben, aber unser Wirt behauptet, dass er dort nicht war. Ich habe noch zwei weitere Gasthäuser im Dorf gesehen. Dort werden wir nachfragen."

„Was ist mit Pensionen?"

„Dort ebenfalls, falls wir in den Gasthäusern nichts finden."

Es war beinahe dunkel, als wir alle Wirte und Pensionsbesitzer befragt hatten, bei denen ein Gentleman die Nacht verbringen konnte, inklusive einem, wo ein Draufgänger wie Buchanan sehr gern gewohnt hätte, dank der zweifelhaften Freuden von Glücksspiel und Frauen.

„Edgecombe hat den Kampf abends beobachtet, aber Buchanan hat die Nacht nicht in Emberly oder in Harcourt verbracht", sagte ich, als wir zum Fox and Hound zurückgingen.

„Die Züge verkehren so spät nicht mehr und er hatte kein eigenes Transportmittel. Wenn kein Bauer ihn auf seinem Wagen mitgenommen hat, dann kann er den Ort nicht verlassen haben. Die Wahrscheinlichkeit, dass ein Bauer nachts über die Landstraßen fährt, ist ziemlich gering. Lincoln, ich glaube nicht, dass er es lebend dort heraus geschafft hat."

„Das ist jetzt tatsächlich eine Möglichkeit."

Ich verkroch mich in meinen Mantel, aber das half nicht gegen das Schaudern, das mir über den Rücken lief. Lincoln zog seine Jacke aus, und ich protestierte, als er sie um meine Schultern legte.

„Sie brauchen sie", sagte ich. „Es ist viel zu kalt, um nur in Hemd und Weste herumzulaufen." Um nicht zu sagen unzivilisiert.

„Mir ist nicht kalt."

Wir blieben unter einer der wenigen Straßenlaternen stehen, die der Nachtwächter schon angezündet hatte. Der warme Schein spielte mit Lincolns Gesichtszügen, zeichnete seine Wangen weicher, während seine Augen noch tiefer im Schatten lagen. Die Wärme und Schwere seines Mantels waren angenehm, aber die Nähe seiner Hände zu meinem Kinn, während er ihn mir umlegte, zerrüttete mein Nervenkostüm. Jedes Körperteil war aufmerksam, lebendig und voller Erwartung angespannt.

Ohne zu wissen, was ich tat, legte ich meine Hand an seine Wange. Ich sah keine Bewegung von ihm, aber der ach so leicht gestiegene Druck an meiner Hand bewies, dass er sich bewegt hatte. Eine gefühlte Ewigkeit standen wir so da. Trotz des spärlichen Lichts und der Dunkelheit seiner Augen wusste ich, dass er mich genauestens im Fokus hatte. Ich konnte seinen Blick auf mir *spüren*.

Ich flüsterte seinen Namen so leise, dass es kaum mehr als ein Hauch war. Ein Schlucken bewegte seinen Hals. Seine Lippen öffneten sich minimal. Er legte seine bloße Hand über meinen Handschuh und zog ihn zu seinem Mund. Mit geschickten Fingern öffnete er den Knopf an meinem Handgelenk. Ich wartete mit meinem Herzen in der Kehle auf den

Moment, da seine glatten Lippen meine sehnsüchtige Haut berührten.

Der Kuss enttäuschte mich nicht. Wo mir zuvor noch kalt gewesen war, war mir jetzt heiß. Überall. Blut trommelte mit unruhigem Rhythmus durch meine Adern und schoss mir zwischen die Ohren. Ich konnte nichts anderes hören als meinen eigenen Puls, konnte nichts anderes sehen als Lincolns geneigten Kopf. Konnte nichts fühlen außer seinen Lippen und meinen Körper, der jetzt mit berauschendem Verlangen bebte, und dem Wissen, dass es auch ihn nach mir verlangte.

„Wende deine Augen ab, Emmaline." Die kurz angebundene Stimme einer vorbeigehenden Frau drang in meine Gedanken und riss mich aus dem Moment.

Lincoln ließ meine Hand los und nahm Haltung an, während eine Familie vorbeieilte. Die heruntergezogenen Mundwinkel der Mutter brachte ihr Missfallen über unser anrüchiges Verhalten zum Ausdruck. Es war eine recht rüde Erinnerung daran, dass wir nicht allein waren. Ein Karren rumpelte vorbei und zwei Männer blieben stehen, um mit dem Nachtwächter zu plaudern, der jetzt auf der anderen Straßenseite arbeitete.

Lincoln sagte, den Rücken zu mir gekehrt: „Wir müssen gehen." Er lief los, erinnerte sich dann aber an seine Manieren und wartete. Ich holte ihn ein, nahm aber seinen Arm nicht, wie andere Paare es taten.

Wir waren kein Paar.

Noch nicht, meldete sich eine kleine Stimme in mir. Ich ging schnell, um mit ihm mitzuhalten, während wir schweigend zum Fox and Hound zurückliefen. Ich wollte tausend Dinge zu ihm sagen, aber nichts klang in meinem Kopf passend. Alles war entweder zu peinlich oder zu kindisch, und so sollte er mich nicht betrachten.

Sobald wir drinnen waren, bat Lincoln den Wirt, uns das Abendessen ins Zimmer zu bringen. Oben reichte ich ihm seinen Mantel und bat ihn, hereinzukommen, um auf das Essen zu warten.

„Ich denke, es ist das Beste, wenn wir uns hier trennen", sagte er vor meiner Tür. Er begegnete meinem Blick nicht und hielt einige Fuß Abstand. Falls das, was draußen passiert war, ihn aufgewühlt hatte, zeigte er es nicht. Er wirkte so ruhig wie immer.

„Aber wir müssen über die Situation sprechen."

„Das war ein Fehler. Es gibt nichts zu besprechen."

„Ich meinte die Situation mit Buchanan."

Er blinzelte langsam, als ob er einen Schalter umlegen müsste, um die Richtung seiner Gedanken zu ändern. Beinahe lächelte ich. Es war schön, dass er noch an den Kuss dachte. Doch mein Lächeln blieb verborgen.

Es war ein Fehler.

„Buchanan ist höchst wahrscheinlich tot", sagte er. „Da gibt es weiter nichts zu bereden."

„Unsinn. Ich werde mich etwas frisch machen und dann komme ich ins Wohnzimmer. Ich hätte sehr gern deine Gesellschaft."

„Ich denke nicht, dass das nötig ist."

Ich stieß den Atem aus. „Das ist mir egal. Komm ins Wohnzimmer. Bitte. Es sei denn du hast Angst, dass ich über dich herfalle."

In seinen Augen flammte kurz etwas auf. „Zum Teil."

Ich grinste trotz allem. Ich hatte nicht erwartet, dass er das zugeben würde. „Ich verspreche, dass ich nicht noch einmal versuchen werde, dich zu küssen. Aber wenn du nicht kommst, könnte es sein, dass ich den Geist von Buchanan ohne dich beschwöre."

Während meine Ankündigung noch in meinen Ohren hallte, öffnete ich die Tür und betrat den Raum. Bis ich mich umgedreht hatte, um die Tür zu schließen, schloss er schon seine eigene auf.

Etwa fünfzehn Minuten später betrat ich das Wohnzimmer und wärmte mich am Feuer auf, dass er angezündet haben musste. Er war allerdings nicht anwesend. Ich öffnete die Tür, als eine Magd klopfte und ein Tablett zum Tisch trug. Sie machte einen Knicks und ging. Ich klopfte leicht an die Tür zu Lincolns Zimmer.

„Du solltest dich besser zu mir gesellen, wenn du nicht möchtest, dass ich deinen Teil vom Abendessen aufesse." Keine Antwort. „Andrew Buchanans Geist lässt grüßen."

Die Tür ging schneller auf, als ich blinzeln konnte. Seine Augen wurden schmal und seine Lippen pressten sich aufeinander. „Das war ein Witz", sagte er knapp.

„Nein, das war ein Trick, um dich hier raus zu bekommen. Er hat funktioniert."

Ich setzte mich an den Tisch und schenkte Wein in die Gläser, von denen ich ihm eins reichte. „Lass uns anstoßen."

Er nahm das Glas. „Worauf?"

„Auf unsere Zusammenarbeit." Ich nippte, er aber nicht. „Was ist?"

Er stellte das Glas ab. „Ich bin mir nicht sicher, ob es eine gute Idee war, bei dieser Ermittlung zusammenzuarbeiten." Er hielt die Hand hoch, als ich protestieren wollte. „Aber das tun wir und es gibt kein zurück. Lass uns nicht über unsere Zusammenarbeit reden, sondern lieber über das, was wir wissen."

Ich seufzte. „Du bist so stur, Lincoln."

„Du sagst das, als wärst du es nicht."

Ich hob den Deckel vom Tablett, auf dem sich eine Auswahl an Käse, Nüssen und Früchten befand. „Inwiefern?"

„Zum einen hast du mich weiterhin beim Vornamen genannt, obwohl ich es verboten habe. Und jetzt duzt du mich auch noch."

„Du nennst mich auch beim Vornamen."

„Das ist etwas anderes. Du arbeitest für mich, nicht andersherum."

„Ich finde, dass Leute, die sich gegenseitig küssen, per du sein sollten, du nicht?"

Darauf hatte er keine Antwort und wir aßen einige Minuten schweigend. Auch wenn ich den Punkt gewonnen hatte, hatte ich nicht das Gefühl, dass es das wert gewesen war. Lieber redete ich mit ihm, als hier schweigend zu sitzen.

„Ich denke, wir sollten Buchanans Geist beschwören", sagte ich schließlich. „Wir müssen sicher wissen, ob er Emberly Park lebend verlassen hat."

„Dem stimme ich zu."

„Wirklich?"

„Ich sehe keine andere Option. Du kannst ihn nach dem

Essen beschwören." Er zeigte auf die Schüssel mit den Nüssen. „Iss."

Ich nahm eine Mandel, ziemlich erstaunt, dass er seine Meinung über das Anrufen von Buchanans Geist geändert hatte. Zuvor war er so dagegen gewesen. „Ich glaube, er ist der Vater des Kindes. Die Gerüchte, die Seth gehört hat, stimmten wahrscheinlich und Marguerite war die Frau, der er ‚einen Braten in die Röhre geschoben hat', wie Seth sich ausdrückte. Das ist die eine Sache und dazu jetzt der Aufruhr beim Mausoleum des Kindes … das ist ein viel zu großer Zufall."

Er wirkte nicht überrascht, also musste ihm das auch schon eingefallen sein.

„Marguerite scheint ihn auch sehr zu mögen", fügte ich hinzu. „Zu sehr für eine Schwägerin, wenn du mich fragst."

„Das ist mir nicht aufgefallen." Er nickte jedoch langsam, als ob er den Gedanken schlüssig fand.

„Buchanan muss kürzlich erfahren haben, dass das Kind voll ausgereift war. Dann kam er her, um es sicherzustellen, und konfrontierte seinen Bruder damit. Aber warum nicht Marguerite, frage ich mich?"

„Das wissen wir nicht. Sie könnten noch vor dem Streit miteinander gesprochen haben."

„Was für eine verzwickte Familie", sagte ich. „Marguerite war in Andrew verliebt und ist es vermutlich immer noch, aber Andrew war in Julia verliebt. Und Julia ist in dich verliebt."

Er zuckte zusammen. Ich nahm mein Glas und nippte daran, während ich ihn über den Rand beobachtete. Er begegnete meinem Blick. „Charlie … Julias Gefühle sind irrelevant."

„Nicht für sie."

Er spreizte seine Finger auf der Tischdecke. „Das meinte ich nicht."

Für so einen selbstsicheren und wortgewandten Mann hatte er große Mühe, sich auszudrücken, wenn es um Herzensangelegenheiten ging, sowohl seine als auch die von anderen.

„Julia und ich sind nicht mehr zusammen und werden es auch nie wieder sein. Sie war ein Fehler, den ich nicht wiederholen werde."

Ich schnappte mir mein Glas und stand auf. „Ah, ja, Fehler", presste ich hervor. „Du sagtest, dass es ein Fehler war, mich zu küssen. Wenigstens bin ich in illustrer Gesellschaft mit der bezaubernden Witwe." Ich fuhr herum und marschierte zum Kamin. Verdammt sollte er sein, dass er solche Gefühle in mir hervorrief, wie ein erbärmliches, albernes Mädchen mit einer fehlgeleiteten Schwärmerei. Ich hasste ihn dafür, doch mich hasste ich mehr, weil ich es ihm erlaubte, mir so zuzusetzen.

Ich hob mein Glas, um es in den Kamin zu schleudern, fand meine Hand aber von Lincolns umschlossen. Er stand dicht hinter mir. Sein Atem klang abgehackt, wie mein eigener.

Mein Herzschlag setzte aus.

„Andere Fehler", murmelte er. „Ganz andere."

Ich legte den Kopf in den Nacken, um ihn anzusehen. Sein stoppeliges Kinn war ganz nah an meinem Auge, hart wie Stein. Ich küsste seinen Hals über seinem Kragen und spürte das Pulsieren seines Blutes an meinen Lippen, den winzigen Schauer, der über seine Haut strich.

„Das hier ist kein Fehler, Lincoln", murmelte ich. „Du fühlst nicht—"

Er riss sich von mir los. „Tu nicht so, als wüsstest du, was ich fühle."

Heiße Tränen brannten in meinen Augen, als er mir den Rücken kehrte. „Ich weiß es besser als du denkst", flüsterte ich. „Ich habe gespürt, wie dein Körper auf mich reagiert. Ich habe das Verlangen in deinen Augen gesehen."

Er fuhr sich mit der Hand durch die Haare. „Es ist egal, was ich fühle", knurrte er. „Verstehst du das nicht?"

„Nein."

„Wir können nicht zusammen sein."

Ich verschränkte die Arme in der Hoffnung, dass das irgendwie mein Zersplittern in tausend Stücke verhinderte. Ich wollte vor ihm nicht zusammenbrechen. Wenn ich das tat und er dann ging, das konnte ich nicht ertragen. „Aber du willst mit mir zusammen sein", sagte ich ohne Überzeugung. Ich war mir seiner Gefühle nicht sicher, obwohl ich das behauptete. Einige kleine Anzeichen deuteten darauf hin, dass er Verlangen nach mir hatte, aber er war ein Mann und ich eine Frau und wir waren allein. Natürlich würde sein Körper auf meine Zuwen-

dung reagieren. Das war nur natürlich. Aber darüber hinaus ...
Ich wusste es nicht.

„Ja." Ihm brach die Stimme.

Mein Herz raste und mir wurde schwindelig. „Dann komm zu mir, Lincoln. Liege bei mir."

Er fuhr herum. In seinen Augen war kein Verlangen, kein Anzeichen dafür, dass ich ihm etwas bedeutete oder er mich wollte. Nur Wut, kalt und wild und roh. „Nein. Das würde das Ende unserer Freundschaft bedeuten, unserer Zusammenarbeit. Von allem."

Ich rieb meine Arme. „Das muss es nicht."

„Das wird es, ob wir es wollen oder nicht. Es geht vorüber, Charlie, dieses ... Verlangen. Dafür werde ich sorgen."

Ich stieß ein harsches Lachen aus. „Du *sorgst* dafür? Es gibt keinen Schalter, mit dem man Gefühle ein- und ausschalten kann, Lincoln. Das ist absurd."

Er richtete sich auf. Seine Nasenflügel bebten. Hatte ich ihn vor den Kopf gestoßen? Ihn noch wütender gemacht? Es war schwer zu sagen. „Schlage nie wieder vor, dass wir diesen Gefühlen nachgeben. Zwischen uns besteht eine Grenze. Wenn du mir weiterhin helfen willst, Buchanans Verschwinden zu ergründen, dann überschreite sie nicht."

Ich beobachtete, wie die Härte langsam aus seinem Gesicht wich und er seine geballten Fäuste löste. Mein eigenes Temperament kühlte sich ebenfalls ab und machte Verwirrung Platz. Ich war mir gar nicht sicher, dass er mich verletzt hatte. Er hatte immerhin zugegeben, dass er mich begehrte. Das war doch was, eine Art Basis. Allerdings war ich mir nicht mehr sicher, wie ich mit dieser Begierde umgehen sollte. Ihn dazu zwingen zu wollen schien der sicherste Weg, seine Wut zu wecken.

„Beschwöre ihn", sagte er knapp. „Dann gehen wir für heute Abend auseinander und kehren morgen nach London zurück."

Ich nickte und setzte mich ans Feuer. „Danach ..." Ich schluckte. „Nachdem ich Buchanans Geist beschworen habe, wirst du weiter mit mir arbeiten wollen? Oder habe ich jetzt alle Chancen darauf zerstört?"

Er stützte seine Ellenbogen auf dem Kaminsims ab und starrte in die glühenden Kohlen. „Deine Nekromantie ist hin und wieder recht nützlich, und ich gebe zu, dass deine Befragung von Edgecombe heute eine Inspiration war. Du denkst und handelst schnell, du kannst gut mit Menschen umgehen, was ich nicht kann. Wir arbeiten gut zusammen." Seine Finger verhakten sich ineinander und er warf mir einen Blick zu, ehe er wieder ins Feuer starrte. „Ich wäre ein Dummkopf, wenn ich dich aus dieser Ermittlung ausschließen würde, und aus zukünftigen."

„Danke", sagte ich und lächelte trotz allem. „Ich weiß es zu schätzen."

„Buchanans zweiter Vorname ist Myron. Lass uns anfangen."

Ich stieß den Atem aus und zerrte meine Gedanken von Lincoln weg zu der Aufgabe, die vor mir lag. „Andrew Myron Buchanan, hören Sie mich?"

Kein weißer Nebel kam auf mich zu. Die Luft im Raum bewegte sich nicht und das einzige Geräusch war ein Hund, der in der Ferne bellte. Ich stellte mein Glas auf den Tisch und versuchte es erneut.

„Dies ist eine Nachricht für den Geist von Andrew Myron Buchanan. Bitte kommen Sie zu mir hier in diesen Raum und reden Sie mit mir. Ich muss Ihnen einige Fragen stellen." Immer noch nichts. Ich zuckte mit den Schultern.

„Versuch es noch einmal", sagte Lincoln.

„Ich möchte mit dem Geist von Andrew Myron Buchanan sprechen. Können Sie mich hören? Kein Grund zur Angst, ich möchte nur reden." Ich wartete, dann schüttelte ich den Kopf. „Er ist nicht hier."

„Dann ist er nicht tot."

KAPITEL 11

Der Zug fuhr früh am nächsten Morgen. Wir hatten ein Abteil ganz für uns. Ich dachte, Lincoln würde fordern, dass wir uns ein anderes mit weiteren Fahrgästen suchten, damit wir nicht allein waren, aber das tat er nicht. Er setzte sich so mit seiner Zeitung hin, dass ich sein Gesicht nicht sehen konnte.

Ich versuchte, mich auf mein Buch zu konzentrieren, schaute aber die meiste Zeit aus dem Fenster, während wir durch die Landschaft sausten. Ich mochte sie sehr und wollte noch nicht unbedingt nach London zurück. Die Stadt würde immer mein Zuhause sein. Es würde mir allerdings nichts ausmachen, Oxfordshire einen weiteren Besuch abzustatten. Oder vielleicht das nächste Mal ans Meer zu fahren. Lincoln hatte gesagt, dass er mich dorthin bringen wollte. Ob er sich jetzt wünschte, er hätte den Mund gehalten? Erinnerte er sich überhaupt daran, ein solches Versprechen gemacht zu haben? Sicher würde er es nicht einhalten. Nach unserem Gespräch am Abend zuvor wäre eine solche Reise zu unschicklich.

„Lincoln", sagte ich und wartete, bis er die Zeitung gesenkt hatte. „Du bereust es vielleicht, mich mitgenommen zu haben, aber ich möchte dich wissen lassen, dass ich sehr froh bin, dabei gewesen zu sein."

Er faltete die Zeitung zusammen und legte sie neben sich

auf den Sitz. „Ich bereue es nicht, dich mitgenommen zu haben. Ich habe dir gestern Abend gesagt, dass wir gut zusammenarbeiten. Das möchte ich nicht missen." Er wandte sich dem Fenster zu. „Ich bereue, dass ich nicht darauf bestanden habe, dass Seth oder Gus mitkommen. Die anderen in der Nähe zu haben, hätte uns vielleicht davon abgehalten, zu … schwelgen."

„Vielleicht." Da war ich mir nicht so sicher. Ich schätzte, wir hätten uns ein paar Augenblicke von den anderen davongestohlen, um zu schwelgen, wie er es ausdrückte. Manche Dinge waren unausweichlich, wie die Zeit, die verstrich, oder das Kommen und Gehen der Gezeiten. Man konnte sie nicht aufhalten. „Jedenfalls wollte ich mich nur bedanken. Trotz unseres unglücklichen Austauschs gestern Abend habe ich die Zeit auf dem Land sehr genossen."

Er nahm die Zeitung wieder zur Hand. „Das habe ich bemerkt."

Ich wurde rot. Zum Glück schaute er mich nicht an. Ich öffnete mein Buch, konnte mich aber nicht auf die Worte konzentrieren. „Du musst mich für albern halten", murmelte ich. „Es sind schließlich nur Bäume und Gras."

Er faltete die Zeitung auseinander und fing an zu lesen. Ich dachte, das Gespräch wäre beendet, bis er sagte: „Es sind nicht nur Bäume und Gras. Nicht mehr."

Den Rest der Fahrt nach Hause grübelte ich darüber, was er damit meinte.

* * *

Der Koch hatte anlässlich unserer Rückkehr eine besondere Torte gebacken, die mit kleinen Sahnetupfern dekoriert war. „Es war still im Haus ohne dich, Charlie", sagte er, während er den letzten Tupfer mit gekonnter Drehung aufsetzte.

Ich deckte vier Teller, Tassen und Untertassen auf dem Küchentisch ein, und ein weiteres Gedeck für Lincoln auf einem Tablett. Er war nach unserer Ankunft direkt in seinen Gemächern verschwunden und ich bezweifelte, dass wir ihn den Rest des Tages zu Gesicht bekommen würden. „Das ist lieb, dass du das sagst", sagte ich zum Koch. „Diese Torte ist viel zu schön zum Essen."

„Das findest du vielleicht", sagte Gus und hielt seinen Teller hin, um das erste Stück zu bekommen.

Der Koch legte es auf einen anderen Teller und reichte ihn mir. „Ladys first."

Gus verdrehte die Augen und wartete auf das zweite Stück. „Seth, bring du dem Tod seinen Tee. Ich habe den ganzen Morgen die Ställe ausgemistet."

„Und ich war hier und habe dem Koch geholfen." Seth schenkte den Tee aus und stellte die Kanne auf das Tablett. „Ich will alles über Emberly Park hören, wenn ich zurückkomme."

Der Lakaiendienst wurde ihm erspart, als Lincoln eintrat, einen Brief in der Hand. Er sah erfrischt aus nach unserer Reise, die Haare offen, die Krawatte, der Mantel und die Weste fehlten. Es fiel mir schwer, seinem Blick zu begegnen. Zwischen uns war so viel passiert, seit wir Lichfield verlassen hatten, und ich war mir über mein weiteres Vorgehen noch nicht im Klaren.

„Ich setze mich zu euch", sagte er und reichte mir den Brief. „Charlie, das betrifft dich."

„Sie bekommen Briefe über mich?"

Er zog seine Hosenbeine an den Knien hoch und setzte sich mir gegenüber. „Er ist von einem Waisenhaus in Frankreich."

„Frankreich?" Ich überflog den Brief und reichte ihn zurück. „Der ist auf Französisch. Was steht da? Und warum bekommen Sie Briefe von französischen Waisenhäusern?"

„Ich habe verschiedene Wohltätigkeitsorganisationen angeschrieben und um die Namen und Adressen von Waisenhäusern, Armenhäusern und Geburtskliniken für benachteiligte Frauen gebeten. Dann habe ich die alle angeschrieben und nach einer Frau namens Ellen gefragt, die vor achtzehn Jahren eine Tochter zur Welt gebracht und sie zur Adoption an ein englisches Ehepaar freigegeben hat. Ich habe so viele Einzelheiten über Holloway angegeben, wie ich konnte."

Ich starrte ihn an. Das hatte er getan? Für mich? Oder für sich selbst? „Wann haben Sie mit den Nachforschungen begonnen?"

„Vor zwei Monaten."

Als ich in Lichfield eingezogen war. Also vielleicht nicht für mich, sondern um meine Mutter für das Ministerium zu finden. Trotzdem erzählte er mir jetzt davon, obwohl er die Informationen für sich hätte behalten können.

Ich war nicht die einzige, die Lincolns Ausführungen zum Schweigen brachte. Die anderen drei hielten ebenfalls inne und starrten ihn an.

„Frankreich", sagte Seth mit einem langsamen Nicken. „Deswegen hat diese Calthorn die Information für Frankenstein gefunden. Er hat ihr selbst auferlegtes Exil in Paris ausgenutzt und sie gebeten, genau das zu tun, was Sie getan haben—Nachforschungen in den Waisenhäusern und dergleichen anstellen."

Lincoln nahm ein Stück Torte vom Koch entgegen. „Es scheint wahrscheinlich, dass er bereits wusste, dass er in Frankreich suchen musste, möglicherweise weil Ellen Französin war. Die Antwort in diesem Brief erklärt auch, warum Frankenstein nicht genau wusste, wo er in London nach dir suchen musste." Er zeigte auf eine Zeile in dem Brief, die ich nicht verstand. „Die Vorsteherin erklärt hier, dass das Kind, von dem sie glaubt, dass es das ist, nach dem ich suche, von einem Vikar in London adoptiert wurde. Vor einigen Jahren gab es ein Feuer, das alle Aufzeichnungen zerstört hat, aber sie erinnerte sich an dich."

„Warum?" Ich umklammerte meine Teetasse mit beiden Händen. Ich hatte das Gefühl, dass meine Augen riesig waren, während ich ihn anstarrte und in Erwartung seiner Antwort die Luft anhielt. „Die müssen doch hunderte Babys sehen."

„Die Vorsteherin gibt an, dass Ellen Mercier anders war als andere Mütter, die gezwungen sind, ihre Kinder aufzugeben. Sie konnte sich gut ausdrücken, hatte einen gehobenen Akzent und ihre Kleidung war von guter Qualität, wenn auch alt und abgenutzt. Die Vorsteherin vermutet, dass Ellen aus gutem Hause stammte, das Schicksal ihr aber übel mitgespielt hatte, vielleicht aufgrund ihrer Schwangerschaft."

„Sie hat Frankenstein nicht geheiratet", flüsterte ich.

„Nein. Als unverheiratete Mutter standen ihr keine Türen offen."

„Vielleicht nicht einmal die Tür zum Haus ihres Vaters."

Er nickte, während er mich beobachtete. Nach einer Weile drehte er den Brief um und zeigte auf die kleine, ordentliche

Schrift im oberen Teil. „Hier beschreibt sie Ellen Merciers Aussehen. ‚Kleine, zierliche Gestalt mit passenden Gesichtszügen,
abgesehen von ihren großen Augen, die man nicht umhinkam,
zu bemerken.' Wie du.“

„Ja“, flüsterte ich.

„Aber ihre Augen waren braun.“

„Meine sind blau, wie seine.“ Ich wünschte, ich hätte vor
seinem Tod von meinem Vater mehr über meine Mutter erfahren, aber es hatte so wenige Gelegenheiten gegeben. Jetzt war er
fort. „Steht in dem Brief, was mit ihr passiert ist?“

„Die Vorsteherin schreibt, dass Ellen sehr übereilt aufgebro-
chen ist. Sie war unglücklich, dass sie dich aufgeben musste,
hatte aber das Gefühl, dass es für dich das Beste war. Es fiel ihr
sehr schwer, zu gehen, aber sie war krank und konnte sich nicht
um dich kümmern. Die Vorsteherin sagt, Ellen hätte sie ange-
fleht, dich in eine nette, respektable Familie zu geben, eine, die
verzweifelt nach einem Kind sucht, das sie lieben können. Als
die Holloways einige Tage später zu ihr kamen und eine Tochter
wollten, hat sie nicht gezögert, dich ihnen zu geben. Du warst
ein braves Kind, zufrieden, und im richtigen Alter. Die Vorsteherin vermutete, dass deine Mutter wohl nicht mehr lange zu
leben hatte. Sie war zu krank.“

Er beobachtete mich genau. Sein Blick wich nicht von
meinem Gesicht. Ich wollte, dass er mich in den Arm nahm,
mich tröstete, aber ich wusste, dass ich von ihm jetzt keine
Zuneigung erwarten konnte. Er hatte seine Haltung
klargemacht.

„Warum waren die Holloways in Frankreich auf der Suche
nach einem Kind?“, fragte Seth.

„Genau“, sagte Gus. „Was stimmt denn mit ‘nem englischen
nich?“ Seth schlug ihn auf den Arm, wodurch Gus seinen Tee
verschüttete. „Was stimmt an der Frage nich?“

Der Koch fluchte leise, warf mir einen bedeutsamen Blick zu
und schlug Gus auf den anderen Arm.

„Die Vorsteherin weiß es nicht genau“, sagte Lincoln. „Aber
sie deutet an, dass die Holloways das Kind als ihr eigenes
ausgeben wollten, nach einer ausgedehnten Reise auf dem
Kontinent. Anscheinend geschieht das häufig. Holloway

behauptete, ihre Entscheidung, ein ‚armes französisches Baby zu retten‘, wie er sich ausdrückte, wäre spontan am Tag zuvor gefallen, aber die Vorsteherin sagte, das wäre unmöglich. Die besaßen bereits einen Kinderwagen und einige Anziehsachen. Da der Tag davor ein Sonntag gewesen war, hätten sie nichts einkaufen können. Sie mussten die Adoption einige Zeit im Voraus geplant haben."

„Meine Güte, diese Vorstehtante hat ’nen Bombengedächtnis."

„Sie fragt, wie es dir geht, Charlie", fuhr Lincoln fort. „Sie hat großes Interesse daran, wie es dir ergangen ist. Wenn du ihr schreiben möchtest, kann ich es für dich übersetzen."

Ich nickte stumm, obwohl mir in dem Moment nicht das Geringste einfiel, was ich ihr hätte sagen wollen. Vielleicht danke?

„Sie hat eine letzte Anmerkung. Deine Mutter hat etwas hinterlassen mit der Anweisung, dass es bei dir bleiben sollte, aber die Holloways wollten nichts aus deiner Vergangenheit haben. Sie fragt, ob sie es schicken soll."

„Ja", sagte ich schnell. „Ja, bitte, sagen Sie ihr, dass sie es schicken soll." Ich stand auf. Ich wusste kaum, was ich tat. Ich wollte nur mit meinen Gedanken allein sein. Die Frau, die mir das Leben geschenkt hatte, erschien mir plötzlich realer, keine unbekannte, vage Gestalt. Und sie hatte mich genug geliebt, um zu tun, was für mich am besten war.

„Entschuldigt mich", sagte ich mit einem schwachen Lächeln in die Runde. „Die Torte war herrlich, Koch, aber ich habe keinen Hunger. Ich esse den Rest später."

„Du hast noch gar nich probiert", bemerkte Gus.

„Halt die Klappe", zischte der Koch.

Ich ging … irgendwo hin. Ich wusste kaum, wohin mit mir. Nach draußen vielleicht. Ich brauchte frische Luft. Aber Lincoln holte mich ein, bevor ich die Haustür erreicht hatte.

„Charlie, einen Moment."

Ich blieb stehen und sah zu ihm auf. Mir waren meine tränenschweren Augen und meine zugeschnürte Kehle sehr bewusst. Meine Gefühle schwammen dicht an der Oberfläche, kurz vor dem Überlaufen. Mit Lincoln zu sprechen war für meine blankliegenden Nerven im Moment vielleicht nicht das Beste.

Seine Finger strichen so kurz über meine, dass ich mich fragte, ob ich es mir eingebildet hatte. „Ich bringe dich hin." Die Worte purzelten von seinen Lippen. Inzwischen wusste ich, dass er so sprach, wenn er etwas spontan sagte, ohne vorher groß darüber nachzudenken.

„Ich weiß gar nicht, wo ich hin will." Ich winkte in die allgemeine Richtung der Haustür. „Nur raus, spazieren gehen."

„Ich meine nach Frankreich."

„Frankreich?" Das meinte er doch nicht ernst. Und doch schaute er so ernsthaft, so aufrichtig.

„Wenn wir Buchanan gefunden haben, fahren wir zusammen nach Paris und holen deine Sachen aus dem Waisenhaus."

Mir wurde bewusst, dass ich ihn ziemlich dumm anstarrte, mit offenem Mund. „Lincoln … sag nichts, was du später bereust."

Er verschränkte die Hände hinter seinem Rücken. „Hoffentlich vor dem Winter, bevor die Überfahrt rauer wird. Seereisen sind auch im besten Falle unangenehm."

„Davon weiß ich nichts." Ich wartete darauf, dass er sein Angebot zurücknahm, aber das tat er nicht. Er stand einfach nur da, als ob er darauf wartete, dass ich sprach. „Lincoln, ich … ich weiß nicht, was ich sagen soll."

„Es gibt nichts zu sagen." Er drehte sich um und marschierte davon. Seine Finger krallten sich auf seinem Rücken zusammen, die Knöchel weiß.

Ich wollte ihm nachlaufen, sein Gesicht mit beiden Händen fassen und ihn küssen. Stattdessen rief ich einfach nur: „Danke."

Er blieb am Treppenabsatz stehen, drehte sich aber nicht um, eine Hand auf das Geländer gelegt. Nach einem Augenblick sagte er schließlich: „Gern geschehen." Dann nahm er zwei Stufen auf einmal und verschwand aus meinem Sichtfeld.

* * *

LANGE BLIEB ICH NICHT DRAUSSEN, da es anfing zu regnen. Lincoln suchte mich auf, sobald ich reinkam.

„Da bist du ja", sagte er schlicht. „Gut. Hol deinen Mantel und deine Handschuhe, wenn du mit mir zu den Harcourts fahren willst."

„Wir konfrontieren Lord und Lady Harcourt?"

„Ja."

„Was ist, wenn die Witwe da ist? Du wolltest sie vor dem schützen, was wir über sie herausgefunden haben. Ich denke nicht, dass wir das können, wenn wir offenlegen, was wir wissen."

„Das können wir nicht und es war ein zweckloser und fehlgeleiteter Vorschlag meinerseits. Ich hätte auf dich hören sollen." Er nickte steif. „Du sagtest, dass es eine Verbindung zwischen ihr, dem Alhambra und Buchanans Verschwinden geben müsste, und das hat sich als richtig herausgestellt. Es tut mir leid, dass ich an dir gezweifelt habe, Charlie."

Er ging an mir vorbei. Ich starrte auf seinen Rücken, unsicher, was mich mehr schockierte—dass er falsch gelegen hatte oder dass er es zugab.

Ich eilte die Treppe hinauf. Die kühle Luft draußen hatte mir den Kopf frei gemacht und ich fühlte mich nicht länger wie gelähmt durch die Nachrichten in dem Brief, eher im Gegenteil. Es belebte mich und ich fühlte mich—vollständiger. Zuvor war es, als würde ich in die Dunkelheit greifen und nur Leere vorfinden. Jetzt hatte ich das Gefühl, eine kleine Lampe bei mir zu haben und eine Person in der Nähe zu sehen, fast in Reichweite. Sehr gern wollte ich mit Lincoln dieses Waisenhaus aufsuchen. Es trieb mich an, Buchanan zu finden und unsere Ermittlungen schneller abzuschließen. Eine Konfrontation mit den Harcourts war ein guter Anfang.

Seth und Gus fuhren uns beide, da sie behaupteten, sonst nichts zu tun zu haben. Ich hatte den Verdacht, dass sie schlicht der Haus- und Gartenarbeit entgehen wollten. Lincoln saß mir in der Kabine gegenüber und beobachtete mich, während ich versuchte, mir nicht anmerken zu lassen, wie peinlich mir das war.

„Du bist glücklich", rückte er heraus, als wir schon fast beim Haus der Harcourts angekommen waren.

„Das bin ich."

„Wegen der Neuigkeiten aus Frankreich?"

Ich nickte lächelnd.

„Als ich dir in der Küche davon berichtet habe, wirktest du nicht glücklich."

„Das war nur die Überraschung. Es musste erst etwas sacken."

„Gut." Er schob den Vorhang mit dem Finger zur Seite und zerrte ihn so weit zurück, wie es ging. Dann schaute er hinaus auf die Häuser in Mayfair. „Ich hatte befürchtet, dass meine Handlungen gedankenlos waren und dich unglücklich gemacht haben."

Ich runzelte die Stirn. Er schien sich ernsthaft Sorgen zu machen, dass er mich mit der Suche nach Informationen über meine Mutter aus der Fassung gebracht hatte. „Lincoln, du hast mir eine ganze Reihe von Geschenken gemacht. Diesen Mantel zum einen, Handschuhe und Hüte. Neulich auch noch die Gürtelkette."

Er ließ den Vorhang los und richtete seine Aufmerksamkeit auf mich.

„Aber nichts davon ist so besonders wie das Geschenk dieses Briefes."

Er schaute wieder aus dem Fenster, doch unsere Blicke trafen sich im Spiegelbild. „Das hat mich nichts gekostet", sagte er und unterbrach den Blickkontakt.

„Es muss dich erheblich viel Zeit gekostet haben, all diese Briefe nach Frankreich zu schreiben. Das ist nicht nichts."

„Die Information ist von der Vorsteherin, nicht von mir. Du kannst ihr deine Dankbarkeit zum Ausdruck bringen, wenn du sie triffst."

Ich schüttelte den Kopf und lächelte. „Du bist unmöglich."

„Und du bist anders als alle Frauen, denen ich bisher begegnet bin."

Ich lachte. „Dann solltest du häufiger zu Bällen und Dinnern gehen."

„Ich bezweifle, dass ich dort noch so jemanden finde wie dich."

Die Kutsche hielt an und schwankte, als Seth herabsprang. Er öffnete die Tür und hielt mir die Hand hin, die ich aber nicht sofort nahm. Ich versperrte die Türöffnung mit meinem Körper und gab Lincoln einen schnellen Kuss auf die Wange.

„Die besten Geschenke kommen von Herzen", sagte ich zu ihm, „nicht vom Juwelier oder dem Schneider. Danke, dass du die Briefe geschrieben und mir angeboten hast, mich nach Paris zu bringen. Das ist sehr nett von dir."

Mit großer Genugtuung sah ich, dass er fassungslos war. Seine Augen waren noch nie so weit offen gewesen, sein Kinn noch nie so locker. Ich stieg mit einem Lächeln für Seth aus der Kutsche und wartete auf dem Bürgersteig. Es dauerte lange, bis Lincoln ausstieg, seine Ausdruckslosigkeit wieder an Ort und Stelle.

Millard, der Butler, öffnete die Tür für uns und stolperte fast rückwärts vor Schreck, als er mich neben Lincoln sah. Das letzte Mal, als ich im Hause der Harcourts vorgesprochen hatte, hatte er mir nahegelegt, dass Mägde den Dienstboteneingang benutzen sollten.

Er erholte sich genug, um sich zu verbeugen und zur Seite zu treten. „Mr Fitzroy, Sir. Wie schön, Sie wiederzusehen."

„Gleichfalls." Lincoln präsentierte mich, als wäre ich eine Debütantin und Millard die Königin. „Sie erinnern sich an Miss Holloway."

„Natürlich." Die Verbeugung, die er mir zugedachte, fiel deutlich flacher aus als bei Lincoln.

„Ist seine Lordschaft zugegen, um Besucher zu empfangen?"

„Im Moment nicht. Lady Harcourt und die Witwe Harcourt sind jedoch beide zugegen."

„Bitte informieren Sie sie, dass ich mit beiden sprechen möchte."

„Natürlich, Sir. Wenn Sie im Salon warten wollen."

Obwohl er kleiner war, war der Salon noch spektakulärer als der in Emberly mit seinen weichen, grünen Samtvorhängen und dem rot-goldenen Teppich. Wo Emberlys Wände mit Gemälden von Kühen und Landschaft gepflastert waren, war dieser Salon eleganter mit Bildern von Frauen und Kindern dekoriert. Ich nahm an, dass es Familienmitglieder waren, aber es war merkwürdig, dass auf keinem einzigen der Bilder ein Mann zu sehen war. Jedes steckte in einem schweren Goldrahmen, ebenso wie die drei Spiegel. Blattgold verzierte das Kaminsims, die Decke und den Großteil der Möbel. Der Geschmack der Witwe umfasste weniger Kleinkram als der ihrer Schwiegertochter, wodurch der Raum geräumig und luftig wirkte. Er gefiel mir deutlich besser.

Lady Harcourt—Julia—segelte herein, ein überraschtes Lächeln auf ihrem Gesicht. Es verhärtete sich, sobald sie mich erblickte. Anscheinend hatte Millard mich für nicht wichtig genug gehalten, um meine Anwesenheit kundzutun. „Lincoln, Charlie, wie nett euch zu sehen." Sie begrüßte Lincoln mit einem Kuss auf die Wange. „Was verschafft mir das Vergnügen?"

„Wir müssen mit Lord und Lady Harcourt sprechen", sagte er.

Ihr Blick wanderte zu mir und wieder zurück. „Worüber?"

„Wir haben in Emberly Park einige Dinge erfahren, die der Klärung bedürfen."

„Wir?", wiederholte sie und beäugte mich erneut. „Lincoln, was ist hier los? Warum ist Charlie hier?"

Marguerite wählte diesen Moment, um einzutreten. Anders als ihre Schwiegermutter glitt sie nicht in den Raum, sondern kam schwerfällig mit schwingenden Hüften hereingetapst. Sie begrüßte Lincoln höflich, runzelte aber bei meiner Vorstellung die Stirn, als ob sie mich nicht so recht einordnen könnte.

„Tee, Milady?", fragte Millard.

Julia sah Lincoln fragend an, aber der schüttelte den Kopf. „Nein, danke, Millard", sagte sie. „Sie können gehen. Bitte schließen Sie die Tür."

Er verbeugte sich und schloss die Doppeltür.

„Madam", fing Lincoln an, brach jedoch ab, als Marguerite ihre Hand hob.

Sie hatte ihren Blick nicht von mir abgewendet, seit wir uns gesetzt hatten. Jetzt rückte sie vor und zeigte auf mich. „Das ist Ihr Hausmädchen."

„Miss Holloway ist meine Assistentin."

„Sie sieht ihrem Hausmädchen sehr ähnlich."

Julia zog die Augenbrauen hoch, aber er ignorierte sie. Plötzlich wünschte ich mir, das Sofa würde mich verschlucken. Ich wusste nicht, warum ich gedacht hatte, das hier wäre eine gute

Idee. Natürlich würden es beide Damen abscheulich finden, dass ich in ihrem Salon saß, ganz zu schweigen davon, dass ich meine Nase in ihre Privatangelegenheiten steckte. Lincoln hätte mich nicht auf diese Exkursion mitnehmen sollen.

Andererseits war es genau das, was ich von ihm wollte. Ich hatte seine Partnerin bei den Ermittlungen sein wollen, mehr als eine Magd innerhalb des Ministeriums. Es war nicht fair, dass ich ihm einen Fehler vorhielt, wenn er genau das tat, was ich verlangt hatte. Genau so wenig sollte ich mich in der Gegenwart dieser Damen minderwertig fühlen. Vielleicht war ich standesmäßig unter ihnen, aber der Geburt nach war ich Julia ebenbürtig und in Sachen Intelligenz mindestens ebenbürtig mit Marguerite. Mit keiner von beiden würde ich in diesem Moment tauschen wollen.

„Miss Holloway und ich sind heute Morgen aus Emberly Park zurückgekehrt."

Lincolns Aussage brachte Marguerite dazu, nach Luft zu schnappen. Ihre Hand flatterte zu ihrer Brust und sie schaute auf die verschlossenen Türen. Wünschte sie sich vielleicht ihren Mann herbei? „Warum sind Sie dorthin gefahren, wenn Sie wussten, dass wir hier sind?"

„Um herauszufinden, ob Ihr Schwager das Haus aufgesucht hat oder nicht."

„Mein Mann hat Ihnen gesagt, dass er nicht dort war. War sein Wort etwa nicht gut genug?"

„Nein."

Marguerite kniff die Lippen zusammen. „Das ist ungeheuerlich!"

„Lincoln hat es nicht so gemeint, Marguerite." Julia warf Lincoln einen vernichtenden Blick zu.

Er ignorierte sie beide. „Es scheint, als wäre Buchanan an jenem Tag doch nach Emberly gefahren." Ich beobachtete ihn sorgfältig, aber wenn ich nicht gewusst hätte, dass er die Wahrheit etwas dehnte, um sie zu testen, wäre ich nicht darauf gekommen. „Er wurde auf dem Gelände gesehen."

„Wurde er nicht!" Sie legte ihre Hände flach auf ihren Schoß und streckte die Finger aus. „Das kann nicht sein, denn er war nicht dort."

„Mr Edgecombe hat ihn von seinem Fenster aus gesehen."

„John! A-aber Sie können nicht alles glauben, was er Ihnen erzählt. E-er ist … nicht ganz richtig im Kopf. Seit dem Unfall …" Sie streckte ihre Hand nach ihrer Schwiegermutter aus.

Nach einer ganzen Weile nahm Julia sie. „Er hatte vor einem Jahr oder so einen Reitunfall", sagte sie. „Danach hat er sich verändert. Zum einen trinkt er viel. Bist du sicher, dass er sich nicht geirrt hat?"

„Das muss er", platzte Marguerite heraus. Sie schaute wieder sehnsüchtig zur Tür.

„Es ist schwer zu sagen", sagte Lincoln.

„Haben die Angestellten ihn gesehen?", fragte Julia.

„Nein, aber sie haben gelogen."

„Woher weißt du das?"

Lincolns Blick glitt zu ihr. Sie presste die Lippen aufeinander.

Marguerite sah aus, als würde sie jeden Moment in Tränen ausbrechen. Sie schaute immer wieder zur Tür und ich fragte mich, ob es daran lag, dass es ihre einzige Fluchtroute war und nicht, weil sie hoffte, dass ihr Mann hereinkommen und sie retten würde.

„Mr Edgecombe sagte mir, dass Mr Buchanan mit einem Mann auf dem Familienfriedhof auf dem Hügel gekämpft hat", sagte ich. „In der Nähe des Mausoleums."

Marguerite wurde kreidebleich. Ihre Hände zitterten. Julia runzelte die Stirn. „Ist es notwendig, alte Wunden aufzureißen?"

„Wir glauben, dass das Kind ein wesentlicher Bestandteil dieser Ermittlungen ist", sagte Lincoln.

Sie schnaubte verächtlich. „Sei nicht albern. Wie könnte das sein?"

„Marguerite, können wir allein mit Ihnen sprechen?"

Julia richtete sich auf. „Wirfst du mich aus meinem eigenen Salon?"

Lincolns Blick blieb auf Marguerite geheftet. Ich wollte ihn warnen, dass er mit seiner Strenge wegen ihrer labilen Nerven etwas zurückrudern sollte, konnte aber seine Aufmerksamkeit nicht erregen.

„Vielleicht könnten Sie für Lady Harcourt etwas Tee holen", sagte ich zu Julia. „Sie braucht ihn vielleicht."

Julia erstarrte. „Ich *hole* gar nichts, Charlie. Dafür gibt es Millard."

„Entschuldigung", murmelte ich mit glühendem Gesicht. „Ich dachte nur, sie möchte vielleicht etwas Privatsphäre."

„Ach, um Himmels Willen, jetzt kann sie auch bleiben." Marguerite tupfte sich mit dem kleinen Finger die Augen ab. „Alle anderen scheinen es zu wissen, sogar die Magd. Hector war keine Frühgeburt", sagte sie zu Julia. „Er hat nur einen Tag gelebt und ist dann in meinen Armen gestorben."

Julia tätschelte ihre Hand. „Oh, meine Liebe. Das tut mir so leid. Aber das ist vor über fünf Jahren geschehen."

„Darf ich ihn deswegen nicht mehr betrauern?", fragte Marguerite patzig. „In deinen Kreisen wird das vielleicht anders gehandhabt, Julia, aber er war mein *Sohn*." Trotz ihres Tupfens entwischte eine Träne. Lincoln reichte ihr sein Taschentuch.

„Das meinte ich nicht", sagte Julia leise. „Natürlich betrauerst du ihn noch." Sie sah Lincoln flehend an.

„Marguerite, es tut mir leid, dass ich Sie das fragen muss", sagte er. „Es geht um die delikate Frage nach dem Vater des Kindes."

Julia zog ihre Hand zurück, als wäre sie weggeschlagen worden. Sie starrte Marguerite an, die völlig still dasaß. Sogar die Tränen waren verebbt.

„Ist es Andrew Buchanan?"

„Woher wissen Sie das?", flüsterte Marguerite.

„Der Kampf beim Mausoleum, sein Interesse an Estelle Pearson, etwas Tratsch ... wir haben die Puzzlestücke zusammengesetzt."

„Nein." Julia schüttelte immer wieder den Kopf. „Sicher nicht. *Andrew*?"

Marguerite nickte.

„Aber er ... er ..." Julia sackte gegen die Lehne des Sofas, als wäre sie geschubst worden. Selbst, dass sie ihren Bausch zerdrückte, schien ihr egal. „Er hat nie ein Wort verlauten lassen."

„Du glaubst, er erzählt dir alles?", stieß Marguerite hervor. „Das tut er nicht, weißt du?"

„Wie lange weiß Buchanan schon davon?", fragte Lincoln.

„Ich habe es ihm gesagt, als ich meinen Zustand erkannt habe", sagte Marguerite. „Aber er … er hat sich geweigert, etwas zu unternehmen."

„Das klingt nach Andrew", seufzte Julia.

„Es war nicht seine Schuld", schoss Marguerite zurück. „Tatsächlich war es deine!"

„Meine?"

„Sein Vater hat dir Andrews Erbe vermacht." Marguerite knurrte wie eine Hündin, die ihre Welpen verteidigt. „Andrew hatte kein Geld, kein Haus, nichts. Natürlich konnte er keine Frau oder Familie unterhalten. Es ist schrecklich ungerecht!"

„Er hätte sich Arbeit suchen können. Er war auf der Universität, Grundgütiger. Er ist doch kein Schwachkopf."

„Den Töchtern von Schulmeistern steht es vielleicht gut, über die Bretter im Alhambra zu trampeln, aber nicht dem Sohn eines Barons!"

Julias Gesicht brannte, ihre Augen blitzten. „Du albernes Mädchen. Wenn du glaubst, Andrew hat sich geweigert, dich zu heiraten, weil er kein Geld hatte, dann tut es mir leid, dich über deinen Irrtum aufklären zu müssen. Im Testament meines Mannes gab es eine Klausel, die besagt, dass Andrew im Falle einer Heirat ein großzügiges Einkommen aus dem Anwesen bezieht."

Marguerites Mund klappte auf.

„Andrew wusste das. Genau wie Donald." Julia richtete sich auf und erhob sich. „Ich hatte genug Schmutz für heute. Ich möchte an diesem Gespräch nicht länger teilhaben."

„Bleib", sagte Lincoln leise. „Du bist diejenige, die mich hierauf aufmerksam gemacht und mich gebeten hat, zu ermitteln. Du wirst bleiben und dir alle Details anhören."

Sie zögerte, dann setzte sie sich wieder. Ich war mir nicht sicher, ob ich so fügsam gewesen wäre, wenn Lincoln so mit mir gesprochen hätte wie mit ihr. Es sah ihr gar nicht ähnlich. Vielleicht wollte sie doch noch mehr schmutzige Details hören und ihr Versuch hinauszustürmen war nur Show.

„Marguerite", sagte Lincoln. „Wusste Ihr Mann, dass das Kind nicht von ihm war?"

„Ja, aber erst nach der Geburt." Das ganze Feuer, mit dem sie

Buchanan verteidigt hatte, war erloschen und sie war wieder eine fahle, verlorene Gestalt. „Es war ja offensichtlich, dass Hector ein voll ausgetragenes Kind war, und ich habe alles zugegeben. Er war zuerst wütend, aber dann wurde ihm klar, dass er noch gar nicht angefangen hatte, mir den Hof zu machen, als Andrew und ich ... als es passiert ist. Unsere Hochzeit war übereilt, wissen Sie, auf meinen Wunsch hin. Wir kannten uns natürlich schon eine Weile und er hatte um Erlaubnis gebeten, mir den Hof machen zu dürfen, aber ich hatte immer abgelehnt. Als ich zustimmte, haben wir fast umgehend geheiratet."

Das stimmte mit dem überein, was Estelle Pearson uns gesagt hatte, also musste es die Wahrheit sein. Allerdings fragte ich mich, ob Marguerite wirklich wusste, wie ihr Mann darüber dachte. Wie viele Männer wären so verständnisvoll, wenn sie herausfanden, dass ihr jüngerer Bruder ihre Frau geschwängert hatte? Und wusste er, dass seine Frau noch immer für Andrew brannte?

„Ich denke, das verwässert deine Theorie, dass Andrew neulich in Emberly war", sagte Julia. „Wenn er seit Jahren von dem Kind wusste, warum sollte er dann jetzt alte Wunden aufreißen?"

Ich sah Lincoln an, der die Stirn runzelte. „Es sei denn, sein Besuch hatte doch nichts mit dem Kind zu tun", sagte ich.

„Sie müssen sich irren", sagte Marguerite mit einem wenig damenhaften Schniefen. „Andrew war nicht dort und hat mit niemandem auf dem Grab meines Babys gekämpft. Entweder es war jemand anderes oder John war verwirrt. Das kommt gelegentlich vor."

Die Doppeltüren sprangen plötzlich auf und Lord Harcourt stürmte herein. „Fitzroy", bellte er.

Lincoln stand auf und stellte sich ihm zwischen den beiden Sofas entgegen. Seine Arme hingen locker an seinen Seiten, während Harcourt die Fäuste ballte. „Ich bin froh, dass Sie hier sind", sagte Lincoln. „Ich habe einige Fragen an Sie."

Marguerite stand auf und hakte sich bei ihrem Mann ein. Sie klebte förmlich an ihm. Ihre Unterlippe war so weit vorgeschoben, dass es aussah, als wäre sie von einer Biene gestochen worden. „Darling, er hat schon wieder Fragen über Hector gestellt. Und … und über Andrew."

„Raus!" Harcourt explodierte. „Raus mit Ihnen!" Dann tat er etwas sehr Dummes. Er trat auf Lincoln zu und schwang seine Faust.

KAPITEL 12

*L*incoln fing Harcourts Faust wenige Zentimeter vor seinem Gesicht ab. Er zuckte nicht einmal. „Nicht vor den Damen", sagte er.

Harcourt stieß einen unverständlichen Protest aus und wirkte, als würde er auch seine andere Faust noch einsetzen wollen.

„Donald, bitte", bettelte seine Frau. Sie hämmerte mit der Hand auf seine Schulter, die noch Lincolns Taschentuch umklammert hielt, ihr Gesicht blass und verkniffen. „Prügel dich nicht mit ihm."

„Nicht hier", sagte Julia forsch. „Ich will kein Blut auf dem Sofa. Kommt, alle setzen sich hin und sind wieder Freunde. Das geht gar nicht."

Ich bewunderte ihre Entschlossenheit, die Unterredung zivilisiert zu halten. Ob ich es gewagt hätte, zwischen die beiden zu treten, wie sie es getan hatte, dessen war ich mir nicht sicher. Während sie Harcourt mit einer Hand wegscheuchte, legte sie die andere auf Lincolns Brust. Aha. *Jetzt* sah ich, warum sie dazwischen gegangen war.

Ich faltete meine Hände in meinem Schoß und hielt den Kopf gesenkt, während Lincoln sich wieder neben mich auf das Sofa setzte. Ich behielt meinen Blick auf meinen verschränkten Fingern.

„Erklären Sie sich, Fitzroy", schnappte Harcourt. „Was hat Ihre Inquisition diesmal zu bedeuten?"

„Ihr Bruder wurde am Abend seines Verschwindens gesehen, wie er mit jemandem in Emberly Park kämpfte. Es war das letzte Mal, dass er gesehen wurde."

Ich hob den Kopf, als Harcourt nicht reagierte. Sein Kampfgeist verebbte, während wir ihn alle ansahen und warteten. „Gesehen?", fragte er.

„Nur von John", erklärte Marguerite ihm.

„Mit wem gekämpft?"

„Anzunehmender Weise mit Ihnen", sagte Lincoln.

Harcourt zog die Augenbrauen hoch. „Haben Sie Beweise?"

„Für Ihre Beteiligung? Nein. Allerdings wurde ein Knopf beim Mausoleum gefunden, auf dem der Buchstabe B eingraviert ist, ebenso wie etwas Blut. Seitdem wurde Ihr Bruder nicht mehr gesehen."

Julias Blick durchbohrte mich förmlich. „Ist er … Also, glaubst du, er wurde …?" Sie fummelte an ihrem schwarzen Halsband herum.

„Wir gehen davon aus, dass er noch am Leben ist", sagte ich, bevor sie aus Versehen meine Nekromantie vor den Harcourts preisgab.

Ihre Augenlider schlossen sich flatternd. Sie atmete tief durch. „Gott sei Dank."

„Hoffentlich haben Sie recht", sagte Marguerite schwach.

„Harcourt", forderte Lincoln. „Es wird Zeit, dass Sie erläutern, was passiert ist."

Lord Harcourt hatte allerdings gerade meine Anwesenheit bemerkt. „Warum ist Ihr Hausmädchen hier?"

„Sie arbeitet jetzt für mich als Assistentin. Alles, was Sie mir mitteilen möchten, kann vor ihr gesagt werden."

„Ich denke nicht."

Lincolns kleiner Seufzer war vermutlich nur für mich zu hören. Er war frustriert und ich fühlte mich schuldig, weil ich die Ursache dafür war.

„Donald, bitte, erzähl uns einfach, was passiert ist", jammerte Marguerite. „Wo ist Andrew?"

„Das weiß ich nicht", sagte er gepresst. „Und das ist die

Wahrheit. Nach einem Ausritt haben wir uns bei Einbruch der Dunkelheit getroffen. Er hatte mich gesehen, als ich mich dem Haus näherte und hat mich gerufen. Wir haben lange geredet. Die Gemüter erhitzten sich und wir kämpften. Ich fürchte, er hat sich den Kopf aufgeschlagen und etwas Blut verloren. Für einige Minuten war er recht benommen, aber dann stand er auf. Ich kann euch versichern, dass er weggegangen ist. Ich habe ihm gesagt, er sollte zu Dr Turcott gehen und die Wunde versorgen lassen."

„Er war nie bei dem Arzt", sagte Lincoln. „Wir glauben nicht, dass er es zurück ins Dorf geschafft hat."

Harcourt rieb sich das Gesicht. „Mein Gott. Wo ist er?"

„Warum hast du ihn nicht eingeladen, mit uns zu essen?", fragte Marguerite. „Wenn du das getan hättest, wäre nichts von alledem passiert."

„Das habe ich. Er hat abgelehnt."

„Aber warum? Er war schon so lange nicht mehr in Emberly. Dass er so weit gekommen ist und dann nicht mit seiner Familie isst … Ich verstehe das nicht."

„Meine Liebe, hast du mich nicht gehört? Wir haben uns geprügelt."

„Ja, aber ich habe ihn seit der Beerdigung deines Vaters nicht mehr gesehen." Tränen standen in ihren Augen. Sie tupfte sie wieder mit Lincolns Taschentuch ab.

Julia schaute als Erstes weg, dann Harcourt. Als es Marguerite langsam, aber sicher aufging, dass Andrew ihr vermutlich aus dem Weg ging, entgleisten ihre Gesichtszüge noch mehr.

„Worüber haben Sie sich gestritten?", fragte ich in dem Versuch, die Aufmerksamkeit von ihr wegzulenken, damit sie sich fangen konnte. „Das Kind?"

„Geld", sagte Harcourt.

„Geld?" Julia hob die Schultern. „Aber ich gebe ihm eine monatliche Summe zum Leben."

„Angeblich ist es nicht genug. Andrews Geschmack ist teuer, Julia, das weißt du. Egal, wie viel du ihm gibst, es wird nie genug sein, weil er alles verspielt." Zu Lincoln und mir sagte er: „Er hat mir gesagt, dass seine Schulden zu hoch sind und dass seine Gläubiger Zahlungen fordern."

„Oh, Andrew", murmelte Marguerite.

„Unser Streit hatte nichts mit dem Kind zu tun. Diese Angelegenheit haben wir vor Jahren begraben, zusammen mit Hector."

„Also haben Sie sich geweigert, ihm Geld zu geben und er wurde gewalttätig", sagte Lincoln.

„Knapp zusammengefasst, ja. Andrew drohte, mich zu erpressen, als ich mich weigerte. Er sagte, er würde rumerzählen, dass ich nicht der Vater des Kindes war. Ich denke, deswegen bestand er darauf, mit mir beim Grab des kleinen Hector zu sprechen. Mein Bruder hatte schon immer einen Hang zum Theatralischen." Das sagte er mit einem vielsagenden Blick auf Julia.

Die tat so, als würde sie es nicht bemerken.

„Ich habe mich geweigert, nachzugeben", fuhr Harcourt fort. „Ich habe ihn daran erinnert, dass er ein Einkommen bekommt, wenn er heiratet. Er sagte, er würde sich lieber die Augen ausstechen und verkündete, es wäre meine Verantwortung als älterer Bruder und derzeitiger Baron, ihm zu helfen. Und ich habe wieder abgelehnt. Dann brachte er den Orden ins Spiel, dem Sie angehören."

„Ministerium", korrigierte Lincoln.

Julia rutschte nach vorn. „Was meinst du?"

Harcourt seufzte. „Er hat kürzlich durch das Tagebuch, das er endlich mal gelesen hat, von Vaters Verbindung zu eurem Ministerium erfahren. Er muss eines Abends Langeweile gehabt haben, dass er in das alte Ding geschaut hat, und in Vaters andere Bücher. Er sagte, er hätte mehrere Wochen gebraucht, um alle Namen, Orte und Daten nachzuverfolgen, die in dem Tagebuch notiert sind, aber er hat sich zusammengereimt, was Vater und die anderen treiben. Er hat mir gesagt, dass wenn ich ihm kein Geld gebe, würde er den Zeitungen von dem übernatürlichen Schwachsinn erzählen, in den Vater involviert war. Wie ich bereits sagte, ich habe nicht nachgegeben. Es interessiert mich nicht die Bohne, ob Vater verrückt war oder ob die Welt glaubt, dass er es war. Dann haben wir uns geprügelt."

„Deswegen ist er nach Emberly gefahren", sagte ich. „Er

hatte das Puzzle gerade erst zusammengesetzt und beschlossen, daraus seine Vorteile zu ziehen."

Lincoln nickte. „Also hat er das Anwesen zu Fuß im Dunkeln mit einer blutenden Kopfverletzung verlassen. Ganz zu schweigen von seiner Enttäuschung darüber, dass Sie ihm Ihre Hilfe verweigerten."

„Oh, Donald", sagte Marguerite seufzend. „Warum bist du ihm nicht nachgegangen und hast ihm etwas Geld gegeben? Er ist dein Bruder. Er *braucht* dich."

Harcourt schob sein Kinn vor. „Er ist ein hoffnungsloser Fall."

„Ja, aber wir müssen ihm zugestehen, dass er der jüngere Bruder ist. Er hat nie die gleiche Verantwortung bekommen wie du. Oder die gleichen Möglichkeiten."

Harcourt schnaubte. „Unsere Mutter hat ihn verwöhnt."

„Wie bei meinem Bruder. John ist Andrew so ähnlich. Jedenfalls war er das vor seinem Unfall. Und trotzdem hast du John ein Zuhause mit Annehmlichkeiten gegeben."

Harcourt schnaubte erneut. „Da hast du recht. Sie sind sich sehr ähnlich. Ich kann sie nicht beide unterhalten. Das ist undenkbar. Abgesehen davon, versorgt Julia Andrew." Er warf ihr ein hartes, kaltes Lächeln zu. „Unsere liebe Stiefmutter ist mehr als glücklich, ihrem geliebten Stiefsohn auszuhelfen. Nicht wahr, Julia?"

Marguerites nervöser Blick wanderte zwischen den beiden hin und her. Julia erwiderte Harcourts Lächeln, allerdings deutlich sanfter. „Natürlich helfe ich gern", sagte sie aalglatt. „Andrew und ich leisten uns gegenseitig Gesellschaft."

„Wie schön für euch", höhnte Harcourt.

„Hat Buchanan erwähnt, wo er die Nacht verbringen wollte?", fragte Lincoln.

„Nein, aber ich weiß, wo er als Nächstes hingehen wollte. Mein Bruder ist so ein Dummkopf. Nachdem ich mich geweigert hatte, ihm sein Spiellaster zu finanzieren, eröffnete er mir, dass er eine Seherin aufsuchen wollte, um etwas für sich zu gewinnen."

„Eine Seherin?", wiederholten wir im Chor.

„Er sagte, er hätte ihren Namen in Vaters Tagebuch gefunden

und ihn anhand einiger Ministeriumsakten überprüft, die du auf dem Dachboden aufbewahrst, Julia. Ich habe ihm gesagt, dass die Idee absurd ist und er den Verstand verloren hätte, aber er war entschlossen, sie zu finden und ihre sogenannte Hellsichtigkeit zu nutzen, um den Gewinner eines bevorstehenden Boxkampfes zu erfahren. Wenn das funktionierte, würde er sie wieder nutzen, um in der ganzen Stadt strategisch Wetten abzuschließen, mit dem Höhepunkt bei den Pferderennen im nächsten Frühjahr." Er lachte verächtlich. „Ich habe ihm gesagt, dass er ein Idiot ist und er hat mir ins Gesicht gelacht. Er sagte, ich wäre der Idiot und wäre es schon immer gewesen."

Marguerite zog ihre Füße unter das Sofa und rang die Hände. Sie begegnete dem Blick ihres Mannes nicht, obwohl er nicht aufhörte, sie anzusehen.

„Erinnern Sie sich an den Namen der Seherin?", fragte Lincoln.

„Leah, Lill, irgendetwas Ausländisches. Glauben Sie, dass er dorthin gegangen ist?"

„Es ist möglich."

„Ich weiß nicht, ob dieses übernatürliche Zeug real ist oder nicht, und ich will es auch nicht wissen. Wenn ich es nicht sehen oder anfassen kann, dann will ich damit nichts zu tun haben."

„Wie gut, dass Vater mir die Verantwortung im Komitee übertragen hat", sagte Julia mit einem Lächeln, dass ihren bissigen Ton nicht verbarg.

„Ich habe dagegen nichts einzuwenden, Andrew allerdings schon. Er schien sehr aufgebracht zu sein, dass er nicht einmal informiert wurde." Harcourt schlug auf die Armlehnen seines Sessels und schob sich auf die Füße. „Himmel, ich brauche einen Drink."

Lincoln und ich erhoben uns, während Harcourt sich ein Glas Brandy an der Anrichte einschenkte, aber Julia ließ uns nicht direkt gehen. Oder vielmehr Lincoln. Sie hängte sich an seinen Arm. „Wir sind alle dankbar, dass du Andrews Verschwinden unter die Lupe nimmst, Lincoln. Du hast bisher hervorragende Arbeit geleistet."

„Hervorragend", wiederholte Marguerite und zog an der Klingelschnur. „Bitte halten Sie uns auf dem Laufenden. Wir sind sehr erpicht darauf, dass Andrew in den Schoß der Familie zurückkehrt. Nicht wahr, Donald?"

„Natürlich", murmelte Harcourt und hob das Glas an seine Lippen. „Ich wünschte nur, dafür müssten weniger alte Steine umgedreht werden."

„Die Steine wurden nur im Privaten umgedreht", versicherte Julia ihm. „Mr Fitzroy ist ein Gentleman und wird nichts preisgeben, was ihm vertraulich mitgeteilt wurde."

„Und die da?" Harcourt zeigte mit dem Glas auf mich. Ich fühlte mich, als würde er meine Schulter anschubsen in der Hoffnung, einen Streit vom Zaun zu brechen.

„Miss Holloway ist vertrauenswürdig und wird Stillschweigen bewahren", sagte Lincoln.

Harcourts Oberlippe kräuselte sich. „Wir wissen alle, was die Bediensteten für Tratschmäuler sein können."

Millard, der in diesem Moment eingetreten war, erstarrte, was recht erstaunlich war, da seine Haltung bereits stocksteif war. Julia ließ schließlich von Lincolns Arm ab und Millard brachte uns zur Haustür.

Draußen lümmelte Seth sich auf dem Kutschbock herum, während Gus mit dem Rücken an der Kutsche lehnte, einen Fuß auf die Treppe hinter ihm gestützt. Er nahm Haltung an, als wir zu ihm kamen, und öffnete die Tür.

„Du solltest ihr die Hand reichen, du Philister", sagte Seth vom Rand des Kutschbocks herab.

Gus verdrehte die Augen und ich lächelte zurück. „Ich komme zurecht", versicherte ich ihm.

Er hielt mir trotzdem die Hand hin. „Was is'n Philister?", flüsterte er, als ich einstieg.

„Ich weiß nicht", flüsterte ich zurück. „Ein gutaussehender Kerl?"

Er grinste ein recht unheimliches Grinsen, dank seiner kaputten Zähne, aber der Humor in seinen Augen machte es wieder wett.

„Es tut mir leid, dass ich da drinnen keine große Hilfe war", sagte ich zu Lincoln, als die Kutsche davonrollte. „Vermutlich habe ich mehr gestört."

„Sie werden sich an dich gewöhnen."

Ich verzog das Gesicht. „Hoffentlich nicht, aber nur, weil ich die Harcourts nie wiedersehen möchte, sobald Buchanan gefunden ist. Abgesehen von der Witwe natürlich. Die kann ich nicht umgehen."

„Ich werde dich so viel wie möglich von den Komiteemitgliedern abschirmen."

„Danke, aber ich wünsche nicht abgeschirmt zu werden. Wenn ich mit dir arbeiten soll—"

„*Für* mich."

„Wenn ich das soll, dann muss ich mich darauf einstellen, ihnen hin und wieder gegenüber zu treten, bei einer Tasse Tee."

„Sie werden dich akzeptieren. Dafür sorge ich."

Ich wusste nicht wie. Jahrhunderte von Traditionen und Vorurteilen konnte man nicht mit ein paar sorgsam gewählten Worten wegwischen, selbst wenn diese Worte von jemandem ausgesprochen wurden, mit dem nicht zu spaßen war.

„Erinnerst du dich an den Namen der Seherin in dem Tagebuch?", fragte ich. „Leah, hat Harcourt glaube ich gesagt."

„Lela. Er stand auf den ersten Seiten."

„Du hast ein gutes Gedächtnis."

„Ja."

Ich unterdrückte ein Lächeln. Er war nicht schüchtern, was seine vielen Fähigkeiten anging. „Kann eine Seherin wirklich vorhersagen, welches Pferd ein Rennen gewinnen wird?"

„Soweit ich informiert bin, funktioniert es so nicht."

„Buchanan wird enttäuscht sein, wenn er das herausfindet. Also wie funktioniert es?"

„Da ich der einzige Seher bin, den ich kenne, und meine Begabung begrenzt ist, bin ich nicht ganz sicher. Ich habe vage Gefühle, Eindrücke, wenn du so willst, und nur von Menschen, die mir nahestehen. Du, Seth und Gus, zum Beispiel. Ich weiß, wann ihr mich aufsuchen wollt, und manchmal empfange ich den Kern dessen, was ihr sagen werdet, wenn auch nicht die genauen Worte. Ich kann zum Beispiel auch vorhersagen, wenn du mich ohrfeigen willst."

Versuchte er, einen Witz zu machen? Ja, vermutlich. Seine Augen tanzten fröhlich und seine Gesichtszüge hoben sich etwas. „Das liegt nur daran, dass es normalerweise auf ein

Geständnis deinerseits folgt, etwas getan zu haben, was eine Ohrfeige verdient. Das würde ich kaum als herausragendes Beispiel deiner Begabung bezeichnen."

„Zugegeben, dein Temperament ist recht einfach vorherzusagen."

Ich lachte. „Was hat dich denn in so gute Stimmung versetzt? Ich fühle mich absolut elend, nachdem ich Zeit mit dieser Familie verbracht habe. Sie unterstützen sich nicht gerade gegenseitig. Zwischen Lord und Lady Harcourt gibt es sogar so eine unterschwellige Ablehnung, obwohl er ihr äußerlich zugewandt scheint und sie sich auf ihn verlässt."

„Das ist mir nicht aufgefallen."

„Für einen Seher bist du manchmal ganz schön blind. Findest du es nicht seltsam, dass du weißt, wenn ich nicht im Haus bin, aber trotzdem verstehst du andere Leute überhaupt nicht?"

Er rutschte auf dem Sitz herum und ich fragte mich, ob ihm meine Beobachtung das Gefühl gab, unzulänglich zu sein. Er war so daran gewöhnt, kompetent zu sein, dass dieses Versagen ihm etwas ausmachen könnte. „Wie ich schon sagte, meine Begabung ist begrenzt. Ich könnte dir nicht sagen, ob wir demnächst einen Unfall haben oder wer den nächsten Boxkampf gewinnt."

„Ob diese Lela das kann?"

„Wir werden es morgen herausfinden, wenn wir sie besuchen."

„Wo finden wir sie? Wir hätten die Witwe fragen sollen, ob wir auch einen Blick in die Archive werfen dürfen, wie Buchanan es getan hat."

„Nicht nötig. Ich habe Kopien davon angefertigt und sie auf dem Dachboden in Lichfield gelagert. Die Akten sind nach Namen katalogisiert und mit einem Index übernatürlicher Fähigkeiten verknüpft. Es sind nicht viele Seher aufgelistet. Lela zu finden, wird nicht lange dauern."

„Warum überrascht es mich nicht, dass du so gut organisiert bist?"

„Wir werden die Akten gemeinsam prüfen. Es wird Zeit, dass du dich damit vertraut machst. Sobald das der Fall ist, kannst du einen neuen Eintrag für Estelle Pearson anlegen und den über dich auf den neuesten Stand bringen."

Oh. Natürlich gab es einen Eintrag über mich in seinem Katalog. Ich war mir allerdings nicht sicher, ob ich darüber froh oder beunruhigt sein sollte. Vielleicht ein bisschen von beidem. Es war immerhin nett, einen Eintrag wert zu sein. Aus dem gleichen Grund war es besorgniserregend.

* * *

LELA LEBTE in einem Wohnwagen auf dem Mitcham Common am südlichen Stadtrand. Sie war eine Zigeunerin und wir hatten Glück, dass der Winter bevorstand, denn sonst wäre sie mit ihrer Familie durch die Lande gereist. Das kalte Wetter brachte die Roma zurück nach London mit seinen zahlreichen öffentlichen Freiflächen, auf denen sie so gut wie möglich ihren Lebensunterhalt verdienten, entweder durch den Verkauf ihrer Waren oder indem sie Schleifsteine durch die Straßen schoben, um Scheren, Sägen und Messer zu schärfen.

Ich war noch nie in Mitcham gewesen. Meine Lieblingsorte waren nördlich des Flusses in der vertrauten Umgebung meiner Kindheit gewesen. Es dauerte eine Weile, von Highgate in den Süden der Stadt zu fahren, aber wenigstens war das Wetter gut. Wären die unbefestigten Straßen in der Nähe des Commons matschig gewesen, wären wir kaum vorangekommen. Selbst so hatte Seth alle Hände voll zu tun, um den Schlaglöchern auszuweichen, was Gus nervte.

„Glaubst du, du kannst es besser?", hörte ich Seth knurren, als Gus wieder einmal fluchte, weil Seth über eine Unebenheit holperte, die mich fast vom Sitz schleuderte. „Der Landauer ist nicht so wendig wie der Brougham."

Gott sei Dank erreichten wir den Common bald und die Schaukelei fand ein abruptes Ende. Vor uns lag nur ein Trampelpfad, sodass wir zum Zigeunerlager laufen mussten, um nach Lela zu fragen. Der Common war wirklich kaum mehr als ein Lagerplatz. Zelte und Wohnwagen, deren Vordächer im Wind flatterten, drängten sich um rauchende Lagerfeuer. Pferde grasten frei auf dem Rasen und mehrere Hunde dösten unter den Karren und Wohnwagen. Etwa fünfzig schmutzige Gesichter beobachteten uns aus Augen, die ebenso tiefschwarz waren wie Lincolns. Wenn ich nicht schon gewusst hätte, dass er halb Zigeuner war, hätte ich es jetzt erraten.

Seth und Gus sprangen vom Kutschbock. Gus' Jacke hing offen und gab den Blick auf den Griff einer Pistole frei, die er in den Hosenbund gesteckt hatte.

„Wir warten hier", sagte Seth, der eine sich nähernde Gruppe Kinder genau im Blick behielt.

„Ey, zurück mit euch", knurrte Gus sie an.

„Sie schauen sich doch nur die Pferde und die Kutsche an", sagte ich.

„Sei dir nicht so sicher, Charlie. Das sind Diebe, der ganze Haufen."

„Genau wie ich", sagte ich. „Aber ich hätt' dir keen Pferd unter der Nase weggeklaut, oder?" Ich ließ meinen Slum-Akzent durchschimmern, um ihn daran zu erinnern, dass ich noch vor wenigen Monaten nicht anders gewesen war als diese Kinder.

Gus war zu sehr damit beschäftigt, die Kinder zu beobachten, um es zu bemerken.

„Wie aktuell ist die Information über Lela?", fragte ich Lincoln, während wir dem Pfad ins Lager folgten.

Mein erster Einblick in die Archive des Ministeriums war eine Offenbarung gewesen. Jahrhundertlange Nachforschungen waren akribisch aufgezeichnet worden, wobei der Name eines jeden, der verdächtigt wurde, magische Fähigkeiten zu besitzen, notiert und abgeheftet wurde. Es waren nicht nur Namen und Adressen, sondern auch die Art der Magie, die sie beherrschten, die Namen der unmittelbaren Verwandten und eine Einschätzung über ihre Harmlosigkeit. Die meisten Aufzeichnungen waren alt, die Betreffenden verstorben, aber Lelas Eintrag war relativ neu.

„Sie ist mehrere Jahre alt", sagte Lincoln und ließ seinen Blick über die einfachen Behausungen schweifen.

„Glaubst du, sie lebt den Winter über noch hier?"

„Die Zigeunergruppen folgen jedem Jahr dem gleichen Reisemuster. Sie suchen jeden Sommer die gleichen Bauernhöfe auf und kehren in die gleichen Winterlager zurück. Wenn Lela noch lebt, sollte sie hier sein."

„Und wenn sie tot ist?"

„Dann müssen wir woanders nach Buchanan suchen."

Eine Gruppe stämmiger Männer trat zwischen den Zelten hervor wie eine langsam heranrollende Welle und blockierte unseren Weg. Sie trugen lange Mäntel, die vermutlich mal schwarz oder dunkelbraun gewesen waren, jetzt aber zu grau und der Farbe getrockneten Lehms verblichen waren. Manche hatten keine Hüte, einer trug eine Mütze und ein anderer einen breitkrempigen Hut, der eher zu dem Knecht eines Bauern gepasst hätte. Buschige Schnauzer und Bärte verbargen weder die scharfen Wangenknochen noch die unverhohlene Angriffslust in ihren Augen.

Ich schob mich näher an Lincoln und schaute über die Schulter zu Seth und Gus. Sie beobachteten uns von der Kutsche aus, die Hände in der Nähe ihres Hosenbundes, wo die Waffen steckten.

„Wir suchen nach einer Frau namens Lela", sagte Lincoln. Er öffnete die Hand, in der mehrere Münzen lagen.

Einer der Männer griff nach dem Geld, aber Lincoln schloss seine Faust. Er zog betont fragend eine Augenbraue hoch.

„Wat willste von ihr?", fragte der Mann mit der Mütze mit starkem Akzent.

„Mein Freund wird vermisst und ich habe Grund zu der Annahme, dass er hierherkam, um mit ihr zu reden."

„Der is nich hier."

„Das weiß ich, aber ich möchte herausfinden, ob er es hierher geschafft oder sich unterwegs verlaufen hat. Ihr steht nicht unter Verdacht."

Der Mann sprach mit seinen Begleitern in einer fremden Sprache. Ich fragte mich, ob es eine war, die Lincoln verstand. Er gab nicht zu erkennen, ob er es tat, und wartete, bis sie ihn wieder ansprachen.

„Die alte Lela is müde", sagte der Mann. „Komm morgen wieder."

Lincoln steckte die Hand in seine Westentasche und zog weitere Münzen heraus.

Einer der hutlosen Männer sammelte sie ein und der mit der Mütze nickte zu einem Wohnwagen. „Da drin."

Der große Wohnwagen war einer der stabilsten und sicherlich der farbenfrohste im ganzen Lager. Knallrote Vorhänge verdeckten die Fenster und die Tür war in der gleichen Farbe gestrichen. Leisten an der Seite waren mit geschwungenen Mustern in tiefem Grün bemalt. Gelbe Applikationen wirkten golden im Sonnenlicht, das durch die Wolkendecke drang.

Ich stand hinter Lincoln, als er klopfte und spürte, wie meine Röcke sich entgegen der Windrichtung bewegten. Ohne hinzusehen, fing ich das Handgelenk des kleinen Diebes ab.

„Da musst du dich mehr anstrengen", sagte ich dem Jungen. Er reichte mir gerade mal bis zur Hüfte. Seine schwarzen Haare standen in allen Richtungen von seinem Kopf ab und in seinen ernsten Augen lag keinerlei Angst, nur Trotz.

„Woher wusstest du das?", fragte er.

„Man braucht einen Dieb, um einen Dieb zu fangen."

Seine Augen weiteten sich und ich zwinkerte ihm zu. Ihm klappte der Unterkiefer herunter und er beäugte mich von oben bis unten, als ob er mich zum ersten Mal sehen würde. „Niemals."

Die Tür des Wohnwagens ging auf und eine gebeugte Frau, die einen verblichenen roten Schal über ihren grauen Haaren trug, begutachtete uns. Obwohl sie vier Stufen über Lincoln stand, war sie doch auf gleicher Höhe mit ihm. Sie sah ihn genau an. Wenigstens vermutete ich das. Ihre Augen waren schwer zu erkennen in den Tiefen ihrer Falten.

Einer der Männer, der uns gefolgt war, sagte etwas in der fremden Sprache, aber Lincoln unterbrach ihn in der gleichen Sprache. Die Frau, von der ich annahm, dass es Lela war, kicherte so heftig, dass ihr ganzer Körper bebte. Sie trat zur Seite und bedeutete ihm einzutreten.

Lincoln sagte noch etwas und ich schnappte meinen Namen inmitten der scharfen Konsonanten und kehligen Vokale auf. Lela nickte und verschwand im Wagen. Ich folgte und Lincoln trat hinter mir ein.

Der Wagen war kein einfacher Bauernkarren, der überdacht worden war. Es war ein Zuhause mit einem Tisch, einem kleinen, verblichenen blauen Sofa und zwei Truhen, die das gleiche Muster aufwiesen wie das Äußere des Wagens. Ein großer knallroter Vorhang verbarg das hintere Ende vor neugierigen Blicken und ein dünner grau-grüner Teppich dämpfte unsere Schritte. Überwürfe und Kissen mit Bommeln in den Farben verschiedener Juwelen bedeckten das Sofa und die Stühle und von der Decke hingen mehrere Amulette, sodass Lincoln den Kopf einziehen musste. Beide Harcourt Ladys hätten angesichts des Farbwirrwarrs Anfälle bekommen, obwohl es Marguerite vielleicht gefallen hätte, dass die Einrichtung so eng und überladen wirkte.

Lela bedeutete uns, dass wir uns einen Sitzplatz suchen sollten. Der Mann, der uns gefolgt war, blieb bei der Tür stehen, breitbeinig und mit verschränkten Armen. Ihr Leibwächter, wie ich vermutete.

Lincoln sprach erneut in der fremden Sprache und Lela schaute zu mir.

„Ich versuche", sagte sie mit starkem Akzent und mir wurde klar, dass er sie gebeten hatte, mir zuliebe Englisch zu sprechen.

Ich lächelte. „Danke."

Sie erwiderte das Lächeln nicht, sondern wandte ihre Aufmerksamkeit Lincoln zu, den sie eingehend studierte. Sie streckte sogar die Hand aus und befingerte seine Haare. Das Netz aus Falten um ihren eingesunkenen Mund zog sich zusammen. Sie nickte langsam und sagte etwas in ihrer eigenen Sprache.

„Halb Roma", antwortete Lincoln.

Lela warf mir einen Blick zu. „Sie weiß?"

„Miss Holloway weiß es."

Sie nickte wieder, diesmal eher anerkennend. Ob sie es gut fand, dass er seine Herkunft nicht verheimlichte oder dass er halb Zigeuner war, konnte ich nicht sagen.

„Dein Freund?", fragte Lela. „Sein Name?"

„Andrew Buchanan." Lincoln beschrieb ihn, inklusive seiner Hochnäsigkeit und seiner Zügellosigkeit.

Lela schüttelte den Kopf. „Er nicht kommt zu mir." Sie zog ihre dünnen, zerrupften Augenbrauen hoch und sah den Mann an der Tür fragend an, doch der schüttelte ebenfalls den Kopf.

Lincoln bedankte sich und stand auf, wobei er gegen einen der geschliffenen Anhänger über seinem Kopf stieß. „Charlie", sagte er, als ich mich nicht bewegte.

„Miss Lela", sagte ich, „sind Sie eine echte Seherin?"

„Manche sagen ja, manche sagen nein." Sie zuckte mit den Schultern.

„Was sagen *Sie*?"

Ihr Grinsen zeigte mehr Zahnfleisch als Zähne. „Ich sage, ich weiß Dinge, die du nicht weißt."

„Was zum Beispiel?"

„Charlie", warnte Lincoln.

„Dass er ist Sohn von mächtigem Mann."

Lincoln wurde ganz ruhig, aber er zeigte keinerlei Überraschung, nur Besorgnis.

„Wie mächtig?", fragte ich.

Lela zuckte mit den Schultern. „Ich kann nicht durch Schatten sehen. So viele Schatten. Aber du ..." Sie packte plötzlich meine Hand, was Lincoln einen Schritt nach vorn treten ließ. Die Bewegung brachte wiederum den Leibwächter näher. „Du hast keinen Schatten. Du klar, leuchtend." Sie ließ mich los und zeichnete meine Gestalt von meinem Kopf bis zu meiner Hüfte mit dem Finger nach, ohne mich direkt zu berühren. „Du vertreibst böse Schatten."

Lincoln packte meinen Ellenbogen und zog mich auf die Füße. Ein giftiger Blick ließ den Leibwächter zur Seite treten.

„Äh, danke, Lela", warf ich zurück, während Lincoln mich vor sich her die Treppe des Wagens herunterschob, nicht gerade sanft.

Sie sagte etwas in ihrer eigenen Sprache, sodass Lincoln seinen Griff auf meinem Ellenbogen festigte, derweil wir durch das Lager marschierten. Lelas Kichern folgte uns mit der Brise.

„Was hat sie gesagt?", fragte ich und wiederholte ihre Worte, so gut ich konnte.

Sein harter Blick wich nicht von der Kutsche vor uns, wo Seth und Gus von Zigeunern umringt waren. „Nichts."

„Das war nicht nichts. Sie dachte, es wäre amüsant, du aber nicht."

Ich hatte keine Gelegenheit, ihn weiter zu löchern. Die kleine Menge, die sich um unsere Pferde und die Kutsche versammelt hatte, wirkte wütend. Ärmel waren hochgekrempelt worden und zeigten kräftige Unterarme und ein oder zwei Männer tänzelten leichtfüßig, die Fäuste in Richtung Gus erhoben. Er stand zwischen Seth und den Pferden und sah sehr erleichtert aus, als er Lincoln erblickte.

„Was ist hier los?", knurrte Lincoln, der mich endlich losließ und mich in Richtung der Kinder schubste, die etwas abseits standen.

„Der verdammte Gus dachte, es wäre eine gute Idee, diese … Kerle zu einem Würfelspiel herauszufordern", sagte Gus. „Er hat verloren."

„Die haben geschummelt!", rief Gus.

„Du musstest ihnen das nicht vorwerfen! Jetzt hast du ihre Ehre verletzt oder sowas."

„Aber die haben geschummelt!"

„Halt die Klappe", zischte Seth.

Lincoln griff in seine Innentasche und zog einen kleinen Beutel mit Münzen heraus. Die Zigeuner senkten die Fäuste und einer schnappte sich den Beutel.

Ich beugte sich zu einem kleinen Jungen neben mir herunter, dem, der versuchte hatte, mich zu bestehlen. „Was heißt *fara scapare*?", flüsterte ich in einem Akzent, von dem ich hoffte, dass er Lelas ähnlich war.

Der Junge verzog das Gesicht und ich fürchtete, dass sein Romanisch nicht sonderlich gut war oder mein Akzent grauenhaft. „Kein Entkommen", sagte er kurz darauf und hielt die Hand auf.

Ich stülpte meine leere Tasche aus, um ihm zu zeigen, dass ich nichts zu geben hatte. Er schmollte. Ich beugte mich näher zu ihm. „Darf ich dir etwas weitergeben, was ich gelernt habe, als ich kaum älter war als du?"

Er sah mich misstrauisch an. Vielleicht bereute er es, dass er mich nicht erst um eine Münze gebeten hatte, bevor er für mich übersetzte.

„Wenn du in die Rocktasche einer Frau greifst", sagte ich, „bewege dich mit dem Wind, nicht entgegengesetzt."

„Charlie!", rief Seth. „Beeil dich."

Ich küsste den fettigen Kopf des Jungen und ergriff dann die Hand, die Lincoln mir hinhielt, um in die Kutsche zu steigen.

Kein Entkommen.

KAPITEL 13

estürzt stellte ich fest, dass zwei meiner unbeliebtesten Personen in Lichfield auf uns warteten. Ich stöhnte, als ich die Kutschen und Pferde von General Eastbrooke und Lord Gillingham erkannte.

„Was machen die hier?"

„Entweder Julia oder Harcourt hat sie darüber in Kenntnis gesetzt, dass wir mit unserer Suche nach Buchanan Fortschritte gemacht haben", sagte Lincoln.

„Aber warum müssen sie herkommen, um darüber zu reden?"

„Vielleicht sind sie nicht hier, um die Entwicklungen zu erörtern, sondern meine Methoden."

Ich runzelte die Stirn, bis mir aufging, was er meinte. „Oh. Du meinst meine Beteiligung."

„Ich werde ihnen sagen, dass es nötig war, testweise Buchanans Geist zu beschwören. Sie werden das einsehen."

„Das bezweifle ich", murmelte ich.

Die Kutsche hielt vor dem Eingang, anstatt uns direkt hinten herum zu fahren, wie Lincoln es normalerweise bevorzugte. Gepflogenheiten waren ihm eigentlich egal, aber seine Besucher würden von ihm erwarten, dass er Anstand wahrte und durch die Vordertür eintrat.

„Ich sollte mitkommen und mit ihnen reden, da ich beteiligt

bin", sagte ich.

„Das ist möglicherweise unklug."

„Vielleicht, aber es ist feige, es nicht zu tun."

Er sah mich direkt an. „Du bist kein Feigling, Charlie."

Ich schenkte ihm ein grimmiges Lächeln und beschloss, dass ich die Magd spielen und Erfrischungen servieren würde. Es wäre eine legitime Ausrede, warum ich dazu kam, und Lincoln konnte mich nicht wegschicken.

Wie sich herausstellte, musste ich sowieso die Magd spielen. Seth und Gus blieben im Stall, um die Pferde zu versorgen. Ich hatte den Verdacht, dass sie extra draußen blieben, um unsere Gäste zu meiden.

Der Koch stellte bereits Geschirr auf ein Tablett, als ich in die Küche kam. „Wird auch höchste Zeit", murmelte er und schob das Tablett zu mir. „Dachte schon, ich müsste selbst servieren." Er scheuchte mich mit seiner Schürze und einigen grummeligen Worten davon, von denen ich nur „Gillingham" und „Arsch" aufschnappte.

Ich eilte durch den Flur zum Empfangszimmer im vorderen Teil des Hauses. Die dröhnende Stimme des Generals drang deutlich zu mir, ehe ich es erreichte.

„… rechtfertigt nicht Ihre Methoden, Lincoln."

„Er ist ein Adeliger, um Himmels Willen!", explodierte Gillingham. „Allein das hebt ihn über jeglichen Tadel."

„Ganz abgesehen davon, dass er Buchanans Bruder ist. Er wird ihn wohl kaum schlagen, oder?"

„Ihre Anschuldigungen waren doppelt erniedrigend, da auch noch Ihr Hausmädchen anwesend war, Fitzroy. Was um alles in der Welt haben Sie sich dabei gedacht, Mann?"

Ah, ja, da war der Seitenhieb auf mich, den ich erwartet hatte. Es machte mir nichts aus, da ich mich nicht um Gillinghams Meinung scherte, und ich betrat das Empfangszimmer ohne jegliche Aufregung.

„Ich habe ihn nicht beschuldigt", sagte Lincoln, derweil er mir mit einem dankbaren Nicken das Tablett abnahm. „Und Charlie war absolut berechtigt, dabei zu sein. Sie unterstützt mich. Tee, General?"

Eastbrooke murmelte etwas Unverständliches, das vermutlich Protest auf mehreren Ebenen war—hauptsächlich, dass Lincoln Tee servierte und ich an den Ermittlungen beteiligt war.

„Sie verhalten sich absichtlich provozierend, Fitzroy", sagte Gillingham und schaute auf mich herab. „Ihre Beteiligung ist unnötig und unangemessen."

„Das denke ich nicht." Lincolns gelangweilte Zurückweisung verbarg eine unterschwellige Frustration, die vermutlich nur ich bemerkte. „Charlie zu involvieren ist effektiv. Wir wissen jetzt, dass Buchanan am Leben ist."

„Nutzen Sie meinetwegen ihre Nekromantie, unter Aufsicht, aber laden Sie sie nicht in Lord Harcourts Salon ein!"

Lincoln reichte Gillingham eine Teetasse und sah mich dann an. „Tee, Charlie?"

„Ja, danke." Ich setzte mich in gebührendem Abstand zu den beiden Besuchern auf einen Stuhl. Der General schaute auf das Sofa hinter ihm, als wüsste er nicht, was er tun sollte, und Gillingham stellte seine Tasse auf einen Tisch.

„Nun gut", sagte er hochnäsig. „Wenn du darauf bestehst hierzubleiben, Kind, kann ich keine Verantwortung für die Dinge übernehmen, die du mit anhörst."

„Ich bin mir sicher, Sie *können* die Verantwortung übernehmen", erwiderte ich, „aber Sie entscheiden sich, die Dinge trotzdem zu sagen. Nur zu. Ich bezweifle, dass ich so empfindlich bin wie andere Damen."

„Zweifelsohne wirst du in der Gosse Schlimmeres gehört haben." Er nahm seine Tasse wieder zur Hand und wandte sich an Lincoln. „Sie sind ihr gegenüber zu nachgiebig, Fitzroy."

„Dem stimme ich zu", sagte der General, der mich mit gerunzelter Stirn ansah, während er an seinem Tee nippte.

„Die Beschwörung der Hexe hat gezeigt, dass sie gefährlich ist—"

„Diese Angelegenheit wurde geregelt." Lincolns Stimme war so scharf wie zerbrochenes Glas. „Estelle Pearson wurde zurückgeschickt."

„Ich wusste nicht, dass sie eine Hexe war", sagte ich.

Gillingham sah mich nicht an. Ich hätte ebenso gut schweigen können. „Indem Sie sie gestern mit nach Harcourt House genommen haben, haben Sie Lord und Lady Harcourt eine Demütigung zugemutet, die sie niemals hätten erdulden sollen."

„Ich bin mir ziemlich sicher, dass Marguerites außereheliches Kind nichts mit Charlie zu tun hatte."

Ich lächelte in meine Teetasse, nur um zusammenzufahren, als Gillingham seinen Spazierstock auf den Boden rammte. „Das ist kein Witz! Sie ist Ihr *Hausmädchen*, Fitzroy, und dazu noch aus der Gosse. Sehen Sie nicht, wie Sie Ihrem Ruf und dem von Lichfield schaden—"

„Mein Ruf geht Sie *gar nichts* an."

Der Earl fuhr bei Lincolns leisem, bösartigem Knurren zurück. „General?" Gillingham wandte sich an seinen Freund, hektische rote Flecken auf seinen Wangen. „Sie haben doch sicher etwas dazu zu sagen. Oder liegt es an mir, Ihren Mann zur Räson zu bringen? Wieder einmal."

Doch der General starrte mich noch immer über den Rand seiner Teetasse an, als ob er nicht auffallen wollte. Trotz meines Entschlusses, mich nicht beeindrucken zu lassen, spürte ich, wie ich rot wurde.

„Mein Gott", murmelte der General. Er senkte seine Tasse und wandte sich an Lincoln. „Sie haben Gefühle für die Göre entwickelt."

Meine Teetasse landete so fest auf der Untertasse, dass ein kleines Stück Porzellan absprang. Mein Gesicht brannte. Mein Herz hämmerte. Lincolns Antwort war mir wichtiger, als mir selbst behagte.

„Charlie lebt hier unter meinem Schutz." Lincoln verharrte reglos. Selbst seine Lippen bewegten sich kaum, als er sprach. „Meine Gefühle für sie entsprechen denen eines Vormunds seinem Mündel gegenüber."

Meine Tasse klapperte auf dem Untersetzer. Ich stellte beides auf den Tisch und studierte meine Hände in meinem Schoß. Mein Vormund. So war das also für ihn. Das war alles ganz anständig und respektabel unter den gegebenen Umständen. Und doch wollte ich es nicht anständig und respektabel. Ich wollte, dass er ganz unanständig mit mir umging.

„Ich habe noch nie erlebt, dass Sie jemandem so viele Freiheiten gewährt haben wie ihr", wandte der General ein. „Es gibt keine andere Erklärung."

„Sie ist meine Angestellte", presste Lincoln hervor, jedes Wort scharf. „Etwas anderes zu unterstellen, ist unangemessen."

„Seit wann scheren Sie sich darum, was angemessen ist? Wie auch immer, Sie haben gerade gesagt, dass sie für Sie wie ein Mündel ist. Was denn nun? Mündel oder Angestellte?"

Lincolns Antwort war ein eiskalter Blick, der den formidablen General etwas zurückweichen ließ.

„Wenn das stimmt", sagte Gillingham, der zwischen den beiden hin und her schaute, „kann sie hier nicht bleiben! Wenn Sie erst einmal nach ihrer Pfeife tanzen, wird sie ihre Nekromantie einsetzen und alles ins Chaos stürzen!"

„Das ist lächerlich", sagte ich.

Gillinghams Kopf ruckte zu mir herum, aber Lincoln schnitt ihm das Wort ab, noch ehe er etwas sagen konnte. „Charlie hat recht. Dieses ganze Gespräch ist absurd. Wenn das alles ist, gehen Sie. Wir haben zu tun."

„Lassen Sie ihn ausreden", sagte Eastbrooke.

Gillingham nickte dem General dankbar zu. „Ich weiß, wie Frauen arbeiten, insbesondere Frauen von ihrer Sorte."

„Was Charlie angeht, gibt es keine Sorte", sagte Lincoln in seiner ruhigen, bestimmten Art.

Der General schüttelte traurig den Kopf. „Und Sie wollen uns weismachen, dass Sie keine Gefühle für sie hegen", murmelte er. „Es ist recht offensichtlich."

Mein Herz wurde leichter. Ich sah Lincoln mit gerunzelter Stirn an und versuchte auszumachen, ob an den Beobachtungen des Generals etwas dran war. Doch er schaute grimmiger, als ich ihn je hatte schauen sehen.

Er ging zur Tür. „Guten Tag, Gentlemen."

Der General folgte ihm, aber Gillingham blieb, wo er war. „Meine Güte, benutzen Sie Ihren Kopf, Mann! Sie müssen erkennen, dass sie inzwischen viel zu viel Macht über Sie hat."

„Alles, was ich sehe, ist ein Mann, der kein Wort von dem hört, was ich sage. Raus aus meinem Haus, bevor ich Sie hinauswerfe."

Gillingham stolzierte an Lincoln vorbei, wobei sein Spazierstock den Boden kaum berührte. „Das ist noch nicht vorbei."

Lincoln folgte den beiden Männern und ich schlüpfte durch die andere Tür, die in das unbenutzte Musikzimmer führte, um ihm aus dem Weg zu gehen. Etwas benommen ging ich nach draußen. Ich musste unbedingt aus dem Haus, weg von Lincoln.

Ich brauchte ein paar Augenblicke allein, um nachzudenken. Mich im Obstgarten zu verstecken, war aussichtslos. Der Herbst hatte die Bäume leergefegt und er würde dort zuerst nach mir suchen. Im Stall war es jetzt still, abgesehen vom Kauen der Pferde. Seth und Gus hatten ihre Pflichten erledigt. Ich kletterte die Leiter zum Heuboden hinauf und bahnte mir meinen Weg vorbei an einem rostigen Rad, einigen Werkzeugen und einem gerissenen Ledersattel bis hin zu den Säcken mit Futter, die zu einer Pyramide aufgestapelt waren. Mit dem Rücken daran gelehnt, wischte ich mir die Tränen ab, die meine Wangen benetzten, und schalt mich einen elenden Dummkopf.

Die Erinnerung an Lincolns Gesicht, als er General Eastbrookes Vorwurf entschieden zurückwies, konnte ich jedoch nicht abschütteln. Es war voller eiskalter Wut gewesen. Wenn ich je einen Beweis gebraucht hatte, dass er keine Gefühle für mich hegte, dann war es dieser Gesichtsausdruck. Und natürlich seine Ablehnung. Unser Kuss war nur der Hitze des Moments geschuldet, eine hastige Unachtsamkeit, die schnell vergessen war. Eastbrooke lag falsch. Lincoln hatte sich nicht in mich verliebt.

Ich wollte noch nicht ins Haus zurückkehren und ihm begegnen, also streckte ich meine Beine aus und lehnte meinen Kopf an die rauen Säcke. Es roch nach Hafer und Pferd, ein überraschend tröstender Geruch, der mich einlullte.

Als ich Schritte hörte, die neben der Tür anhielten, ehe sie sich näherten, richtete ich mich auf. Das obere Ende der Leiter bebte unter dem Gewicht desjenigen, der hinaufstieg.

Es überraschte mich nicht, Lincolns wirres dunkles Haar auftauchen zu sehen. Er blieb auf der Leiter und betrachtete mich aus Augen, die noch immer dunkel waren vor Wut. „Das sieht bequemer aus als der Obstgarten."

„Wie hast du mich gefunden?"

Er legte den Kopf schräg und schaute mich mit hochgezogener Augenbraue an.

„Oh. Ja, natürlich. Ich schätze, ich kann dir nie wirklich entkommen." Es war als Scherz gedacht, um die Stimmung aufzulockern, aber sein Gesicht verfinsterte sich.

„Ich weiß, dass ich nicht der einfachste Arbeitgeber bin, aber ich hoffe doch, dass du mir nicht ganz entkommen willst."

„So habe ich das nicht gemeint. Natürlich will ich nicht weg. Ich bin hier glücklich." Ich biss mir auf die Lippe, um nichts zu sagen, was diesen Moment noch peinlicher machte.

„Ich bin froh, das zu hören."

„Aber wenn die vier Komiteemitglieder ihren Willen bekommen …"

„Kümmere dich nicht um Gillingham und Eastbrooke. Ich werde dich nicht verbannen und sie können mich nicht zwingen. Jedenfalls nicht … deswegen."

Deswegen? Was genau war dieses „deswegen"?

„Du weißt, wie die Dinge zwischen uns stehen, nicht wahr?", fragte er zögernd. „Du verstehst meine … Haltung?"

„Die hast du sehr deutlich gemacht."

Seine Augen verschleierten sich bei meiner schnippischen Erwiderung. „Dann komm rein. Es ist kalt hier draußen und deine Anwesenheit wird drinnen vermisst."

Von ihm oder den anderen?

Wir überquerten gemeinsam den Hinterhof und betraten das Haus durch den Dienstboteneingang. Seth und Gus waren mitten in ihrem Bericht vom Besuch des Zigeunerlagers, dem der Koch mit einem amüsierten Grinsen lauschte.

„Wir hatten Glück, dass wir lebend da raus gekommen sind", sagte Gus kopfschüttelnd.

„*Du* hattest Glück." Seth lümmelte sich in den Sessel in der Ecke und stützte seine Stiefel auf einem Hocker ab. „*Uns* ging es wunderbar. Charlie, dich habe ich mit einem der rotznäsigen kleinen Blagen flüstern sehen. Worum ging's?"

„Er war weder ein Blag noch hatte er eine Rotznase", sagte ich.

Seth sah mich erwartungsvoll an. Lincoln ebenfalls. Er stand an der Tür, seinen milden Blick auf mich gerichtet, die Hände hinter dem Rücken.

„Er hat als Übersetzer fungiert, das ist alles."

Lincoln beobachtete mich weiter. Seine Lippen öffneten sich und er sog ein wenig Luft ein, als wollte er etwas sagen, doch er musste es sich anders überlegt haben, denn er schloss den Mund wieder.

„Umsonst?", fragte Gus.

„Ich habe mit Wissen bezahlt. Ich habe ihm gesagt, wie er ein besserer Dieb wird."

„Charlie!" Seth warf die Hände in die Luft und ließ sie auf die Armlehnen fallen. „Das kannst du doch nicht machen."

„Er ist nur ein kleines Kind. Mir ist es lieber, er entkommt dem Zugriff der Polizisten, als dass er von seiner Familie getrennt wird ... und Schlimmeres."

„Dann sollte er überhaupt nicht klauen!"

Ich verdrehte die Augen, während Lincoln sich aus der Küche zurückzog. Ich wusste nicht, warum ich erwartet hatte, dass er bleiben würde, nachdem er mich geholt hatte. Wir hatten im Moment nichts mehr zu besprechen. Unsere Ermittlungen waren wieder in eine Sackgasse geraten und Buchanan waren wir nach wie vor nicht auf der Spur. Vielleicht würde ihm ein neuer Plan einfallen, wenn er allein war.

Der Nachmittag verstrich und ich kümmerte mich um meine Aufgaben als Hausmädchen, da es sonst nichts zu tun gab. Es machte mir nicht viel aus. Lieber arbeitete ich, als herumzusitzen und etwas zu nähen, was ich weder wollte noch brauchte. Als ich abends dem Koch beim Ansetzen eines Brotteiges half, kam Seth mit der Gürtelkette zu mir.

„Ich habe es vergessen", sagte er. „Als du mich darum gebeten hast, habe ich die Kiste direkt aus deinem Zimmer geholt, aber ich habe sie dem Tod noch nicht zurückgegeben. Bist du dir noch sicher, dass ich das tun soll?"

Ich zuckte mit den Schultern. „Warum denn nicht?"

Sein Mund bewegte sich hin und her. „Wie sieht es mit deiner Bildung im Bereich der Klassiker aus?"

„Klassiker? So wie alte Bücher?"

„Antike griechische und römische Mythen."

„Nicht existent. Wenn es nicht christlich war, wollte Anselm Holloway es nicht im Haus haben. Wenn es nicht im Haus war, lernte ich es auch nicht kennen."

„Das erklärt einiges."

„Was denn?"

„Warum Fitzroy dir das hier geschenkt hat. Er wusste, du würdest die Bedeutung dahinter nicht verstehen."

„Zeig mal", sagte der Koch über meine Schulter.

Seth öffnete den Deckel und die silberne Schlüsselkette blinkte im Licht der Lampen. Mir stockte der Atem. Ich hatte vergessen, wie hübsch sie war und wie fein gearbeitet. Vielleicht war ich doch etwas voreilig gewesen mit meiner Bitte an Seth, sie Lincoln zurückzugeben. Voreilig und feige. Ich sollte das selbst machen.

„Er hat sie mir gegeben, weil es ein praktisches Geschenk für ein Hausmädchen ist", erklärte ich Seth.

Der Koch sah mich an. „Wenn er was Praktisches gewollt hätte, hätte er dir eine einfache aus Blech gegeben. Das da ist kein praktisches Geschenk."

„In der Tat." Seth zeigte auf die Figur der Frau, die vom Balkon aus aufs Meer schaute. „Siehst du den Delphin?"

„Ja", sagte ich und betrachtete ihn näher. „Was ist damit?"

„Und die Weinranke? Sie hält auch eine Taube."

„Ich wusste nicht, dass das eine Taube ist. Und?"

„Also ist diese Frau Aphrodite, eine griechische Göttin."

„Aha. Nun, es ist ein hübsches Stück, wenn auch kein praktisches. Ich schätze, Fitzroy dachte, ich würde es schön finden. Aber es ist viel zu teuer, als dass ich es annehmen könnte."

Und doch erschien es mir plötzlich unnötig, mich davon zu trennen. Ich wollte ihn nicht verärgern, indem ich es zurückgab. Ich hielt meine Hand auf und Seth reichte mir die Kiste mit gerunzelter Stirn.

„Was weißt du über Aphrodite?", fragte er.

„Nichts, abgesehen von dem, was du mir gerade gesagt hast. Dass sie in der Kunst mit Delphinen und Tauben dargestellt wird. Du bist ganz schön schlau, dass du das herausgeknobelt hast. Ich dachte, es wäre nur eine hübsche Figur."

„Du weißt wirklich gar nichts über klassischen Symbolismus, was?"

Ich schnaubte. „Stringer und die anderen waren jetzt nicht so bewandert in griechischer Mythologie. Die meisten konnten noch nicht einmal lesen."

„Zieh sie an", sagte Seth, ehe ich ihn fragen konnte, was Aphrodite und ihre Tiere in der griechischen Mythologie für eine Bedeutung hatten.

„Weiß nicht, ob das klug ist", sagte der Koch. „Ist zu schade für Küchenarbeit."

Ich zögerte nur einen Moment, dann nahm ich die Gürtelkette aus ihrem Samtbett. Ich steckte sie an den Bund meines Rocks und ließ sie gegen den grauen Stoff baumeln, wo sie noch glänzender aussah.

Seth nahm mir dir Kiste ab. „Wenn du die Gelegenheit hast, solltest du etwas über die griechischen Götter und Göttinnen lernen. Sie sind sehr interessant."

„Nicht jetzt", warf der Koch ein. „Der Teig knetet sich nicht von selbst."

Seth grinste. „Ich bringe die Kiste zurück in dein Zimmer, wenn du möchtest."

Ich dankte ihm und beschloss, später in Lincolns Bibliothek nach Büchern über klassische Mythen zu suchen.

* * *

LEIDER BEKAM ich an diesem Abend keine Gelegenheit zum Lesen, da die Männer darauf bestanden, dass ich mit ihnen Karten spielte. Lincoln kam nicht dazu.

Früh am nächsten Morgen hatten wir zwei Überraschungsgäste—Marguerite und ihr Bruder, Mr Edgecombe. Sie weigerten sich, die Kutsche zu verlassen und erst als ich die Decke über Edgecombes Beinen bemerkte, fiel mir wieder ein, warum. Ein Mann wie er würde es als erniedrigend empfinden, wenn andere sahen, wie er getragen wurde.

„Dürfen Miss Holloway und ich uns zu Ihnen gesellen?", fragte Lincoln stattdessen.

Marguerites Hand krallte sich um den Fensterrahmen. Ihre Mundwinkel wanderten nach unten. Sie sah mich nicht an.

„Sehr gern", sagte Mr Edgecombe. Anders als seine Schwester kannte er mich nicht als Magd, sondern nur als Lincolns Assistentin. „Kommen Sie, setzen Sie sich zu mir, Miss Holloway. Es sei denn, mein verkrüppelter Status ekelt Sie an."

„Nein, Sir, das tut er nicht." Ich kletterte in die geräumige Kabine. „Aber Ihr Benehmen tut es manchmal."

Marguerite schnappte nach Luft. „Ich muss doch sehr bitten! Wie können Sie es wagen, so mit meinem Bruder zu sprechen?"

Aber Edgecombe schmunzelte nur. „Sie hat Grund dazu, Schwester." Er klopfte auf den Sitz neben sich und ich setzte mich, achtsam, dass nicht einmal mein Rock ihm zu nahe kam.

Lincoln setzte sich mir gegenüber. Seine Knie berührten meine. „Ich hatte nicht erwartet, dass Sie dieser Tage noch das Haus verlassen, Edgecombe."

Edgecombe richtete seinen sauren Blick auf Lincoln. „Versuchen Sie mal, in Kutschen rein und wieder heraus zu kommen, oder Treppen rauf und runter, ohne Ihre verdammten Beine benutzen zu können."

„John, wirklich, *musst* du mich so in Verlegenheit bringen?", murmelte Marguerite.

Edgecombes Augenbrauen schossen nach oben. „Dich in Verlegenheit bringen? Meine *liebe* Schwester, ich bin den ganzen Weg nach London gekommen, laufe Gefahr, mich dem Spott meiner früheren Kumpel auszusetzen, sollten sie mich sehen, und du wirfst *mir* vor, *dich* in Verlegenheit zu bringen? Du weißt doch gar nicht, was Verlegenheit ist, bis du im Bett nicht mehr so funktionierst, wie du es gewohnt bist."

Marguerites Gesicht wurde krebsrot.

Edgecombe griff unter den Sitz, öffnete ein Gepäckfach und zog eine Flasche Whiskey heraus. Er nahm einen Schluck und wischte sich den Mund mit dem Handrücken ab. „Tut mir leid, Fitzroy, es reicht nur für einen."

„Sie sind aus gutem Grund gekommen", sagte Lincoln. „Es muss wichtig sein."

„Ah, ja. Nachdem Sie neulich Emberly verlassen haben, habe

ich über Buchanan nachgedacht. Ich bin mir ziemlich sicher, dass er tot ist."

Marguerite stieß einen kurzen Schluchzer aus. Lincoln reichte ihr ein Taschentuch und sie hielt es an ihre Nase.

„Ist er nicht", sagte ich.

Lincoln schüttelte knapp den Kopf. „Wir gehen nicht davon aus."

„Reiß dich zusammen, Schwesterlein." Edgecombe nahm noch einen Schluck aus der Flasche. „Es nimmt sie mit, wissen Sie, weil sie immer noch in ihren Schwager verliebt ist."

„John! Das ist nicht wahr. Das ist eine Beleidigung und ich kann sie nicht ertragen. Ich werde sie nicht ertragen."

Er verdrehte die Augen. „Selbst ein Blinder sieht das."

Marguerite blinzelte mit feuchten Augen und sank in der Ecke zusammen.

„Warum glauben Sie, dass er tot ist?", fragte Lincoln.

„Wo könnte er sonst sein, wenn er nicht die Radieschen von unten betrachtet? Ich habe meinen Diener Dawkins losgeschickt, um im Dorf herumzufragen, nachdem Sie weg waren, und niemand dort hat ihn gesehen. Als ich gestern Abend in Harcourt House ankam, hat meine Schwester bestätigt, dass Donald zugegeben hat, sich mit seinem Bruder in Emberly geprügelt zu haben. Also wissen wir, dass er dort war, aber er hat es nie ins Dorf zurückgeschafft."

„Er hätte in einem anderen Dorf übernachten können."

„Aber wir wissen, dass er nie zurück nach London gekommen ist! Guter Mann, Sie sind angeblich irgendein Ermittlungsagent, und trotzdem geben Sie nichts auf die Beweise. Die letzte Person, die Buchanan lebend gesehen hat, war der Mann, mit dem er gekämpft hat. Donald."

Marguerite legte die Hände über die Ohren und kniff die Augen zu. Sie stand kurz vor dem Kollaps.

„Meine Schwester möchte nicht glauben, dass ihr Ehemann den Mann getötet hat, den sie liebt."

Marguerite fing an zu summen, als ob sie die Worte ihres Bruders übertönen wollte. Ich sah zu Lincoln und hob eine Schulter in einer „was-sollen-wir-tun" Geste. Er schüttelte erneut kaum merklich den Kopf.

„Harcourt erscheint mir nicht wie die Art von Kerl, der seinen eigenen Bruder umbringen würde", sagte Lincoln.

„Warum nicht?", höhnte Edgecombe. „Er hat seine eigene Frau in Bedlam eingesperrt."

Marguerites Summen wurde lauter und sie wiegte sich sanft vor und zurück. Ich legte meine Hand auf ihr Knie, aber sie zuckte heftig zusammen und ich schreckte zurück.

Edgecombe lachte, ein bitteres, brüchiges Geräusch, das an meinen Nerven zerrte. „Er hatte sie einige Monate nach dem Tod des Kindes in das Irrenhaus eingewiesen. Hektors Tod hat sie arg mitgenommen und sie zeigte keine Anzeichen einer Besserung." Er deutete mit einem Nicken auf die summende, sich wiegende Gestalt seiner Schwester. „Genau genommen verhielt sie sich ähnlich wie jetzt."

„Ihr eigener Mann", sagte ich leise. Arme Marguerite.

„Seither ist sie nicht mehr dieselbe." Edgecombe bewegte seine Schultern, als könnte er die Erinnerungen abschütteln. „Jetzt ist klar, warum ich ihn verdächtige, nicht wahr? Ein Mann, der zu so einer herzlosen Tat seiner Frau gegenüber fähig ist, ist sicher auch fähig, seinen Bruder aus Eifersucht zu töten."

„Eifersucht?", fragte Lincoln.

„Natürlich. Eifersucht, weil seine Frau seinen Bruder mehr liebt. Eifersucht, weil Andrew ein Kind zeugen konnte, was er nicht kann."

„Mylady", sagte ich laut, um zu Marguerite durchzudringen. „Glauben *Sie*, dass Ihr Mann Mr Buchanan getötet hat?"

Ihr Schaukeln wurde heftiger. Sie knallte so stark gegen den Sitz, dass die ganze Kabine bebte. Sie musste mich gehört haben, antwortete aber nicht.

„Sie ist zu diesem Gespräch mitgekommen, ohne ihn darüber zu informieren", sagte Edgecombe gelangweilt. „Und sie würde sich nicht so verhalten, wenn sie ihn für unschuldig halten würde." Er beugte sich vor und reichte ihr die Flasche. „Nimm das, Margie. Das beruhigt deine Nerven."

Sie schüttelte den Kopf.

„Vielleicht eine Tasse Tee", sagte ich.

Sie verknotete ihre Hände in ihrem Rock und nickte.

„Mein Diener Dawkins wird Ihnen helfen." Edgecombe

klopfte gegen die Decke und seine Schwester fuhr zusammen. „Dawkins! Hilf Miss Holloway." An uns gewandt fügte er hinzu: „Er ist nicht so gut wie der vorige, aber er sollte mit ein paar Teetassen zurechtkommen."

Ich wollte schon ablehnen, doch dann beschloss ich, die günstige Gelegenheit zu nutzen, um mit ihm zu sprechen. Manchmal wussten Diener mehr über die Vorgänge in einem Haus als ihre Herren.

Dawkins war ein stämmiger Kerl mit breiter Brust und starken Armen, die sich gut eigneten, Edgecombe Treppen rauf und runter zu tragen. Trotz der kräftigen Brauen, die seine kleinen Augen überschatteten, hatte er einen eher frechen Mund, der sich zu einem Lächeln verzog, während er sich mir auf dem Weg ins Haus vorstellte.

„Konnten nicht schnell genug da raus kommen, was?", fragte er. Wir stiegen die Stufen zur Eingangstür hinauf.

„Das Treffen läuft nicht ganz wie erwartet."

„Lassen Sie mich raten." Er hielt mir die Tür auf. „Edgecombe beschimpft seine Schwester und sie verkriecht sich in der Ecke, um so weit von ihm weg zu kommen wie möglich. So läuft es normalerweise in Emberly. Ich kann mir nicht vorstellen, dass es in London anders ist."

„Klingt nach einem ungemütlichen Haushalt."

„Ist kein Picknick. Bei den verrückten Schnöseln und dem arschkriechenden Butler ist es ein Wunder, dass die Bediensteten überhaupt bleiben."

„Warum bleiben Sie?"

„Ich habe gerade erst angefangen und der Lohn ist gut. Sehr gut. Vermutlich, weil kein anderer machen will, was ich mache." Er lachte locker, was sein schwermütiges Gesicht aufhellte. „Ist nicht gerade ein Vergnügen, sich um Edgecombe zu kümmern."

Wir gingen in die Küche, wo nur der Koch uns begrüßte. Seth und Gus waren woanders auf Botengängen für Lincoln unterwegs. Ich stellte die beiden einander vor und wir bereiteten den Tee vor.

„Was wissen Sie über Lord Harcourts vermissten Bruder?", fragte ich Dawkins.

Er zuckte mit den Schultern. „Hab ihn nie kennengelernt. Der ist verschwunden, bevor ich bei Edgecombe angefangen habe."

„Haben Sie Gerüchte gehört?"

„Nur, dass er vermisst wird, vielleicht tot ist, nachdem er Emberly besucht hat. Ich habe gehört, er ist ein Frauenheld. Die Mägde heulen alle in ihre Schürzen und ihre Ladyschaft grämt sich."

„Was ist mit Lord Harcourt? Erscheint er Ihnen besorgt?"

„Weiß nicht. Hab ihn nur kurz getroffen, bevor er nach London gefahren ist."

„Und Mr Edgecombe? Wie wirkt er auf Sie?"

„Verhärmt, wütend und betrunken. Der ist ein Tyrann. Ständig brüllt er mich an, ich soll ihn hierhin tragen, dahin schieben, dies holen, das machen. Beschimpfen tut er mich auch. Wenn er nicht so gut zahlen würde, würde ich ihn draußen im Regen sitzen lassen."

Der Koch reichte mir die Teekanne. „Ich hätte auch schlechte Laune, wenn ich meine Beine nicht bewegen könnte."

„Ist meiner Ansicht nach kein Grund, ein Griesgram zu sein. Ich hab nur Ruhe, wenn er schläft. Gott und Dr Turcott sei Dank für den Schlaftrunk. Der haut ihn regelrecht um, so gut wie tot."

Wir kehrten zur Kutsche zurück und verteilten den Tee. Mr Edgecombe lehnte ab und hielt stattdessen seine Flasche hoch, bis ich sie ihm wegschnappte.

„Tee ist besser für Leib und Seele", erklärte ich ihm.

„Verdammt noch eins", murmelte er. „Sie sind schlimmer als Harcourt und Yardly zusammen." Trotzdem nahm er eine Tasse und beäugte seine Schwester über den Rand, während er trank.

Marguerite wirkte gefasster, auch wenn noch Anzeichen ihrer Hysterie zu erkennen waren. Während meiner Abwesenheit hatten sie über die Möglichkeit gesprochen, dass Harcourt seinen Bruder getötet und irgendwo auf dem Anwesen begraben hatte. Edgecombe war dabei, mögliche Orte zu nennen. Obwohl Marguerite niemandem in die Augen sah, schien sie den Gedanken, dass ihr Mann der Hauptverdächtige für das Verschwinden ihres früheren Liebhabers war, akzeptiert zu haben. So gesehen war ich nicht überrascht, dass sie sich recht verletzlich fühlte.

„Also, was passiert jetzt?", fragte Edgecombe Lincoln.

„Werden Sie Harcourt heute konfrontieren?"

„Nein", sagte Lincoln.

„Was? Warum nicht?"

„Auch wenn Ihr eigener Verdacht neu ist, haben Sie uns keine neuen Beweise präsentiert. Sie haben mir nichts gesagt, was ich nicht schon bedacht hätte. Ich kann Lord Harcourt nicht des Mordes bezichtigen, wenn es durchaus möglich ist, dass gar kein Verbrechen begangen wurde und Buchanan lebend wieder auftaucht."

„Sie sind dämlicher als Sie aussehen." Edgecombe schnappte sich die Flasche zurück und zeigte damit auf Lincoln. „Also gut, suchen Sie nach weiteren Beweisen, aber Sie werden mir vergeben, dass ich auf dem Verbleib meiner Schwester in Harcourt House bestehe, anstatt dass sie mit ihrem Mann nach Emberly zurückkehrt."

Marguerite starrte in ihre Teetasse. Ihre Schultern hingen herab, ihr Mund war schlaff und ihr Körper zusammengesackt. Sie sah aus, als hätte sie sich völlig aufgegeben. Es war schwer für sie. Vielleicht liebte sie ihren Mann nicht, doch sie schien von ihm abhängig zu sein. Jetzt lag ein langer, dunkler Schatten auf seiner Ehre. Es musste sich anfühlen, als würde der Boden unter ihren Füßen beben.

„Ich muss darauf bestehen, dass seine Lordschaft nichts von Ihrem Verdacht erfährt", sagte Lincoln. „Noch nicht."

Ich berührte erneut Marguerites Knie, um sie wachzurütteln. Sie blinzelte mich an und reichte mir dann ihre Tasse. „Ich möchte mich hinlegen", verkündete sie.

Lincoln und ich stiegen aus der Kutsche und sahen ihr nach, wie sie davonrollte. Dawkins, der hinten auf dem Trittbrett stand, winkte mir zu. Ich winkte zurück.

„Hast du etwas von ihm erfahren?", fragte Lincoln, als wir zurück ins Haus gingen.

„Er arbeitet noch nicht lange genug dort, um viel gehört zu haben. Yardly ist allerdings sehr loyal. Wenn er Lord Harcourt geholfen hat, Buchanan zu beseitigen, würde er es uns nicht sagen."

„Ihn wohin zu beseitigen? Falls er nicht tot ist, muss er irgendwo gefangen gehalten werden. Nicht in Emberly, sonst würden die Angestellten davon wissen. Ich bezweifle, dass alle von ihnen so loyal sind, dass sie für Harcourt einen Mord vertuschen würden. Das Dorf ist zu öffentlich. Er könnte einen Bauern für die Nutzung einer abgelegenen Scheune bezahlen. Aber warum? Was ist der Zweck?"

„Rache? Frustration?" Ich zuckte mit den Schultern. „Seinem Bruder klarmachen, dass er alle Macht und alles Geld hat? Wenn er auf Buchanan eifersüchtig ist, könnte es sein, dass er ihm schlicht eine Nasenlänge voraus sein will. Vielleicht war die Forderung, Buchanans Schulden zu bezahlen, der letzte Tropfen."

„Stimmt, aber das bringt uns zu der Frage zurück, wo er festgehalten wird."

Wir trugen das Teegeschirr zurück in die Küche und ich machte mich in der Spülküche ans Spülen, wobei ich über Andrew Buchanan nachgrübelte. Je mehr ich darüber nachdachte, desto mehr vermutete ich, dass Edgecombe recht hatte. Lord Harcourt musste beim Verschwinden seines Bruders eine sehr große Hand im Spiel haben. Er hatte sich mit Buchanan geprügelt und hatte die Macht, die Angestellten zum Schweigen zu verdonnern, sollten sie etwas gesehen haben.

Buchanan war nicht tot. Das hatten wir bewiesen. Also wo war er? Wo konnte Harcourt eine Person verstecken *und* am Leben erhalten, ohne Aufmerksamkeit zu erregen? Irgendwo, wo Buchanans Hilferufe nicht gehört werden konnten.

Oder ihnen kein Glauben geschenkt wurde.

Ich ließ die Teetasse ins Wasser fallen und rannte aus der Spülküche. Während ich durch die Küche sprintete, trocknete ich mir die Hände an der Schürze ab.

„Charlie?", rief der Koch. „Wo willst du denn so schnell hin?"

Ich blieb nicht stehen, um zu antworten, sondern nahm zwei Stufen auf einmal und platzte in Lincolns Wohnzimmer, ohne anzuklopfen. Er stand an der Tür, als hätte er mich erwartet, was er vermutlich auch tat.

„Was ist?" Er sah mich forschend an, sein gutaussehendes Gesicht voller Sorge. „Was stimmt nicht?"

„Erzähl mir von Bedlam."

KAPITEL 14

Die Bethlehem Klinik für Geisteskranke—den meisten bekannt als Bedlam—sah mehr wie ein Museum oder Gerichtsgebäude aus mit seinem herrschaftlichen Gewölbe und dem säulenverzierten Eingang. Es befand sich in St. George's Fields hinter einem hohen Eisenzaun und wir brauchten im Mittagsverkehr eine ganze Weile dorthin, was mir die Zeit gab, Lincoln darüber auszufragen. Was er mir erzählte, ließ mir das Blut in den Adern gefrieren. Anscheinend konnten nahe Verwandte jemanden dort wegen Verrücktheit einweisen, indem sie lediglich ein paar Formulare ausfüllten. Nach einer medizinischen Einschätzung, die man für eine nicht näher bezifferte Summe erkaufen konnte, wurde der oder die Verrückte dann aufgenommen und behandelt. Die Behandlung variierte je nach Schwere der Erkrankung und reichte von einfachen Aufgaben wie Sticken oder Wäsche bis hin zu kalten Bädern, Fesseln und Isolation. Es wirkte so mittelalterlich.

„Hier hat Lord Harcourt die arme Marguerite hingeschickt", sagte ich, als wir die riesige, leere Eingangshalle betraten. „Und das nur, weil sie wegen des Todes ihres Kindes traurig war."

„Er könnte auch seinen Bruder hier eingewiesen haben."

Wir hatten kurz über die Wahrscheinlichkeit diskutiert, dass Buchanan hier hingeschickt worden war, und hatten entschieden, dass es durchaus möglich war. Harcourt kannte den Ort, nachdem er seine Frau vor einigen Jahren hier eingewiesen hatte. Es wäre ein Leichtes gewesen, Buchanan nach dem Kampf hierher zu bringen, wenn er von einer Kopfverletzung benommen gewesen war. Ein paar Medikamente hätten seine Kooperation zugesichert. Jegliche Beschwerden würden als wirres Gerede eines Verrückten abgetan. Buchanan konnte in diesem riesigen Krankenhaus verschwinden und Harcourt wusste es. Wenn er seinen Bruder loswerden wollte, ohne ihn zu töten, war dies der richtige Ort dafür.

Unsere Schritte hallten in der sauberen, viel zu hellen Eingangshalle wider. Eine Krankenschwester in ordentlichem Weiß schaute vom Empfang hoch. Ihre stumpfen haselnussbraunen Augen blitzten kurz auf, als sie Lincolns Gesicht, sein dunkles, zurückgebundenes Haar und seine elegante Kleidung betrachtete.

„Wir suchen nach einem Patienten mit Namen Andrew Buchanan", sagte er. Wir hatten entschieden, nicht zu *fragen* ob er dort war, sondern davon auszugehen.

Sie faltete die Hände auf einem offenen, ledergebundenen Register vor ihr. „Und Sie sind?"

„Mr Henry Buchanan, Andrews Cousin, und dies ist meine Frau."

Frau? Wir hatten nicht darüber gesprochen, zu schauspielern, aber ich nahm an, dass Verwandte Zutritt bekommen würden, Fremde jedoch nicht. Voll ehelicher Zuwendung hakte ich mich bei ihm ein. Seine Muskeln spannten sich an.

„Es tut mir leid, Mr Buchanan, aber die Besuchstage sind am ersten und dritten Montag des Monats, es sei denn, der Direktor macht eine Führung für Sie."

„Bis zum dritten Montag ist es noch über eine Woche."

Sie lächelte verkniffen. „Ja."

Ich war besorgt, dass Lincoln sich gewaltsam Zutritt verschaffen würde, als eine Tür zu unserer Rechten aufging und zwei Herren heraustraten. Sie schüttelten sich die Hände und einer dankte dem anderen für die Führung, versprach die erforderlichen Formalitäten zu erledigen und bald zurückzukommen.

„Ist das der Direktor?", fragte Lincoln die Schwester.

„Ja."

Lincoln trat auf ihn zu, als der Besucher ging. „Sir! Auf ein Wort, bitte."

Der Direktor wartete mit gequältem Lächeln und einem ungeduldigen Blick auf die Tür. „Ja?"

„Mein Name ist Henry Buchanan, ein Cousin von Andrew Buchanan, einem Ihrer Patienten."

„Die Besuchstage sind am ersten und dritten Montag des Monats", sagte der Direktor, während er davonging.

„Ich will ihn nicht besuchen, ich möchte eine Führung."

Der Direktor blieb wieder stehen, die federigen Augenbrauen erwartungsvoll hochgezogen. „Fahren Sie fort."

„Ich habe ein Familienmitglied, dass ich gern einweisen würde. Mein Cousin, Harcourt, hat mir alles über die neuen Methoden erzählt, die hier angewandt werden, und ich dachte, ich versuche es mal."

„Wunderbar!" Die gewachsten Bartspitzen des Direktors zuckten. „Ihr Cousin ist ein weiser Mann. Sein Bruder macht in unserer Obhut bewundernswerte Fortschritte. Normalerweise ist eine Terminabsprache nötig, aber da Sie nun hier sind, werde ich Ihnen eine kurze Führung ermöglichen. Mein Name ist Fourner."

„Danke, Mr Fourner, meine Frau und ich schätzen Ihr Angebot sehr."

Ich konnte meine Aufregung kaum zügeln. Fourner hatte zugegeben, dass Buchanan Patient war. Wir hatten ihn gefunden.

„Wenn es Ihrer Frau nichts ausmachen würde, hier zu warten", sagte Fourner. „Wir möchten ihre zarte Disposition nicht erschüttern."

Ach, du meine Güte. Jedes Mal, wenn ein Mann über meine „zarte Disposition" sprach, wollte ich beweisen, dass ich keine hatte. Außerdem schätzte ich Lincoln dadurch um so mehr. Er war vielleicht beschützend, ging jedoch nie davon aus, dass ich in Ohnmacht fiel, bloß weil ich ein Schimpfwort hörte oder etwas Ungebührliches sah.

Nun, wenn Fourner zarte Disposition wollte, würde er einen Haufen davon bekommen. Und ich würde mich in Bedlam als Patientin einweisen lassen.

Ich zog meine Hand aus Lincolns Armbeuge und bedeckte

mein Gesicht. Ich wollte gerade so tun, als würde ich in Tränen ausbrechen und dann in Ohnmacht fallen, als Lincolns Finger meinen Arm so fest packten, dass er mir das Blut abschnürte.

Ich senkte die Hände und begegnete seinem zornigen Blick. Sein Kinn war so hart wie Granit. Fourner war bereits mit schnellen, kurzen Schritten zur Tür gegangen. Falls er meinen unterbrochenen Akt bemerkt hatte, ließ er sich nichts anmerken.

Lincoln presste ein eisiges „Nicht" durch seine zusammengebissenen Zähne.

„Ich hatte einen Plan, Buchanan zu finden", flüsterte ich. „Ich lasse mich heute als Patientin einweisen und mache mich auf die Suche nach ihm, wenn alle im Bett sind."

„Ich weiß." Er zog mich eng an seine Seite und marschierte mit mir zur Tür, wo Fourner mit einem angespannten Lächeln wartete.

„Und wen möchten Sie einweisen?", fragte er Lincoln.

„Mein Mündel. Er ist verrückt. Tut und sagt die albernsten Dinge, nicht wahr, Liebes?" Seine Augen glänzten. Ich schätzte, es war Übermut.

„Leider ja", sagte ich. „Obwohl er ausgesprochen clever und lebhaft ist und man nicht anders kann, als seine Qualitäten zu bewundern."

„Es sind oft die cleveren, lebhaften, die herkommen müssen", versicherte Fourner mir. „Ich sehe leider viele von der Sorte. Ihr Mündel wird hier in der Bethlehem Klinik sehr willkommen sein und ich bin mir sicher, dass er mit unserer Behandlung noch dieses Jahr genesen wird. Hat Lord Harcourt Sie über unsere Gebühren unterrichtet?"

„Das hat er", sagte Lincoln. „Die Kosten sind kein Problem. Ich habe sogar vor, eine zusätzliche Spende zu leisten, um das Wohl meines Mündels sicherzustellen."

Fourners Augen leuchteten auf. „Hervorragend! Nun, Mrs Buchanan, wenn es Ihnen nichts ausmachen würde, hier zu warten, während ich Ihren Mann durch die Einrichtung begleite? Schwester Elliot wird sich um Sie kümmern."

„Ich komme mit", sagte ich wild entschlossen. „Mit dem Schutz meines Mannes werden meine Nerven das aushalten. Er ist so fähig, wissen Sie, und er versteht mich perfekt. Es ist fast, als würde er wissen, was ich denke, bevor ich es tue."

Fourner stieß ein verwirrtes Lachen aus. „Charmant. Nun gut, dann kommen Sie. Aber sprechen Sie nicht mit den Patienten, egal was sie zu Ihnen sagen. Und bleiben Sie nahe bei mir. Ich werde Ihnen den Männerflügel zeigen, da Ihr Mündel männlich ist."

Während seine Warnung in meinen Ohren klingelte, gingen wir durch die Tür in eine lange Galerie. Sie sah aus wie ein ausgedehnter Salon mit bequemen Sesseln an der Wand und hier und da einigen Tischen mit Topfpflanzen und Blumenvasen. Der gold-blaue Teppich dämpfte unsere Schritte, bis wir an einer der vielen Türen stehenblieben, die von der Galerie abzweigten.

„Die Wohnungen im Erdgeschoss sind unseren am wenigsten schwierigen Patienten vorbehalten", sagte Fourner, während er den Raum betrat.

Männer in einfachen Hosen, Hemden und Westen saßen in Sesseln und lasen Zeitungen oder Zeitschriften. Einige schauten hoch und kehrten mangels Interesse kurz darauf zu ihrer Lektüre zurück. Ein Mann stand auf und verbeugte sich, als gehörten wir zur Königsfamilie, ein anderer sang in einer Ecke leise vor sich hin. Ein weiterer hockte auf dem Boden, den Blick auf das Feuer im Kamin gerichtet, das mit einem Eisengitter abgeschirmt war. Die Stäbe waren zu eng, als dass man hätte hindurchgreifen können. Es musste sich mit einem Schlüssel öffnen lassen, damit das Pflegepersonal Zugriff hatte, aber nicht die Patienten.

Fourner leierte die neuesten Methoden herunter, mit denen geplagte Patienten wie diese behandelt wurden, um sie aktiv zu halten und ihren Geist anzuregen. Fesseln und Medikation waren nicht nötig. Er brachte uns zurück in die Galerie und von dort in jeden abzweigenden Raum. Er nickte Schwestern und blau gekleideten Männern zu, die vermutlich Pfleger waren, und sprach gelegentlich herablassend mit einem Patienten, so wie manche Erwachsene mit Kindern redeten.

Als wir die Treppe am Ende der Galerie erreicht hatten, war noch immer keine Spur von Andrew Buchanan zu sehen. Auf der nächsten Etage gab es Zellen mit bis zu sechs Betten. Es gab weder Abtrennungen noch Vorhänge dazwischen und in keinem der Kamine brannte Feuer. Die Räume waren eiskalt. In einigen Betten schliefen Patienten, während andere ordentlich gemacht dastanden, kein Fältchen in der Bettdecke.

„Wohnt mein Cousin in einem dieser Räume?", fragte Lincoln, während wir eine weitere Treppe hinaufstiegen.

„Das tut er."

„Ist er ein schwieriger Patient?"

„Nicht mehr."

„Das bedeutet?"

„Das bedeutet, dass seine Behandlung ihn beruhigt hat."

„Was für eine Behandlung?"

„Eine Kombination aus den neuesten Medikamenten und bestimmten Anreizen hat sein Verhalten deutlich verbessert."

„Was für Anreize?"

Fourner blieb stehen und öffnete eine Tür. Die weiß getünchten Wände reflektierten das Licht aus einem einzigen, hohen Fenster und ich brauchte einen Moment, bis meine Augen sich daran gewöhnt hatten. Der Raum enthielt zwei Kupferbecken, die bis auf Brusthöhe reichten und aus je einem Wasserhahn an der Wand befüllt werden konnten. Der Raum musste Wasserleitungen haben, wie das Badezimmer in Lichfield Towers, trotzdem enthielt er weder ein WC noch ein Waschbecken.

„Wofür wird dieser Raum gebraucht?", fragte ich.

„Dies ist einer unserer Anreize", erklärte Fourner mit einem selbstgefälligen Lächeln. „Oder eher gesagt, eine Abschreckung. Patienten, die sich nicht benehmen, werden bis zum Hals in kalte Bäder getaucht."

„Kalte Bäder!"

„Eiskalt, Mrs Buchanan. Ein paar Minuten in diesen Becken und sie wollen verzweifelt wieder heraus. Sie lernen schnell, dass nur Ruhe sie daraus befreien wird."

Ich verschränkte die Arme und umklammerte meinen Oberkörper, aber das konnte mein Erschauern nicht verhindern. „Hat sich Andrew in einem davon wiedergefunden?"

Fourner nickte und scheuchte uns wieder hinaus. „Als er aufwachte, am ersten Morgen nach seiner Ankunft, war er ein randalierender Wahnsinniger, der mein Personal beschimpfte und allen zur Last fiel. Aber nach den kalten Bädern und zwei Tagen allein in einer unserer Gummizellen hat er schnell gelernt, dass Unterwerfung der beste Weg ist, hier in Bethlehem zurecht zu kommen."

Lincoln hob die Hand und stoppte damit unseren Weg den Gang entlang. „Gummizellen?"

„Genau genommen sind sie mit Kork und Gummi gepolstert. Fehlende Betten oder andere Annehmlichkeiten verhindern, dass die Patienten sich selbst verletzen. Wir finden, dass die Isolation ihnen Gelegenheit gibt, sich in Frieden zu reflektieren. Es ist sehr beruhigend für den Geist. Natürlich helfen auch Medikamente."

„Natürlich", sagte Lincoln trocken.

„Die Zellen sind gleich hier drüben, wenn Sie einmal schauen wollen. Eine ist zurzeit belegt—" Er wurde von einem schrillen Kreischen unterbrochen, das mir die Haare zu Berge stehen ließ. „Ah, ja, das ist wohl der Patient. Es muss Zeit für seine Medizin sein."

Zwei Pfleger und eine Schwester eilten an uns vorbei. Einer der Pfleger schloss die Tür auf, wurde aber zurückgeworfen, sobald er sie öffnete. Ein in ein weißes Gewand gekleideter Mann flog heraus und schubste den Pfleger gegen die Krankenschwester. Sie schrie, fiel zurück und rollte sich zusammen. Die Spritze, die sie in der Hand hielt, kullerte davon und der Patient schnappte sie sich.

„Fasst ihn!", brüllte Fourner.

Doch die beiden Pfleger, trotz ihrer Größe, waren zu langsam. Sie stolperten dem Patienten hinterher, der allerdings einen Vorsprung und lange Beine hatte. Er stürmte auf uns zu, seine wirren blonden Haare wehend. Die weit aufgerissenen, wilden Augen waren auf Fourner fixiert, der ihm im Weg stand und die Treppe blockierte.

Der Patient bleckte die Zähne und hob die Spritze wie einen Dolch. Fourner warf die Arme vor sein Gesicht und drehte sich weg, woraufhin der Patient mit der Spritze zustach, Fourners ungeschützten Hals im Visier.

Lincoln sprang los und rang ihn zu Boden. Die Spritze fiel ihm aus der Hand und rollte außer Reichweite. Der Patient schlug um sich und sein Kreischen durchschnitt die Luft. Mit den Fäusten trommelte er auf Lincolns Rücken, während er sich gleichzeitig wand, um sich zu befreien.

„Halt still!", knurrte Lincoln.

Entweder konnte der Patient ihn über sein eigenes Geschrei nicht hören oder er wollte nicht gehorchen. Er tobte weiter. Lincoln saß auf ihm, hatte aber seine liebe Not, die Hände des Mannes unter Kontrolle zu bringen. Die Pfleger hielten Abstand und riefen nach Verstärkung, während sowohl die Schwester als auch Fourner nutzlos am Boden kauerten.

Ich nahm die Spritze und in dem Moment, als Lincoln endlich die Hände des Mannes auf den Boden drückte, stach ich sie dem Mann in den Hals. Seine Augen wurden trüb, die Muskelberge in seinen Schultern verschwanden und er wurde nicht mehr als eine leere Hülle, fast wie ein Körper im Moment des Todes, wenn der Geist austritt. Nur dass dieser Mann nicht tot war.

Ich schaute auf die Spritze in meiner Hand. Was auch immer darin war, die Wirkung war stark.

„Bringt ihn sofort weg", fuhr Fourner die Pfleger an. Dank der Schreie waren weitere dazugekommen und zwei hoben den Patienten wie eine Stoffrolle hoch und trugen ihn in die Zelle. „Das ist skandalös! Ich bitte vielmals um Entschuldigung, Sir, Madam. So etwas passiert nicht oft."

„Ist das die Medizin, von der Sie sprachen?", fragte ich und nickte der Schwester zu, die jetzt mit der Spritze an uns vorbeihastete.

„Ja. Guter Stoff. Wüsste nicht, was wir ohne ihn machen würden."

„Haben Sie das benutzt, um meinen Cousin zu beruhigen?", fragte Lincoln.

„In den ersten beiden Tagen, ja. Danach zeigte er sich kooperativer und wir reduzierten die Dosis. Jetzt ist er weitgehend bei Bewusstsein und tagsüber ganz zufrieden. Nachts geben die Ärzte ihm mehr, damit er friedlich schlafen kann." Fourner zupfte an seinen Ärmeln und beäugte misstrauisch die Tür zu der Zelle, während der Pfleger sie abschloss. „Danke für Ihre Unterstützung, Mr Buchanan. Ich hoffe, Sie sind unverletzt."

Lediglich Lincolns Krawatte schien gelitten zu haben. Ich richtete sie für ihn, wobei ich ihm in die Augen sah. Erst als seine Hand sich auf seiner Brust um meine legte, spürte ich, dass ich zitterte.

„Vielleicht möchte Mrs Buchanan ihre Nerven mit einer Tasse Tee beruhigen." Fourner führte uns zur Treppe.

Lincoln legte meine Hand wieder in seine Armbeuge und wir stiegen die Stufen hinab wie ein vertrautes Ehepaar. Ich hörte Fourners nächste Worte kaum. Er setzte die Führung fort, wobei er die Sicherheitsvorkehrungen betonte, mit denen aggressivere Patienten daran gehindert wurden, sich selbst und andere zu verletzen.

Als wir wieder die zweite Etage erreichten, ging mir auf, dass wir Buchanan noch nicht gesehen hatten. Entweder war er draußen im Garten oder lag schlafend in einem der Betten.

„Dürfen wir uns die Schlafräume der Patienten noch einmal ansehen?", fragte ich.

Fourner hielt mitten im Satz inne und schaute Lincoln an, als ob er fragen wollte, warum er mir gestattete, zu sprechen. „Sir?"

„Meine Frau hat um eine weitere Führung durch diese Etage gebeten und ich würde Ihre Kooperation schätzen."

„Ja, natürlich. Hier entlang." Fourner ging leise über den Teppich der Galerie zur ersten Tür. Lincoln trat ein und ich folgte ihm. Er musste den gleichen Gedanken gehabt haben wie ich, denn er schlenderte den Gang zwischen den Betten entlang und schaute in jedes Gesicht. Nur die Hälfte der Betten war belegt, keins davon von Buchanan.

Wir schauten in den nächsten Raum und in den danach und fanden ihn schließlich im vierten. Angesichts seiner deutlichen Veränderung sog ich die Luft ein. Er lag auf der Seite und starrte mit den gleichen leeren Augen in den kalten Kamin wie der verrückte Patient nach seiner Spritze. Lippen, die ich bisher nur zu einem herablassenden Grinsen verzogen gesehen hatte, bewegten sich lautlos. Etwas Spucke befeuchtete das Kopfkissen und seine Finger umklammerten die Bettdecke, als wäre sie ein Anker. Sein helles Haar war fettig und verfilzt und hin und wieder schüttelte ihn ein Schauer.

Ich mochte Buchanan nicht. Er war zynisch, wenn nicht sogar

unverschämt gewesen, ebenso wie faul. Aber einen gutaussehenden, starken Mann in einen armseligen, sabbernden Idioten verwandelt zu sehen, machte mich krank.

„Ihr Cousin, glaube ich." Fourner betrachtete Buchanan mit abgeklärter Professionalität.

„Ist es das, was Sie als *ruhiger* bezeichnen?", fragte ich.

„Wie Sie sehen, ist er jetzt sehr gefügig. Unsere Ärzte haben mit den neuen Medikamenten wahre Wunder bewirkt. Möchten Sie mit einem von ihnen sprechen?"

„Wir haben genug gesehen", sagte Lincoln.

Fourners struppige Augenbrauen hoben sich. „Ich hoffe doch, dass der Vorfall oben Sie nicht alarmiert hat." Er kicherte und balancierte auf seinen Fersen. „Ich hatte Sie allerdings gewarnt, dass die Disposition einer Dame für solche Dinge zu zart ist, nicht wahr, Mrs Buchanan?"

Die Pupillen in Andrews Augen zogen sich zusammen. Sein Blick streifte Fourner und wanderte dann zu Lincoln und mir. Er beendete sein stummes Gemurmel und stöhnte stattdessen. Anscheinend wollte er sprechen, hatte aber Mühe, Worte zu formen.

Es war an der Zeit, zu verschwinden, ehe der Patient etwas von sich gab, was unsere Tarnung in Zweifel zog. Lincoln musste den gleichen Gedanken gehabt haben, denn er nahm meine Hand und führte mich zur Tür. Fourner trabte uns hinterher.

Am vorletzten Bett hielt ich inne und brachte damit auch Lincoln zum Stehen. Der Mann lag auf dem Rücken unter der Decke und war so dünn, dass seine Wangenknochen und die Nase hervorstachen, während seine Augen tief in ihren Höhlen lagen. Die aschgraue Farbe seiner Haut und das Rasseln jedes Atemzugs waren deutliche Zeichen, dass er kurz vor seinem Ableben stand.

„Warum kümmert sich niemand um diesen Mann?", fragte ich. „Wo sind die Schwestern und Ärzte?"

„Mrs Buchanan, diesem Mann ist nicht mehr zu helfen. Er wird in den nächsten vierundzwanzig Stunden sterben. Wir können kein Personal entbehren, um einen Sterbenden zu überwachen. Das ist eine ineffiziente Zeitverschwendung."

„Aber jemand sollte bei ihm sein. Allein zu sterben ... das ist so traurig."

„Er ist nicht allein. Er hat den Cousin Ihres Mannes nur ein paar Betten weiter. Und heute Abend werden weitere Betten belegt sein. Sehen Sie? Gar nicht allein, falls er in den nächsten Stunden verstirbt."

Das würde er, da war ich sicher. Der Tod hing an diesem Mann wie ein Leichentuch.

„Kommen Sie, Mrs Buchanan. Ich sehe, das wird alles zu viel für Sie. Das passiert bei Damen oft, fürchte ich."

Ich ballte meine Faust. Niemand war in der Nähe. Ich könnte ihm ohne Zeugen einen Hieb aufs Kinn verpassen. Lincoln packte meine Faust und legte seine Hand darum. Während er mich hinausführte, warf ich einen schnellen Blick auf die Patiententafel, die am Fußende des Bettes hing.

In der Eingangshalle reichte die Schwester am Empfang Lincoln einige Papiere, die er überflog.

„Nur zur Sicherheit", sagte er. „Ich fülle diese Formulare aus, unterschreibe sie und Sie machen dann Ihre eigenen Tests, um den Geisteszustand meines Mündels festzustellen."

Fourner strich über seinen Schnurrbart. „So ist es, ja."

„Die Unterschrift muss meine eigene sein, richtig?"

„Nur seine engsten Verwandten oder sein Vormund hat die Befugnis, ihn einzuweisen."

„Sonst niemand?"

„Nein. Warum?"

Lincoln antwortete nicht, also sagte ich: „Wir sind nur neugierig."

„Wenn Sie mir die Formulare innerhalb von achtundvierzig Stunden zurückreichen, kann ich Ihnen das Bett freihalten." Angesichts unserer fragenden Gesichter fügte er hinzu: „Das im Zimmer Ihres Cousins, das demnächst frei wird. Länger als achtundvierzig Stunden kann ich es allerdings nicht freihalten. Unsere Betten sind sehr gefragt, wissen Sie?"

Recht erschüttert von dem ganzen Erlebnis folgte ich meinem „Ehemann" brav nach draußen.

„Alles in Ordnung?", fragte Seth vom Kutschbock unserer Kutsche herab.

Ich blies meinen Atem heraus. „Bring uns weit weg von hier, Seth, und zwar schnell."

Lincoln hielt mir die Tür auf, stieg hinter mir ein und setzte sich mir gegenüber. Er faltete die Formulare zusammen und steckte sie in seine Innentasche. „Du dachtest, es wäre eine gute Idee, sich in Bedlam einweisen zu lassen?", schnappte er.

„*Das* bringst du auf den Tisch? Nach allem, was wir da drinnen erfahren haben?"

„Bist du verrückt?"

Ich seufzte. „Das war die Idee, ja. Sobald ich drinnen war, hätte ich mich auf die Suche nach Buchanan machen können und ihm zur Flucht verhelfen. Nur wusste ich nicht, dass er in einem solchen Zustand sein würde. Er kann vermutlich nicht einmal laufen." Ich biss mir auf die Lippe. Während meine Idee nicht schlecht gewesen war, hatte ich Buchanans Niveau von „Ruhe" grob unterschätzt. Ich hätte ihn unmöglich hinaustragen können.

„Glaubst du, es interessiert mich, was mit Buchanan passiert?" Sein bissiger Ton hatte sich kein bisschen abgeschwächt. „Von mir aus kann er da drinnen verrotten. Seine Freiheit ist es nicht wert, deine Sicherheit zu gefährden."

Ich schluckte meine Widerworte herunter. Angesichts seiner Sorge würden sie undankbar klingen. „Es war nicht die klügste Idee, da ich jetzt weiß, wie der Laden funktioniert. Wie auch immer, ich habe einen anderen Plan, wie wir ihn da rausholen können. Der wird dir vermutlich auch nicht gefallen."

„Da hast du recht, tut er nicht. Du wirst diesen Geist nicht beschwören, wenn er ins Jenseits geht."

„Warum nicht? Ich kann die ganze Sache von draußen steuern. Keiner von uns muss Bedlam betreten."

Er überlegte einen Moment, schüttelte aber wieder den Kopf. „Es könnte sein, dass er noch eine Weile weiterlebt."

„Er wird in wenigen Stunden tot sein." Ich zählte die einzelnen Punkte an meinen Fingern ab. „Ich habe seinen Namen auf seinem Patientenbogen gesehen, also kann ich ihn beschwören. Er wird wissen, wer Buchanan ist, da er das Zimmer mit ihm teilt."

„Das wissen wir nicht sicher."

„Sobald er wieder in seinem Körper ist, ist er stark genug,

um einen Mann zu uns hinauszutragen, wo wir in der Kutsche auf ihn warten."

„Er wird durch verschlossene Türen gehen müssen. Ohne Schlüssel wird das Lärm machen, es sei denn, er war ein erfahrener Einbrecher, ehe er nach Bedlam kam."

„Wenn er sich beeilt, macht der Lärm nichts. Er wird weg sein, bevor er gesehen wird."

„Nein, Charlie."

„Warum nicht?", sagte ich beleidigt. „Es ist besser als die Alternative."

Er zog eine Braue hoch. „Die wäre?"

„Dass du einbrichst und dich in Gefahr bringst." Ich verschränkte die Arme und drehte mich zum Fenster. Hitze stieg mir ins Gesicht, aber ich senkte den Kopf nicht. Sollte er es doch sehen. Er wusste sowieso, dass ich ihn mochte.

„Du machst dir Sorgen", sagte er unbewegt.

„Natürlich tue ich das! Du hast den Irren gesehen, der auf uns zu gerauscht kam!"

„Die sind anscheinend weggesperrt."

„Und was ist mit den Pflegern? Was, wenn du geschnappt wirst und sie dir das Zeug spritzen, was auch immer das war? Du bist in Sekunden weggetreten."

„Dann hast du meine Erlaubnis, alles zu tun, um mich zu retten."

Ich sackte zurück in den Sitz. „In dem Fall werde ich heute Nacht mit dir wieder herkommen müssen. Keine Widerrede", sagte ich, als er den Mund aufmachte. „Ich habe das beschlossen. Du brauchst einen … Partner. Jemanden, der notfalls einen Geist beschwören kann."

Er seufzte. „Das habe ich mir selbst eingebrockt, nicht wahr? Charlie, ich komme allein klar. Das habe ich immer getan."

„Das musst du nicht mehr, Lincoln. Du hast Seth und Gus und mich. Wir sind alle angestellt, um mit dir für das Ministerium zu arbeiten, und es wird Zeit, dass du uns erlaubst, mehr zu helfen als nur die Kutsche zu fahren oder das Silber zu polieren."

„Also machst du dir nicht um mich sorgen, du willst einfach nur dabei sein. Korrekt?"

Ich seufzte. „Lincoln, du bist der fähigste Mann, den ich kenne. Auch wenn ich noch nie gesehen habe, wie du mit einem ausgewachsenen Mann auf der Schulter drei Stockwerke am Regenrohr herunterkletterst, bezweifle ich nicht, dass du es schaffst. Wenn allerdings die Chance besteht, dass etwas schief geht, und die Chance, dass ich helfen kann, dann bin ich lieber auf der sicheren Seite. Also ja, ich mache mir Sorgen. Ich würde mich dafür hassen, nichts zu tun, wenn ich hätte helfen können, genauso wie du dich dafür hassen würdest, wenn die Rollen vertauscht wären. Beantwortet das deine Frage?"

Er starrte mich so lange mit einem so seltsamen Gesichtsausdruck an, dass ich wünschte, ich wüsste, was er dachte. Aber ich konnte seine Gedanken nicht so lesen, wie er meine, also fragte ich ihn einfach.

„Was ist? Warum schaust du mich an, als wolltest du in meinen Kopf gucken?"

Er sah schnell aus dem Fenster. „Deine Antwort war ... angemessen. Danke, dass du mir deine Gedanken erklärt hast."

„Ich dachte, du könntest sie ohne Erklärung lesen."

„Nicht in dem Ausmaß. Deine Gefühle sind kristallklar, aber deine Gedanken sind verschleiert. Ich kann sie nicht sehen."

Gott sei Dank. Wenigstens hatte ich noch ein bisschen Privatsphäre.

* * *

Als wir unseren Plan erklärten, bestanden sowohl Seth als auch Gus darauf, in der Nacht mit uns nach Bedlam zurückzukehren. Sie präsentierten ein hervorragendes Argument bezüglich der Kutsche und der Anzahl der Pferde, und nach einer ersten Ablehnung gab Lincoln nach. Die Tatsache, dass er nachgab, war eine ziemliche Leistung. Seth und Gus gratulierten sich gegenseitig mit Schulterklopfen, als Lincoln nicht hinsah.

„Warum nicht einfach mit Harcourt reden?", fragte der Koch beim Abendessen in der Küche, während wir den Plan genauer besprachen. „Sagt ihm, was ihr herausgefunden habt, und zwingt ihn, seinen Bruder herauszuholen."

„Morgen", sagte Lincoln. „Sobald wir Buchanan haben und Gelegenheit hatten, ihn zu befragen."

Wir warteten bis Mitternacht, ehe wir quer durch die Stadt nach St. George's Fields fuhren. Diesmal ging die Fahrt wesentlich schneller, nicht nur, weil weniger Verkehr war, sondern auch, weil wir vier Pferde hatten anstatt zwei. Seth ritt als Postillion auf dem vorderen linken Pferd, während Gus auf dem Kutschbock saß. Anscheinend hatten sie durch dieses Arrangement mehr Kontrolle, was wiederum größere Geschwindigkeiten ermöglichte. Eine kleinere Kutsche stand außer Frage, da wir einen bewegungsunfähigen Buchanan rausschmuggeln mussten.

Wir verschlossen die Klappen an den Lampen der Kutsche, sobald wir den Zaun von Bedlam erreicht hatten. Das Licht zweier Straßenlaternen in der Nähe des Tors kämpfte gegen die Dunkelheit an und zwei weitere Lampen nahe dem Eingang der Klinik waren lediglich zwei Punkt auf schwarzer Leinwand. Das riesige Ausmaß der Klinik selbst verschluckte den Horizont.

Lincoln schlüpfte aus der Kutsche in die Schatten am Zaun. Absprachen waren unnötig. Wir waren mit Seth und Gus schon zusammen alle Szenarien durchgegangen. Ich sah zu, wie er über den Zaun kletterte, wobei er die Eisenspitzen mühelos überwand und auf der anderen Seite lautlos landete. Von der Straße aus war er hinter der Kutsche nicht zu sehen, aber zu so später Stunde war sowieso niemand unterwegs.

Schon bald verlor ich ihn in der Dunkelheit. Seth tauchte am Fenster auf und ich schob es herunter, um mit ihm zu reden.

„Wie lange sollten wir ihm geben?", flüsterte er.

„Er ist gerade erst los!"

„Ich weiß, aber wir haben keine Zeit ausgemacht."

„Hast du eine Uhr?"

„Nein."

„Ich auch nicht, und wenn wir eine hätten, könnten wir sie im Dunkeln nicht lesen. Deswegen haben wir keine Zeiten ausgemacht."

Er seufzte und lehnte sich an die Tür. „Wir geben ihm dreißig Minuten."

Wir warteten. Seth versuchte, in der kalten Luft Ringe mit

seiner Atemluft zu blasen, während ich auf der Suche nach Bewegungen ins Dunkel starrte. Es gab keine. Gus summte leise, bis Seth ihm sagte, er solle die Klappe halten.

„Was glaubst du, wie lange er schon weg ist?", fragte ich nach einer gefühlten Ewigkeit.

„Stunden", grummelte Seth. „Ich hätte mit ihm gehen sollen."

Gus schnaubte. „Du hättest dich auf dem Zaun aufgespießt, bevor du überhaupt reingekommen wärst."

„Wohl kaum. Mein Arsch ist nicht so fett wie deiner."

„Na los, versuch's doch."

„Hört auf, alle beide", zischte ich.

Wir warteten, bis ich mir sicher war, dass dreißig Minuten um waren. „Da muss etwas schief gegangen sein. Ich werde den Geist beschwören und ihn bitten, mal nachzusehen."

„Ist das schlau, Charlie?", kam Gus' Stimme vom Kutschbock.

„Er guckt ja nur mal und als Geist wird ihn keiner sehen."

„Großartige Idee", sagte Seth. „Mach es."

Gus grummelte etwas, das ich für Zustimmung hielt, trotz des Tons. „Ich rufe den Geist von Gerald Mason McIlroy." Ich sprach den Namen auf der Patiententafel des Sterbenden. „Kommen Sie zu mir, Gerald Mason McIlroy. Ich brauche Ihre Hilfe."

Die letzten Worte waren kaum aus meinem Mund, als der Geisternebel an Seth vorbeischoss und durch das offene Fenster drang. Er stoppte in der Ecke der Kabine und formte die Gestalt des Mannes, den ich zuvor auf dem Bett hatte liegen sehen, nur ohne die Hagerkeit des Todes.

„Meine Güte!" Er lachte. „Das war ein Spaß." Er schaute auf seine nebelige Gestalt herab und drehte sich dann mehrmals im Kreis, wie ein Hund, der seinem Schwanz nachjagt. Anscheinend wollte er sich aus verschiedenen Blickwinkeln betrachten. Er lachte wieder, was aber etwas irre klang.

Als sein Blick auf mich fiel, wappnete ich mich. Während Andrew Buchanan nicht verrückt war, waren es die meisten anderen Patienten in Bedlam vermutlich sehr wohl. Das konnte ein interessantes Gespräch werden.

„Guten Abend." Meine Stimme erschreckte Seth mehr als den Geist. „Mein Name ist Charlotte Holloway und ich habe Sie hergerufen."

„Ist das so?" McIlroy rutschte den Sitz entlang, bis er mir direkt gegenüber saß. Dann beugte er sich vor. Er streckte die Hand aus, um mein Gesicht zu berühren, aber seine Finger versanken in meiner Haut. „Meine Güte!"

„Ich lebe und Sie sind tot", sagte ich sachlich. „Verstehen Sie, Mr McIlroy?"

„Absolut. Es ist ein ziemlicher Schock, tot zu sein, wissen Sie? Ich wurde in einen Wartebereich geschickt. Wissen Sie, was wir da machen, Miss Holloway? Wir warten." Er stützte sein Kinn auf seine Hand und grinste. „Wo, glauben Sie, schickt man die Bekloppten hin? In den Himmel, die Hölle oder woanders?"

„Mr McIlroy, ich habe eine wichtige Aufgabe für Sie. Ein Freund von mir hat Bedlam betreten—"

„Sagen Sie ihm, er soll da verschwinden!", rief er entsetzt. „Wenn es eine Hölle gibt, dann sieht sie aus wie das kalte Bäderzimmer, da bin ich mir sicher." Sein Nebel schimmerte und er verzog das Gesicht.

„Er ist kein Patient, sondern ist hineingegangen, um einen herauszuholen."

„Eine Flucht! Großartige Idee. Ich wünschte, meine Freunde wären darauf gekommen. Wünschte, ich hätte Freunde gehabt. Oder Familie. Oh, ich hatte natürlich einen Bruder, aber der konnte mich noch nie leiden. Sagte, ich wäre wirr in der Birne." Er tippte sich an die Schläfe. „Er sagte, mir würden ein paar Karten für ein volles Deck fehlen." Er kicherte in seine Hand. „Keine Ahnung, was das bedeutet, aber alle seine Freunde fanden den Witz gut. Finden Sie ihn amüsant, Miss Holloway?"

Du lieber Himmel, diesem Geist wollte ich vertrauen, mir über Lincolns Fortschritte Bericht zu erstatten? Vielleicht war ich die Verrückte. „Hören Sie genau zu, Mr McIlroy. Ich möchte, dass Sie in die Klinik gehen—"

„Nein!", kreischte er. „Da gehe ich nicht wieder rein, jetzt wo ich raus bin."

„Es ist nur für ein paar Minuten. Abgesehen davon kann Ihnen jetzt nichts mehr passieren. Sie sind schon tot."

„Aber ... da sind Gespenster."

„Mr McIlroy, *Sie* sind ein Gespenst."

Er sah an sich herunter und richtete sich auf. „Oh. Jetzt sehe ich es auch. Aber ... die Ärzte sind schlimmer als die Gespenster." Er rieb sich die Handgelenke, wobei er die Ärmel hochschob und etwas wie Kratzer oder Schnitte offenlegte. „Sie fesseln einen nachts ans Bett", flüsterte er und beugte sich erneut vor. „Diejenigen von uns, die nachts auf Wanderschaft gehen, werden angekettet. Die gefährlichen bekommen Medizin, damit sie schlafen. Es ist grässlich, Miss Holloway. Ich habe nach meinem Kindermädchen gerufen, aber sie hat mich nicht gehört. Sie ist gegangen, wissen Sie, als ich zwölf war. Sie haben gesagt, ich wäre zu alt für ein Kindermädchen, aber das fand ich nicht. Wie war nochmal ihr Name?"

„Mr McIlroy, bitte versuchen Sie, sich auf mich und die Aufgabe zu konzentrieren."

Er blinzelte und nickte ernsthaft. „Ja. Das werde ich. Was soll ich tun?"

„Ich möchte, dass Sie ins Gebäude gehen und nach einem Mann suchen, der ganz in Schwarz gekleidet ist. Er hat längere schwarze Haare und ist weder ein Patient noch vom Personal. Er versucht, Mr Buchanan zu befreien, Ihren früheren Zimmergenossen. Können Sie das tun?"

„Ich bin mir fast sicher, dass ich das kann."

„Ich fürchte, ich habe die Macht, es Ihnen zu befehlen, aber ich ziehe es vor, wenn Sie zustimmen."

„Dann haben Sie mich. Haben Sie eine Pistole?"

„Warum brauchen Sie eine Pistole?"

„Damit ich jeden erschießen kann, der sich mir in den Weg stellt. Besonders Dr Freeman und einen gewissen Pfleger namens Daniels." Er kicherte, als wäre es ein großartiger Witz.

„Dr Freeman und Mr Daniels sind höchstwahrscheinlich zu Hause in ihren eigenen Betten, nicht in der Klinik. Sie brauchen keine Waffen, da Sie die sowieso nicht halten können. Gehen Sie einfach hinein, suchen Sie meinen Freund, dann kommen Sie zurück und geben mir Bescheid. Verstehen Sie?"

Er nickte. „Soll ich jetzt gehen?"

„Ja!"

„Alles klaro." Er flog aus dem Fenster in die Nacht hinaus.

Ich lehnte meinen Kopf an die Wand. „Das war anstrengend."

„Ist er los?", fragte Seth.

„Ja. Und jetzt warten wir wieder."

Wir mussten nicht lange warten. Beinahe sofort kam der Geist zurückgeflogen, purzelte durch das offene Fenster und landete auf meinem Schoß.

„Ich habe ihn gefunden!", stieß er mit einem triumphierenden Lächeln hervor.

„Und?"

„Er liegt in meinem alten Bett."

„Was meinen Sie?"

Seth lehnte sich durch das Fenster. „Charlie? Was ist passiert?"

McIlroy beäugte Seth und hob eine Schulter. „Ich meine, er liegt in meinem Bett. Schwarzhaariger Kerl, längere *et cetera*. Er liegt ganz still und überall ist Blut."

„Blut!" Ich schob die Tür auf und damit Seth zur Seite. „Lincoln wurde geschnappt", sagte ich.

„Bist du sicher?"

Ich packte seine Jacke an der Brust und zerknautschte sie in meiner Faust. „Ich muss da rein und ihn rausholen. Kommen Sie, Mr McIlroy. Ich werde Ihre Hilfe brauchen."

„Ich komme auch mit", sagte Seth.

„Lasst euch nicht erwischen", sagte Gus vom Kutschbock. „Ich kann euch nich alle rausschleppen *und* die Pferde ruhig halten."

Ich war nicht so geschickt wie Lincoln beim Klettern über den Zaun, aber ich schaffte es, ohne meine Kleider zu zerreißen. Zum Glück hatte ich Jungensachen angezogen anstatt Röcke. Das war mein letzter klarer Gedanke, der sich nicht um Lincoln drehte, während ich über den Rasen rannte, Seth zu meiner Linken und McIlroys Geist zu meiner Rechten.

KAPITEL 15

Ich wusste nicht, wie Lincoln hineingekommen war. Ein Fenster eingeschlagen? Ein Schloss geknackt? Er hatte es nicht für nötig befunden, uns in solche Einzelheiten einzuweihen, bevor wir uns auf den Weg gemacht hatten. Folglich standen Seth und ich jetzt vor dem Haupteingang und fragten uns, was wir als Nächstes tun sollten.

„Vielleicht ist eins der Fenster im Obergeschoss offen", sagte er und legte den Kopf in den Nacken.

„Und wie schlägst du vor, dass wir dort hinaufkommen sollen? Fliegen?"

Seth fluchte. Ich seufzte.

„Ich kann fliegen." Um es zu beweisen, schlug McIlroys Geist in der Luft einen Salto und krähte vergnügt.

Das brachte mich auf eine Idee. „Wie sind Sie vorhin hineingekommen?"

„Durch ein Schlüsselloch."

„Hören Sie genau zu, Mr McIlroy. Wissen Sie, wo sich Ihr Körper jetzt befindet?"

„Im Keller wahrscheinlich. Dahin bringen sie die Leichen, bis jemand von der Leichenhalle kommt. Wissen Sie, wann ich gestorben bin? An meine letzten Tage scheine ich wenig Erinnerung zu haben."

„Wir waren so gegen Mittag hier, also irgendwann danach."

„Was sagt er?", fragte Seth misstrauisch.

„Dass seine Leiche im Keller ist. Mr McIlroy, Sie müssen wieder nach drinnen, in den Keller gehen und in Ihren Körper eintreten."

„In meinen Körper?" McIlroy verzog das Gesicht wie ein Kind, dem man einen Teller Bohnen servierte.

„Legen Sie sich einfach darauf und gestatten Sie Ihrem Geist, hinein zu sinken. Dann … stehen Sie auf und gehen." Es war die beste Erklärung, die ich liefern konnte. Keiner der anderen Geister, die ich beschworen hatte, hatte Probleme gehabt, es herauszufinden, also würde McIlroy es hoffentlich auch hinkriegen. „Kommen Sie zurück und schließen Sie diese Tür hier für uns auf. Seien Sie so leise wie möglich."

„Ist er weg?", fragte Seth und sah sich um.

McIlroy salutierte, dann glitt sein Nebel durch das Schlüsselloch.

Ich stieß kontrolliert die Luft aus. „Ja."

Wir warteten eine undefinierbar lange Zeit, wie es schien. Trotz der Dunkelheit war die Nacht nicht still. Das Rattern von Rädern und Klipp-Klapp von Hufen in der Ferne bot eine gewohnte und tröstliche Geräuschkulisse für die ungewohnten und merkwürdigen Schreie, die aus dem Irrenhaus drangen. Mir lief ein Schauer über den Rücken und ich rückte näher an Seth heran.

Er legte den Arm um mich. „Dieser Ort ist mir auch unheimlich."

Bei einem dumpfen Geräusch fuhren wir beide zusammen. Als Seth etwas sagen wollte, legte ich den Finger auf die Lippen und lauschte. Da war es wieder, gefolgt von einer tiefen, männlichen Stimme. Schließlich klickte das Schloss und die Tür öffnete sich einen Spalt breit. Das leichenblasse Gesicht von McIlroy tauchte aus der Dunkelheit auf.

„Das ist ein Spaß", sagte er kichernd. „Kommt rein, kommt rein."

„Kam das dumpfe Geräusch von Ihnen?", fragte ich, als er die Tür hinter uns schloss und wir von der Dunkelheit verschluckt wurden.

„Bin gegen ein paar Möbel gelaufen. Verdammt schlechte Sicht hier."

Als ob ihm gerade erst eingefallen wäre, dass er sie in der Hand hielt, öffnete Seth die Klappe der Lampe, die er von der Kutsche abgenommen hatte. Ihr Lichtkegel reichte nicht weit, aber weit genug, um nicht gegen die Möbel zu laufen.

„Wo lang?", fragte er.

„Folgt mir."

Ich eilte die Galerie entlang in die Männerstation und schlich auf Zehenspitzen die Treppe am Ende hinauf. Licht drang aus einem der Räume vor mir. Ein schnelles Abzählen der Türen sagte mir, dass es Buchanans Schlafsaal war. Gemurmel schwebte die Galerie entlang, von einem Mann und einer Frau, aber die Worte wurden von einem schrillen Schrei irgendwo tief im Gebäude übertönt.

Ich erstarrte. Seth drängte sich dicht an meinen Rücken, seine Nähe tröstlich, bis ich ihn zittern spürte. „Was war das?", flüsterte er.

„Garvey", sagte McIlroy. „Er schlägt nachts immer Krawall. Ich glaube, er macht es mit Absicht, um die Nachtwache aus dem Bett zu holen. Ich weiß nicht, warum er noch nicht ruhiggestellt wurde."

„Vielleicht, weil die Nachtwache da drinnen ist." Ich zeigte auf die Tür vor uns.

„Rätsel gelöst. Sie sind clever, Miss Holloway." Er kicherte wieder und ich musste ihm eine Hand auf die Schulter legen, um ihn zum Schweigen zu bringen.

„Wartet hier." Ich kroch näher an die Tür, bis meine Stiefelspitzen im Licht standen, das aus dem Zimmer fiel. Ich lugte um die Ecke und sah die Krankenschwester und zwei Pfleger über das Bett gebeugt, in dem ich McIlroy heute gesehen hatte. Ein Mann mit breiten Schultern lag auf der Seite, seine schwarzen, lockigen Haare auf dem Kissen ausgebreitet. Es war zu lang, um modisch zu sein, und zu dunkel für einen gewöhnlichen Engländer.

Ich legte die Hand über den Mund, um mein Stöhnen zu ersticken. Oh, Lincoln.

Ich winkte Seth näher heran. „Wir müssen ihn rausholen", flüsterte ich, als er an mir vorbei linste.

„Hat er etwas gespritzt bekommen?"

Ich zuckte mit den Schultern und schaute wieder ins Zimmer.

„Was für eine Sauerei", sagte einer der Pfleger, ein stämmiger Mann mit schmalem Gesicht und Halbglatze. „Warum hast du nichts gemacht, Mathews?"

„Hab ich versucht, aber er hatte ein Messer", sagte der jüngere Pfleger.

„Jetzt ist es passiert", sagte die Krankenschwester. „Es nützt nichts, wegen verschütteter Milch zu heulen."

Der schmalgesichtige Pfleger schnaubte. „Verschüttet stimmt wohl, aber das ist keine Milch. Wie sollen wir diese Sauerei beseitigen?"

„Die Bettwäsche müssen wir wegwerfen", sagte der junge Pfleger. „Die Matratze schrubben, die Decken waschen. Verdammt viel Arbeit."

„Ja." Schmalgesicht packte Lincoln an den Armen und zog ihn in eine sitzende Position.

Da erst sah ich das ganze Blut. Es war überall, bedeckte seine Arme, die Hände und die Brust. Es war auf der Bettdecke und verklebte seine Haare.

„Nein!", murmelte ich. „Oh Gott." Heiße Tränen stiegen auf. Ich spürte, wie ich nach vorn kippte und auf die Knie fiel.

Jemand fing mich auf—Seth vielleicht. Ich krallte mich in seinen Arm und starrte auf den leblosen Körper, der vom Bett gezerrt wurde. So viel Blut ...

Ich machte mich von Seth los und taumelte auf schwachen, wackeligen Beinen in den Raum. Der Pfleger ließ den Körper überrascht fallen und sprang mit einem Schrei zurück. Doch ich hatte nur Augen für—

Es war nicht Lincoln. Der leblose Mann auf dem Bett hatte dunklere Haut und ein weicheres, jüngeres Gesicht. Ich stürzte trotzdem auf die Knie und schluchzte vor Erleichterung.

Die Krankenschwester stieß einen schrillen Schrei aus, der lauter und beängstigender war als alles, was ich bisher an diesem Ort gehört hatte. Sie wich zur Wand zurück, die weit aufgerissenen Augen auf etwas hinter mir gerichtet. McIlroy, vermutete ich.

„Seth, er ist es nicht!", rief ich über den Lärm.

„Das sehe ich." Er baute sich breitbeinig auf, bereit zu kämpfen, als Schmalgesicht auf uns zu rannte.

„Geben Sie uns, was wir wollen, und wir gehen", sagte ich mit wiedergewonnenem Mut und neuer Kraft. „Niemand wird verletzt, wenn Sie uns Mr Buchanan aushändigen."

Schmalgesicht schien mich nicht zu hören. Er stürzte sich auf Seth. Seth duckte sich unter der Faust durch, rollte über den Körper auf dem Bett und fiel auf der anderen Seite mit einem Rumsen herunter.

Schmalgesicht, der seine Arbeit als erledigt betrachtete, wandte sich an McIlroy. „Sie kommen mir bekannt vor."

McIlroy kicherte, ein unschuldiges, kindliches Geräusch, bei dem ich ihm auf den Rücken klopfen wollte.

Ich schob mich zum Bett, in dem Buchanan schlief. Er und die anderen Patienten im Zimmer mussten betäubt sein, denn unser Aufruhr weckte sie nicht. Ich begutachtete seine Größe und die Tatsache, dass er mit den Handgelenken ans Bettgestell gefesselt war, und fluchte vor mich hin.

Gerade wollte ich McIlroy rufen, als ein Schatten aus den tieferen Schatten in der Ecke neben dem Kamin trat. „Das läuft nicht, wie ich es geplant hatte."

„Lincoln! Oh, Gott sei Dank." Ich raste um das Fußende von Buchanans Bett und warf mich auf ihn. Er fing mich auf und atmete tief durch, ehe er mich absetzte. „Ich dachte, du wärst tot."

„Das bin ich nicht", sagte er, während Seths Stöhnen unsere Blicke auf sich zog. Es ging ihm gut, aber jetzt kämpfte er gegen beide Pfleger. McIlroy stand daneben und sah zu, wobei er die Bewegungen mit seinen Fäusten in der Luft nachahmte.

„Es scheint eine Verwechslung gegeben zu haben", sagte ich. „Das lehrt mich, in Zukunft keinen toten Verrückten um Hilfe zu bitten."

Schmalgesicht zog ein Messer aus seinem Ärmel und der junge Pfleger tat es ihm gleich. Seth wich zurück, bevor er ebenfalls ein Messer zog, das er im Hosenbund getragen hatte.

„Erklär es mir später." Lincoln griff Schmalgesicht an. Da er mit dem Rücken zu uns stand, sah er Lincoln nicht kommen. Er ging zu Boden und riss seinen Kollegen mit einem lauten Krachen und einem Gewirr aus Gliedmaßen mit.

Seth lachte, als er in das Chaos trat und die Handgelenke des jungen Pflegers packte. „Bei Ihnen sieht das so leicht aus." Er nahm ihm das Messer ab, während Lincoln seine Finger in den Hals von Schmalgesicht stach. Gurgelnd und hustend gab er ebenfalls seine Klinge ab.

Die Schwester schrie erneut, also ging ich zu ihr und hielt ihr den Mund zu. „Ihnen wird nichts geschehen, aber Sie müssen still sein." Sie wimmerte und nickte.

„Jetzt geben Sie mir die Schlüssel für die Fesseln dieses Mannes." Ich zeigte auf Buchanan.

Sie schüttelte den Kopf und ich nahm die Hand weg. „Ich habe die Schlüssel nicht. Die Pfleger haben sie."

Bis ich mich umgedreht hatte, durchsuchten Seth und Lincoln bereits ihre Taschen.

„Den wollen Sie freilassen?", fragte Schmalgesicht. „Sie sind so verrückt wie er. Vielleicht noch verrückter. Von denen wollen Sie keinen freilassen, besonders nicht die, die nachts gefesselt werden. Die sind verdammt gefährlich."

Lincoln ließ seine Faust gegen die Wange des Pflegers krachen. Die Schwester schrie und ich zuckte zusammen, sowohl wegen des Geräuschs als auch wegen Lincolns Rücksichtslosigkeit. Manchmal verwunderte es mich selbst, dass ich vergaß, wie er war.

Ein antwortender Schrei ertönte irgendwo im inneren der Klinik. Ich hörte die stampfenden Schritte zur gleichen Zeit wie die anderen. Vielleicht weitere Pfleger.

„Wo sind die verdammten Schlüssel?", knurrte Seth.

„Wir brauchen keinen Schlüssel", sagte ich und bewegte mich von der Schwester weg. „McIlroy, Sie sind jetzt sehr stark. Zerreißen Sie die Fesseln."

McIlroy rannte zu Buchanans Bett. Er hob einen von Buchanans leblosen Armen hoch und schüttelte ihn. Die Kette, die die eiserne Schelle mit dem Bett verband, rasselte.

„Zerreißen Sie sie", drängte ich ihn und legte eine Hand

ermutigend auf seine Schulter. Als er weiter zögerte, fügte ich hinzu: „Beeilen Sie sich, sonst sind gleich noch mehr Pfleger hier. Wenn Sie mich schnappen, kann ich Ihren Geist nicht freigeben. Wenn ich Sie nicht freigeben kann, stecken Sie hier fest."

Er riss die Handschelle so leicht auf, als wäre sie ein Laib Brot. Die zweite folgte. Ohne weitere Anweisung von mir zog er die Bettdecke zurück, unter der Buchanan im Nachthemd lag. Er warf sich den schlafenden Mann auf die Schulter und ging mit eisern entschlossenem Blick auf die Tür zu.

„Verdammt noch mal", murmelte der junge Pfleger, den Blick auf McIlroy gerichtet. „Wie hat er das gemacht?"

„Dieser Kerl ... er ..." Die Krankenschwester zeigte mit zitterndem Finger auf McIlroy und dann auf den Toten, von dem ich gedacht hatte, es wäre Lincoln. Seine Handgelenke waren aufgeschlitzt und ein Rasiermesser lag in einer Blutlache neben ihm auf dem Bett. Sein Geist war nirgends zu sehen. „Er lag in diesem Bett ... bis heute Nachmittag."

„Kann nicht sein", sagte Schmalgesicht. „Er ist tot." Er kniff die Augen zusammen, aber McIlroy stand mit dem Rücken zu uns.

Der andere Pfleger fing an, schwer zu atmen. Er leckte sich über die Lippen und seine Augen sprangen zwischen uns hin und her. „Er ist es", flüsterte er. „Oh Gott, oh Gott. Ich hasse diesen Ort. Warum bin ich jemals hergekommen?"

Seth durchsuchte den jetzt zitternden Mann und fand schließlich ein Schlüsselbund in seiner Innentasche. „Welcher gehört zu diesem Zimmer?"

Doch der Pfleger war zu nichts zu gebrauchen. Er war zu sehr mit Beten beschäftigt.

„Sagen Sie es uns", knurrte Lincoln.

Die Schwester kam angekrochen und suchte mit bebenden Händen einen Schlüssel heraus.

„Danke", sagte ich. „Das alles tut uns sehr leid, aber wir können es nicht ändern." Ich hatte noch nicht ausgeredet, als Lincoln meinen Arm packte und mich aus dem Schlafsaal führte.

Seth nahm die Lampe, die er im Flur hatte stehen lassen, und Lincoln schloss die Tür ab. McIlroy war mit Buchanan schon an der Treppe, bis wir ihn eingeholt hatten.

Wir rannten die Stufen hinunter zur Tür, dann über den weitläufigen Rasen zum Zaun. Gus sah uns und fluchte leise, als er McIlroy sah. „Noch'n Toter?"

Lincoln kletterte zuerst auf den Zaun, aber nicht auf der anderen Seite herunter. Er balancierte auf einer Querstrebe, die Füße in die schmalen Zwischenräume gestellt. „Seth, auf die andere Seite."

Seth reichte mir die Lampe und kletterte hinüber, wo er auf dem Bürgersteig wartete.

Lincoln wies McIlroy an, ihm Buchanan so vorsichtig wie möglich anzureichen. Auch wenn McIlroy kein großer Mann war, war er in seiner toten Gestalt doch stark und es gelang ihm mühelos. Buchanan stieß lediglich seinen baumelnden Fuß an und sein Nachthemd wurde hochgezogen, als Lincoln ihn zu Seth herunterließ, sodass Teile seiner Anatomie freigelegt wurden, die kein unschuldiges Mädchen sehen sollte. Ich war nicht schockiert.

„Verschränken Sie bitte Ihre Hände für mich, Mr McIlroy", sagte ich. Er tat es und hob mich hoch, sodass Lincoln mir leicht über den Zaun helfen konnte. „Danke, aber vorhin habe ich es auch geschafft", erklärte ich ihm.

„Sicher hast du das, aber lass mir diesen … Moment."

Ich sah ihn überrascht an. Er klang wesentlich amüsierter, als die Situation es vermuten ließ, aber es war zu dunkel, um seinen Gesichtsausdruck zu erkennen. Ich sprang lautlos auf den Bürgersteig, während Seth Buchanan auf einen Sitz in der Kutsche beförderte.

„Mr McIlroy, hier trennen sich unsere Wege", sagte ich durch die Stäbe des Zauns. „Danke für Ihre Unterstützung. Ich werde Sie jetzt zurückschicken."

„Was ist mit meinem Körper?"

„Den wird man morgen finden und wie geplant zur Beerdigung schicken."

„Werden die sich nicht wundern, dass ich nicht im Keller bin?"

„Sehr wahrscheinlich."

Er grinste. „Das wird die zu Tode erschrecken. Dann mal los,

Miss Holloway." Er stellte sich etwas breitbeinig hin und schob das Kinn vor. „Ich bin bereit."

„Kehren Sie ins Jenseits zurück, Gerald Mason McIlroy. Sie sind entlassen."

Ein weißer Rauch stieg aus dem Körper auf und formte die Gestalt eines Mannes, während der Körper selbst zusammensackte. Der Geist schaute darauf, sah dann mich an und grinste wieder. Er winkte wie ein Kind und verschwand.

Lincoln und ich stiegen gerade in die Kabine, als eine Glocke in der Ferne zu schrillen begann. Aus dem Eingang der Klinik trat ein Licht, dann ein weiteres. Beide bewegten sich auf und ab. Wer auch immer die Laternen hielt rannte schnell in unsere Richtung.

Lincoln sprang auf den Kutschbock. „Charlie, Steig ein! Und halt dich fest."

Ich hatte kaum die Tür geschlossen, da ruckte die Kutsche vorwärts. Ich stützte mich mit einer Hand auf dem Sitz und mit der anderen an der Wand ab, musste allerdings loslassen, um zu verhindern, dass Buchanan herunterrollte. Er stöhnte, wachte jedoch nicht auf.

Wir fuhren in halsbrecherischem Tempo um die Kurven. Ich hatte alle Hände voll zu tun, um selbst nicht herumgeschleudert zu werden, ganz zu schweigen von Buchanan. Bei der ersten Kurve hielt ich ihn mit einem Fuß auf dem Brustkorb fest, doch seine Beine rutschten vom Sitz. Bei der nächsten scharfen Linkskurve krachte ich gegen die Wand und benötigte beide Füße und meine Arme, um mich abzustützen. Buchanan rutschte ganz vom Sitz und landete in einem Knäuel auf dem Boden. Er schnarchte laut.

Danach gab ich es auf, ihn festzuhalten. Ich hatte keinen Platz für meine Füße auf dem Boden, also streckte ich mich auf dem Sitz aus und stützte mich an beiden Seiten der Kabine ab. Ich verzog das Gesicht, als wir um eine weitere Kurve fuhren und Buchanans Kopf gegen die Tür knallte. Er würde morgen Kopfschmerzen haben. Ich stellte fest, dass mir das nicht wirklich missfiel.

Wir erreichten Lichfield nach der Hälfte der Zeit, die wir nach Bedlam gebraucht hatten. Ich überlegte gerade, wo ich meine Füße hinsetzen sollte, als die Tür aufging. Lincoln stand da. Er sah aus wie ein wilder Bär mit seinen vom Wind zerzausten Haaren, die in alle Richtungen standen.

„Ich hoffe, Ihre Reise war angenehm", sagte er mit einem solchen Leuchten in den Augen, dass man es selbst im schwachen Mondlicht sehen konnte.

„Vielen Dank, ja. Obwohl ich mir nicht sicher bin, ob mein Reisegefährte dem zustimmen würde." Wir schauten beide auf die verkrumpelte Gestalt von Buchanan, dessen Körper sich im schmalen Fußraum der Kutsche verkeilt hatte.

Lincoln ließ die Treppe herunter und hielt mir die Hand hin. „Seth, bring Buchanan mit."

Seth tauchte hinter ihm auf, sein Gesicht so fahl wie der Mond und seine Haare ebenfalls wirr. Ich vermutete, dass er es nicht sonderlich genoss, als Postillion zu reiten, wenn Lincoln so fuhr. Gus öffnete die Klappen der Kutschenlampen mit zitternden Händen.

„Hätte ich machen sollen, bevor wir losgedüst sind", grummelte er. „Erinnern Sie mich das nächste Mal dran, wenn wir nachts fahren. Wenn ich was sehen kann, bleiben meine Eingeweide vielleicht wo se sind, anstatt rum zu hopsen."

„Oder du wirst dein Abendessen los, wenn du siehst, *wie* schnell wir fahren", sagte Seth.

Er schleppte Buchanan durch die Hintertür, während Gus die Pferde in moderatem Tempo zum Kutschenhaus fuhr. Ihre Hälse glänzten vor Schweiß und die Nüstern blähten sich mit jedem Schnauben.

„Bring ihn in das Turmzimmer, dann hilf Gus", sagte Lincoln am Fuß der Treppe zu Seth.

Seth warf einen unheilvollen Blick auf die Stufen. „Ganz da rauf!"

„Tu es."

„Soll ich ihn einschließen?"

„Nein!", rief ich. „Er ist kein Gefangener."

„Schließ die Tür nicht ab", sagte Lincoln, „aber jemand muss Wache halten. Er wird verwirrt sein, wenn er aufwacht."

Mit einem Seufzen stiefelte Seth die Treppen hinauf.

Buchanans Arme baumelten an seinem Rücken und seine Hände schlugen bei jedem Schritt gegen seine Knie.

„Geh und schlafe ein bisschen", sagte Lincoln zu mir.

„Du erwartest, dass ich mich so bald nach unserem Abenteuer entspanne? Wohl kaum."

„Dann nimm dir einen Brandy, während ich mich mit um die Pferde kümmere."

Ich beäugte die Treppe. „Ich frage mich, ob der Koch wohl wütend wird, wenn ich ihn wecke, um ihm alles zu erzählen."

„Das merkst du, wenn er dir morgen kalte Suppe serviert." Er ging davon und ich folgte ihm. Ich war noch nicht bereit, ins Bett zu gehen, also konnte ich genauso gut im Kutschenhaus helfen.

Lincoln spannte mit Gus die Pferde aus, während ich für genug Futter und Wasser sorgte. Als Seth sich zu uns gesellte, führten wir sie in die Ställe und rieben sie ab, während sie Hafer und Äpfel verspeisten.

Als wir fertig waren, hatten meine Nerven sich immer noch nicht beruhigt. Ich bekam das Bild des toten, blutüberströmten Mannes nicht aus dem Kopf. Als ich gedacht hatte, es wäre Lincoln, der dort lag … Ich schüttelte den Kopf und rieb mir die Schläfen. Nicht auszudenken.

„Anscheinend haben sie sich entschieden, McIlroys Bett doch zu vergeben", sagte ich. Wir setzten uns alle vier mit einem Glas Brandy in die Bibliothek, derweil es zwei Uhr schlug. Die Flüssigkeit brannte meinen Hals herunter, doch dann wärmte sie mich von innen heraus.

„Jetzt ist es wieder frei", sagte Seth und schwenkte den Brandy in seinem Glas. „Armer Kerl. Hat sich selbst umgebracht", erklärte er Gus. „Mit dem Rasiermesser die Handgelenke aufgeschlitzt. Er muss es reingeschmuggelt haben."

„Meine Güte", murmelte Gus. „Man muss echt verzweifelt sein, um sowas zu machen."

„Oder verrückt", erwiderte ich leise.

„Wir dachten, Sie würden dort liegen", sagte Seth zu Lincoln. „Charlie war außer sich."

Ich hätte Seth getreten, wenn Lincolns Blick nicht zu mir gewandert wäre.

„Ich habe alles gesehen," sagte er.

„Warum haben Sie sich versteckt?", fragte ich.

„Ich habe darauf gewartet, dass die Schwester und die Pfleger gehen. Sobald ich hereingekommen war, fing der Patient an zu schreien, dass er sich umbringen würde."

„Das sieht Ihnen gar nicht ähnlich, sich zu verstecken", bemerkte Seth. „Normalerweise hauen Sie alle um ... oder Schlimmeres."

„Ich probiere mal was Neues." Lincoln streckte die Beine aus und legte die Knöchel übereinander. „Ich dachte, es wäre besser zu warten, anstatt alle zu alarmieren."

Gus schnaubte. „Das hat nich geklappt."

„Offensichtlich."

„Das war da drinnen wie im Irrenhaus." Seth amüsierte sich über seinen lahmen Witz, was ihm ein Stöhnen von Gus einbrachte.

„Was Neues auszuprobieren ist ja schön und gut", sagte ich zu Lincoln, „aber in dieser Situation hätten meine Nerven es bevorzugt, wenn Sie sie umgehauen hätten und so schnell wie möglich zurückgekommen wären."

„Das hätte ich getan, wenn sie zu lange gebraucht hätten." Er klang frostig, als wären meine Nerven an dem ganzen Debakel schuld. Ich war allerdings kein albernes, hysterisches Weibsbild, vielen Dank auch.

„Sie haben ewig gebraucht!"

„Nicht länger als zwanzig Minuten."

„Wirklich? Mehr nicht? Sind Sie sicher?"

Seine Augen wurden schmaler.

Seth trank seinen Brandy aus und stand auf. „Gut. Ich gehe ins Bett. Gus, du übernimmst die erste Wache im Turmzimmer."

„Warum ich?"

„Weil du nur gefahren bist. Ich bin als Postillion geritten *und* reingegangen. Das war anstrengend. Gute Nacht." Trotz Gus' Grummeln verließ er die Bibliothek.

„Trink aus", sagte Lincoln zu Gus. „Du hast zu tun."

Gus leerte sein Glas und stellte es auf den Tisch. „Klaro. Gute Nacht allerseits."

„Hol mich, wenn Buchanan wach wird."

„Ja, Sir."

Ich spielte mit meinem Glas. Plötzlich war es mir unangenehm, mit Lincoln in der schwach beleuchteten Bibliothek allein zu sein. Was albern war. Wir waren schon oft allein gewesen. Andererseits endeten diese Zeiten meist ungut oder peinlich oder beides.

„Ich gehe ins Bett", verkündete ich und nahm die leeren Gläser in die Hand. „Danke, dass ich heute Nacht mitkommen durfte. Ich weiß, dass es dir gegen den Strich ging, aber ich hoffe, ich habe dich nicht enttäuscht."

„Enttäuscht?" Er klang ehrlich überrascht. „Ich bin nicht enttäuscht. Es sind nicht deine Fähigkeiten, oder deren Mangel, die mich zögern lassen, Charlie. Es ist die Sorge um dein Wohlbefinden."

„Oh."

Er senkte den Kopf und schaute in sein Glas. Seine dunklen Haare fielen wie ein Vorhang über seine Stirn und verdeckten seine Augen. „Und gelegentlich deine Ungeduld und Unüberlegtheit", fügte er leise hinzu.

„Ungeduld? Unüberlegtheit?" Warum musste er sein Lob mit solchen Aussagen verwässern? Anscheinend würde er den Teufelskreis unserer schlecht endenden Gespräche noch nicht durchbrechen. „Beziehst du dich darauf, dass ich reingekommen bin, um nach dir zu suchen?"

Er hielt die Hand hoch, wie er es tat, wenn er mich unterbrechen wollte. Aber ich hatte etwas zu sagen und ich würde es sagen.

„Zu deiner Information, McIlroy hat berichtet, dass du blutüberströmt auf dem Bett liegst. Vielleicht hätte ich den Worten eines kindischen Mannes nicht trauen sollen, aber ich bin mir ziemlich sicher, dass du im umgekehrten Fall genauso reagiert hättest. Ich finde, ich habe zu diesem Zeitpunkt angemessen und vorsichtig reagiert. Ich hatte nicht nur Seth dabei, sondern auch McIlroy." Ich stemmte meine Hand auf die Hüfte und zog die Augenbrauen hoch.

„Bist du fertig?"

Ich nickte.

„Gut, denn ich möchte dich wissen lassen, dass ich dir genau das sagen wollte."

„Oh." Ich senkte die Hand.

„Wenn ich gehört hätte, dass du in diesem Bett gelegen hättest, blutüberströmt, dann hätte ich einen Rettungsversuch unternommen, und zwar deutlich gewaltsamer. Also habe ich kein Recht, wütend zu sein, ebenso wie ich kein Recht hatte, auf dich wütend zu sein, weil du den Geist von Estelle Pearson beschworen hast."

„Oh", wiederholte ich stumpfsinnig.

„Abgesehen davon…" Er studierte wieder sein Glas und trank den Inhalt dann in einem Schluck aus. „Abgesehen davon … hat es mir gefallen, dass du dir genug Sorgen gemacht hast, um einen Rettungsversuch zu unternehmen."

Ich plumpste in den Sessel zurück und versuchte zu ergründen, was für einen Tonfall er benutzt hatte—*hatte* er einen besonderen Tonfall benutzt?

„Ich bin … es nicht gewohnt, dass sich jemand um mich sorgt", sagte er in sein Glas. „Es ist … neu und … fühlt sich merkwürdig an."

„Der General hat sich nie um dich gesorgt? Oder deine Tutoren? Die Haushälterin?"

Er schüttelte den Kopf. „Warum sollten sie?" Trotz seines gesenkten Kopfes konnte ich den grimmigen Ausdruck um seinen Mund ausmachen, das Anspannen seines Kinns. „Ich schätze, Dankbarkeit ist angebracht."

Er wollte mir seine Wertschätzung entgegenbringen? Das war alles? Vermutlich durfte ich nicht mehr erwarten, nachdem er sich geweigert hatte, nach unserem Kuss weitere Schritte zu gehen.

Ich wartete darauf, dass er noch etwas sagte, aber das tat er nicht. Er legte seinen Finger auf die Lippen und ich hatte den Eindruck, dass er sich selbst den Mund verbat. Aber vielleicht bildete ich mir das nur ein. Meine Fantasie neigte dazu, über die Stränge zu schlagen, was Lincoln anging.

Nach einem langen Moment, der sich wie mindestens fünf Minuten anfühlte, aber vermutlich nur fünf Sekunden dauerte, stand ich auf. „Gute Nacht, Lincoln."

Er schaute auf und blinzelte überrascht. Wollte er, dass ich länger blieb? Warum? Ich wusste, warum *ich* länger bleiben wollte, und hoffte, dass er die gleichen Gedanken hatte, aber ich würde mich ihm nicht auf den Schoß werfen und ihn abknutschen, so sehr ich das auch wollte. Wenn er die Situation zwischen uns ändern wollte, würde *er* das einleiten müssen. Ich hatte seine widersprüchlichen Gefühle satt. Mein Herz war noch wund von seiner Zurückweisung. Er wusste, was ich fühlte, und jetzt war es an ihm, etwas zu tun, wenn er das wünschte. Ich würde mich wegen ihm nicht länger zum Affen machen.

„Gute Nacht", murmelte er und griff nach der Flasche auf dem Tisch neben sich.

* * *

Schwarze Haare lagen auf einem weißen Kissen ausgebreitet. Rotes Blut blühte auf den weißen Laken auf. Lincoln war tot und nicht einmal sein Geist konnte meine Schreie hören.

Ich erwachte mit einem Ruck und spürte, dass ich nicht allein im Schlafzimmer war. „Lincoln", sagte ich aus einem Impuls heraus.

„Ich bin hier." Er stand nahe am Bett, sein Gesicht im Schatten.

Er war hier. Aber warum?

KAPITEL 16

„Es war nur ein Traum", sagte ich, als Rückversicherung sowohl für mich als auch für Lincoln. Mit fahriger Hand strich ich mir über die Augen und sog tief die Luft ein, um mein wild hämmerndes Herz zu beruhigen. Es funktionierte nicht und ich fühlte mich panischer denn je. So erschüttert war ich nicht gewesen, als ich den Toten das erste Mal gesehen und gedacht hatte, es sei Lincoln.

Entsetzt spürte ich, wie meine Gesichtszüge entgleisten und meine Gefühle hervorbrachen. Ich zog die Beine an, umarmte sie und vergrub mein Gesicht auf meinen Knien. Dazu biss ich mir fest auf die Lippe, um kein Geräusch zu machen.

Die Matratze neben mir sank ein und Lincolns Arm legte sich um meine Schultern. Er presste seine Lippen auf meinen Kopf und ich lehnte mich an ihn. Er war stark und *lebendig*. Gott sei Dank. Seine Wärme drang durch mein Nachthemd und vertrieb die Kälte, die sich durch die Träume in mir ausgebreitet hatte. Wie konnte ein Mann, der in kühler Zurückhaltung so geübt war, so warm sein?

Ich wagte nicht darüber nachzudenken, was seine Anwesenheit in meinem Zimmer bedeutete. Vielleicht bedeutete sie gar nichts. Vielleicht war das seine Art des Beschützens. Alles, was ich wusste, war, dass mir die Art gefiel, wie er mich hielt und wie ich sein Herz klopfen spürte und den Duft der würzigen

Seife auf seiner Haut riechen konnte. Ich mochte es, dass ich über diese Dinge nachdachte und nicht über meinen Albtraum.

Ich änderte meine Position und schob meinen Kopf unter sein Kinn. Zu meiner Überraschung hielt er mich fester. Ich hatte erwartet, dass er sich zurückziehen und etwas in der Richtung murmeln würde, dass das nie wieder vorkommen würde.

„Besser?" Seine Stimme rumpelte durch seinen Körper und ließ meinen vibrieren.

„Ja. Danke, dass du mich geweckt hast."

„Ich war mir nicht sicher, ob es das Beste wäre oder nicht."

„Das war es. Glaub mir, ich bin lieber die ganze Nacht wach als … das zu träumen."

Ich dachte, er würde mich fragen, was ich geträumt hatte, aber das tat er nicht.

„Ich muss laut gewesen sein, dass du mich in deinem Zimmer gehört hast."

„Ich konnte dich nicht hören. Nicht im wörtlichen Sinne."

„Du hast mich gespürt?"

Er nickte. „Diesmal hast du meinen Namen gerufen. Deswegen bin ich gekommen."

Ich richtete mich auf, um ihn anzusehen. „Diesmal?"

„Ich spüre oft, dass du Albträume hast, obwohl es in den letzten Wochen deutlich weniger geworden ist. Bis heute Nacht." Sein Gesicht war meinem nahe, aber es war zu dunkel, um mehr als seine Silhouette zu sehen. „Mir gefällt es nicht, dass du Albträume wegen mir hast", murmelte er und strich mir über die Haare.

„Du weißt aber schon, dass du in meinen Albträumen nicht der Bösewicht bist, oder?"

„Ich … war mir nicht sicher."

Oh, Lincoln. „Ich hatte Angst *um* dich, nicht *vor* dir. Dieser Mann in dem Bett … der sich umgebracht hat …" Ich schüttelte den Kopf. Die Erinnerung war noch zu schlimm, um darüber zu sprechen.

Er legte seine Hand an meine Wange. „Sag mir, was ich tun kann, um sie zu stoppen."

Mir blieb das Herz stehen. Meine Brust schmerzte. „Hier sein hilft."

„Ich hatte befürchtet, dass du das sagst."

„Ich hatte weniger Albträume, als ich in deinem Zimmer geschlafen habe. Damals, als du dachtest, ich wäre ein Junge."

„Das ist nicht mehr möglich, Charlie", sagte er schwermütig.

Ich steckte meinen Kopf zurück unter sein Kinn und legte die Arme um ihn. Ich war noch nicht bereit, ihn gehen zu lassen. „Dann ist das alles? Darauf beschränken wir uns? Ein paar gestohlene Momente mitten in der Nacht, wenn du mich aus einem Albtraum weckst, und dann ist morgens alles wieder beim Alten?"

„Nicht ... ganz beim Alten."

Ich richtete mich wieder auf. „Wie meinst du das?"

„Ich meine ..." Er seufzte. Sein Atem roch schwach nach Brandy. „Ich habe versucht, mich von dir zu distanzieren. Ich habe versucht, mir weiszumachen, dass meine Gefühle lediglich flüchtiges Verlangen darstellen, mehr nicht. Ich habe versucht, es nicht zu mögen, wenn du dich um mich sorgst." Er rieb meine Schulter und holte noch einmal Luft, und dann noch einmal. „Aber ich habe versagt, und ich versage weiter, jeden Tag, jede Stunde."

„Oh. Das ist ... eine interessante Entwicklung."

„Interessant ist nicht das Wort, das mir dazu einfällt", sagte er trocken.

„Und was machst du jetzt deswegen?" *Küss mich, du Trottel.*

„Ich muss noch eine Entscheidung fällen."

Mein Herz sackte ab. Etwas von der Kühle war in seine Stimme zurückgekehrt. Ich verlor ihn. Der emotionale Mann wurde langsam wieder von dem emotionslosen übernommen. „Du denkst alle möglichen Szenarien durch, nicht wahr? Alles Positive und Negative?"

„So bin ich nun mal; so funktioniere ich."

„Hier geht es nicht ums Funktionieren, Lincoln. Ich bin keine Aufgabe, die du erledigen oder ein Rätsel, das du lösen musst."

„Das siehst du falsch. Du bist das größte Rätsel, Charlie. Der Versuch, herauszufinden, warum ich für dich empfinde, was ich empfinde, bindet sehr viel von meiner Energie."

„Dann hör auf, deinen Kopf zu benutzen, und benutze stattdessen das hier." Ich legte meine Hand gegen sein Hemd auf

Höhe seines Herzens. Es klopfte etwas unregelmäßig. „Gib deinen Gefühlen nach, Lincoln. Vielleicht verstehst du dann leichter."

Er strich mit dem Daumen über meinen Wangenknochen. „Das kann ich nicht riskieren", hauchte er. „Das Potential für Schaden … es ist zu groß. Wenn ich dich verletze …"

Das tust du bereits, wollte ich ihm sagen, tat es aber nicht. Zum einen war meine Kehle wie zugeschnürt, zum anderen wollte ich ihn nicht verjagen.

„Oder wenn du aufgrund deiner Verbindung zu mir verletzt wirst …", flüsterte er. Ich spürte, wie ihn ein Schauer durchlief und hielt ihn fester.

In diesem Moment, bei diesem Schaudern, wusste ich, dass er ehrlich war. Eine Ehrlichkeit, die ihn enorme Kraft kostete, in Worte zu fassen. Trotz seiner Stärke und Kompetenz hatte Lincoln Angst. Er hatte noch nie jemanden geliebt oder war seinerseits geliebt worden. Die einzige Person, die ihm je annähernd etwas bedeutet hatte—Timmy—war gestorben, und er war wegen seiner Freundschaft mit Lincoln gestorben. Kein Wunder, dass er Angst hatte. Kein Wunder, dass er sich davon überzeugen wollte, nichts für mich zu empfinden.

Aber wie sollte ich ihm die Angst nehmen? Wir waren gemeinsam durch so viele Gefahren gegangen und das Risiko war hoch, auch in Zukunft. Besonders dann, wenn er mir das gab, was ich wollte—eine aktive Rolle im Ministerium. Wenn man es so betrachtete, hatte ich mir seine Zurückweisung selbst eingebrockt, indem ich darauf bestanden hatte, mit ihm zusammenzuarbeiten.

Schweren Herzens rückte ich im Bett von ihm weg. Für das, was ich sagen musste, brauchte ich einen klaren Kopf, und den hatte ich nicht, wenn ich ihn berührte. Seine Hand fiel wie ein Stein auf die Matratze.

„Ich liebe dich, Lincoln. Von ganzem Herzen liebe ich dich. Ich kann dich lieben, obwohl ich die Risiken kenne—dass du meine Liebe nicht erwidern wirst oder dass du mich eines Tages verlassen wirst, ob du nun willst oder nicht." Mir brannten die Augen und meine Brust schmerzte, aber ich war stolz auf die Kraft in meiner Stimme. Sie überraschte mich auch ein wenig.

„Aber du bist noch nicht bereit, mich genauso zu lieben. Die Angst quält dich und sie wird dich weiter quälen, bis du dich entscheidest, das nicht mehr zuzulassen. Liebe und Angst sind miteinander verwoben, Lincoln. Du kannst das eine nicht ohne das andere haben, und bis du das verstehst, werde ich dich nie ganz mein Eigen nennen können. Und ich will jedes letzte Stück von dir. Da bin ich stur." Ich sog zitternd die Luft ein und stieß sie langsam wieder aus. Leider war es zu dunkel, um sein Gesicht zu sehen. Er bewegte sich nicht. „Komm zu mir, wenn du bereit bist."

Seine Hand wanderte ein kleines Stück zu mir und lag dann wieder auf der Matratze. „Woher werde ich wissen, dass ich bereit bin?", fragte er mit einem rauen Flüstern.

„Wenn es jedes Risiko wert ist, mich auch nur einen Moment zu haben, selbst wenn es bedeutet, mich für immer zu verlieren."

Ich hörte sein Schlucken im Dunkeln, dann stand er auf. „Ich werde darüber nachdenken, was du gesagt hast."

Ich lächelte, trotz der Last, die sich auf meine Brust legte. Er war niemand, der sein Denken von seinen Gefühlen trennen konnte. Zumindest noch nicht.

„Schlaf noch etwas, Charlie." Seine Silhouette verschmolz mit den Schatten und die Tür schloss sich.

Ich sank unter meine Decke und seufzte. Hatte ich gerade wirklich die Chance weggeworfen, ihn zu haben? Würde er jemals verstehen, was ich ihm zu sagen versuchte? Oder würde er eines Tages zu mir kommen und mir sagen, dass es das Risiko wert war?

Lieber Gott, ich hoffte es. Ansonsten wäre ich der größte Dummkopf in England.

* * *

ANDREW BUCHANAN SCHLIEF LANGE. Als er endlich aufwachte, erfuhr es der gesamte Haushalt dank seines abfälligen Gebrülls. Die ebenfalls gebrüllten Einwände von Gus, er solle sich beruhigen, wurden ignoriert und erst als Lincoln auftauchte, wurde Buchanan stiller.

„Fitzroy! Was zum Teufel ist hier los?", schnappte er von der

Wand her, wo Gus ihn festhielt. „Wer ist dieser Depp? Wo bin ich?"

„Sie befinden sich in Lichfield Towers", sagte Lincoln und nickte Gus zu, Buchanan loszulassen. „Gus ist mein Angestellter, ebenso wie Seth und Miss Holloway. Wir haben Sie vergangene Nacht aus Bedlam befreit."

„Bedlam? Ist das ein Scherz?"

„Ich scherze nicht."

„Das stimmt, tut er nich", warf Gus ein, was ihm einen bösen Blick von Seth einbrachte.

Buchanan schaute zwischen den beiden Männern hin und her, dann sprang sein Blick zu mir. Er runzelte die Stirn und sah dann schnell weg. Er wurde rot, streckte den Hals und verschränkte die Arme über seinem Nachthemd, als wäre es ihm peinlich, in einem solchen Aufzug gesehen zu werden. Mit seinen strubbeligen Haaren und dem stoppeligen Kinn sah er dem Gentleman, den ich seinerzeit in Harcourt House getroffen hatte, überhaupt nicht ähnlich.

„In Ihrem Zimmer liegt Kleidung für Sie bereit, Mr Buchanan", sagte ich. „Vielleicht möchten Sie sich anziehen und dann mit uns frühstücken. Seth wird Ihnen helfen."

Buchanan reckte wieder den Hals und schaute auf mich herab. „Sie kommen mir bekannt vor. Sind wir uns schon einmal begegnet?"

„Mein Name ist Charlotte Holloway. Wir sind uns begegnet, als ich Lady Harcourt einen Besuch abgestattet habe."

Er spitzte die Lippen und schüttelte den Kopf. „Kann mich nicht erinnern."

Wenig überraschend; er war damals sternhagelvoll gewesen.

„Miss Holloway ist meine Assistentin." Lincolns scharfer Ton entging mir nicht, schien aber sonst niemandem aufzufallen. „Ziehen Sie sich an, Buchanan. Ich will Antworten."

„Da sind Sie nicht der einzige", murmelte Buchanan.

„Warum bist du seine Assistentin und wir nur Angestellte?", jammerte Gus, während wir in die Küche gingen. Lincoln war in sein Zimmer gegangen. „Wir helfen auch, und zwar schon viel länger."

„Das solltest du ihn fragen", sagte ich.

Wir hatten alle schon gegessen, sodass wir nur genug für Buchanan zubereiten mussten. Ich trug die Platten mit Speck, Toast, Würstchen und Eiern auf einem Silbertablett ins Esszimmer und stellte es auf die Anrichte.

Lincoln gesellte sich zu mir. „Schön zu sehen, dass du sie trägst", sagte er und berührte die Gürtelkette an meiner Hüfte. Es waren die ersten Worte, abgesehen von „Guten Morgen", die er heute mit mir gesprochen hatte. Vielleicht fühlte er sich befangen, ebenso wie ich, aufgrund unseres nächtlichen Gesprächs. Sich in der Dunkelheit die Tiefen der Seele zu offenbaren, war eine Sache; so etwas am Tag zu tun, eine ganz andere.

„Sie ist fast zu schön, um sie zu tragen, aber ich konnte nicht widerstehen. Nochmals danke, Lincoln. Ich werde sie wie einen Schatz hüten."

Buchanan schlenderte in diesem Moment ins Esszimmer, mit Seth auf den Fersen. Sein Kinn war glattrasiert, seine Haare ordentlich gekämmt und geölt, und er trug Seths Ersatzkleidung.

„Kommen Sie und essen Sie etwas", sagte ich, da sonst niemand etwas sagte. „Dann reden wir."

Buchanan verbeugte sich leicht vor mir und stolzierte dann zur Anrichte, sein Gang gemächlich und selbstsicher. Auf den ersten Blick schien er wieder der Alte zu sein, aber bei näherer Betrachtung bemerkte ich, wie seine Augen hin und her zuckten. Seine Hand zitterte etwas, während er sich am Speck bediente.

Gus servierte Tee und setzte sich zu uns an den Tisch.

„Also, wenn Sie mir erklären würden, was in Gottes Namen ich in Bedlam gemacht habe, wäre ich Ihnen sehr verbunden", sagte Buchanan und zerschnitt ein Würstchen.

Lincoln informierte Buchanan darüber, wie die Witwe Lady Harcourt ihn vermisst gemeldet hatte und wie wir seine Schritte nach Emberly Park verfolgt hatten, aber nicht weiter. Er nannte alle Details über das Tagebuch, Estelle Pearson und das Kind, ließ meine Nekromantie jedoch unerwähnt. Buchanan fragte nicht nach, wie wir von ihrer Beteiligung an der Geburt erfahren hatten.

„Sie haben sich mit Ihrem Bruder in Emberly geprügelt, nicht wahr?", fragte Lincoln.

Buchanan klatschte eine dicke Schicht Butter auf seinen Toast. „Der Dreckskerl hat mich geschlagen. Natürlich habe ich mich gewehrt. Habe ihm eine blutige Nase und ein blaues Auge verpasst."

„Der hatte kein blaues Auge", sagte Gus.

Buchanan biss die Ecke seines Toasts ab und beäugte Gus. „Zweifeln Sie das Wort eines Gentlemans an?", fragte er mit vollem Mund.

„Er hat recht", sagte Lincoln mit einer Spur Humor, von der ich vermutete, dass sie sonst niemand bemerkte. „Sie haben Ihren Bruder nicht getroffen. Tatsächlich hat er Sie bewusstlos geschlagen. Danach hat er Sie nach Bedlam gebracht, die Papiere unterzeichnet, und möglicherweise eine größere Summe an den Direktor gezahlt, um sicherzustellen, dass Sie nicht ordentlich untersucht werden. Sie waren über eine Woche unter dem Einfluss von Drogen in Bedlam, bis wir Sie befreit haben."

Buchanan kaute langsamer, während Lincoln redete. Am Ende schluckte er laut. „*Donald* hat mich eingewiesen."

„Die Beweise belasten ihn. Nach Ihrem Kampf in Emberly waren Sie bewusstlos, also hatte er die Gelegenheit, Sie in eine Kutsche zu stecken. Er wusste, wie leicht es ist, ein Familienmitglied in Bedlam einzuweisen, nachdem er seine Frau dorthin gebracht hatte, und seine Unterschrift war auf den Papieren."

„Donald! Ich kann es nicht glauben." Buchanan legte Messer und Gabel beiseite und starrte auf seinen Teller. „Die Methoden, die man in Bedlam anwendet, haben ihm schwer zu schaffen gemacht, nachdem er erfahren hatte, was sie mit Marguerite dort angestellt hatten. Abgesehen davon, warum sollte er mich loswerden wollen? Wir hatten Streit, ja, aber den hatten wir auch schon früher."

„Worum ging es in dem Streit?", fragte ich.

„Geld."

„Nicht das Kind?"

„Nicht wirklich. Vielleicht." Er rieb sich die Stirn. „Ich bin mir nicht ganz sicher, Miss Holloway. Vielleicht hegt er wegen meiner Männlichkeit und Anziehungskraft auf das weibliche Geschlecht einen tiefen Groll gegen mich—das betrifft Marguerite im Besonderen. Sie himmelt mich an, wissen Sie? Hat sie immer. Wenn ich da bin, ist sie wie ein kleiner Hund, der mir hechelnd überall hin folgt." Er schmunzelte und nahm sein Besteck wieder zur Hand.

Seth verdrehte die Augen. Gus sah aus, als wollte er Buchanan mit irgendetwas abwerfen. Seine Finger legten sich um seine Teetasse.

„Können Sie sich an gar nichts nach dem Kampf erinnern?", fragte ich.

„Nichts. Ich erinnere mich, dass er mich geschlagen hat, dann hatte ich das Gefühl, zu fallen. Ein Schmerz in meinem Kopf …" Er rieb sich den Hinterkopf und zuckte zusammen. „Dann nichts mehr."

Lincoln tippte mit dem Finger gegen seine Tasse und wirkte gedankenverloren. Einen Augenblick später sagte er: „Wir werden Ihren Bruder nach dem Frühstück in Harcourt House konfrontieren."

„Wunderbar", sagte Buchanan mit zusammengebissenen Zähnen. „Ich kann seinen Gesichtsausdruck kaum erwarten, wenn er mich sieht."

Ich bestand darauf, Lincoln und Buchanan zu begleiten. Buchanan fand die Idee gut, vielleicht weil er sich einbildete, ich würde sein Lächeln und das gelegentliche Zwinkern schätzen. *Igitt.* Wenn er wüsste, wie sehr er mich anekelte.

Da ich als letzte von allen fertig war, eilte ich durch die Haustür und die Stufen hinab zur wartenden Kutsche. Buchanan saß bereits drinnen und Seth auf dem Kutschbock. Lincoln und Gus warteten auf mich.

„Hat er sich für die Rettung bedankt?", flüsterte ich Lincoln zu, während ich meine Handschuhe anzog.

„Nein, und das erwarte ich auch nicht", sagte er leise. „Leute wie er wissen nicht, wie man sich bedankt oder entschuldigt. Die Worte kommen in ihrem Wortschatz nicht vor."

Gus beugte zu uns. „Sicher, dass Sie ihn nich zurück nach Bedlam bringen wollen, Sir?"

„Führe mich nicht in Versuchung."

Ich lächelte, stieg ein und machte es mir gegenüber von Buchanan bequem. Lincoln setzte sich neben mich und Gus schloss die Tür. Er blieb in Lichfield. Den Großteil des Weges fuhren wir schweigend. Einmal murmelte Buchanan den Namen seines Bruders, aber die meiste Zeit hing er seinen Gedanken nach.

Als wir uns Harcourt House näherten, sagte er: „Julia hat sich Sorgen um mich gemacht, sagen Sie? Interessant." Bei seinem schrägen Grinsen hatte ich beinahe Mitleid mit ihr.

Der Schock auf Millards Gesicht, als er dem Stiefsohn seiner Herrin die Tür öffnete, beherrschte den Ton der Wiedervereinigung. Marguerite kreischte, warf sich ihm an den Hals und weinte an seiner Schulter, während Julia etwas gefasster reagierte, Gott und Lincoln aber nicht weniger überschwänglich dafür dankte, Buchanan in ihre Mitte zurückgebracht zu haben.

Lord Harcourt umarmte seinen Bruder ebenfalls, nur um weggestoßen zu werden. Er runzelte die Stirn, die Arme noch ausgebreitet. „Andrew?"

„Wo hast du ihn nur gefunden, Lincoln?", fragte Julia, während sie ihren Stiefsohn von Kopf bis Fuß betrachtete. „Irgendwo weit weg, vermute ich. Er sieht furchtbar müde aus."

Mr Edgecombe rollte aus dem Salon heran. Sein Helfer schob den Rollstuhl. „Guter Gott, du bist zurück! Und auch noch unversehrt. Nun, das wurde auch verdammt noch mal Zeit. Der Aufruhr hier war schon recht exzessiv. Die Damen haben deine Anwesenheit schmerzlich vermisst. Also erzähl mal. Wessen Bett hast du in der vergangenen Woche belagert?"

„Bedlams", antwortete Buchanan.

Marguerite fiel augenblicklich in Ohnmacht. Glücklicherweise fing Millard sie auf, bevor sie zu Boden krachte. Er und Harcourt trugen sie in das Empfangszimmer, während Julia das Riechsalz holte. Wir anderen folgten der Mehrheit.

Buchanan beäugte seinen Bruder mit einem so giftigen Blick, dass es überraschend war, dass er nichts bemerkte. Harcourt war zu sehr mit seiner Frau beschäftigt, die wieder zu sich kam. Sie legte eine blasse, zitternde Hand auf ihren Hals. Tränen stiegen ihr in die Augen und sie bewegte die Lippen, brachte aber kein Wort heraus.

„Meine Liebe", sagte Harcourt, der sich neben sie setzte. „Es ist alles in Ordnung. Ich bin hier." Er nahm ihre andere Hand in seine, bis sie es merkte und sie zurückzog. Sie wandte ihr Gesicht zur Rückenlehne des Sofas, weg von ihm.

Er schluckte und stand langsam auf. „Wie bist du denn da gelandet, Andrew?"

Buchanans Augen blitzten. Sein Kinn wurde hart. „Du Schwein. Du heuchelst Unschuld in meinem eigenen Haus—"

„Julias Haus. Was meinst du mit ‚Unschuld heucheln'? Was deutest du an?"

Buchanan schwang die Faust, aber Harcourt wich im letzten Moment aus und der Schlag streifte lediglich seine Schulter. Lincoln war nah und auch schnell genug, um eingreifen zu können, aber er tat es nicht. Er stand nur da, die Hände auf dem Rücken, und sah zu.

Julia schnappte nach Luft. „Hört auf! Hört sofort auf. Andrew, erkläre dich."

„Warum soll er es nicht erklären?" Er nickte Harcourt zu, der jetzt in sicherer Entfernung stand. „Er hat mich dorthin gebracht."

„Nach Bedlam?" Julia richtete ihre weit aufgerissenen Augen auf ihren ältesten Stiefsohn, der einen Protest stammelte.

Marguerite setzte sich auf und blinzelte ihren Mann an. „Du hast *was*?"

„Hat ihn in Bedlam eingewiesen", sagte Edgecombe gedehnt. „Pass besser auf, Schwesterchen."

„Das habe ich nicht getan!" Harcourt zog seine Weste stramm. „Ich würde niemals jemanden in Bedlam einweisen, schon gar kein Familienmitglied. Nicht mehr", fügte er bei Edgecombes spöttischem Schnauben hinzu. „Der Ort ist schlimmer als jedes Gefängnis. Das ist eine Folterkammer. Dort würde ich meinen ärgsten Feind nicht hinschicken, geschweige denn meinen eigenen Bruder."

„Spiel doch nicht den unschuldigen, netten großen Bruder", höhnte Buchanan.

„Andrew, hör dir mal selbst zu! Warum sollte ich dich nach Bedlam schicken? Was für ein Motiv könnte ich dafür haben?"

„Eifersucht." Er zog eine Augenbraue hoch und schaute Marguerite an.

Harcourt betrachtete kühl seine Frau. „Andrew, du bist ein

Spinner", sagte er von oben herab. „Ich gebe zu, dass ich hin und wieder noch eifersüchtig bin, aber du und ich wissen beide, dass Marguerites Schwärmerei für dich ohne Folgen bleibt."

Marguerite hielt ihren Hals umklammert und blinzelte ihre Tränen weg. Sie wirkte wie eine Porzellanpuppe mit bleicher, glänzender Haut, herzförmigen rosa Lippen und leeren Augen. Julia wedelte erneut mit dem Riechsalz unter ihrer Nase, bis Marguerite wieder etwas Farbe bekam.

„Wenn nicht Eifersucht, dann eben schlicht Ärger", fuhr Buchanan fort. Diesmal klang er unsicherer. Auch ich begann, an unserer Theorie zu zweifeln. Harcourt benahm sich nicht wie ein Schuldiger. „Du warst wütend auf mich, weil ich dich um Geld gebeten habe. Als wir uns geprügelt haben, habe ich mir den Kopf gestoßen und du bist in Panik geraten. Sollte ich sterben, würdest du wegen Mordes verhaftet werden."

„Du wärst nicht gestorben! Du warst ja schon auf dem Weg, als ich gegangen bin."

„Auf dem Weg?" Buchanan setzte sich und rieb sich die Schläfen. „Ja, war ich. Ich erinnere mich, dass ich die Einfahrt entlang gegangen bin, weg vom Haus."

Harcourt zog die Hosenbeine hoch und setzte sich ebenfalls. „Ich kann nicht glauben, dass du mir so etwas vorwirfst. Ich würde dich nie nach Bedlam schaffen. Niemals. Und was deine Schulden angeht, ja, ich war wütend, als du mich um Geld gebeten hast, aber das ist nichts Neues. Du machst mich oft wütend. Das war schon so, als du noch klein warst."

Wenn er es nicht war, musste jemand seine Unterschrift auf den Einweisungspapieren gefälscht und sich vor dem Direktor von Bedlam als Lord Harcourt ausgegeben haben. Das bedeutete, dass ein Mann involviert war. Auch wenn es Julia oder Marguerite als Verdächtige nicht ausschloss—sie hätten jemanden anheuern können—glaubte ich nicht, dass es eine der beiden war. Marguerite liebte ihn bedingungslos und Julia war diejenige gewesen, die anfangs zu uns gekommen war.

Damit blieb ein Mann übrig. Ich beobachtete Edgecombe unter gesenkten Lidern heraus. Er hätte es doch sicher nicht sein können. Er saß im Rollstuhl und war vor seinem Unfall mit Buchanan befreundet gewesen.

Davor, aber vielleicht nicht danach. Warum nicht? Hatte Buchanan das Interesse an einem Freund verloren, der ihn nicht mehr auf seinen Streifzügen begleiten konnte? Vielleicht war Edgecombe derjenige gewesen, der jemanden bezahlt hatte, sich in Bedlam als Lord Harcourt auszugeben. Sein Pfleger, Dawkins …

Nein, nicht Dawkins. Der war neu. Der vorige Pfleger war verstorben—*etwa zur gleichen Zeit als Buchanan verschwand.*

„Wer dann …?", fragte Julia, die sich an Andrews Stuhllehne klammerte. Sie flehte Lincoln mit einem zarten Heben ihrer Schulter an.

Er schaute zu mir, was sie die Stirn runzeln ließ. „Charlie, wenn du so freundlich wärst", sagte er. Es schien, als hätte er den gleichen Verdacht wie ich.

Ich nickte, während er die Tür versperrte. „Mr Edgecombe, wie hieß Ihr voriger Pfleger?", fragte ich.

Edgecombe blinzelte mich an. „Guter Gott, Sie glauben doch nicht, dass *er* es getan hat, oder? Warum sollte er?"

„Nennen Sie den Namen", knurrte Lincoln.

Edgecombe sträubte sich. „Es war Cleves. Norman Cleves."

„Zweiter Vorname?", hakte ich nach.

„Wozu, in Gottes Namen?"

„Es hilft."

„Hilft wobei?" Edgecombe sah mich an, dann Lincoln, dann Julia, als sie einen leisen Aufschrei unterdrückte. Sie verstand, was ich vorhatte.

„Wie war sein zweiter Vorname?", fragte Lincoln in diesem eiskalten Ton, dem niemand widersprach.

„Ich glaube, es war Charter, mütterlicherseits."

„Danke." Ich holte Luft und behielt ihn im Auge. „Norman Charter Cleves, bitte kommen Sie zu mir. Ich beschwöre den Geist von Norman Charter Cleves."

Edgecombes Blick wurde finsterer. „Was zum Teufel geht hier vor?"

„Das wüsste ich auch gern", sagte Buchanan, obwohl sein Tonfall eher neugierig als kritisch war.

Julia packte ihr Halsband und beobachtete die Zimmerdecke,

als könnte sie den Geist von Norman Cleves über dem Kamin schweben sehen. Was sie natürlich nicht konnte.

„Sind Sie …?" Lord Harcourt starrte mich an. „Ist sie …?" Seine Frau streckte eine zitternde Hand aus. Er nahm sie und setzte sich wieder neben sie, das Bild eines innigen Paares, die einander in schwierigen Zeiten beistanden. „Mein Gott … Sie sind eins."

„Was?", fragte seine Frau.

„Ein Medium, glaube ich."

„Sie redet mit Geistern?" Marguerite fuhr zu mir herum. „Hat sie Cleves hierher gerufen?"

„So, so", sagte Buchanan und grinste mich an. „Sie sind ein Medium. Hat Vater Sie für die Befragung hierhergebracht? Ich dachte doch, dass ich Sie kenne."

„Mein Name ist Charlie", erklärte ich dem Geist von Norman Cleves, womit ich auch Buchanan antwortete. „Ich bin Nekromantin, kein Medium. Ich arbeite für eine Organisation, die sich das Ministerium der Kuriositäten nennt."

Zu Lebzeiten wäre Cleves ein großer, beeindruckend gebauter Mann gewesen. Er hatte breite Schultern und den muskulösen Oberkörper eines Mannes, der es gewohnt war, schwere Dinge Treppen hinauf und herunter zu tragen—wie zum Beispiel ausgewachsene Männer. Das wusste ich, denn sein Oberkörper war nackt.

„Eine Nekromantin, was?", sagte der Geist, ohne seine Augen von Edgecombe abzuwenden. „Können Sie auch Leute in Geister verwandeln, indem Sie nur ihren Namen rufen?"

„Nein, nur die Toten beschwören. Erzählen Sie mir von Ihrem Tod."

„Das ist lächerlich", stammelte Edgecombe. „Dawkins, ich gehe. Julia, wenn ich deinen Fahrer und andere Diener in Anspruch nehmen dürfte, um mir zu helfen—"

„Bleiben Sie", sagte Lincoln leise. „Hören Sie zu."

„Wem zuhören? Hier ist niemand. Ihre Assistentin ist völlig durchgeknallt!"

„Mr Cleves?", hakte ich nach. „Ich kann Ihnen Gerechtigkeit verschaffen, falls das angebracht ist."

„Oh, es ist durchaus angebracht. Er hat mich umgebracht."

Er nickte in Richtung Edgecombe. „Er hat mich verdammt noch mal umgebracht, nach allem, was ich für ihn getan habe." Mit gebleckten Zähnen stürzte er sich auf Edgecombe. Doch Edgecombe saß reglos da. Der Geist sauste durch ihn hindurch, ohne dass er etwas davon spürte. „Wir waren mit der Kutsche unterwegs, nur er und ich. Wir hatten Emberly fast erreicht, als uns Mr Buchanan über den Weg lief, der die Einfahrt entlang wanderte, völlig verwirrt und stolpernd. Sobald wir ihm angeboten hatten, ihn mitzunehmen, wurde er ohnmächtig. Ich sagte, wir sollten den Arzt rufen, aber Mr Edgecombe hatte so einen Ausdruck in den Augen. Ein richtig fieser Ausdruck war das. Als ob er Mr Buchanan hassen würde. Ihn richtig hassen würde und ihm wehtun wollte. Er sagte, er würde ihn in ein besonderes Krankenhaus bringen. Dann schickte er mich in sein Zimmer, um seine Medizin zu holen, das Zeug, das ihm hilft, nachts zu schlafen."

Ich erinnerte mich, dass Dawkins mir von dem starken Medikament erzählt hatte, mit dem Edgecombe die Nacht friedlich durchschlief. Ich sah Lincoln an und nickte ihm kurz zu. Er blinzelte zur Antwort, dass er verstanden hatte—er musste vermutet haben, dass Cleves Edgecombe beschuldigt hatte.

„Ich kehrte zur Kutsche zurück und spritzte Mr Buchanan das Zeug. Dann machten wir uns auf den Weg nach London", fuhr Cleves fort.

„Das ist ein langer Weg von Emberly Park."

„Ja, Miss, das ist es. Wenn ich gewusst hätte, wohin wir fahren, hätte ich mich geweigert. Wir sind die ganze verdammte Nacht durchgefahren. Morgens war ich müde und mir tat der Rücken weh. Aber ich tat, was mein Herr verlangte, weil er immer gut zu mir gewesen war und gut gezahlt hatte."

„Was ist passiert, als Sie in London ankamen?"

„London!", riefen mehrere Stimmen gleichzeitig.

„Was geht hier vor?", knurrte Edgecombe. „Was macht das alberne Huhn?"

Cleves stieß ein humorloses Lachen aus. „Jetzt wendet sich das Blatt, nicht wahr?" Zu mir sagte er: „Mr Edgecombe brachte mich zu einer Klinik und befahl mir, mich als sein Bruder, Lord Harcourt auszugeben. Wir tauschten die Jacken,

Westen und sogar die Stiefel, dann trug ich Mr Buchanan in die Klinik."

„*Sie* haben die Papiere ausgefüllt?"

Er hob das Kinn. „Ich kann so gut lesen und schreiben wie jeder andere. Mr Edgecombe hat in der Kutsche gewartet. Danach haben wir in ein Hotel eingecheckt und uns ausgeruht. Am nächsten Tag sind wir nach Emberly zurückgefahren. Da hat er mich umgebracht. Ich weiß nicht genau, wie. Hat mir ein Medikament in mein Getränk gekippt, damit ich schlafe, vermute ich, und mir dann ein paar von den stärkeren Schmerzmitteln gespritzt, die er vom Arzt bekommt. Ich bin nie wieder aufgewacht. Ich habe eine Weile in diesem Zustand gewartet und mich dann entschieden, ins Jenseits zu gehen, als ich gerufen wurde. Bis dahin war mir klar, dass er nicht verhaftet werden würde." Er schüttelte den Kopf. „Verdammter Bastard. Sagen Sie ihm, ich hoffe, dass er in der Hölle verrottet."

„Mr Edgecombe", sagte ich. „Mr Cleves lässt ausrichten, dass er Sie für einen verdammten Bastard hält und hofft, dass Sie in der Hölle verrotten."

Marguerite schnappte nach Luft. Julia schnalzte mit der Zunge. „Also wirklich, Charlie, war das nötig?"

„Sehr sogar", versicherte ich ihr. „Mr Cleves wurde von Mr Edgecombe ermordet und—"

Der Rest meiner Aussage wurde von Marguerites kreischendem Protest übertönt. „Sie lügen! Sie lügt, Donald! John würde niemals jemandem Schaden zufügen! Abgesehen davon, schaut ihn doch an. Er ist ein hoffnungsloser Fall. Er kann nichts selbst tun, nicht wahr, mein Lieber? Er ist wie ein Kind—"

„Sei still!", brüllte Edgecombe, wobei ihm Spucke aus dem Mund auf das Kinn spritzte. „Sei still, sei still, sei still! Dawkins, schieb mich hier raus. Sie", er zeigte auf Lincoln, „gehen aus dem Weg."

Lincoln bewegte sich nicht, ebenso wenig wie Dawkins. Er starrte auf den Hinterkopf seines Herrn, murmelte ein paar blumige Worte und stapfte dann zur Tür. „Für so etwas habe ich mich nicht gemeldet." Lincoln ließ ihn gehen, ohne ihn aufzuhalten.

Edgecombe schob sich schwerfällig vorwärts. Er stöhnte bei

jedem Schub und Schweißtropfen bildeten sich auf seiner Stirn. „Aus dem Weg."

„Du?" Buchanan packte die Griffe des Rollstuhls und hielt Edgecombe auf. „Bleib hier. Du hast mich in Bedlam eingewiesen, um Himmels willen! Das lasse ich dir nicht durchgehen."

„Ganz zu schweigen von dem Mord an Cleves", fügte ich hinzu.

Aber niemand hörte mich. Alle hatten ihre Aufmerksamkeit auf Buchanan und Edgecombe gerichtet. Wut funkelte in den Augen beider Männer und spannte die Muskeln in ihren Nacken an.

„Warum?", fragte Buchanan. „Ich dachte, wir wären Freunde."

„Freunde!", fauchte Edgecombe. „*Du* hast mir das hier angetan." Er deutete auf den Rollstuhl und seine nutzlosen Beine unter der Decke. „Du hast mich zu dem hier gemacht."

„Du bist vom Pferd gefallen." Buchanan richtete sich auf und wandte den Kopf ab. „Hatte nichts mit mir zu tun", murmelte er.

„Du hast auf mein Pferd geschossen und es ist durchgegangen!"

„Ein fähiger Reiter wäre im Sattel geblieben. Abgesehen davon, habe ich nicht *auf* dein Pferd geschossen. Ich habe einen Fuchs in der Nähe gesehen ..." Er zuckte mit den Schultern. „Du kannst mir dafür nicht die Schuld geben."

„Wenn du wirklich an deine eigene Unschuld glaubst, warum bist du mich dann die ganze Zeit nicht besuchen gekommen?"

„Emberly ist zu weit von London weg und London ist der Ort, wo die ganzen hübschen Mädels sind."

Edgecombe schnaubte. „Du bist weggeblieben, weil du mir nicht unter die Augen treten konntest. Du hast nicht geschrieben, hast deinen Bruder nie gebeten, mir Grüße auszurichten."

„Ich bin nicht gut im Briefe schreiben."

„Feigling!" Edgecombe rollte wieder vorwärts, diesmal auf Buchanan zu. Buchanan trat flink hinter das Sofa. Edgecombe gab mit einem frustrierten Knurren auf.

„Sie hatten Mr Buchanan seit dem Unfall nicht mehr gesehen", sagte ich und setzte die letzten Puzzleteile zusammen. „Ihr

Ärger und Groll gegen ihn schwelte die ganze Zeit, und als Sie ihn die Einfahrt haben entlang wandern sehen, beschlossen Sie, ihn dafür zu bestrafen, dass er Ihnen Ihr früheres Leben geraubt hat."

„John", schluchzte Marguerite in das Taschentuch ihres Mannes. „Wie *konntest* du nur?"

„Ich hätte ihn töten *können*", schnappte Edgecombe. „Ihn nach Bedlam zu bringen, war reine Gnade." Er schob sich mit der ganzen Kraft seines Oberkörpers weiter.

„Kein Stück weiter", sagte Lincoln, als Edgecombe ihn fast erreicht hatte.

Edgecombe steckte die Hand unter seine Decke und zog eine Pistole hervor. „Weg da!"

KAPITEL 17

Marguerite schrie. Donald zog sie an seine Brust, vielleicht um sie gleichzeitig zum Schweigen zu bringen und zu beschützen.

„Aus dem Weg!", fauchte Edgecombe, die Waffe auf Lincoln gerichtet.

Lincoln trat in aller Ruhe zur Seite.

„Marguerite, schieb diesen verdammten Stuhl. Julia, eine Kutsche, einen Fahrer und einen Lakaien, bitte. *Jetzt!*"

„Sie werden ihn doch nicht einfach gehen lassen, Fitzroy?" Buchanans schrille Stimme war fast so nervenaufreibend wie Marguerites.

„Er wird sich nicht für ihn erschießen lassen", sagte ich hitzig. „Oder für Sie. Das hier ist eine Familienangelegenheit, keine Ministeriumssache, und mir steht der Sinn danach, Ihnen allen dieses Schlamassel zu überlassen. Wir setzen unser Leben für keinen von Ihnen aufs Spiel."

„Wirklich, Charlie." Julias knappe Worte fielen wie Glasscherben in die Stille nach meinem Ausbruch. „Es gibt keinen Grund zur Hysterie. Während ich mir sicher bin, dass Lincoln es genießt, Ziel deiner Schwärmerei zu sein, ist es nicht besonders hilfreich."

Ich wünschte, mir würde eine Erwiderung einfallen, um sie

269

zurecht zu weisen, aber ausnahmsweise war ich sprachlos. Das ärgerte mich genauso wie ihre Beleidigungen.

„Julia!" schnappte Edgecombe. „Zieh deine Krallen ein und mach dich endlich mal nützlich, statt nur dekorativ herumzustehen. Ah, die Diener sind hier. Gut."

Millard war bei dem Geschrei mit zwei Lakaien gekommen. Sie wichen zurück, als sie Edgecombe mit der Pistole sahen. Alle sahen Harcourt an in der Hoffnung auf Anweisungen—nicht Julia, ihre Herrin, oder Buchanan, ein weiteres Mitglied des Haushalts. Das musste beiden gegen den Strich gehen.

„Du!", bellte Edgecombe einen der Lakaien an. „Sag dem Fahrer, er soll ein schnelles Gefährt bereit machen. Los!" Während der Lakai davoneilte, wandte Edgecombe sich an den anderen. „Du siehst kräftig aus. Du wirst mir helfen. Schiebe diesen Stuhl, da meine Schwester sich weigert, sich von ihrem Hintern zu erheben. Fahr mich rückwärts, damit ich die alle im Auge behalten kann. Und versuch ja nichts Blödes."

Harcourt nickte knapp und der Lakai gehorchte, wobei er einen großen Bogen um den Rollstuhl machte, ohne seinen misstrauischen Blick von Edgecombe abzuwenden.

„Sie werden nicht weit kommen", sagte Lincoln, als Edgecombe an ihm vorbei aus dem Empfangszimmer rollte. „Das ist eine vierläufige Pistole. Wir sind mehr als vier."

„Ich setze darauf, dass Sie keine vier Leben riskieren, um mich zu fangen."

„Sie kennen mich nicht sehr gut, wenn Sie das glauben."

Im Empfangszimmer schnappten einige nach Luft, ich jedoch nicht. Ich wusste, dass Lincoln ein solches Risiko nicht eingehen würde. Vor zwei Monaten, ja, aber jetzt nicht mehr. Insbesondere wenn eins der Leben, die auf dem Spiel standen, meines war. Er war nicht der kaltherzige Killer, für den einige—ihn eingeschlossen—ihn hielten.

„Vielleicht fange ich mit Ihnen an." Edgecombe schwang seine Pistole in Lincolns Richtung, begleitet von einer weiteren Runde des Luftschnappens, diesmal auch von mir. Lincoln rührte sich nicht.

Edgecombe auch nicht. Der Lakai war stehen geblieben und zurückgetreten, die zitternden Hände in der Luft. „Komm zurück, du Dummkopf!", brüllte Edgecombe. Der Lakai sah in die Runde und auf Harcourts Nicken hin nahm er wieder die Griffe des Rollstuhls und zog Edgecombe rückwärts aus dem Empfangszimmer.

„Wenn Sie niemanden erschießen, besteht die Chance, dass Sie freikommen und Ihre Familie die Sache unter den Teppich kehrt", sagte Lincoln zu Edgecombe. „Sie können so weiterleben wie vorher."

„Verdammt unwahrscheinlich", sagte Harcourt mit leiser Drohung, die Edgecombes Ohren möglicherweise nicht erreichte. „Nach all dem will ich ihn nicht mehr in meinem Haus haben. Marguerite, hör auf zu betteln. Das kannst du nicht von mir verlangen." Sein sanftes Tätscheln ihres Rückens besänftigte sie nicht und sie sackte heulend gegen die Rückenlehne des Sofas.

„Niemand hat mich gefragt, was ich wünsche", sagte Buchanan. „Wo ist meine Gerechtigkeit? Ich werde das nicht unter den Teppich kehren." Er trat auf eine knarzende Diele im Boden.

Edgecombe richtete seine Pistole auf ihn.

„Nicht schießen!", rief Julia.

„Andrew!" Marguerite warf sich auf Buchanan, ihr Körper zwischen ihm und ihrem Bruder. „Tu das nicht, John. Das ist Wahnsinn."

„Vielleicht sollte ich dann in Bedlam sein." Edgecombes harsches Gelächter ließ mich vermuten, dass er recht hatte. Der plötzlich ernste, grausame Zug um seinen Mund verstärkte meine Meinung. „Weg da, Marguerite. Gib mir ein klares Schussfeld auf den Drecksack. Er verdient es, dass sein Leben beendet wird, so wie er meins beendet hat."

„Du bist nicht tot, John!"

„So gut wie."

„Wenn Sie ihn umbringen", fuhr Lincoln unbeeindruckt fort, „werden Sie wegen Mordes verhaftet."

„Seien Sie still", zischte Edgecombe. „Marguerite, *weg da!*"

Marguerite heulte hysterisch an Buchanans Schulter. Er zuckte zusammen und klopfte ihren Rücken, als könnte er es nicht ertragen, dass seine geborgte Kleidung von ihren Tränen benetzt wurde.

Harcourt schaute weg, als seine Frau wegen ihres Liebhabers die Fassung verlor. Nur Julia blieb ungerührt, ebenso wie der Geist von Cleves, der neben Lincoln stand. Alle hatte seine Anwesenheit vergessen, außer mir. Wenn doch nur eine Leiche in der Nähe wäre, in die ich ihn zwingen könnte, damit er Edgecombe für uns überwältigte.

Aber es gab keine. Wir mussten uns irdischer Mittel bedienen.

„Senken Sie die Waffe", sagte Lincoln. „Ich werde nicht zulassen, dass Sie lebend hier herauskommen, wenn Sie jemanden erschießen."

„Schneller, Mann!" Edgecombes Augen erfassten blitzschnell die Anzahl der Personen und Ausgänge. Er musste erkannt haben, dass es aussichtslos war; er hatte vier Kugeln und ihm standen mehr als vier Personen gegenüber, den Lakai und Millard mitgerechnet.

„Geben Sie auf, Edgecombe", sagte Lincoln von der Tür her. „Sie kommen damit nicht durch. Ihre Familie wird Ihnen niemals vergeben, wenn Sie jemanden erschießen. Solch ein Verbrechen können weder sie noch die Polizei ignorieren. Wenn Sie sich jetzt ergeben, haben Sie noch eine Chance auf Freiheit. Sie können Ihr Leben in Ruhe irgendwo auf dem Land leben. Irgendwo, wo es beschaulich ist, weit weg von der Stadt, Bedlam und diesem Wahnsinn. Sie werden frei sein."

Seine Stimme dröhnte weiter, ein unnachgiebiger Rhythmus der Ruhe, der auf Edgecombes irres Gemüt wie ein stumpfes Hämmern wirken musste, denn er packte sich an den Kopf und fuhr mit den Fingern durch seine Haare, als wollte er in seinen Schädel eindringen und sein Gehirn ausgraben. Vielleicht war er der verrückteste von allen.

„Ich werde niemals frei sein!" Er drückte die Waffe an seine Schläfe und feuerte, ehe irgendjemand begriff, was geschah.

Ich fuhr zusammen und bedeckte meinen Mund, aber nicht ehe mir ein Schrei entfuhr. Marguerite und Julia fielen beide in Ohnmacht, während Buchanan und Harcourt ihre bleichen Gesichter von dem schockierenden Anblick abwandten.

Der arme Lakai stolperte zurück und fiel zu Boden. Er kroch

von dem Rollstuhl weg, drehte sich auf alle Viere und erbrach sich. Er war mit Blut bedeckt.

Der wabernde Geist von Edgecombe stieg aus seinem Körper und schwebte ziellos durch den Raum, als wäre er vom Durchzug erwischt worden. Als er schließlich anhielt, starrte er hinab auf seine eigenen Geisterbeine. Konnte er nicht glauben, dass er sich gerade selbst umgebracht hatte? Oder war er gefesselt von seiner Verwandlung in einen Geist?

Der Geist von Cleves schlenderte auf ihn zu, machte eine obszöne Geste und kam zurück zu mir. „Bin ich hier fertig?"

„Ja, danke", sagte ich stumpf. „Ihre Unterstützung war äußerst hilfreich. Sie sind entlassen, Mr Cleves. Kehren Sie ins Jenseits zurück."

Er verschwand und Edgecombes Geist folgte kurz darauf, Gott sei Dank. Ich hätte nicht mit ihm sprechen wollen.

Lincoln untersuchte die matschige Sauerei der Leiche im Rollstuhl. Er hielt außerdem eine Pistole in der Hand. Wo kam die her? Warum hatte er sie vorher nicht benutzt?

Mein Gehirn war damit beschäftigt, sich durch die Fragen und Antworten zu arbeiten, aber meine Füße wollten sich nicht bewegen. Ich fiel allerdings nicht wie Julia und Marguerite in Ohnmacht. Diesen Umstand schrieb ich nicht meiner robusten Gesundheit zu, sondern meiner Weigerung, ein Korsett zu tragen. Meine Lungen wurden nicht wie ihre zusammengedrückt. Ich konnte so viel Luft einatmen, wie mein Körper benötigte.

Harcourt hob seine Frau sacht auf und trug sie zurück zum Sofa, wo er ihr das Riechsalz unter die Nase hielt. Während sie zu sich kam, reichte er das Salz wortlos an Buchanan weiter, der die Prozedur bei Julia wiederholte. Wäre da nicht die Leiche und der würgende Lakai im Flur, wäre die Szene recht romantisch gewesen.

Lincoln steckte seine Waffe unter der Jacke zurück in seinen Hosenbund. Dann übernahm er das Kommando, befehligte die Dienerschaft und half, wo es nötig war. Er und Millard trugen die Leiche in die Stallungen, um auf den Bestatter zu warten, während ich den Mut aufbrachte, den beiden Mägden beim Putzen zu helfen. Ich bildete mir ein, dass meine mangelnde Hysterie sie beruhigte, aber in Wahrheit weinten sie die ganze Zeit und sausten danach zurück in den Dienstbotenbereich, um sich zu waschen.

„Lass uns nach Hause fahren, Charlie. Du hast genug getan." Lincoln nahm sanft meine blutige Hand in seine und brachte mir zur Tür und dann hinaus zur wartenden Kutsche. Jemand musste Seth von den Vorfällen berichtet haben, denn er wirkte nicht überrascht, uns in einem solchen Zustand zu sehen, und stellte keine Fragen.

Zurück in Lichfield ging ich sofort ins Badezimmer und drehte die Wasserhähne auf. Während das Bad einlief, zog ich mich aus und schrubbte am Waschbecken so viel Blut von meiner Haut, wie ich konnte, ohne mir die Haut selbst abzurubbeln. Schließlich sank ich in das Bad und ließ das warme Wasser das restliche Blut, die Angst und den Schrecken wegspülen, bis ich wieder ich selbst war.

Das Klopfen an der Tür scheuchte mich einige Zeit später auf, als das Wasser sich bereits abkühlte. „Charlie? Ist alles in Ordnung?" Es war Lincoln. Er musste besorgt sein, oder er wartete darauf, selbst ein Bad nehmen zu können.

„Ja, danke. Ich bin gleich draußen."

„Ich habe Kleider für dich."

Ich trocknete mich ab, wickelte mich in das Handtuch und öffnete die Tür einen Spalt. Der Flur war leer, abgesehen von der Kleidung, die in einem ordentlichen Stapel auf einem nahen Tisch lag. Ich nahm sie mit ins Bad und zog mich schnell an.

Lincoln fand ich im Salon, wo er das Feuer schürte. Er musste sich draußen gewaschen haben, denn er war sauber und seine Haare feucht.

„Es tut mir leid, dass ich das Bad so lange blockiert habe", sagte ich und setzte mich in einen Sessel am Kamin.

„Das Bad ist deins, wann immer du es möchtest. Tee?"

„Gott, ja." Der Koch hatte nicht nur für Tee gesorgt, sondern auch für Scones mit zwei großen Schüsseln voll Marmelade und Sahne. Er kannte mich so gut. Ich nahm mir einen und klatschte so viel Marmelade und Sahne darauf wie möglich, ohne dass etwas herunterfiel.

Ich neigte meinen Kopf zum Feuer, damit meine Haare besser trockneten, und aß den ganzen Scone in nur drei Bissen.

„Besser?", fragte Lincoln, der beobachtete, wie ich meinen Tee nippte.

Ich nickte. „Viel besser, danke. Ich glaube, ich war etwas schockiert."

„Niemand außer mir hätte es bemerkt. Du hast dich bewundernswert gehalten, Charlie. Viel fähiger als die anderen Frauen."

Ich spürte, wie mir bei seinem Lob die Hitze in die Wangen stieg. „Vielleicht liegt es daran, dass ich inzwischen an den Tod gewöhnt bin."

„Den Tod, ja; Schrecken, nein. Es tut mir leid, dass du das mit ansehen musstest."

„Arme Marguerite, dass sie ihren Bruder auf so grässliche Weise sterben sehen musste."

„Ich würde dir gern sagen, dass sie sich erholen wird, aber ihr Gemüt ist schon so angeschlagen. Ich bin mir nicht sicher, wie sie damit klarkommen wird."

Ich seufzte. Dann runzelte ich die Stirn. „Ich wusste nicht, dass du eine Waffe dabeihattest."

„Wir wollten einen Mann konfrontieren, der einen anderen mit Gewalt und Trickserei in Bedlam eingewiesen hat. Ich fand, dass eine Waffe nützlich sein könnte."

„Warum hast du sie nicht benutzt?"

„Es gab keine Gelegenheit. Wenn ich das getan hätte, hätte er vielleicht dich erschossen. Oder sonst jemanden." Seine Augen füllten sich mit tieferen, schwärzeren Schatten, als er mich ansah. „Das konnte ich nicht riskieren."

Er konnte nicht riskieren, dass *ich* verletzt wurde. Von allen Leuten in diesem Raum war ich die einzige, an der ihm etwas lag. Es war aufregend und berauschend, aber zugleich auch beklemmend, dass er vielleicht andere Leben opferte, wenn das bedeutete, meines zu retten.

„Wenn du doch nur deine Waffe gezogen hättest, bevor er seine zog", sagte ich.

Er nippte an seinem Tee und schaute in die Flammen.

„Das hättest du tun könnten, nicht wahr? Entweder vorher

oder nachher, als seine Aufmerksamkeit auf einen der anderen gerichtet war. Er hätte es zu spät bemerkt."

Er antwortete noch immer nicht und ich wusste, dass ich richtig lag. Lincoln hatte absichtlich mit verdeckten Karten gespielt, vielleicht um Edgecombe nicht zu erschrecken, sodass er einen von uns erschoss. Aber vielleicht auch, um dem Mann in aller Ruhe und mit voller Absicht vor Augen zu führen, wie hoffnungslos seine Situation und seine Zukunft waren.

„Du wolltest, dass er sich selbst tötet", sagte ich leise. „Oder?"

Er stellte langsam die Tasse auf den Tisch. „Der Mann hasste sein Leben. Er wollte, dass es endet. Und dann wäre er auch noch im Gefängnis gelandet. Buchanan und Harcourt hätten das sichergestellt."

Ein Kloß in meinem Hals machte das Schlucken schwer. Tränen brannten in meinen Augen. Vielleicht hatte er recht und die Zukunft, die er Edgecombe so kaltblütig vor Augen geführt hatte, wäre höchstwahrscheinlich so eingetreten. Und Edgecombe hätte nie den Willen gehabt, das Beste aus seiner Situation zu machen. Aber Lincoln hätte ihn nicht ermutigen sollen, sein Leben zu beenden. Er hätte Edgecombes Entscheidung nicht beeinflussen sollen.

„Ich habe dir gesagt, du sollst mich nicht romantisieren", sagte er und stand auf. „Ich bin der Mann, der von denen, die mich am besten kennen, der Tod genannt wird."

„Nicht von mir."

Er beugte sich zu mir und berührte meine Haare, schob eine feuchte Locke von meiner Wange hinter mein Ohr. „Vielleicht bist du ein Dummkopf."

„Vielleicht bin ich das."

Er senkte die Hand, ehe ich sich packen konnte, und ging davon.

* * *

DIE WITWE LADY HARCOURT kam zwei Tage später zu uns, während ich mitten dabei war, meinen Koffer für die Reise nach Frankreich zu packen. Lincoln und ich würden erst in zwei weiteren Tagen aufbrechen, aber ich hatte beschlossen, früh genug anzufangen. Ich musste etwas tun, sonst würde die Warterei mich wahnsinnig machen. So viele erste Male—das erste Mal außerhalb von England, das erste Mal auf einem Schiff, der erste Blick aufs Meer, das erste Mal mehrere Tage mit Lincoln allein.

Ich war mir nicht sicher, ob Julia eine willkommene Ablenkung war oder nicht. Einerseits wollte ich ihre Spitzen nicht ertragen, die in den letzten Wochen immer bissiger geworden waren, andererseits wollte ich wissen, wie ihre Familie mit der kürzlichen Tragödie zurechtkam.

Lincoln nahm mir die Entscheidung ab. „Du wirst dich wie die Herrin von Lichfield verhalten und mit uns im Empfangszimmer Tee trinken", sagte er mir. Noch während ich mich von dem Schock erholte, öffnete er die Tür, um Julia zu begrüßen.

„Lincoln", sagte sie, küsste seine Wange und legte eine Hand auf seine Schulter. „Ich bin so froh, dass du dich nach dieser herausfordernden Erfahrung erholt hast."

„Für mich gab es nichts, wovon ich mich hätte erholen müssen", sagte er und trat zurück.

Julia senkte die Hand und erblickte mich am Fuß der Treppe. „Charlie", sagte sie mit unverhohlener Gleichgültigkeit.

„Lady Harcourt", sagte ich. Beim Vornamen konnte ich sie nicht nennen, ohne dass sie es mir angeboten hatte. Manche Dinge waren zu tief eingefleischt, als dass man sie ausmerzen könnte, selbst mit einer großen Portion Mumm.

Lincoln drehte ihr den Rücken zu und sah mich fragend an. Sein Blick wanderte zum Empfangszimmer und ich verstand, was er von mir wollte.

„Trinken Sie Tee mit uns?", fragte ich mit einem Lächeln.

„Ich nicht, fürchte ich", sagte Lincoln. „Ich habe zu arbeiten."

Ich schüttelte den Kopf. „Sie können doch sicher ein paar Minuten erübrigen."

„Du *musst* uns Gesellschaft leisten." Julia hakte sich bei ihm ein und lotste ihn zum Empfangszimmer. „Immerhin bin ich gekommen, um mit *dir* zu sprechen."

Ich verdrehte die Augen, als sie sich von mir abwandte. „Tee, bitte, Gus", flüsterte ich ihm zu, als er auftauchte.

„Mit einem Spritzer Gehässigkeit für die Dame?", fragte er augenzwinkernd.

„Davon hat sie selbst genug."

Mit geschmeidigen, gemächlichen Schritten ging ich in das Empfangszimmer und hoffte, dass ich Selbstsicherheit und Anstand ausstrahlte. Falls ich das tat, bemerkte Julia es leider nicht. Ihre gesamte Aufmerksamkeit ruhte auf Lincoln, der neben dem Fenster stand. Ich sank auf einen Sessel am Kamin, wo das Feuer hoffentlich die Kälte aus meinen Knochen vertrieb, die Julias Ankunft dort verbreitet hatte.

„Wie geht es Lady Harcourt?", fragte ich, da beide nichts sagten.

„Wesentlich schwächer, wie zu erwarten war", sagte Julia. „Sie und Donald sind gestern nach Emberly zurückgekehrt, Gott sei Dank. Seit Johns Tod hat sie nicht aufgehört zu weinen."

„Sie hat gerade ihren Bruder unter ziemlich schrecklichen Umständen verloren."

„Charlie, wenn du Teil des Ministeriums werden möchtest, dann musst du dich abhärten oder du endest wie die arme Marguerite—einfältig und eine Zielscheibe für Spott." Sie hielt die Hand hoch, als ich protestieren wollte. „Ja, das ist grausam, aber ich bin nur die Überbringerin der Botschaft, nicht die Urheberin. Gib mir nicht die Schuld daran, wie andere reagieren werden."

Ha! Sie schien die einzige zu sein, die solche Dinge sagte oder dachte. Andererseits bewegte ich mich nicht in den gleichen Kreisen wie sie und hörte den Klatsch nicht. Noch nie war ich dafür dankbarer gewesen als jetzt.

„Und die Leiche von Edgecombe?", fragte Lincoln.

Julia lachte kehlig. „Mit dir ist es immer makaber, mein Lieber. Deine Faszination mit dem Tod erstaunt mich immer wieder." Ihr Blick sprang zu mir und dann wieder weg. Unterstellte sie gerade, dass seine Aufmerksamkeit nur meiner Nekromantie geschuldet war? „Die Leiche wird zum Edgecombe Familienanwesen geschickt, wo ein Cousin die Beerdigung arrangieren wird."

„Und Mr Buchanan?", fragte ich. „Hat er aus dieser Erfahrung irgendetwas gelernt?"

„Gelernt? Was um alles in der Welt meinst du?"

„Zum Beispiel nicht um Geld zu spielen."

„Seine Schulden sind jetzt beglichen."

„Von dir?", fragte Lincoln.

Sie nickte kaum merklich.

„Und was hält ihn davon ab, weitere Schulden zu machen und immer wieder zu dir zu kommen, damit du sie begleichst?"

„Ich weiß, dass du glaubst, ich hätte mir mein eigenes Grab geschaufelt, aber es gab keine andere Möglichkeit. Ich möchte lieber nicht, dass seine Gläubiger ihre Schläger mitten in der Nacht zu uns schicken und meine Angestellten verängstigen. Sie haben schon genug Traumata erlitten, vielen Dank. Ich habe meine Entscheidung gefällt und dabei bleibt es."

„Hast du dem Rest des Komitees Bericht erstattet?"

„Das habe ich, aber da sich herausgestellt hat, dass es doch keine Ministeriumsangelegenheit ist, war das pure Höflichkeit. Du musst keinen zusätzlichen Bericht schreiben. Die Tagebücher meines Mannes und die anderen Dinge werden wieder auf dem Dachboden eingelagert."

„Was ist mit Buchanans Neugierde?"

„Ich denke, die ist ihm vergangen. Sobald ich ihm versichert habe, dass Seher die Gewinner von Wettrennen nicht vorhersagen können, verlor er das Interesse."

Gus brachte den Tee herein und ich schenkte aus, während er leise wieder ging. Julia nahm ihre Tasse entgegen und wir warteten darauf, dass sie den Grund ihres Besuches verkündete. Ein Teil von mir sorgte sich, dass sie von unserer bevorstehenden Reise nach Frankreich erfahren hatte und gekommen war, um dem einen Riegel vorzuschieben. Aber Lincoln hatte mir versichert, dass die Komiteemitglieder nicht darüber informiert werden würden.

„Ich bin gekommen, um meine Dienste anzubieten", gab sie schließlich bekannt und stellte ihre Tasse ab. „Unter anderem möchte ich diesen Raum neu dekorieren. Wenn du junge Damen aus gutem Hause empfangen willst—"

„Ich werde niemanden empfangen", sagte Lincoln.

„Papperlapapp. Natürlich wirst du das. Wir müssen eine Frau für dich finden, *schnellstens*. Ich meine es ernst, Lincoln.

Und nicht nur irgendeine Frau, sondern die *richtige* Frau. Eine liebe Seele, die mit dem zufrieden ist, was das Leben ihr zuteilt, und keinesfalls magisch." Ihr Lächeln bestand nur aus Zähnen ohne Humor und ich hatte keinen Zweifel, dass es mir galt, zusammen mit dem Kommentar, welche Art von Frau Lincoln haben sollte. Die mythische Dame, die sie beschrieben hatte, war das genaue Gegenteil von mir.

„Jemand wie Miss Overton?", fragte ich.

„Ganz genau. Wenn du sie nur besser kennengelernt hättest, Lincoln, hättest du ihre Gesellschaft sehr … interessant gefunden."

„Das bezweifle ich", sagte er.

„Zugegeben, sie war etwas albern."

Ich kniff meine Lippen zusammen, um ein Grinsen zu unterdrücken.

„Aber sie ist nett, auf ihre Art, und sehr hübsch."

Ich beobachtete Lincoln über den Rand meiner Tasse, um zu sehen, ob er mit dieser letzten Einschätzung übereinstimmte, aber sein Gesicht war ausdruckslos und gab nichts preis.

„Danke für dein Angebot, neu zu dekorieren", sagte er, ehe sie fortfahren konnte. „Aber das ist nicht nötig. Charlie wird das gesamte Haus neu einrichten."

„Charlie! Aber … sie hat keine Erfahrung in diesen Dingen. Nimm es mir nicht übel, Kind, aber ein Haus wie Lichfield benötigt ein gutes Auge, um ihm gerecht zu werden."

Das war *überhaupt* nicht beleidigend.

„Und tiefe Taschen?", bemerkte Lincoln.

Ich schmunzelte in meinen Tee.

„Ein gutes Auge", wiederholte sie steif, „und einen angeborenen Sinn für Stil und Kultiviertheit, der nicht erlernbar ist."

Jetzt war ich fest entschlossen, das geschmackvollste Empfangszimmer zu präsentieren, das die Stadt je gesehen hatte. Das Problem war nur, dass ich keine Ahnung hatte, wie ich das anstellen sollte. Sie hatte recht. Ich war die am wenigsten kultivierte Frau, der man eine solche Aufgabe für ein so großartiges Haus übertragen sollte. Wie fand man heraus, was man kaufen wollte? Gab es Zeitschriften? Bei wem sollte ich etwas bestellen? Und was?

„Charlie wird dem Raum gerecht werden, da bin ich sicher", sagte er. „Bevor du gehst, Julia, sollte ich dich informieren, dass ich bis zu einer Woche abwesend sein werde."

Sie senkte die Tasse, als wäre sie gerade zu schwer geworden. „Wo gehst du hin?"

„Es ist eine Privatangelegenheit."

„Privat?", wiederholte sie, als ob so etwas absurd wäre. „Aber … du hast keine …" Sie nahm die Tasse wieder zur Hand und nippte.

„Privatsphäre?", beendete er den Satz für sie. „Ich verstehe durchaus, dass mein Leben mit dem Ministerium engstens verwoben ist, aber ich denke, selbst du solltest mir etwas Zeit für mich zugestehen."

„Fährst du in den Urlaub?"

„So in der Art."

Sie blinzelte ihn an, vielleicht um sich Lincoln mit hochgekrempelten Hosenbeinen beim Strandspaziergang vorzustellen. Das Bild war so abwegig, dass ich kicherte. Er zog die Augenbrauen hoch und ich hätte schwören können, dass seine Mundwinkel sich etwas hoben.

„Ich schreibe dem Rest des Komitees, um sie zu informieren", erklärte er ihr.

Sie starrte ihn weiter an, den Tee vergessen. „Aber … wie sollen wir dich benachrichtigen, falls es dringende Ministeriumsangelegenheiten gibt?"

„Hinterlass es bei meinen Angestellten. Ich werde mich darum kümmern, wenn ich zurückkehre. Meine Damen, entschuldigt mich, ich habe zu tun." Er stellte seine Tasse ab und ließ uns allein.

Ich war nicht überrascht, dass Julia verkündete, ebenfalls gehen zu müssen. Ich brachte sie zur Tür und half ihr mit ihrem Hut. Mitten in ihrem Abschied hielt sie inne, den Blick intensiv auf die Gürtelkette an meiner Hüfte gerichtet. Sie fuhr die Kontur der Göttin mit ihrem Fingernagel nach.

„Hübsch, nicht wahr?", sagte ich.

Ihre Hand fuhr zurück, als hätte das Silber sie gestochen. Mit einem Nicken ging sie hinaus. Ich war nicht traurig darüber.

„Lincoln", sagte ich, als ich ihn mit Seth im Stall gefunden hatte, wo er die Pferde für einen Ausritt sattelte, inklusive der kleinen grauen Stute, die er extra für mich gekauft hatte. „Warum hast du ihr gesagt, dass ich neu dekorieren würde?"

„Weil du das tun wirst. Reite mit mir."

„Ich, äh, also gut, aber ich muss mich umziehen. Das neu Dekorieren ... sie hat recht, ich habe da eigentlich kein Auge für. Ich wüsste nicht, wo ich anfangen sollte, oder auch nur wo ich einkaufen sollte. Meine Mutter hatte Möbel, die sie von ihrer Mutter bekommen hatte, und ich glaube, der Rest waren Gegenstände, die mein Vater gekauft hat, als sie geheiratet haben." Ich zuckte mit den Schultern. „Sie hat mir nie beigebracht, wie man Zimmer einrichtet, und selbst wenn sie es getan hätte, wäre das nichts gewesen im Vergleich zu Lichfield."

„Du schaffst das", warf er über die Schulter, während er den Sattelgurt festzog.

Ich seufzte. „Ich will es nicht schaffen, ich will es hervorragend machen. Ich will die Witwe Lady Harcourt übertrumpfen." So. Ich hatte es gesagt. Jetzt klang ich gehässig.

Seth holte den Damensattel vom Halter und trug ihn an uns vorbei. „Es gibt da eine ganz einfache Lösung, weißt du?"

„Sag's nicht", bemerkte ich, „du hältst dich für einen Meisterdekorateur."

Er lachte. „Nein, aber ich weiß, wer den besten, kultiviertesten Geschmack auf der großen weiten Welt hat."

„Wirklich? Kannst du uns einander vorstellen?"

Er schmollte in Lincolns Richtung. „Nein, weil ihr mir nicht gestattet, mit euch nach Frankreich zu kommen."

„Dein Freund ist in Paris?"

„Ist er. Er hat eine Weile hier gelebt und ist nach Hause zurückgekehrt, als es ihm zu langweilig wurde. Sein Name ist Monsieur Fernesse, und er stellt die feinsten Stücke in ganz Europa her. Seine Möbel und Einrichtungen sind sehr gefragt. Ich bin mir sicher, dass er dich in allen geschmackvollen und kultivierten Fragen anleiten kann."

„Schreib Charlie ein Einführungsschreiben, ehe wir fahren", sagte Lincoln und nahm Seth den Sattel ab.

„Natürlich." Seine Wangen röteten sich. „Ein Wort der Warnung—glaubt nicht alles, was Fernesse über mich erzählt."

Ich grinste. „Oh? Übertreibt er gern?"

Seths Wangen glühten. „So kann man es auch nennen."

Ich ging hinein und zog mein Reitkostüm an. Als ich aus meinem Zimmer kam, wartete Lincoln im Flur auf mich. Irgendetwas stimmte nicht. Er sah besorgt aus.

„Was ist los?", fragte ich, während ich in seinem Gesicht nach Hinweisen suchte.

„Wir werden heute nicht reiten gehen."

„Ist Rosie krank?" Ich hoffte, dass mit meiner süßen kleinen Stute alles in Ordnung war.

Er schüttelte den Kopf, lehnte sich dann an die Wand und fuhr sich mit der Hand durch die Haare. Irrte ich mich, oder zitterte seine Hand?

Ich packte seine Unterarme. „Was ist los?"

„Einer der Gurte deines Sattels war beschädigt. Nicht ganz durch, aber genug, dass er beim Ritt gerissen wäre. Wenn du schnell geritten wärst, wäre er gerutscht und ..."

„Mein Gott. Wenn du beschädigt sagst, meinst du dann mit Absicht?"

Er nickte. „Die Stelle war glatt, nicht ausgefranst, ganz offensichtlich mit einem Messer zerschnitten."

Ich sackte ebenfalls gegen die Wand. Jemand hatte gewollt, dass ich einen Unfall hatte, vielleicht sogar getötet wurde. Ich war die Einzige, die den Damensattel benutzte. Wenn Lincoln es nicht entdeckt hätte ... Ein Schauer durchfuhr mich.

Jetzt umfasste er meine Unterarme. Sein Blick war forschend. „Es war ein unbeholfener Versuch, leicht zu bemerken. Der Erfolg hing von einer Reihe von Faktoren ab, die sich gegen uns hätten wenden müssen. Wer auch immer das getan hat, war entweder zu dumm, um es vernünftig zu durchdenken, zu verzweifelt oder in Eile. Daraus schließe ich, dass jemand eine sich spontan bietende Gelegenheit genutzt hat." Er ließ mich los, um sich mit den Händen durch die Haare und übers Gesicht zu fahren.

„Wenn es unbeholfen war, solltest du gelassener sein."

„Ich *bin* gelassen!", knurrte er.

„Du klingst nicht so."

Meine Unterlippe bebte und er legte seine Hände an mein

Gesicht. „Das ist möglicherweise nur der erste von vielen Versuchen, Charlie. Wir müssen achtsam sein."

„Du meinst, sie versuchen es wieder?"

„Das werden sie und das nächste Mal mit ausgefeilteren Methoden. Also habe ich einen Entschluss gefasst. Wir werden nicht nach Frankreich reisen."

„Was! Warum?"

„Alle möglichen Gefahren lauern zwischen hier und dort."

Ich hielt seine Handgelenke an meinen Wangen fest und zog seine Hände weg. „Alle möglichen Gefahren lauern auch hier! Der manipulierte Sattel zeigt das. Lincoln, niemand weiß, dass ich mit dir nach Frankreich reise, außer Gus, Seth und dem Koch. Ich werde dort ziemlich sicher sein. Wir können ermitteln, sobald wir zurück sind."

Er lehnte sich wieder an die Wand. „So einfach ist das nicht. Ich bin eventuell nicht in der Lage, dich so im Auge zu behalten, wie ich das möchte. Nicht auf der Überfahrt hin und zurück."

„Warum nicht?"

„Mir ... bekommt die Seereise nicht so gut."

„Du wirst seekrank?" Ich fing an zu lachen, biss mir aber bei seinem finsteren Blick auf die Zunge. „Es scheint, als müsste ich dich auf der Überfahrt pflegen."

„Du kommst nicht mal in meine Nähe. Du wirst allein in deiner Kabine eingeschlossen bleiben, bis wir anlegen."

Ich seufzte. „Du wirst ja ein toller Reisebegleiter."

Er drückte sich von der Wand weg und ging mit langen Schritten in seine eigenen Gemächer. Oh je. Ich hatte ihn beleidigt. Ich rannte ihm nach und kam an der Tür an, gerade als er sie schließen wollte. Ich zwängte meinen Körper durch die Lücke, sodass er die Tür nicht zuknallen konnte.

„Es tut mir leid", sagte ich. „Ich wollte mich nicht über dich lustig machen. Ich bin es nur gewohnt, dass du immer so kompetent bist. Selbst wenn du schläfst, bist du wachsam."

Er brummte und bewegte sich weiter in den Raum hinein. Ich folgte ihm.

„Seekrankheit ist keine Schwäche, Lincoln."

„Sie schwächt mich, also ist es eine Schwäche." Er ging zum Schreibtisch und nahm einige Papiere in die Hand.

Ich seufzte. „Gut, es ist eine einzige Schwäche. Wenn du noch andere hast, muss ich die erst noch entdecken."

Er sortierte die Papiere, dann sortierte er sie neu. Ich unterbrach ihn beinahe, aber seine Sortiererei wurde immer wütender, bis er schließlich die Blätter auf den Schreibtisch warf. Sie rutschten über die Oberfläche, knallten gegen das Tintenfass und flogen auf den Boden.

Er fuhr herum. „Du bist meine Schwäche, Charlie."

Entsetzt sah ich ihn an.

„So meinte ich das nicht." Er schaute zur Decke. „Ich bin nicht gut in … all dem. Anscheinend sage ich immer das Falsche."

„Möchtest du, dass ich später zurückkomme, wenn du dich beruhigt hast?", fragte ich gereizt. Ich wollte nicht, dass er mich für eine Schwäche hielt, für etwas, das man verhätscheln und beschützen musste, damit ich ihn nicht mit mir riss, wenn ich fiel.

„Nein! Himmel." Er schnaufte und sah mich an. Ich ballte meine Hände zu Fäusten und biss mir auf die Zunge, damit ich ihm nicht die Arme um den Hals warf und ihm erklärte, dass es egal war, dass er nichts sagen musste. Ich würde ihm das hier nicht leicht machen. „Ich wollte dir das auf unserer Reise sagen, aber dann muss es eben jetzt sein." Ein weiterer Atemstoß folgte. „Ich habe darüber nachgedacht, was du gesagt hast, dass ich bereit sein muss, dich zu verlieren. Ich habe kaum an etwas anderes gedacht."

Meine Zunge fing an zu schmerzen, also biss ich mir stattdessen auf die Wange und nickte ihm zu, dass er weitersprechen sollte.

„Ich glaube, du liegst falsch."

„Bitte?", platzte ich heraus.

Er packte die Stuhllehne hinter sich. „Deine Sicherheit ist gefährdet, egal ob du mit mir zusammen bist oder nicht, ob du für das Ministerium arbeitest oder nicht. Edgecombe hat das bewiesen. Er hätte dich oder jeden in diesem Raum erschießen können, aus Versehen oder mit Absicht. Und jetzt der Sattel …" Er räusperte sich. „Du und ich sind nicht … zusammen … und trotzdem gibt es weiter Risiken. Also können wir ebenso gut zusammen sein."

Es war nicht sehr ausgefeilt, aber er war kein Mann, der gut seine Gefühle ausdrücken konnte. „Ich mag es, wie du das durchdacht hast", sagte ich mit einem kleinen Lächeln.

Er zog die Augenbrauen hoch. „Und?"

Ich trat näher an ihn heran. „Und ich mag es, dass du mich nicht in diesem Haus einsperren wirst, um mich zu beschützen, trotz des Vorfalls mit dem Sattel."

„Das habe ich nicht gesagt."

„Ich will die Person finden, die versucht, mir wehzutun, Lincoln, nicht mich vor ihr verstecken."

Ein Schatten huschte über sein Gesicht. Er war voller Schmerz. Ich umarmte ihn und er ließ den Stuhl hinter sich los und legte seine Arme um mich. Er seufzte. Sein Atem verwirbelte die Haare an meinem Nacken.

„Du machst mir Sorgen, Charlie", murmelte er.

„Du machst mir auch Sorgen, Lincoln. Aber das ist in Ordnung. Wir werden nach Frankreich reisen und dann zurückkommen und herausfinden, wer den Sattelgurt angeschnitten hat." Ich strich ihm durch die Haare und genoss das Gefühl seiner kräftigen Arme, seines starken Oberkörpers und wie er mich festhielt, als ob er Angst hätte, mich loszulassen.

Wir standen lange beieinander. Ich für meinen Teil genoss die Umarmung, war mir aber nicht sicher, was ich als Nächstes tun sollte. Ihn küssen? Weiter reden? Warum küsste er mich nicht?

Ein Klopfen ließ uns auseinanderspringen. Seth stand im Türrahmen, ein dämliches Grinsen im Gesicht. „Endlich!"

„Was willst du?", grummelte Lincoln.

„Jetzt werden Sie mal nicht schnippisch, nur weil ich Sie sozusagen mit heruntergelassener Hose erwischt habe." Sein Grinsen wurde breiter.

„An deiner Stelle würde ich ihm antworten, Seth", warnte ich. Lincoln war stocksteif vor Wut. Das bedeutete wohl, dass andere nichts von uns wissen sollten. Seine Zurückhaltung schien ziemlich überflüssig angesichts der Tatsache, dass Seth uns auf frischer Tat ertappt hatte, und die meisten der Komiteemitglieder hatten ebenfalls den Verdacht, dass wir mehr waren als Arbeitgeber und Angestellte.

„Sie werden im Stall gebraucht."

„Gibt es noch mehr Probleme?"

„Nein, aber wir brauchen noch ein paar Muskeln. Der Koch sagt, er ist zu beschäftigt, um zu helfen."

„Ich bin gleich da."

„Sehr gut." Seth pfiff den ganzen Weg den Flur entlang.

„Lincoln", sagte ich, als er die Arme verschränkte. „Diese ... Sache, die da gerade zwischen uns war ... du wirst nicht wieder so tun, als wäre das nicht passiert, oder?"

Er lächelte. Ja. *Lächelte.* Also *war* er dazu fähig. Mir wurde regelrecht schwindelig vor Staunen, während ich den Anblick der kleinen Fältchen in seinen Augen- und Mundwinkeln aufsaugte. „Nein." Er nahm mich wieder in die Arme und küsste mich sanft, neckend, mal flüchtig verspielt, dann forschend.

Dann intensivierte sich der Kuss und ließ mein Herz rasen, während ich alles andere vergaß. Ich konnte nicht genug von ihm bekommen. Konnte ihm nicht nah genug sein, obwohl unsere Körper eng aneinandergepresst waren. Ich packte seine Schultern und klammerte mich fest, denn er war solide und ich hatte das Gefühl, davonzufließen. Seine Hand spreizte sich auf meinem Rücken, die andere an meiner Taille. Sie wanderte zu meiner Hüfte und berührte die Gürtelkette. Ich stöhnte.

Als ob meine Stimme ihm eine Ohrfeige verpasst hätte, brach er den Kuss ab und trat zurück. Sein Brustkorb hob und senkte sich schwer atmend und ein Sturm tobte in seinen Augen. „Ich ... wir ... müssen aufhören."

Ich nickte dumm, unfähig zu sprechen. Tief Luft holend trat auch ich einen Schritt zurück.

„Ich werde Seth sagen, dass die Komiteemitglieder nicht in Kenntnis gesetzt werden dürfen", sagte er.

„Oh?" Ich brauchte einen Moment, um zu begreifen, dass er sprach, geschweige denn zu registrieren, was er sagte.

„Sie sind zu reaktionär für eine Veränderung dieses Ausmaßes."

Ausmaß? Reaktionär? Ich schätzte, er meinte, dass sie versuchen könnten, mich wegzuschicken. Aber Lincoln würde sie doch sicherlich überstimmen und sein eigenes Ding durchziehen, wie er es normalerweise tat.

„Eastbrooke und Gillingham vermuten es bereits", fuhr er fort, „aber ich kann sie noch etwas länger hinhalten. Du übernimmst auf jeden Fall das Umdekorieren. Nach dem Empfangszimmer kannst du mit dem ganzen Haus machen, was du willst. Ich werde eine Haushälterin und Mägde einstellen, um deine Aufgaben zu übernehmen. Alles, was du brauchst. Du bist jetzt die Herrin von Lichfield, keine Dienstmagd. Ist das klar?"

Ich nickte wie betäubt und sah ihm nach, wie er mit kerzengeradem Rücken den Raum verließ, die Haare wirr von meinen forschenden Fingern.

Was war da gerade passiert? Ein Kuss. Ja. Aber darüber hinaus … er wollte nicht, dass das Komitee von uns erfuhr, aber er sprach davon, dass ich die Herrin von Lichfield werden sollte. Hatte er vor, mich zu seiner Frau zu machen, nachdem er herausgeknobelt hatte, wie er das Thema beim Komitee anbringen sollte? Aber das war Wahnsinn.

Oder nicht?

Ich war eine Straßengöre, von meinem Adoptivvater enterbt, uneheliche Tochter eines Mörders und einer verarmten Französin. Und Lincoln war der Sohn von irgendeiner wichtigen Person, dessen war ich mir sicher. Seine Mutter war vielleicht wenig besser dran gewesen als meine, aber ich vermutete, dass sein Vater ein Lord war, vielleicht sogar einer der Männer im Komitee. Lincoln scherte sich zwar nicht um soziale Gefüge, aber die Welt schon. Ein öffentliches Eingeständnis unserer Verbindung konnte dazu führen, dass er aus dem Ministerium von den vier Personen ausgeschlossen wurde, denen solche Dinge extrem wichtig waren.

Was auch immer, es war albern, darüber nachzudenken, ob wir mehr waren als Liebende, wenn er mir nichts versprochen hatte. Er hatte sogar verkündet, dass er nicht heiraten wollte, dass er sich nicht zum Ehemann eignete. Während ich das anders sah, bezweifelte ich, dass er so bald seine Meinung ändern würde. Also musste er meinen, dass ich seine Geliebte wurde. Es war mir egal. Ob wir unserer Beziehung einen formellen Rahmen gaben, interessierte mich nicht, solange mir sein Herz gehörte.

Ich plumpste in den Sessel und starrte das Bücherregal an.

Während ich noch versuchte, meine Gedanken zu ordnen, fiel mir ein Buch ins Auge. Es war ein Sachbuch über griechische Mythen.

Ich pflückte es aus dem Regal und blätterte zu der Seite über Aphrodite. „Die Göttin der Liebe", stand in Fettdruck unter ihrem Namen. Mir stockte der Atem. Ich las den Absatz über sie zweimal durch. Die Göttin der Liebe!

Herr im Himmel. Lincoln war vielleicht nicht besonders gut darin, seine Gefühle zu äußern, aber er wusste auf jeden Fall, wie er sie anderweitig ausdrücken konnte. Ich lehnte mich zurück und lächelte auf das Bild der Frau herab, das der Gravur auf meiner Gürtelkette so ähnlich sah. Die hatte er mir geschenkt, als er mich noch von sich gestoßen hatte, selbst als er mir gesagt hatte, er wäre nicht zur Liebe fähig. Hier war der Beweis, dass er es doch war.

Ich hoffte nur, dass er seinem Herzen treu blieb, wenn das Komitee von unserer Beziehung erfuhr, wie auch immer die aussah, und versuchte, mich wegzuschicken. Denn ich hatte keinen Zweifel daran, dass einige von ihnen, wenn nicht sogar jeder, alles in ihrer Macht Stehende tun würden, um uns auseinander zu bringen.

Charlies und Lincolns Geschichte können Sie hier weiterverfolgen:
Grabesschwere Erwartungen
Der 4. Band der *Ministerium der Kuriositäten* Reihe von C.J. Archer.
Abonnieren Sie den Newsletter von C.J., um über neue ins Deutsche übersetzte Bücher informiert zu werden. Abonnieren: WWW.CJARCHER.COM

EINE NACHRICHT DER AUTORIN

Ich hoffe, Sie hatten beim Lesen von **Jenseits des Grabes** genauso viel Spaß wie ich beim Schreiben. Als unabhängige Autorin hängt der Erfolg meines Buches stark von Mundpropaganda ab. Wenn Ihnen das Buch also gefallen hat, dann überlegen Sie doch bitte, ob Sie Ihren Freunden davon erzählen und auf der Plattform, auf der Sie es gekauft haben, eine Rezension hinterlassen. Wenn Sie gerne kontaktiert werden möchten, wenn ich ein neues Buch veröffentliche, abonnieren Sie meinen Newsletter unter http://cjarcher.com/contact-cj/newsletter/. Sie werden nur dann kontaktiert, wenn ein neues Buch erscheint.

ÜBER DIE AUTORIN

C.J. Archer begeistert sich für Geschichte und Bücher, seit sie denken kann, und wähnt sich glücklich, dass sie beides vereinen konnte. Sie verbrachte ihre frühe Kindheit in der dramatischen Schönheit des Outbacks von Queensland, Australien, lebt inzwischen aber mit ihrem Mann, zwei Kindern und einer frechen schwarzweißen Katze namens Coco in Melbourne.

Abonnieren Sie C.J.s Newsletter auf ihrer Webseite, um informiert zu werden, wenn sie ein neues Buch herausbringt: http://cjarcher.com/deutsch/

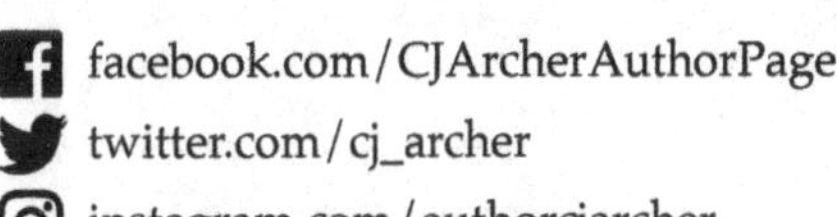